古典文獻研究輯刊

十二編

曾永義 主編

第 7 冊

文化詩學視域下的魏晉南北朝志怪小說研究（下）

張振雲 著

國家圖書館出版品預行編目資料

文化詩學視域下的魏晉南北朝志怪小說研究（下）／張振雲
著 — 初版 — 新北市：花木蘭文化出版社，2015〔民104〕
目 4+274 面；19×26 公分
（古典文學研究輯刊 十二編；第 7 冊）
ISBN 978-986-404-405-4（精裝）
1. 志怪小說 2. 六朝志怪
820.8   104014981

ISBN- 978-986-404-405-4

9 789864 044054

古典文學研究輯刊
十二編 第 七 冊
                                    ISBN：978-986-404-405-4

文化詩學視域下的魏晉南北朝志怪小說研究（下）

作　　者　張振雲
主　　編　曾永義
總 編 輯　杜潔祥
副總編輯　楊嘉樂
編　　輯　許郁翎
出　　版　花木蘭文化出版社
社　　長　高小娟
聯絡地址　235 新北市中和區中安街七二號十三樓
　　　　　電話：02-2923-1455／傳眞：02-2923-1452
網　　址　http://www.huamulan.tw 信箱 hml 810518@gmail.com
印　　刷　普羅文化出版廣告事業
初　　版　2015 年 9 月
全書字數　563649 字
定　　價　十二編 26 冊（精裝）新台幣 48,000 元

文化詩學視域下的魏晉南北朝志怪小說研究(下)

張振雲　著

目 次

上 冊

序 李春青

導 論 ……………………………………………………… 1

  一、魏晉南北朝志怪小說的研究歷程、現狀及新
      嘗試 …………………………………………………… 1

  二、關於「文化詩學」及其在魏晉南北朝志怪小
      說研究中的應用 …………………………………… 8

第一章 「小說」之辨證──語義中的邊緣底色及
       其文化意義 ………………………………… 19

  一、「現代小說觀」──現代的「小說」觀念 …… 19

  二、「古代小說觀」──古代的「小說」觀念 …… 22

    （一）上古之「小說」觀 ……………………… 22

      1、「小說」：「小」與「說」的組合 ……… 22

      2、「小說」一詞在漢代之前與漢代的不
         同用法 …………………………………… 30

    （二）中古之「小說」觀 ……………………… 35

      1、漢代「小說」觀念的延續 ……………… 35

      2、文化狂歡中的「小說」轉型：作為一
         種書寫筆法 ……………………………… 42

第二章 「志怪」之辨證──作為「小說」筆法之
       一種的「志怪」 …………………………… 65

  一、《莊子》中的志怪：由怪異內容到言說方式再
      到思維模式 ………………………………………… 65

  二、志怪的文化淵源：儒道同源之原始思維 …… 69

    （一）列維‧布留爾的原始思維與巫術理論
      ………………………………………………… 69

    （二）中國儒、道思想中的巫術觀念、原始
        思維與志怪筆法 ……………………… 75

      1、中國的巫術文化及其互滲律思維 …… 75

      2、官方主流話語體系中的巫術內容與神
        怪底色 …………………………………… 79

      3、儒、道之相通：巫文化之同源；志怪
        筆法與比興傳統 ……………………… 89

第三章 「志怪」作為反常規、求自由的「語言遊
       戲」──玄學與志怪的共生與「反串」… 95

一、「生活形式」——魏晉南北朝的歷史語境 ……95
　　（一）維特根斯坦的語言哲學與「生活形式」
　　　　 …………………………………………95
　　（二）魏晉南北朝時期的「生活形式」與「語
　　　　　言遊戲」………………………………99
二、玄學與志怪……………………………………107
　　（一）從玄學「歧出」的策略、「得意忘言」
　　　　　的方法與「境界形態」的性格看其與
　　　　　志怪之關聯 ………………………108
　　　　1、玄學之「歧出」與志怪……………108
　　　　2、玄學「得意忘言」的方法、「境界形
　　　　　態」的特質與志怪………………137
　　（二）從玄學理論中的生死觀與時空觀看其
　　　　　與志怪之關聯 ………………………167
　　　　1、玄學生死觀與志怪…………………167
　　　　2、玄學時空觀與志怪…………………194
　　（三）「神道敘事」與「哲學敘事」 ………231
　　　　1、兩種敘事的界定……………………231
　　　　2、志怪之「神道敘事」——以《搜神記》
　　　　　中的「青」爲例……………………234
　　　　3、玄學之「哲學敘事」及其與「神道敘
　　　　　事」的關聯 …………………………249

下　冊
第四章　魏晉南北朝「生活形式」中的佛教與志
　　　　怪 ………………………………………265
　一、佛教之傳入、傳播及興盛……………………266
　　（一）佛教之傳入與興盛的時間 …………266
　　（二）漢末及魏晉南北朝佛教發展之盛況…268
　　（三）佛教興盛之原因……………………271
　　　　1、社會的動盪不安爲佛教的傳入、傳播
　　　　　提供了契機 ………………………271
　　　　2、玄佛合流使佛教得以深入植根於中土
　　　　　文化 ………………………………276
　　　　3、佛徒和士大夫的交遊與佛教的傳播、
　　　　　發展相濟相成………………………289

二、佛教與志怪之關係…………………………… 292

（一）南朝志怪與南朝文化、南統佛教…… 293

（二）志怪書撰寫者與佛教………………… 295

1、志怪書目及撰者之統計…………… 296

2、志怪書撰者的文才及其文人身份…… 301

3、志怪書撰者與佛教之交集………… 333

（三）佛教志怪中的本末意識……………… 363

1、學理層面的儒、釋調和論………… 365

2、謝敷、顏之推之佛教志怪書撰寫以及
睒子故事的中土化…………………… 368

第五章　從文化之大傳統與小傳統看魏晉南北朝
志怪書……………………………………… 413

一、文化之大傳統、小傳統的概念及其借鑒意義 413

二、「禮、俗整合體」與志怪書中的民間習俗… 416

三、士人言行中的鬼神………………………… 429

（一）清談與鬼神、志怪………………… 429

（二）飲酒與志怪………………………… 433

四、詩文創作與志怪書撰寫…………………… 444

（一）「遊仙體」創作與志怪…………… 444

（二）詩文創作的重複性現象與志怪…… 455

1、志怪書中志怪故事的重複載錄與記述… 455

2、詩賦創作中的重複性及其與志怪的關
聯——以同題共作賦為例………… 460

（三）《世說新語》與志怪……………… 465

（四）志怪書撰寫：雅與俗的直接「互滲」
………………………………………… 474

1、志怪書寫與精英身份…………… 474

2、志怪書撰寫中的民間語詞與精英敘事 · 476

（五）陶淵明《桃花源記並詩》分析…… 486

餘　論………………………………………… 499

結　語………………………………………… 505

參考文獻……………………………………… 511

附　表………………………………………… 531

後　記………………………………………… 533

補　記………………………………………… 537

第四章　魏晉南北朝「生活形式」中的佛教與志怪

　　在魏晉南北朝時期的思想文化景觀中，除了玄學之「幹流」，還有一支不容忽視的重要「支流」——佛教。而談及其時志怪「小說」的蔚起與成熟，佛教的傳入、傳播及其與中土文化的多層次互滲也起了不容置疑的重要作用，這早已是學界之共識。

　　茲舉二例代表性言論。最具影響力的當屬魯迅先生在《中國小說史略》中所言：「漢末又大暢巫風，而鬼道愈熾；會小乘佛教亦入土中，漸見流傳。……故自晉迄隋，特多鬼神志怪之書。其書有出於文人者，有出於教徒者。」〔註1〕又言：「魏晉以來，漸譯釋典，天竺故事亦流傳世間，文人喜其穎異，於是有意或無意中用之，遂蛻化爲國有。」〔註2〕魯迅更把事關佛教的、「遺文之可考見」的志怪如劉義慶《宣驗記》、王琰《冥祥記》、顏之推《集靈記》、侯白《旌異記》等歸類爲「釋氏輔教之書」，這些書「大抵記經像之顯效，明應驗之實有，以震聳世俗，使生敬信之心」〔註3〕。專門闢出「釋氏輔教之書」成爲志怪書之一大類，可見佛教對志怪書影響之一斑。李劍國則更爲具體地說明了佛、道二教教徒及文人撰寫志怪書的情狀：「佛教徒和道教徒爲宣揚法旨和自神其術，紛紛著書立說，而鬼神之事自然就成爲其中的內容。……有些信徒則又專門搜集記錄鬼神故事，這樣就有志怪小說紛至沓來。……佛家也是如此。魏晉南北朝，志怪作者王浮、葛洪、王嘉、

〔註 1〕魯迅：《中國小說史略》，上海，上海古籍出版社，1998 年版，第 24 頁。
〔註 2〕魯迅：《中國小說史略》，上海，上海古籍出版社，1998 年版，第 30 頁。
〔註 3〕魯迅：《中國小說史略》，上海，上海古籍出版社，1998 年版，第 32 頁。

陶弘景、見素子等本人都是道士，張華、郭璞、蕭吉等都是陰陽五行家，曇永、淨辯都是沙門，王琰、王曼穎、蕭子良、梁元帝等都是在俗的佛教徒。借志怪來弘教，在佛教徒那裡尤爲突出，所以南北朝特多《冥祥記》之類的『釋氏輔教之書』。六朝文人普遍接受佛道思想，宗教迷信觀念極大地支配著他們的寫作。若西晉張敏《神女傳》……都是文人作的仙傳。文人又多崇佛，自然也會秉筆弘法。這樣，志怪書也就被他們創造出來，干寶作《搜神記》、顏之推作《冤魂志》……大抵都是『發明神道之不誣』。」〔註4〕志怪書的大量湧現是否緣於文人們的「宗教迷信」，姑且不論，但不能否認的是，在前所未有的「宗教盛世」，佛徒、道士均借助志怪來自神其教甚至彼此爭鋒，文人也不甘落後地撰寫志怪書以表達其對宗教的興趣或熱情，足見志怪的非凡「魔力」。

一、佛教之傳入、傳播及興盛

佛教與志怪關係之密切是不容置喙的事實，然其關係之發生，須有佛教之傳入、傳播以及興盛爲前提，那麼，佛教何時傳入中土？又是如何興盛的呢？

（一）佛教之傳入與興盛的時間

關於佛教最初傳入中國的時間，較早的定論有「永平求法」說。「永平」爲東漢明帝的年號，時間在公元 57 年至公元 75 年。「永平求法」是指漢明帝永平年間遣使至西域求取佛法，自此佛教傳入中國。但是，梁啓超、湯用彤、季羨林等佛學大家已推翻此說，重新認定，均認爲佛教傳入之始在漢明之前。梁啓超在其論著《中國佛學史稿》中，有數篇文章都論證、闡明了佛法最初傳入中國的時間。在《漢明求法說不足據》一文中，梁公對歷代書籍、文章中關於「漢明求法」「漢明夢金人」傳說的記載一一深究、詳辨，認爲：「此說（『永平求法』說）二千年來公認爲史實，以今考之，則大錯誤也。……已上所考據，則漢明求佛法之事爲子虛烏有，已可證明。……其源蓋起於晉後釋、道鬩爭，道家捏造讕言，欲證成佛教之晚出；釋家旋採彼說，輾轉附會，謀張吾軍。兩造皆鄉曲不學之人，盲盲相引，其先後塗附之迹，歷歷可尋。」〔註5〕在《中

〔註 4〕李劍國：《唐前志怪小説史》，天津，南開大學出版社，1984 年版，第 228～229 頁。

〔註 5〕梁啓超：《中國佛學史稿》，北京，中國人民大學出版社，2012 年版，第 475～480 頁。

國佛法興衰沿革說略》、《佛教之初輸入》等文中，梁公亦經過充分論證，推翻「永平求法」說，得出的結論是：「佛法輸入，蓋在永平前矣。」〔註6〕「佛教之初紀元，自當以漢末桓、靈以後爲斷。」〔註7〕聯繫梁公相關論述，此處所謂「佛教之初紀元」，當指佛教開始「與思想界有交涉」、「影響及於思想界」的時間。〔註8〕另在《佛教初入中國之考證》一文中，梁公又考證、分析了朱士行《經錄》所稱「秦始皇時，西域沙門齎佛經來咸陽」之事、魚豢《魏略・西戎傳》所載漢哀帝元壽元年「伊存授經」事、《後漢書》所載後漢明帝時楚王英「尚浮屠齋戒」事、《後漢書・襄楷傳》所載後漢桓帝時襄楷上疏事，其結論爲：「據上所考證，則秦漢之世，佛教雖有粗迹可尋，然於時代必無甚影響。……觀此足知兩漢時佛教雖間輸入，而時人尙罕知者，故官書地志，一無所載。以王充之賅博，又富於批評精神之人，其所著《論衡》，尙無一言及佛也。佛教之輸入，其有影響於後來宗教之建設者，當自桓、靈始，而爲此佛教新紀元之人物者，則安世高和支婁迦讖二人。」〔註9〕則梁公的觀點，可概述如下：秦漢之世，中土已有粗略的佛教印迹，兩漢時，佛教間或亦有輸入，但佛教眞正於思想界產生影響，當始於桓、靈之時，或謂自桓、靈之後。湯用彤先生雖然和梁啓超先生在論證過程中對個別問題的觀點存在些許出入，但也認可佛教之最初輸入在漢明永平之前的說法，認爲：「漢明求法，吾人現雖不能明當時事實之眞相，但其傳說應有相當根據，非嚮壁虛造。至若佛教之流傳，自不始於東漢初葉。」〔註10〕再確切一點，「一、漢武帝開闢西域，大月氏西侵大夏，均爲佛教來華史上重要事件。二、大月氏信佛在西漢時，佛法入華或由彼土。三，譯經並非始於《四十二章》，傳法之始當上推至西漢末葉。」〔註11〕而對於湯先生提出的這三點，季羨林先生尤爲贊同：「在當代中外學者的意見中，最讓我服膺的還是湯用彤先生的觀點。……

〔註6〕 梁啓超：《中國佛學史稿》，北京，中國人民大學出版社，2012 年版，第 16～17 頁。

〔註7〕 梁啓超：《中國佛學史稿》，北京，中國人民大學出版社，2012 年版，第 182 頁。

〔註8〕 梁啓超：《中國佛學史稿》，北京，中國人民大學出版社，2012 年版，第 182～183 頁。

〔註9〕 梁啓超：《中國佛學史稿》，北京，中國人民大學出版社，2012 年版，第 482～483 頁。

〔註10〕 湯用彤：《漢魏兩晉南北朝佛教史》，上海，上海書店，1991 版，第 29 頁。

〔註11〕 湯用彤：《漢魏兩晉南北朝佛教史》，上海，上海書店，1991 版，第 51 頁。

這一點同我在《再談浮屠與佛》中的結論完全一致。」〔註12〕另湯用彤先生在論述「笮融事佛」事時亦提及佛教的興盛曰「佛教始盛於漢末」〔註13〕。

總之，梁公較為明確的觀點是：佛教傳入在漢明永平之前，而真正被中土關注並影響於思想界，即「佛教之初紀元」當始於東漢末年桓、靈年間。湯用彤先生較為明確的觀點是：佛教初入中土當在西漢末葉，而「始盛於漢末」。因此，梁啓超和湯用彤兩位大家明顯達成一致的，是均認為佛教傳入在永平之前，而真正產生影響以至興盛當始於東漢末年。

（二）漢末及魏晉南北朝佛教發展之盛況

既信仰佛教，必然要造立佛像以供膜拜。湯用彤先生經過考證，認為《三國志・吳志・劉繇傳》中記載的「笮融事佛」之事「是為造像立寺見於記載之始。」〔註14〕梁啓超先生在《佛教初入中國之考證》一文中也指出「笮融為中國人建塔造像之始」。〔註15〕笮融是漢末一個地方豪強。獻帝初平年間，笮融依附於徐州牧陶謙。其時江淮間亦是豪強割據，變亂不息。陶謙使笮融「督廣陵、彭城運漕」，笮融遂「坐斷三郡委輸以自入」〔註16〕。利用這些私吞的「橫財」，笮融「大起浮圖祠，以銅為人，黃金塗身，衣以錦采，垂銅槃九重；下為重樓閣道，可容三千餘人，悉課讀佛經……由此遠近前後至者五千餘人戶。每浴佛，多設酒飯，布席於路，經數十里，民人來觀及就食且萬人。」〔註17〕由相關史料來看，笮融如此高調地建塔造像、布施於民，與其說是滿足自己的信仰需求，不如說是以此招致更多的民眾來投，壯大自己的力量，滿足其個人物質上的貪欲和政治上的野心。茲且不討論笮融事佛的私利目的，我們要關注的是笮融滿足貪欲、野心的手段及其所倚賴的社會大背景。可以看出，笮融之所以能在短時期內聚集近萬民眾，借助的絕對不是個人魅力，而是漢末亂世民心向佛的大趨勢，而其事佛所折射出的背景也是方興未艾的佛教傳播潮流。梁啓超先生在《中國佛學史稿》中認為佛教初輸入

〔註12〕 季羨林：《佛教傳入龜茲和焉耆的道路和時間》，《社會科學戰線》，2001 年第 2 期。

〔註13〕 湯用彤：《漢魏兩晉南北朝佛教史》，上海，上海書店，1991 年版，第 73 頁。

〔註14〕 湯用彤：《漢魏兩晉南北朝佛教史》，上海，上海書店，1991 年版，第 72 頁。

〔註15〕 梁啓超：《中國佛學史稿》，北京，中國人民大學出版社，2012 年版，第 484 頁。

〔註16〕 （晉）陳壽撰，（南朝・宋）裴松之注：《三國志》（卷四十九），北京，中華書局，1982 年版，第 1185 頁。

〔註17〕 （晉）陳壽撰，（南朝・宋）裴松之注：《三國志》（卷四十九），北京，中華書局，1982 年版，第 1185 頁。

地及根據地不在京洛而在南方江淮之間，以「楚王英奉佛」和「笮融事佛」為例，談到楚王英和笮融均受到當時江淮間信佛風氣之影響：「楚王英奉佛，因屬個人信仰，然其受地方思想之薰染，蓋有不可誣者。……漢武平南粵後，大遷其人於江淮。此後百數十年中，粵、淮間交通當甚盛，故渡海移根之佛教，旋即播蒔於楚鄉，此事理之最順者。而楚王英奉佛，即此種歷史事實最有力之暗示也。……融與曹操同時，其人為南人，其所治地為南土。其時佛塔之建造，佛像之雕塗，佛徒之供養，如此奢麗，此雖半由本人之迷信，然以歷史家眼光觀之，謂其不受社會環境幾分之示唆焉，不可得也。」〔註18〕關於漢末奉佛之社會大環境，任繼愈先生主編的《中國佛教史》第一卷在佛教譯經、塔寺建築、傳播地域等方面均有所闡述。關於佛經的翻譯：「東漢末年桓、靈二帝的時候，不少古印度和西域僧人來到漢地，以洛陽為中心，譯出大量佛教典籍。」〔註19〕關於東漢末年的佛寺、佛塔建築：「東漢時除洛陽、徐州地區有佛寺外，豫州（今河南及山東西南）也有佛塔的建築。……可見，在東漢末年，以洛陽為中心的廣大地區，佛教比以往在社會上有更大傳播。」〔註20〕關於佛教傳播的主要地域：「東漢末年，不少佛教徒因逃避戰亂，從洛陽、關中彙集到徐州地區。因此，山東徐淮一帶也曾一度成為佛教傳播的中心。」〔註21〕杜繼文主編的《佛教史》也談到兩漢之際佛教在中土的最初傳播情況：「從西漢末年到東漢末年的 200 年中，佛教從上層走向下層，由少數人信仰變為多數人信仰，其在全國的流佈，以洛陽、彭城、廣陵為中心，旁及潁川、南陽、臨淮、豫章、會稽，直到廣州、交州，呈自北向南發展的形勢。」〔註22〕

　　魏晉以降，佛教在中土的傳播更是如火如荼，在廣度與深度上都幾乎達到鼎沸狀態。上至帝王諸侯，中至貴族文士，下至百姓黎民，或翻譯佛經，探討教理，達致學術、思想上的精進；或齋戒拜佛，建寺布施，求得生命的安穩。以南朝梁時與北朝為例。「南朝佛教勢力之推廣，至梁武帝可謂至極。

〔註18〕梁啓超：《中國佛學史稿》，北京，中國人民大學出版社，2012 年版，第 185 頁。

〔註19〕任繼愈主編：《中國佛教史》（第一卷），北京，中國社會科學出版社，1985 年版，第 143 頁。

〔註20〕任繼愈主編：《中國佛教史》（第一卷），北京，中國社會科學出版社，1985 年版，第 156 頁。

〔註21〕任繼愈主編：《中國佛教史》（第一卷），北京，中國社會科學出版社，1985 年版，第 158 頁。

〔註22〕杜繼文主編：《佛教史》，南京，江蘇人民出版社，2006 年版，第 88～89 頁。

蓋以外象言之，其時京師寺剎，多至七百。而同泰寺之壯麗，愛敬寺之莊嚴，
剡溪石像之偉大，前此未有。以僧眾言之，則名僧眾多，縉豪歸附。講筵如
市，聽者如林。宮內華林園為講經之所。宮外同泰寺為帝王捨身之區。……
京外西極岷蜀，東至會稽，南至廣州，同弘佛法。至若佛經浩瀚，已至整理
之時。故武帝三次敕編目錄。……僧尼傳記，亦頗多撰述。至若思想，則尤
義計繁興，學人成群。……僧人之威力更出帝王之上。武帝為之給使洗濯煩
穢。稍有不治，則可上正殿踞法座抗議。是以本期佛教勢力之擴張，至此已
造極峰也。」〔註 23〕之後的陳朝，佛事雖不如梁時之盛，但「帝王獎挹名僧
常有所聞，其行事仍祖梁武之遺規。」〔註 24〕南朝佛教之盛，至晚唐杜牧之
「南朝四百八十寺，多少樓臺煙雨中」仍可見其遺響。

　　與南朝相比，北朝雖奉佛之方式、特點有所不同，但興盛之總體情勢與
南土不相上下。皇帝、諸王、宮闈以至閹宦、羽林、虎賁、學士文人多有信
奉。「北朝上下之奉信，特以廣建功德著稱。」〔註 25〕「北朝法雨之普及，人
民崇福之熱烈，可於造像一事見之。北朝造像，以龍門雲岡為最大。而在北
齊幼帝鑿晉陽西山為大佛像，即所謂天龍山造像，亦均與伊闕武州齊名。此
皆竭國家之力，慘淡經營。其時人民立塔造像，風尚普遍。經晚近所發現者，
所在皆有。」〔註 26〕造寺之風也盛極一時。北魏時，「天下喪亂，京邑第舍，
大略為寺。……京城以外，州鎮寺廟，亦侵奪民居，廣佔田宅。史稱馮熙一
人於州郡造寺有七十二所，則天下立寺之多可以知也。」〔註 27〕為造像、立
寺不惜耗費國家資財、損害民生，北朝佛教之興盛呈現出一種病態的狂熱。
另外，僧尼數目也代有增加。「故正光以後，國家多事，官役至繁，遂令編民
相率入道。出家之猥濫，史官歎為前所未有。延及周齊對峙，北方連年構兵，
而佛徒又大增。……世亂而出家者愈多，其故可知。」〔註 28〕「北朝競崇功
德，出家可避租課官役，好人又藏身於僧法之下。於是出家者日眾，而立寺
者亦多。靈太后時，民多絕戶而為沙門。」〔註 29〕北方兵連禍結甚於南方，

〔註 23〕湯用彤：《漢魏兩晉南北朝佛教史》，上海，上海書店，1991 年版，第 479 頁。
〔註 24〕湯用彤：《漢魏兩晉南北朝佛教史》，上海，上海書店，1991 年版，第 483 頁。
〔註 25〕湯用彤：《漢魏兩晉南北朝佛教史》，上海，上海書店，1991 年版，第 498 頁。
〔註 26〕湯用彤：《漢魏兩晉南北朝佛教史》，上海，上海書店，1991 年版，第 509～
　　　　510 頁。
〔註 27〕湯用彤：《漢魏兩晉南北朝佛教史》，上海，上海書店，1991 年版，第 514～515 頁。
〔註 28〕湯用彤：《漢魏兩晉南北朝佛教史》，上海，上海書店，1991 年版，第 518 頁。
〔註 29〕湯用彤：《漢魏兩晉南北朝佛教史》，上海，上海書店，1991 年版，第 521～522 頁。

其奉佛又重在建功德求福報，滿足物欲，故其在奉佛行為上較南方更瘋狂、熱烈，與南方熱衷研究教理、尚清談玄致大異其趣。

　　錢穆先生在《國史大綱》中的一段話可為漢魏兩晉南北朝佛教信仰與傳播的總結：「佛法之流佈，則直到漢末三國時代而盛。……東晉南渡，佛學乃影響及於中國之上層學術界。……直到南朝，梁武帝信佛，而佛法遂盛極一時。……北方五胡君主，崇佛尤殷。最著者為二石之於佛圖澄。稍後至姚興迎鳩摩羅什，而北方佛法如日中天。……自此以往，佛學在中國，乃始成上下信奉的一個大宗教。」〔註30〕

（三）佛教興盛之原因

　　佛教何以「始盛於漢末」？又如何在之後的魏晉南北朝時期長盛不衰？大致有以下幾方面原因：

1、社會的動蕩不安為佛教的傳入、傳播提供了契機

　　自漢末至南北朝時期，社會長期持續的動蕩紛擾與人們苦不堪言的現實生存困境為佛教的傳人及傳播提供了契機和條件。東漢末年，正是人廈將傾之際，兵戈擾攘，禍亂相尋，社會動蕩飄搖，民生極端凋敝，而之後的魏晉南北朝更是持續並加劇了漢末的黑暗與混亂。在長達近四個世紀的時期裏，中原板蕩，夷狄交侵，風雨如磐，生靈塗炭。如此長期的地獄般惡劣的生存環境給人們帶來難以承受的災難和痛苦，卻給佛教的輸入、紮根與傳播、興盛提供了優質的土壤和氣候。

　　錢穆先生的《國史大綱》中有「漢末之荒殘」一節，錢先生根據史料記載，代表性地列舉了漢靈帝至漢獻帝年間之慘狀：「靈、獻以來，海內荒殘，人戶所存，十無一、二。」洛陽，「董卓西遷，……盡燒宗廟、官府、居家，二百里內，室屋蕩盡，無復雞犬。」長安，「強者四散，羸者相食，二、三年間，關中無復人迹。」徐州，曹操進攻陶謙，屠城，「凡殺男女數十萬人，泗水為之不流，五縣無行迹。」壽春，「民多相食，州里蕭條。」其它各地亦「靡不凋殘」。「就全史而言，戶口莫少於是時。三國晚季如此，其大亂方熾時可想。」〔註31〕導致此荒殘之象的，除了戰亂，還有自然災害。《後漢書》載安帝即位當年九月，「六州大水」，「冬十月，四州大水，雨雹。」永初元年六月，「河東地陷」。永初元年一年之間，「郡國十八地震，四十一雨水，或山水暴

〔註30〕錢穆：《國史大綱》，北京，商務印書館，1996年版，第360～363頁。
〔註31〕錢穆：《國史大綱》，北京，商務印書館，1996年版，第311～313頁。

至；二十八大風，雨雹。」永初二年五月大旱，六月，「京師及郡國四十大水，大風，雨雹。……是歲，郡國十二地震。」永初三年三月，「京師大饑，民相食。」五月，「京師大風。」「十二月，郡國九地震。……是歲，京師及郡國四十一雨水雹，并、涼二州大饑，人相食。」之後幾年，亦連年地震、水旱之災、蝗災不斷。〔註32〕「據《後漢書·帝紀》和《五行志》、《天文志》等資料粗略統計，從和帝永元元年（公元 89 年）到獻帝建安二十五年（公元 220 年）間，發生水災 54 次，旱災 40 次，地震 69 次，蝗、螟災 29 次，瘟疫 18 次，大風冰雹等 41 次。」〔註33〕漢亡後的魏晉亦地震、水災、霜雪、蝗災等各種自然災害頻繁發生，其頻率之高、範圍之廣，令人咋舌。史書中敘此備至，茲不贅述。災禍頻仍，必有瘟疫隨之而至。曹植曾有《說疫氣》一文記載瘟疫之禍：「建安二十二年，癘氣流行，家家有僵尸之痛，室室有號泣之哀，或闔門而殪，或覆族而喪。」〔註34〕曹丕在《又與吳質書》中亦云：「昔年疾疫，親故多離其災，徐、陳、應、劉，一時俱逝，痛可言邪！……何圖數年之間，零落略盡，言之傷心。」〔註35〕徐、陳、應、劉分別是建安七子之徐幹、陳琳、應瑒、劉楨，四人均歿於一場瘟疫。曹丕《與王朗書》中亦曰：「疫癘數起，士人彫落，余獨何人，能全其壽？」〔註36〕對生命的極度憂慮也像瘟疫一樣迅速傳染，不分尊卑貴賤，吞噬著所有的人。至南朝，《梁書·韋叡傳》載劉宋永光年間，韋叡據守郢城，城中「男女口垂十萬，閉壘經年，疾疫死者十七八，皆積屍於牀下，而生者寢處其上，每屋輒盈滿。」〔註37〕《梁書·康絢傳》載梁武帝天監十四年，「夏日疾疫，死者相枕，蠅蟲晝夜聲相合。」〔註38〕《梁書·顧憲之傳》載南齊高帝時，衡陽「郡境連歲疾疫，

〔註32〕（南朝·宋）范曄撰，（唐）李賢等注：《後漢書》（卷五），北京，中華書局，1965 年版，第 205～242 頁。

〔註33〕高一農、張新科《東漢中後期的自然災害對文人心態的影響》，《中國減災》，2012.11，總第 193 期，第 22 頁。

〔註34〕（清）嚴可均輯：《全上古三代秦漢三國六朝文》，北京，中華書局，1958 年版，第 1152～1153 頁。

〔註35〕（清）嚴可均輯：《全上古三代秦漢三國六朝文》，北京，中華書局，1958 年版，第 1089 頁。

〔註36〕（清）嚴可均輯：《全上古三代秦漢三國六朝文》，北京，中華書局，1958 年版，第 1090 頁。

〔註37〕（唐）姚思廉：《梁書》（卷十二），北京，中華書局，1973 年版，第 221 頁。

〔註38〕（唐）姚思廉：《梁書》（卷十八），北京，中華書局，1973 年版，第 291 頁。

死者太半，棺木尤貴，悉裹以葦席，棄之路傍。」〔註39〕疫病帶來的恐慌與死亡，也為南朝歷史留下了刺目疤痕。

這種亂世慘景在志怪書中也被屢屢再現出來。除了鬼、怪形象以及怪異現象對亂世的間接的折射和象徵，志怪書中對亂世慘景也有直接的文字描述。如《幽明錄》中：「樂安縣故市經荒亂，人民餓死，枯骸填地。每至天陰將雨，輒聞吟嘯呻歎，聲眂於耳。」〔註40〕「晉永嘉之亂，郡縣無定主，強弱相暴。」〔註41〕「至元興中，普天亢旱。」〔註42〕「安定人周敬，種瓜，時亢旱。」〔註43〕再如《搜神記》中：「靈帝既沒，天下大亂，君有妄誅之暴，臣有劫弒之逆，兵革相殘，骨肉為讎，生民之禍極矣。」〔註44〕「自靈帝崩後，京師壞滅，戶有兼屍蟲而相食者。」〔註45〕「晉武帝太熙元年，……及帝宴駕，王室毒於兵禍。」〔註46〕「元康五年三月……其後八載，而封雲亂徐州，殺傷數萬人。」〔註47〕「及懷、愍之世，王室多故，而中都喪敗。」〔註48〕「永嘉五年，……於是果有二胡之亂，天下饑荒焉。」〔註49〕「其後二年，永嘉之亂，四海分崩，天下悲難，無顏以生焉。」〔註50〕《冥祥記》中「沙門釋開達」條反映了北方饑荒之年人吃人的慘況：「晉沙門釋開達，隆安二年，登壟採甘草，為羌所執。時年大饑，羌胡相啖。乃至達柵中，將食之。」〔註51〕《述異記》「封使君」條反映了官吏對百姓無以復加的殘害：「漢宣城太守封邵忽化為虎，食郡民。民呼『封使君』，因無不復來。時語曰：『無作封使君，生不治民死食民。』」〔註52〕周俊勳在其論著《魏晉南北朝志怪小

〔註39〕　（唐）姚思廉：《梁書》（卷五十二），北京，中華書局，1973 年版，第 758 頁。
〔註40〕　魯迅（校錄）：《古小說鉤沈》，濟南，齊魯書社，1997 年版，第 145 頁。
〔註41〕　魯迅（校錄）：《古小說鉤沈》，濟南，齊魯書社，1997 年版，第 158 頁。
〔註42〕　魯迅（校錄）：《古小說鉤沈》，濟南，齊魯書社，1997 年版，第 175 頁。
〔註43〕　魯迅（校錄）：《古小說鉤沈》，濟南，齊魯書社，1997 年版，第 187 頁。
〔註44〕　（晉）干寶撰，汪紹楹校注：《搜神記》，北京，中華書局，1979 年版，第 85 頁。
〔註45〕　（晉）干寶撰，汪紹楹校注：《搜神記》，北京，中華書局，1979 年版，第 88 頁。
〔註46〕　（晉）干寶撰，汪紹楹校注：《搜神記》，北京，中華書局，1979 年版，第 97 頁。
〔註47〕　（晉）干寶撰，汪紹楹校注：《搜神記》，北京，中華書局，1979 年版，第 99 頁。
〔註48〕　（晉）干寶撰，汪紹楹校注：《搜神記》，北京，中華書局，1979 年版，第 100 頁。
〔註49〕　（晉）干寶撰，汪紹楹校注：《搜神記》，北京，中華書局，1979 年版，第 103 頁。
〔註50〕　（晉）干寶撰，汪紹楹校注：《搜神記》，北京，中華書局，1979 年版，第 104 頁。
〔註51〕　魯迅：《古小說鉤沈》，濟南，齊魯書社，1997 年版。第 304 頁。
〔註52〕　（魏）曹丕等著，鄭學弢校注：《〈列異傳〉等五種》，北京，文化藝術出版社，1988 年版，第 92 頁。

說詞彙研究》中對志怪小說的詞彙有精細的統計，從中可以看到從詞彙角度折射出的魏晉南北朝時期彌漫整個社會的破敗、陰沉和蕭條：「與生老病死相關的詞語在志怪小說中出現不少，是志怪小說語言的獨特之處，與同期的其他語料有明顯的差異。」〔註53〕「體現志怪小說特點的動詞是反映人的生死、殯殮等詞語，如『生、更生、死、活、蘇、蘇活、復生、卒、葬、埋、葬埋、殯、殮、殯殮、絕、斷絕、平復』等，這些詞大多是繼承於前代的，只不過在志怪小說中使用的頻率非常高，並且十分集中。這是其它典籍中不能見到的語言現象。」〔註54〕在慘絕人寰的人間地獄裏，人命危淺，朝不保夕，於是，最基本的生存問題最大限度地凸顯出來，對生的渴望和對死的恐懼，成了整個時代的最強音。而志怪書作爲「小說」的邊緣狀態，恰好提供了一個讓人們擺脫禮教束縛盡情控訴、肆意號呼的平臺，所以，在魏晉南北朝志怪書中出現了上述獨特的詞彙現象。另外，志怪書中的場景多爲夜晚、墓穴，也側面反映出當時社會環境的黑暗和恐怖。李偉昉在其博士論文《英國哥特小說與中國六朝志怪小說研究》中指出：「從作爲文學的文本看，英國哥特小說與六朝志怪小說至少在五個方面呈現出共性傾向。……都以展示非常態性環境、鍾愛夜晚爲其顯著特徵。諸如墓穴、洞穴、地獄等這些非常態性環境描寫本身，雖然在兩種小說裏有所差異，但毛骨悚然的恐怖性，卻又是它們共有的接受效果。作者所以把故事情節常常安排在夜間，乃是因爲人們一向認爲鬼怪總是出沒於夜晚的。同時還因爲，夜晚總是充滿了無限的神秘性和恐怖感，因此更能激發人們豐富的想像力。」〔註55〕可以說，魏晉南北朝志怪書中高頻出現的墓穴、洞穴、地獄以及夜晚等場景，不僅是人們想像的結果，更是其時社會面貌的直接再現，而彌漫其間的恐怖則是當時人們置身現實的真實感受。因此，其時之志怪書，名爲志怪，實爲寫實。

當現實扭曲至極，人們對痛苦的忍耐到達極限的時候，宗教便會應運而生或應運而至，以幫助人們減緩現實生活的病苦。當時中土的宗教，應運而生的是道教，應運而至的則是佛教。在《國史大綱》的「引論」部分，錢穆

〔註53〕周俊勳：《魏晉南北朝志怪小說詞彙研究》，成都，四川出版集團巴蜀書社，2006年版，第5頁。

〔註54〕周俊勳：《魏晉南北朝志怪小說詞彙研究》，成都，四川出版集團巴蜀書社，2006年版，第28頁。

〔註55〕李偉昉：《英國哥特小說與六朝志怪小說比較研究》，北京，中國社會科學出版社，2004年版，第25～26頁。

先生談到外來宗教輸入的條件：「中國在已往政治失其統一，社會秩序崩潰，人民精神無可寄託之際，既可接受外來之『宗教』。如魏、晉以下，迄隋、唐初期。……惟科學植根應有一最低限度之條件，即政治稍上軌道，社會稍有秩序，人心稍得安寧是也。此與宗教輸入之條件恰相反。」〔註56〕湯用彤先生在《漢魏兩晉南北朝佛教史》中指出：「漢末之運，外戚宦官黨錮之禍繼起，社會不平等之現象又著，……佛法省欲去奢，惡殺非爭鬥，當民生塗炭，天下擾亂，佛法誠對治之良藥，安心之要術。佛教始盛於漢末，迨亦因此歟？」〔註57〕梁啓超先生在《中國佛學史稿》中分別談到中土佛教初盛時「一般愚民」和「有識階級之士大夫」信仰佛教之原因：「季漢之亂，民療已甚，喘息未定，繼以五胡。百年之中，九宇鼎沸，有史以來，人類慘遇，未有過於彼時者也。一般小民，汲汲顧影，且不保夕，呼天呼父母，一無足怙侍。聞有佛如來能救苦難，誰不願託以自庇？其稔惡之帝王將相，處此翻雲覆雨之局，亦未嘗不自怵禍害。佛徒悚以果報，自易動聽，故信從亦漸眾。帝王既信，則對於同信者必加保護。在亂世而得保護，安得不趨之若鶩？此一般愚民奉之之原因也。」〔註58〕此爲魏晉南北朝時期一般平民大眾奉佛之原因。概言之，一爲佛教能解苦救難，二爲同信佛教的帝王爲之提供保護。此二者皆出於眼前的困境之脫離。「其在『有識階級』之士大夫，聞『萬行無常，諸法無我』之教，還證以己身所處之環境，感受深刻，而愈覺親切有味，其大根器者，則發悲憫心，誓弘法以圖拯拔，其小根器者，則有託而逃焉，欲覓他界之慰安，以償此世之苦痛。夫佛教本非厭世教也，然信仰佛教者，什九皆以厭世爲動機，此實無庸爲諱。故世愈亂，而逃入之者愈眾，此士大夫奉佛之原因也。」〔註59〕在《佛教教理在中國之發展》一文中，梁公在分析了南朝佛學思潮的盛況之後，也談到士大夫奉佛的原因：「其所爲相率趨於此途者，則亦政治上、社會上種種環境有以促之。劉遺民（即程之）答慧遠云：『晉室無磐石之固，物情有累卵之危，吾何爲哉？』此語可代表當時士大夫之心理。蓋賢智之士，本已浸淫於老莊之虛無思想，而所遭值之時勢，又常迫之使有

〔註56〕錢穆：《國史大綱》，北京，商務印書館，1996年版，第20頁。

〔註57〕湯用彤：《漢魏兩晉南北朝佛教史》，上海，上海書店，1991年版，第72～73頁。

〔註58〕梁啓超：《中國佛學史稿》，北京，中國人民大學出版社，2012年版，第19頁。

〔註59〕梁啓超：《中國佛學史稿》，北京，中國人民大學出版社，2012年版，第19～20頁。

託而逃，其聞此極高尚幽邃之出世的教義，不自知其移我情，有固然也。然因此與印度之原始佛教，已生本根之差違，消極的精神遂為我國佛教界之主要原素矣。」〔註 60〕此為有文化的智識階層即士大夫信奉佛教的原因。因飽受亂世之苦，遂生厭世之想，於佛教、佛法中尋找情感上的安慰和思想上的依託，其中有對自身處境的感受和審視，有對佛法的認識和思考。與一般民眾不同之處在於，士大夫們不單純尋求物質層面的滿足與解脫，還尋求精神上、思想上的出路和歸宿。但無論一般民眾還是士大夫，其信奉佛教的現實原因都是窮愁悽惶、苦不堪言的生存困境。而且，佛教主仁慈好施，倡輪迴果報，極易籠絡人心。而且，在解決迫在眉睫的困境方面，佛教相比道教的易操作性和相對較強的時效性也使其獲得了更多民眾的青睞。

2、玄佛合流使佛教得以深入植根於中土文化

漢末佛教初傳，多借力中土的道教方術，靠咒法神通為弘教手段，吸引焦慮不安、迷茫無助的民眾，成為「一般愚民」別無選擇的救命稻草和盲信對象，間或受到好黃老方技的上流人士的青睞。但這仍然只是若即若離的、表層的文化附著，佛教真正深入植根於華夏，則在魏晉及之後的時期，其手段由借力道教方術轉為依附玄學。佛教依附於玄學，與玄學合流而又自成一體，其傳播特點由廣而淺轉為向縱深發展，為進一步傳播提供了日漸強勁的深層思想根基，而佛教作為一種外來文化，亦從此開始具備自身的再生能力。正是由於與中土固有思想文化的這種成功嫁接，才使其能在中國文化土壤上枝繁葉茂、開花結果。因此，魏晉以降尤其是南朝的佛教傳佈，內容上多為佛法、佛理之研究，層面上多為思想之融彙，士大夫亦由此成為佛教受眾的新陣營、新勢力，而這又直接影響了志怪書的編寫、傳抄，尤其是直接影響了佛教志怪書的產生和流佈。

湯用彤先生將漢代及魏晉以降的佛教發展劃分為兩個時期，二時期佛家之面目判然有別：「佛教在漢世，本視為道術之一種。其流行之教理行為，與當時中國黃老方技相通。其教因西域使臣商賈以及熱誠傳教之人，漸布中夏，流行於民間。上流社會，偶因好黃老方術，兼及浮屠，如楚王英、明帝及桓帝皆是也。至若文人學士，僅襄楷、張衡略為述及，而二人亦擅長陰陽術數之言也。此外則無重視佛教者。……及至魏晉，玄學清談漸盛，中華學術之面目為之一變，而佛教則更依附玄理，大為士大夫所激賞。……而佛學演進

〔註 60〕 梁啟超：《中國佛學史稿》，北京，中國人民大學出版社，2012 年版，第 173 頁。

已入另一時期矣。」〔註 61〕梁啓超先生則把東晉作爲佛教傳播的分界線，漢末至西晉，其特點則是宗教迷信，自東晉始有思想、學術層面之教理的探究和流行。「計自西曆紀元一世紀之初至四世紀之初，約三百年間，佛教漸漸輸入中國，且分佈於各地。……此期之佛教，其借助於咒法神通之力者不少。……質言之，則此期之佛法只有宗教的意味，絕無學術的意味。……二千年來之愚夫愚婦，大率緣此起信。……佛法確立，實自東晉。……東晉後，佛法大昌，其受帝王及士大夫弘法之賜者不少。」〔註 62〕所謂佛法大昌，主要表現在譯事大昌、人們嗜講佛理以及大乘經典漸備。〔註 63〕在《佛教教理在中國之發展》一文中梁公又言：「楚王英、襄楷時代，蓋以佛教與道教同視，或逕認爲道教之附屬品，彼時蓋絕無教理之可言也。」〔註 64〕在《佛教之初輸入》一文中再次重申其義：「楚王英前後之佛教，度不過極粗淺之迷信談耳，於後此宗教之建設，不能謂有多關係。……故永平詔書，襄楷奏議，皆以黃老、浮屠並舉，蓋當時實認佛教爲黃老之支與流裔也。其蔚爲大國，則自魏晉以後耳。……兩晉以降，南北皆大師輩出。……在在皆足以表風氣之殊，而各宗派之能紛呈其特色，以光飾我思想史，亦未始不由此也。」〔註 65〕錢穆先生在《國史大綱》中對佛教在中土的流佈過程也做了極清晰的梳理：佛教初傳，「僅如黃老之附庸」，後來，方術信仰在士大夫階層中勢力轉弱，曹魏時期，嵇康著《養生論》，主張清虛寡欲、順乎自然以養生延年，是爲「從哲理的見解」「爲方術信仰開新生命」，〔註 66〕由此，由方術轉爲清談，由黃老轉入莊老，政治意味漸薄，學理意味漸厚，於是，佛理的輸入成爲必然。隨著佛理與玄學的逐步交涉、互融，至宋齊時，兩晉之莊老清談又轉爲以佛義說莊老。〔註 67〕知識階層對於佛理、佛義的探討和接受，使得佛教眞正滲透進中華文化的血脈之中，爲之後佛教在中土持續、穩健、活躍的生長提供了堅實的保障。

〔註 61〕湯用彤：《漢魏兩晉南北朝佛教史》，上海，上海書店，1991 年版，第 120 頁。

〔註 62〕梁啓超：《中國佛學史稿》，北京，中國人民大學出版社，2012 年版，第 18～19 頁、21 頁。

〔註 63〕梁啓超：《中國佛學史稿》，北京，中國人民大學出版社，2012 年版，第 21 頁。

〔註 64〕梁啓超：《中國佛學史稿》，北京，中國人民大學出版社，2012 年版，第 168 頁。

〔註 65〕梁啓超：《中國佛學史稿》，北京，中國人民大學出版社，2012 年版，第 185～187 頁。

〔註 66〕錢穆：《國史大綱》，北京，商務印書館，1996 年版，第 357 頁。

〔註 67〕錢穆：《國史大綱》，北京，商務印書館，1996 年版，第 358～360 頁。

　　那麼，由借助道教方技在一般民眾中廣爲流佈轉爲依附於玄學而進入學術思想層面的深層傳播和文化植入，佛教的這一「華麗轉身」何以發生？究其根本原因，大致有三。

　　首先，社會政治力量迫使道教方術漸漸退出歷史舞臺的中心，士大夫爲求自保，由熱衷方術轉向清談玄理，佛教遂由依附於道教轉而爲親近玄學。自黃巾被剿、張魯之亡，中土早期道教勢力陷入低谷。曹魏鑒於漢末太平道、五斗米道等民間道教組織叛亂的教訓，對道教採取嚴厲壓制與懷柔、拉攏並舉的政策。恰如曹植《辯道論》曰：「夫神仙之書，道家之言，乃言傳說上辰尾宿，歲星降下爲東方朔。淮南王安誅於淮南，而謂之獲道輕舉。鈎弋死於雲陽，而謂之尸逝柩空。其爲虛妄，甚矣哉！……世有方士，吾王悉所招致，甘陵有甘始，廬江有左慈，陽城有郗儉。始能行氣導引，慈曉房中之術，儉善辟穀，悉號三百歲。本所以集之於魏國者，誠恐斯人之徒，挾姦宄以欺眾，行妖隱以惑民，故聚而禁之也。」〔註68〕西晉時張華《博物志》卷五「方士」部分詳列當時曹操羅致的方士名單共十六人，文末言明這些人是「《周禮》所謂怪民，《王制》稱挾左道也」。〔註69〕曹丕《論郗儉等事》論郗儉、甘始、左慈之方術，曰：「自王與太子，及余之兄弟，咸以爲調笑，不全信之。」雖然後來也爲郗儉「辟穀百日……行步起居自若」〔註70〕而稱歎，但曹丕登基後，於黃初五年十二月下詔，明令禁止巫術：「叔世衰亂，崇信巫史，至乃宮殿之內，戶牖之間，無不沃酹，甚矣其惑也。自今，其敢設非祀之祭，巫祝之言，皆以執左道論，著於令典。」〔註71〕左道，即旁門左道、歪門邪道之意。《搜神記》中「左慈」條記述了曹操欲殺左慈而不得的故事〔註72〕，與《後漢書・左慈傳》所記雷同，反映了曹操對方術的厭惡。總之，無論史書還是志怪，無論是政治上的考量還是個人的喜好，我們看到的更多的是曹氏對道

〔註68〕 （清）嚴可均輯：《全上古三代秦漢三國六朝文》，北京，中華書局，1958 年版，第 1151 頁。

〔註69〕 （晉）張華撰，范甯校證：《博物志校證》，北京，中華書局，1980 年版，第 61～62 頁。

〔註70〕 （清）嚴可均輯：《全上古三代秦漢三國六朝文》，北京，中華書局，1958 年版，第 1095 頁。

〔註71〕 （晉）陳壽撰，（南朝・宋）裴松之注：《三國志》，北京，中華書局，1959 年版，第 84 頁。

〔註72〕 （晉）干寶撰，汪紹楹校注：《搜神記》，北京，中華書局，1979 年版，第 9 ～10 頁。

教方術的反感和不信任。江東孫策、孫權對道教方術亦採取壓制並利用的兩手政策。《三國志・孫策傳》注引《江表傳》、《搜神記》，記述了孫策欲除掉道士于吉之事〔註73〕，反映了孫策對方術、道士的反感。上層統治者將道教打入冷宮，佛教自然無復依傍，只得另尋出路。

　　錢穆和湯用彤二先生以學術大家特有的精準學術眼光，對佛教在漢魏之際放棄黃老方技而投靠玄學以求生存和發展的「棄暗投明」之舉，做了宏觀的把握及微觀的剖析。錢穆先生在《國史大綱》中從社會發展的大脈絡著眼，分析了道教方術退居幕後、莊老清談漸居上風的社會政治、文化背景，爲此背景所影響，佛教爲保求自身的地位與力量，必須轉變「營銷模式」，遂與玄學結合：「相應於亂世而起者，乃個人之私期求，方術權力之迷信，與物質的自由需要。於是後世之所謂道教，遂漸漸在下層社會流行。初期佛教輸入，亦與此種社會情態相適協，而漸漸佔有其地位。逮乎東方黃巾之亂，以及漢中張魯之亡，方術信仰漸漸在士大夫階層中失其勢力。大的羣體日趨腐敗毀減，既不能在政治社會大處著力，希圖補救，常自退縮在個人的私期求裏，於是只有從方術再轉到清談。相應於此種形勢下之佛教，乃亦漸漸有學理之輸入。名士世族在不安寧的大世界中，過著他們私人安寧的小世界生活，他們需要一種學理上的解釋與慰藉。瞿曇與莊老，遂同於當時此種超世俗的學理要求下縮合。」〔註74〕佛教與莊老玄學的結合，既是佛教求生存與發展的唯一出路，也是名士世族在風雨飄搖的「覆巢」之下求生存、求安慰的最佳策略，是佛教與中土士大夫的「雙贏」。湯用彤先生也以其閎大的學術視野，全面梳理了中國自漢至南朝的思想發展脈絡，深入分析了佛教在此脈絡中的變遷：「總之，中國溯自漢興以來，學術以儒家爲大宗，文化依中原爲主幹。而其所謂外來之瞿曇教化，方且附庸圖讖陰陽之說，以爭得地位於道術之林。漢末以來，世風漸變。孔教衰微，《莊》《老》興起。中朝文物，經亂殘廢。北方仕族，疊次渡江。於是魏晉釋子，襲名士之逸趣，談有無之玄理。其先尙與正始之風，留迹河、洛。後乃多隨永嘉之變，振錫江南。由是而玄學佛義，和光同流，鬱而爲南朝主要之思想。」〔註75〕湯先生緊扣漢末魏晉時期播遷動蕩的社會政治大背景，按時空之雙重座標，分析了佛教變遷之軌迹，

〔註73〕（晉）陳壽撰，（南朝・宋）裴松之注：《三國志》，北京，中華書局，1959年版，第1110頁。

〔註74〕錢穆：《國史大綱》，北京，商務印書館，1996年版，第356～358頁。

〔註75〕湯用彤：《漢魏兩晉南北朝佛教史》，上海，上海書店，1991年版，第528頁。

由漢而至魏晉，由北方中原而至江南，佛教與玄學、釋子與名士由此演繹出
中國思想文化史上耀人眼目的獨特景觀，而我們要探討的佛教志怪便是這景
觀中的一座「神秘花園」。

其次，佛理和玄學於內在精神與智慧上有相通之處，二者惺惺相惜，遂
成就佛學之興盛。佛教和玄學的結合，除了社會政治力量的影響和歷史發展
的必然趨勢提供的「緣分」，二者內在的精神與思維上的相通才是關鍵，也是
佛教之所以能絜根中土文化從而長盛不衰的眞正根由。關於這一點，試從以
下三方面分析。

第一，道教方技與玄學、佛學皆尙「自然無爲」。中國傳統思想之兩大體
系，即道家與儒家。道教失勢後，佛教何以沒有選擇儒學而是選擇了清談《老》
《莊》的玄學作爲靠山？根本原因在於黃老方技與玄學有相同的思想內核即
「自然」「無爲」，當道教方技大勢已去，佛教難以克服其「慣性」，遂順勢倒
向黃老方技的近親──「玄學」。關於此點，湯用彤先生做過精闢的闡述：「黃
老之道，盛於漢初。其旨在清淨無爲，乃君人南面之術。……而黃老道術亦
與陰陽曆數有關。……其旨以爲天地萬物受之元氣，元氣即虛無無爲之自然。
陰陽之交感，五行之配合，俱順乎自然。人之行事，不當逆天，須事事順乎
陰陽五行之理。……而其流行之地，則在山東及東海諸地，與漢代佛教流行
之地域相同。其道術亦有受之於佛教者。而佛教似亦與其並行，或且藉其勢
力以張其軍，二者之關係實極密切也。」〔註 76〕湯先生又以《抱朴子‧暢玄
第一》所言爲例具體分析方技之「本自然」的「原理」：「方技雖常爲世人所
譏，然其全身養生之道，亦旨在順乎自然。……《抱朴子‧暢玄第一》言，
聲音可以損聰，華采可以傷明，酒醴可以亂性，冶容可以伐命，此皆反乎自
然。玄者，自然之始祖；玄道者，得之則永存，失之則夭折。以此舉凡咽氣
餐霞之術，神丹金液之事，均須與自然契合。」〔註 77〕再看《老》《莊》清談，
「自然」亦爲其根本要義：「而順乎自然，亦《老》《莊》玄學之根本義。……
至若《老》《莊》清談，主恣情任性，忽忘形骸，超然於塵埃之表，不爲禮法
所拘束，其旨亦在道本無爲。故夏侯玄曰：『天地以自然運，聖人以自然用。』
何晏王弼曰：『天地萬物皆以無爲爲本。』……清談家尙清靜無爲，固亦全生

〔註 76〕 湯用彤：《漢魏兩晉南北朝佛教史》，上海，上海書店，1991 年版，第 58～59
頁。

〔註 77〕 湯用彤：《漢魏兩晉南北朝佛教史》，上海，上海書店，1991 年版，第 122～
123 頁。

養性之道。凡與自然同德者，亦可與天地齊壽。」〔註78〕可見，在道教失勢後，佛教之所以沒有選擇儒學作爲靠山，不僅僅是因爲儒學當時尚未完全恢復主流意識形態的無上權威，也並非因爲佛教的部分教義與儒家之忠孝等理念相悖，而是因爲，佛教在尋找道教的另一個「替身」，即與黃老方技更爲「神似」的玄學。

　　無論是黃老方技還是老莊玄談，都以「自然無爲」爲思想內核和基本原理，而佛教之所以先後親近二者，恰在於佛義本身亦蘊含著親近「自然」的智慧。單就養生論，《大藏經》中有吳竺律炎與支越合譯的《佛醫經》，湯用形先生以之與中華固有養生理論相較，認爲二者大意相同：「人乃陰陽之精氣（阮籍《達莊論》語），神識之昏明，亦視元氣秉賦之多少（嵇康《明膽論》語）。此乃中華固有之學說。而天地自然，自亦爲元氣所陶成。日月之運行，寒暑之推移，悉依於元氣之變化。如元氣失其序，則陰陽五行不調適，人身之氣不和而疾病生。《大藏經》中有吳竺律炎共支越譯《佛醫經》，其大意同乎此。蓋謂人身之安泰，均依內外元氣之調和也。」〔註79〕此外，漢晉間最流行之佛典《安般守意經》講究行安般禪法以「守意」，由此養生成神，其說亦與中國道家養生之論相通。「守意之說，中國道家養生之常談。《春秋繁露·循天之道篇》本爲養生家言。其言曰：『意勞者神擾，神擾者氣少，氣少者難久矣。』繼曰：『君子閑欲止惡以平意，平意以靜神，靜神以養氣。』道家養氣之方曰吐納，吐納者亦猶佛教之安般也。現存《安般守意經》，亦多雜入道家言。如曰：『安爲清，般爲靜，守爲無，意名爲，是清淨無爲也。』漢末以來，安般禪法疑與道家學說相得益彰，而盛行於世也。」〔註80〕因此，佛教與老莊道家之關係，實在是緣於其內在的靈犀相通，而其與玄學之「因緣」，也實在是事有必至，理有固然。

　　第二，以「格義」法促成玄佛之深度交融，形成佛教之南統。爲了讓中土人士更好地領略佛教教義，加快佛教的傳播，僧徒們基於佛教教義與玄學之內在相通，發明了「格義」法。「格義者何？格，量也。蓋以中國思想比擬配合，以使人易於瞭解佛書之方法也。」〔註81〕竺法雅始創格義之法。《高

〔註78〕　湯用彤：《漢魏兩晉南北朝佛教史》，上海，上海書店，1991 年版，第 122～123 頁。

〔註79〕　湯用彤：《漢魏兩晉南北朝佛教史》，上海，上海書店，1991 年版，第 141 頁。

〔註80〕　湯用彤：《漢魏兩晉南北朝佛教史》，上海，上海書店，1991 年版，第 143 頁。

〔註81〕　湯用彤：《漢魏兩晉南北朝佛教史》，上海，上海書店，1991 年版，第 235 頁。

僧傳》曰：竺法雅「少善外學，長通佛義，衣冠士子，咸附諮稟。時依雅門徒，並世典有功，未善佛理，雅乃與康法朗等，以經中事數，擬配外書，為生解之例，謂之格義。」〔註82〕格義之法所擬配之「外書」，即佛教經典之外的書籍或典籍，主要指當時流行的《老》《莊》之書。湯用彤先生嘗言：「釋家性空之說，適有似於《老》《莊》之虛無。佛之涅槃寂滅，又可比於《老》《莊》之無為。而觀乎本無之各家，如道安、法汰、法深等者，則尤兼善內外。如竺法深之師劉元真，孫綽謂其談能雕飾，照足開矇。蓋亦清談之人物。故其弟子法深，能或暢《方等》，或釋《老》《莊》。而支公蓋亦兼通《老》《莊》之人。因此而六朝之初，佛教性空本無之說，憑藉《老》《莊》清談，吸引一代之文人名士。……又竊思之，晉初之格義，必亦此種學術風氣中產生。而格義擬配之外書，必多為《老》《莊》虛無之說。如遠公談實相，引《莊子》為連類，是其一例也。因此而《般若》各家，蓋即不受《老》《莊》之影響，至少亦援用《老》《莊》之名辭。讀今日佚存之書卷，甚為顯著，無事詳列也。」〔註83〕佛教傳播之初，佛理教義之研究尚未深入，中土士大夫們難以起信，釋子名僧又兼擅玄學、佛理，固用格義之法，使士大夫們於佛教頓生親切感，加之二者內在之義理相通，佛教在知識階層傳播效果可想而知。

　　僧肇、慧遠諸名僧亦無不玄佛兼通。釋僧肇「志好玄微，每以《莊》《老》為心要。……後見《舊維摩經》，歡喜頂受……因此出家。學善方等，兼通三藏。」〔註84〕湯用彤先生闡述僧肇之學時，認為僧肇的《肇論》仍屬玄學系統：「肇公之學，融合《般若》《維摩》諸經，《中》《百》諸論，而用中國論學文體扼要寫出。……蓋用純粹中國文體，則命意遣詞，自然多襲取《老》《莊》玄學之書。因此《肇論》仍屬玄學之系統。概括言之，《肇論》重要論理，如齊是非，一動靜，或多由讀《莊子》而有所了悟。惟僧肇特點，在能取莊生之說，獨有會心，而純粹運用之於本體論。其對於流行之玄談認識極精，對於體用之問題領會尤切，而以優美有力文筆直達其意，成為中國哲理上有數之文字。」〔註85〕慧遠少時「博綜六經，尤善《莊》《老》。……後聞安（釋

〔註82〕（南朝‧梁）釋慧皎撰，湯用彤校注，湯一玄整理：《高僧傳》，北京，中華書局，1992年版，第152頁。
〔註83〕湯用彤：《漢魏兩晉南北朝佛教史》，上海，上海書店，1991年版，第241頁。
〔註84〕（南朝‧梁）釋慧皎撰，湯用彤校注，湯一玄整理：《高僧傳》，北京，中華書局，1992年版，第249頁。
〔註85〕湯用彤：《漢魏兩晉南北朝佛教史》，上海，上海書店，1991年版，第338頁。

道安）講《波若經》，豁然而悟。」〔註86〕於是投簪落髮，皈依佛門。二十四歲即登臺傳法，「嘗有客聽講，難實相義，往復移時，彌增疑昧。遠乃引《莊子》義爲連類，於是惑者曉然。」〔註87〕慧遠不但內通佛理，外善群書，且機鑒遐深，性度弘偉，有融合內外之道的胸懷和卓見。「法師（慧遠）既兼通《莊》、《老》、儒經，故雖推佛法爲『獨絕之教，不變之宗』，然亦嘗曰：『內外之道，可合而明。』又曰：『苟會之有宗，則百家同致。』又曰：『如今合內外之道，以弘教之情，則知理會之必同，不惑眾塗而駭其異。』則其融合內外之趣旨，甚顯然也。」〔註88〕由慧遠之學識、眼光，可知玄佛二者內在相通之顯然、豁然。「格義」法的產生緣於傳播佛教的需要以及高僧們玄佛兼通的學識素養，而「格義」法的運用，又反過來促進了玄學與佛學的內在交融，促成了玄佛並進之學術熱潮。

　　南朝沿襲兩晉之學風，玄佛並行。湯用彤先生將南朝佛法之發展過程分爲三個時期，每個時期佛學均與玄學同流，而此恰是南朝佛教異於北朝之特徵：「南朝佛法之隆盛，約有三時。一在元嘉之世，以謝康樂爲其中巨子，謝固文士而兼擅玄趣。一在南齊竟陵王當國之時，而蕭子良小並獎勵三玄之學。一在梁武帝之世，而梁武亦名士篤於事佛者。佛義與玄學之同流，繼承魏晉之風，爲南統之特徵。」〔註89〕此時佛教南北分途，南方重義理學術，北方重功德行爲，然以南統爲中華思想之正統。梁啓超先生曾將南北方對待釋教之不同態度、方法及其結果等方面做了極詳盡的對比、分析，認爲北方佛教多迷信、盲從，且其興替多爲帝王專制勢力干預，南方則多爲佛理之自由探究，學術氛圍濃厚。梁公斷言：「然則南北兩派，何派能代表我國民性耶？吾敢斷言曰南也。五胡以後，我先民之優秀者，率皆南渡，北方則匈、羯、鮮、羌諸族雜糅，未能淳化於吾族，其所演之事實，非根於我國民性也。」〔註90〕錢穆先生在《國史大綱》也講到：「東晉

〔註86〕（南朝・梁）釋慧皎撰，湯用彤校注，湯一玄整理：《高僧傳》，北京，中華書局，1992 年版，第 211 頁。

〔註87〕（南朝・梁）釋慧皎撰，湯用彤校注，湯一玄整理：《高僧傳》，北京，中華書局，1992 年版，第 212 頁。

〔註88〕湯用彤：《漢魏兩晉南北朝佛教史》，上海，上海書店，1991 年版，第 360～361 頁。

〔註89〕湯用彤：《漢魏兩晉南北朝佛教史》，上海，上海書店，1991 年版，第 415～416 頁。

〔註90〕梁啓超：《中國佛學史稿》，北京，中國人民大學出版社，2012 年版，第 23 頁。

南渡，長江流域遂正式代表著傳統的中國。」〔註91〕經過魏晉時期的磨合，玄佛之關係至南朝日臻融洽，佛教也在中土文化各領域全面開花。所以，在一脈相承的華夏文化中，南朝對佛教的理解與態度是我們分析佛教與志怪關係的主要依據。而南朝時期，南方對釋教的理解無疑又是承繼魏晉，與玄學融彙交糅在一起的。

第三，在深層思維方式上，玄、佛二學也是相通的。玄佛二學之內在相通，表現於理論本身的融通，而理論本身的融通，則根於更深層的思維方式之「兼忘相似」。名僧竺道生幼年便聰哲若神，既踐法門，器鑒日深。鑽仰群經，「常以入道之要，慧解爲本。」〔註92〕其「慧解」之法則是不執著於名相，不守滯於經文，其思維方法頗似玄學家「言意之辨」之思維。《高僧傳》載：竺道生鑽研佛經，「潛思日久，徹悟言外，迺喟然歎曰：『夫象以盡意，得意則忘象；言以詮理，入理則言息。自經典東流，譯人重阻，多守滯文，鮮見圓義。若忘筌取魚，始可與言道矣。』於是校閱眞、俗，研思因果，迺立『善不受報』『頓悟成佛』。又著《二諦論》《佛性當有論》《法身無色論》《佛無淨土論》《應有緣論》等。籠罩舊說，妙有淵旨。而守文之徒，多生嫌嫉，與奪之聲，紛然競起』。」〔註93〕「得意忘象」「忘筌取魚」，分明是道家與玄學家的思維方法。道生《法華疏》談實相曰：「至象無形，至音無聲，希微絕朕之境，豈有形言哉！」〔註94〕實相超乎象外，亦即無相，此言亦顯見玄學思維的痕迹。《涅槃經集解》五十四引用道生解釋佛性之言：「夫體法者，冥合自然。一切諸佛，莫不皆然，所以法爲佛也。」又曰：「作有故起滅，得本自然，無起滅矣。」〔註95〕則見性成佛，緣於自然本性之顯發。竺道生慧解入微，深悟實相、佛性之本然，遂立大頓悟義。大頓悟即「極照」實相本源，爲超越言、象，眞心自然之發露，爲眞悟。生公孤明先發，以頓悟見性之說，開數百年之學風，成就一代高僧之盛名。而其成就之根本，則在其思維方法之銳利，其思維方法，即玄學之「得魚忘筌，得兔忘蹄」之方法。湯用彤先生深明生公之方法，極贊其開創性之成就，以之與王弼比肩：「生公在佛學上之

〔註91〕錢穆：《國史大綱》，北京，商務印書館，1996 年版，第 237 頁。
〔註92〕（南朝‧梁）釋慧皎撰，湯用彤校注，湯一玄整理：《高僧傳》，北京，中華書局，1992 年版，第 255 頁。
〔註93〕（南朝‧梁）釋慧皎撰，湯用彤校注，湯一玄整理：《高僧傳》，北京，中華書局，1992 年版，第 256 頁。
〔註94〕湯用彤：《漢魏兩晉南北朝佛教史》，上海，上海書店，1991 年版，第 634 頁。
〔註95〕湯用彤：《漢魏兩晉南北朝佛教史》，上海，上海書店，1991 年版，第 642 頁。

地位，蓋與王輔嗣在玄學上之地位頗有相似。漢代京焦易學，專談象數。黃老道家，本重方術。輔嗣建言大道之沖虛無朕，因痛夫前人推致五行之彌巧，而失原愈甚。於是主貞一，忘言象，體玄極，黜天道。而漢代儒風，一變而為玄學。其中關鍵，蓋在乎《周易略例・明象》一章。因大象無形，大道無名，而盛闡得意忘象、得象忘言之說。竺道生蓋亦深會於般若之實相義，而徹悟言外。於是乃不恤守文之非難，掃除情見之封執。其所持珍怪之辭，忘筌取魚，滅盡戲論。其於肅清佛徒依語滯文之紛紜，與王弼之菲薄象數家言，蓋相同也。」〔註96〕以玄學方法徹悟佛學之真諦，並開闢義學之新局面，則此佛學之建樹，實為玄佛合流之結晶。

在理論乃至思維方法上的相近，使得玄、佛異族之學「契若金蘭」，在思想文化領域乃至有泯滅華夷之爭之功效。漢代佛教輸入，與本土道教勢力衝突，二教分流，為擴張自己的勢力而互相貶黜，遂有夷夏之爭。但至魏晉，玄佛彼此相通，二家合流，夷夏之爭漸漸止息。湯用彤先生於此亦有精到之言：「夫華人奉佛，本係用夷變夏。及至魏晉，佛教義學與清談玄學同以履踐大道為目的。深智之夷人於受教之漢人，形跡雖殊，而道軀無別。自無所謂華戎之辨。由涼州道人在于闐城中寫漢文經典之事觀之，東西文化交相影響，可謂至深。而讀其後記，則更可測知魏晉玄佛同流，必使夷夏之界漸泯矣。」〔註97〕雖然之後的南朝夷夏之爭又趨激烈，但亦多限於佛道二家學理上的互相辯難，極少學理之外的互相排擠與攻擊。玄佛的互相融彙，相較於佛道二家之爭，愈凸顯二者內在思想上的深層相通。

最後，本土文化主動吸納佛教，以糾玄學之偏，補儒學、儒教之弊。玄佛的結合，不僅是佛教的單向選擇，也是中國思想發展的必然趨勢所致。漢魏之際，中國本土思想及學術的發展，也面臨著自身的危機，因此，必須做出歷史性的抉擇，以求得新的生機。而所謂「歷史性的抉擇」，一為玄學的轉向，一為佛學的借鑒。因此，玄佛的結合，也是中華學術思想對「他山之石」的主動接納。梁啟超先生曾從中國思想發展的角度指出：「我國思想界，在戰國本極光明，自秦始皇焚書，繼以漢武帝之『表章六藝，罷黜百家』，於是其機始窒。兩漢學術，號稱極盛，攬其內容，不越二途：一則儒生之注釋經傳，二則方士之鑿談術數。及其末流，二者又往往糅合。術數之支離誕妄，篤學

〔註96〕湯用彤：《漢魏兩晉南北朝佛教史》，上海，上海書店，1991年版，第630頁。
〔註97〕湯用彤：《漢魏兩晉南北朝佛教史》，上海，上海書店，1991年版，第461頁。

者固所鄙棄。即碎義難逃之經學，又豈能久饜人心者？凡屬文化發展之國民，『其學問欲』曾無止息，破碎之學既爲社會所厭倦，則其反動必趨於高玄。我國民根本思想，本酷信宇宙間有一種必然之大法則，可以範圍天地而不過，曲成萬物而不遺。孔子之《易》，老子之《五千言》，無非欲發明此法則而已。魏晉間學者，亦欲向此方面以事追求，故所謂『易老』之學，入此時代而忽大昌，王弼、何晏輩，其最著也。正在縹緲彷徨，若無歸宿之時，而此智德巍巍之佛法，忽於此時輸入，則群趨之，若水歸壑，固其所也。」〔註98〕此「宇宙間之大法則」，不能於支離破碎、僵化繁瑣的漢儒講經中求得，亦不能於衰世亂象中求得，便只有向個人之內心深處探索，體尚虛無、境界玄遠的《老》《莊》之學遂成爲時代的「新寵」。然而，玄學亦有其弊端，不足以讓當時的士大夫們於酷烈難熬的生存環境中安身立命。錢穆先生在《國學概論》中對玄學的不盡人意之處做了鞭闢入裏的分析：「晉人以『無』爲本，趨嚮不立，則人生空虛，漂泊乘化，則歸宿無所。知擺脫纏縛，而不能建樹理想。知鄙薄營求，而不免自陷苟生。故晉人之清談，譬諸如湖光池影，清而不深，不能具江海之觀，魚龍之奇；其內心之生活，終亦淺弱微露，未足以進窺夫深厚之藏，博大之蘊也。」〔註99〕而在《國史大綱》中，錢穆先生更爲具體地談到了魏晉以後玄學影響下所謂「名士」們每況愈下的學養與作爲：「正式主張莊老者，爲王弼、何晏。然何晏尚務實幹，以莊老爲玄虛者，乃阮籍、嵇康。然阮、嵇皆別具苦心。此下則又自玄虛轉成放誕矣。」〔註100〕至於南朝，貴游子弟，多無學術，便只剩下「放情胡鬧」的醜態：「由名士爲之則爲雪夜訪友，無知識，無修養，則變爲達旦捕鼠。由名士爲之則爲排門看竹，無知識，無修養，則變爲往寺廟偷狗吃。」〔註101〕玄學在哲學思辨向度上的提升，並沒有同時表現在其對士人的實際人生的指導上，由「尚務實幹」到「玄虛」、「放誕」以至於「胡鬧」，這種衍成風氣的、某種範圍內的集體沉淪，究其原因，除了亂世環境促成的及時行樂、自暴自棄的消極情緒，玄學之「貴無賤有」、「越名教而任自然」思想的誤導也不容忽視。其實，魏晉時期的一些知識分子也早就認識到玄學風氣的不足，比如干寶《晉紀·總論》曰：「風俗淫僻，恥尚失所。學者以莊老爲宗，而黜六經，談者以虛薄

〔註98〕梁啓超：《中國佛學史稿》，北京，中國人民大學出版社，2012 年版，第 19 頁。
〔註99〕錢穆：《國學概論》，北京，九州出版社，2011 年版，第 157 頁。
〔註100〕錢穆：《國史大綱》，北京，商務印書館，1996 年版，第 223 頁。
〔註101〕錢穆：《國史大綱》，北京，商務印書館，1996 年版，第 271 頁。

為辯，而賤名檢，行身者以放濁為通，而狹節信，進仕者以苟得為貴，而鄙居正，當官者以望空為高，而笑勤恪。……禮法刑政，於此大壞。」〔註102〕作為指導人生的終極價值觀念和根本思想，玄學、清談本身存在著難以自愈的弊端，對談玄之人而言，還要依靠個人的道德自律，才能真正體現玄學高遠脫俗、清雅奇拔的氣質。但是，亂世之中，生存尚不能保證，儒家禮教又失其影響力、約束力，因此，玄學倡言的「遺天下、外萬物」反倒成為某些人隨心所欲、放縱無度的藉口。裴頠亦痛感玄風之弊，「深患時俗放蕩，不尊儒術」，名士們「薄綜世之務，賤功烈之用，高浮游之業，埤經實之賢」，〔註103〕乃至爭相傚仿，風教陵遲，遂著《崇有論》，一反當時盛行的以無為本的玄學理論，倡言以有為本，重拾名教，以期改變虛浮世風。然而，「崇有」之論力量較弱，不足以與盛極一時的本「無」之玄談抗衡，更遑論有效矯正之。士大夫們於是研尋他學加以彌補，遂轉向佛學。正如錢穆先生所言：「強要任情，反轉成為矯情。不夠真，不夠率，這是清談家直接向郭以來之毛病。而且，清談家的骨子裏，也還是未必真夠清。世說注引中興書，王徽之卓犖不羈，欲為傲達，放肆聲色頗過度，時人欽其才，穢其行。這恐不是王徽之一人如此，乃是當時清談家之共同面相，共同格調。如此般的老莊，如此般的玄學，實不足以滿足時人內心之真要求，於是只有讓出佛教來指導人生。」〔註104〕

　　士人們由玄向佛，又成一新風氣，不但指導個體的人生，並以奉佛風氣影響帝王之政見。宋文帝對於佛教「先是未甚崇信」，但感於士大夫奉佛之風，亦希冀以佛教「遏戒浮俗」，召大臣何尚之等商議，曰：「朕少來讀經不多，比日彌復無暇，三世因果未辯厝懷，而復不敢立異者，正以卿輩時秀，率所敬信故也。范泰、謝靈運常言六經典文，本在濟俗為治，必求靈性真奧，豈得不以佛經為指南耶。近見顏延之《推達性論》、宗炳《難白黑論》，明佛汪汪，尤為名理並足，開獎人意。若使率土之濱，皆敦此化，則朕坐致太平，夫復何事。近蕭摹之請製，未全經通，即以相示，委卿增損。必有以遏戒浮

〔註102〕（南朝・梁）蕭統撰，（唐）李善等注：《文選》（卷四九），北京，中華書局影印清嘉慶十四年胡克家刻本，1977 年版，第 692～693 頁。

〔註103〕（唐）房玄齡等：《晉書》（卷三十五），北京，中華書局，1974 年版，第 1044、1045 頁。

〔註104〕錢穆：《中國學術思想史論叢》（三），臺灣，東大圖書有限公司，1981 年版，第 76 頁。

俗，無傷弘獎者，迺當著令耳。」〔註105〕何尚之引慧遠法師之言對曰：「悠悠之徒，多不信法。以臣庸蔽，獨秉愚懃，懼以闕薄，貽點大教。……慧遠法師嘗云：『釋氏之化，無所不可。適道固自教源，濟俗亦爲要務。』竊尋此說，有契理奧。何者，若使家家持戒，則一國息刑。故佛澄適趙，二石減暴；靈塔放光，苻健損虐。故神道助教，有自來矣。」〔註106〕何尚之「少時頗輕薄，好摴蒲，既長折節蹈道，以操立見稱」〔註107〕，並「雅好文義」，後領丹陽尹，「立宅南郭外，置玄學，聚生徒。東海徐秀，廬江何曇、黃回，潁川荀子華，太原孫宗昌、王延秀，魯郡孔惠宣，並慕道來遊，謂之南學。」〔註108〕《宋書‧雷次宗傳》亦載：雷次宗篤志好學，尤明《三禮》《毛詩》，元嘉十五年，被徵至京師，於鷄籠山開館授徒，立儒學，同時，「上留心藝術，使丹陽尹何尚之立玄學，太子率更令何承天立史學，司徒參軍謝元立文學，凡四學並建。」〔註109〕何尚之既「以操立見稱」，又身爲領建玄學館之人，其如此服膺佛學，想必是深悟玄學之弊端，又深感儒教太過強調自律而缺乏外在的強制約束機制，不能有效遏制亂世中人性之墮落，遂力圖借助佛教之戒律予以矯治。近人章太炎先生也認爲佛法可補玄、儒之弊：「佛法入中國，所以爲一般人所信仰，是有極大原因：學者對於儒家覺得太淺薄，因此棄儒習老、莊，而老、莊之學又太無禮法規則，彼此都感受不安。佛法合乎老、莊，又不猖狂，適合脾胃，大家認爲非此不可求了。當時《弘明集》治佛法，多取佛法和老、莊相引證。才高的人，都歸入此道，猖狂之風漸熄。」〔註110〕可見，佛教之所以能在中土知識階層中大行其道，除了其本身需要依附於玄學以張其軍，亦緣於其能在某種程度上以其教義、戒律響應玄理與儒教，足以補中土儒、玄思想之缺漏，修正世風之偏邪。

〔註105〕（南朝‧梁）釋慧皎撰，湯用彤校注，湯一玄整理：《高僧傳》，北京，中華書局，1992 年版，第 261 頁。

〔註106〕（南朝‧梁）釋慧皎撰，湯用彤校注，湯一玄整理：《高僧傳》，北京，中華書局，1992 年版，第 261～262 頁。

〔註107〕（南朝‧梁）沈約：《宋書》（卷六十六），北京，中華書局，1974 年版，第 1733 頁。

〔註108〕（南朝‧梁）沈約：《宋書》（卷六十六），北京，中華書局，1974 年版，第 1733～1734 頁。

〔註109〕（南朝‧梁）沈約：《宋書》（卷五十一），北京，中華書局，1974 年版，第 2293～2294 頁。

〔註110〕章太炎：《國學概論》，上海，上海古籍出版社，1997 年版，第 37 頁。

3、佛徒和士大夫的交遊與佛教的傳播、發展相濟相成

　　佛學與玄學的內在相通，必然導致僧人與士大夫的彼此欣賞和密切交遊，這種同聲相應、同氣相求的交遊，又與佛學在中土的傳播和發展相濟相成。湯用彤先生曾指出二者之交遊的根本原因在於二學於本末等玄理上的「氣味相投」：「本末之分，內學外學所共許。而本之無二，又諸教之所共認。此無二之本，又其時人士之所共同模擬追求。……五朝之學，無論玄佛，共以此為骨幹。一切問題，均繫於此。因此玄學佛教固為同氣。其精神上可謂契合無間。其時之玄佛合一，而士大夫之所以與義學僧人交遊，亦為玄理上之結合。此南朝佛教之特質，吾人所當注意者也。」〔註111〕思想境界愈相通，生活層面的交遊也愈持久、愈精彩。除了學術上的彼此切磋、互相啟發，名僧作為「談客」的風神氣度也為士大夫稱賞不已：「自佛教入中國後，由漢至前魏，名士罕有推重佛教者。尊敬僧人，更未之聞。兩晉阮庾與孝龍為友，而東晉名士崇奉林公，可謂空前。此其故不在當時佛法興隆。實則當代名僧，既理趣符《老》《莊》，風神類談客。而『支子特秀，領握玄標，大業沖粹，神風清瀟』，故名士樂於往還也。」〔註112〕名僧、名士道俗殊途卻儼然同道中人，其交遊既有心靈、思想的彼此折服，又有氣度風韻、言談舉止的欣賞和倣仿。錢穆先生在《國史大綱》中談到名士與僧人之「互相傾倒」：「東晉南渡，佛教乃影響及於上層學術界，其時則僧人與名士互以清談玄言相傾倒。如竺法深、支道林其著也。殷浩北伐既敗，大讀佛經，欲與支道林辯之。孫綽以名僧七人匹竹林七賢。此名士與僧人合流之證。」〔註113〕孫綽博學善文，少時即有高尚之志。性格通達率真，喜遊山水，截然名士做派，且與高僧竺法深、支遁均有來往，其《喻道論》展現了較為精深的佛學修養。孫綽在《道賢論》中以天竺七僧比竹林七賢，即以竺法護匹山巨源，並贊二者之「風德高遠」；以帛法祖匹嵇康，贊二人之「俊邁之氣」；以竺法乘比王戎，贊其「機悟之鑒」；以竺法深比劉伶，贊二人均有「遠大之量」；以支道林比向子期，因二人均雅好《莊》《老》，「風好玄同」；以于法蘭比阮嗣宗，贊二人之「高尚妙迹」「傲獨不羣」；〔註114〕以于道邃比阮咸，二人「雖迹有窪隆，高風一

〔註111〕湯用彤：《漢魏兩晉南北朝佛教史》，上海，上海書店，1991 年版，第 470 頁。
〔註112〕湯用彤：《漢魏兩晉南北朝佛教史》，上海，上海書店，1991 年版，第 181 頁。
〔註113〕錢穆：《國史大綱》，北京，商務印書館，1996 年版，第 360～361 頁。
〔註114〕（清）嚴可均輯：《全上古三代秦漢三國六朝文》，北京，中華書局，1958 年版，第 1812～1813 頁。

也」。〔註115〕此種比較、匹配，既是對高僧的欣賞，也是以孫綽爲代表的名士之自賞。唐代柳宗元在《送文暢上人登五臺遂遊河朔序》中曾追慕晉宋佛徒與士大夫之交遊曰：「昔之桑門上首，好與賢士大夫遊。晉宋以來，有道林、道安、遠法師、休上人，其所與遊，則謝安石、王逸少、習鑿齒、謝靈運、鮑照之徒，皆時之選。」〔註116〕僧人與士大夫之交遊，既爲一時盛景，又是千古佳話，爲後人傳誦。

茲以顏延之與支遁爲例。顏延之是大名士，又奉佛教、通佛理，文章之美，亦冠絕一時，居身清約，不慕財利，與其時名僧頗有交往。元嘉十二年，天竺名僧求那跋陀羅至廣州，「瑯琊顏延之通才碩學，束帶造門，於是京師遠近，冠蓋相望，大將軍彭城王義康、丞相南譙王義宣，並師事焉。」〔註117〕竺道生至建康，宋文帝深加歎重。顏延之與王弘、范泰「並挹敬風猷，從之問道」。〔註118〕釋慧亮，少有清譽，「後立寺於臨淄，講《法華》、大小《品》、《十地》等，學徒雲聚，千里命駕。後過江止何園寺，顏延之、張緒眷德留連，每歎曰：『安、汰吐珠玉於前，斌、亮振金聲於後。清言妙緒，將絕復興。』」〔註119〕顏延之不但與名僧來往流連，而且參與佛理的爭論。顏延之與謝靈運、釋慧琳同出入於盧陵王劉義眞門下。慧琳善諸經及《莊》《老》，內外兼通，頗具晉宋間清談家之風。作《白黑論》，以白學先生、黑學道士之問答論孔、釋之異同，以爲孔、釋二教均以遺情遣累、挽救世俗爲目的，但是佛教所謂幽冥之途、來生之化出於視聽之外，剖析渺茫，去事實太遠。慧琳雖爲佛徒，言辭間卻不免有貶低佛教之意。大學者、名士何承天本就主張神滅論，反對佛教，讀此論，甚相激賞，又推薦給宗炳。宗炳卻痛斥慧琳之妄言，與何承天辯難。何承天又作《達性論》誹詆釋教，以爲「神隨形滅」，批判佛教的報應說。顏延之則作《釋〈達性論〉》，駁斥何承天，以爲聖人和眾人、飛鳥蟲魚等都是含識之屬，並且儒家經典中也有鬼神的記載。之後，顏、何二人又有

〔註115〕（南朝・梁）釋慧皎撰，湯用彤校注，湯一玄整理：《高僧傳》，北京，中華書局，1992年版，第170頁。
〔註116〕（唐）柳宗元：《柳宗元集》，北京，中華書局，1979年版，第667～668頁。
〔註117〕（南朝・梁）釋慧皎撰，湯用彤校注，湯一玄整理：《高僧傳》，北京，中華書局，1992年版，第131頁。
〔註118〕（南朝・梁）釋慧皎撰，湯用彤校注，湯一玄整理：《高僧傳》，北京，中華書局，1992年版，第256頁。
〔註119〕（南朝・梁）釋慧皎撰，湯用彤校注，湯一玄整理：《高僧傳》，北京，中華書局，1992年版，第292頁。

《答顏永嘉》《重釋何衡陽》《重答顏永嘉》《又釋何衡陽》反覆論辯。〔註120〕
顏延之與何承天不厭其煩地來往辯難，儼然釋子之「代言人」。《出三藏記集》
還載有顏延之所撰《通佛影迹》《通佛頂齒爪》《通佛衣鉢》《通佛二齔不燃》
《離識觀》《妄書禪慧宣諸弘信》《書與何彥德論感果生滅（五往反）》等文章
和書信〔註121〕。雖為名士，其佛學造詣可知。

　　支道林，有晉一代名僧，尤被當世推舉，「王洽、劉惔⋯⋯袁彥伯等，並
一代名流，皆著塵外之狎。」〔註122〕「初至京師，太原王濛甚重之，曰：『造
微之功，不減輔嗣。』⋯⋯每至講肆，善標宗會，而章句或有所遺，時為守
文者所陋。謝安聞而善之，曰：『此乃九方堙之相馬也，略其玄黃，而取其俊
逸。』」〔註123〕支道林講經，所用顯然是玄學得意忘言的思維方式，也因其
玄學思維，所以其論《逍遙遊》，深為名士們歎服。《高僧傳》載：支遁曾在
白馬寺和劉系之等談論《逍遙遊》，劉等認為：「各適性以為逍遙。」支遁不
贊同，曰：「不然，夫桀跖以殘害為性，若適性為得者，彼亦逍遙矣。」於
是「退而注《逍遙》篇。羣儒舊學，莫不歎服。」王羲之在會稽時，素聞遁
名，初不以為然。後來支遁往剡山，經過會稽郡，王羲之特地前往，以察究
竟。「既至，王謂遁曰：『《逍遙》篇可得聞乎？』遁乃作數千言，標揭新理，
才藻驚絕。王遂披衿解帶，留連不能已。仍請住靈嘉寺，意存相近。」〔註124〕
王濛出身世族，善書畫，美姿容，喜慍不形於色，以清約見稱。其以支遁比
王弼，又見玄佛交融之風氣。而支遁之解《逍遙》篇，辭、理皆驚豔當世，
尤為玄佛二學融通之佳話。《晉書·王羲之傳》載：「會稽有佳山水，名士多
居之。謝安未仕時亦居焉。孫綽、李充、許詢、支遁等皆以文義冠世，並築
室東土，與羲之同好。」〔註125〕據唐代何延之《蘭亭記》所記，彪炳史冊、

〔註120〕（南朝·梁）僧祐：《弘明集》，北京，中華書局，2013年版，卷四，第224
　　　　～289頁。
〔註121〕（南朝·梁）釋僧祐撰，蘇晉仁、蕭鍊子點校：《出三藏記集》，北京，中華
　　　　書局，1995年版，第434、436、439、445頁。
〔註122〕（南朝·梁）釋慧皎撰，湯用彤校注，湯一玄整理：《高僧傳》，北京，中華
　　　　書局，1992年版，第159～160頁。
〔註123〕（南朝·梁）釋慧皎撰，湯用彤校注，湯一玄整理：《高僧傳》，北京，中華
　　　　書局，1992年版，第159頁。
〔註124〕（南朝·梁）釋慧皎撰，湯用彤校注，湯一玄整理：《高僧傳》，北京，中華
　　　　書局，1992年版，第160頁。
〔註125〕（唐）房玄齡等：《晉書》（卷八十），北京，中華書局，1974年版，第2098
　　　　～2099頁。

風雅千古的蘭亭集會，共有四十一人參加，其中就有支道林：「（王羲之）以晉穆帝永和九年暮春三月三日宦遊山陰，與太原孫統承公、孫綽興公、廣漢王彬之道生、陳郡謝安安石、高平郗曇重熙、太原王蘊叔仁、釋支遁道林並逸少子凝、徽、操之等四十有一人。」﹝註 126﹞許詢，字玄度，爲當時隱逸之士，《建康實錄》載許詢傳云：「（許詢）杖策披裘，隱於永興西山，憑樹構堂，蕭然自致。……既而，移皋屯之巖，常與沙門支遁及謝安石、王羲之等同遊往來。」﹝註 127﹞謝安作吳興太守時，曾致信支遁，一訴思念之情：「思君日積，計辰傾遲，知欲還剡自治，甚以悵然。人生如寄耳，頃風流得意之事，殆爲都盡。終日感感，觸事惆悵，唯遲君來，以晤言消之，一日當千載耳。此多山縣，閑靜，差可養疾，事不異剡，而醫藥不同，必思此緣，副其積想也。」﹝註 128﹞寥寥幾句，對支遁的敬重、親近、思念之深切溢於言表，紙短情長，讓人感歎。支遁五十三歲病逝，「郗超爲之序傳，袁宏爲之銘贊，周曇寶爲之作誄。」﹝註 129﹞名僧、名士之交遊，因才華、風神之互賞而彌篤，因心靈深處之交集而彌眞。魏晉以至南朝，因玄、佛二學之相通，而有名僧、名士之交遊，又因名僧、名士之交遊，玄、佛二學比翼而起，俱致頂峰。一代名僧、名士，其相契相接，千古風流，令後世神往。

佛教以外來之異質文化，先後依傍道教方技和玄學，求同存異，幾經變通，終於在中土紮根、成長、結實，既汲取中土文化之給養，濡染中華民族之氣質，也豐富了華夏文明之內涵，爲中國文化塗上一抹異域色彩，而志怪的神秘、奇特恰與這一抹異域色彩彼此映襯，成爲魏晉南北朝時期煞是耀眼的別樣景致。

二、佛教與志怪之關係

佛教與志怪發生關係，首先在於二者之主體即僧徒與志怪撰寫者之關係，而二者之關係，仍繫於佛學與玄學之思潮。志怪書之故事，多非撰者自

﹝註 126﹞（唐）張彥遠輯，洪丕謨點校：《法書要錄》，上海，上海書畫出版社，1986年版，第 99 頁。

﹝註 127﹞（唐）許嵩撰，張忱石點校：《建康實錄》，北京，中華書局，1986 年版，第 216～217 頁。

﹝註 128﹞（南朝・梁）釋慧皎撰，湯用彤校注，湯一玄整理：《高僧傳》，北京，中華書局，1992 年版，第 160 頁。

﹝註 129﹞（南朝・梁）釋慧皎撰，湯用彤校注，湯一玄整理：《高僧傳》，北京，中華書局，1992 年版，第 163 頁。

造，係由道聽途說或抄錄他人之作，而撰者何以獲取繼而再傳播志怪故事，尤其是何以獲取佛教中的怪異故事資料，其渠道、方法，當均與志怪撰寫者的身份、家世以及其交往情況關係密切。志怪故事撰寫者，多數爲文人士子，極少數爲僧徒。其交往，則既包括撰寫志怪的文士之間的交往，也包括文士與僧徒之間、僧徒與僧徒之間的交往。同時，志怪故事本身，尤其中土文人撰寫的佛教怪異故事，其生成機制，即其蘊含的思想乃至思維方式如何，此仍只有在玄、佛合流之思潮以及儒、佛之互補中尋找答案。

（一）南朝志怪與南朝文化、南統佛教

　　魏晉南北朝時期的志怪書撰寫，至南朝時達至鼎盛。南朝志怪書，和之前的時期相比，開創了一種新的局面，呈現出一些新的特點。王枝忠《漢魏六朝小說史》考察了南朝小說的總體狀況，認爲南朝小說有四個鮮明的特點：「一是作者中有許多著名文人如吳均、任昉，爲前朝所罕見。二是作品數量大增，也比前一時期爲多。三是藝術水平明顯提高，積累了相當豐富的技巧和經驗。四是怪異小說遠多於軼事小說，並產生了一批專爲弘揚佛、道教義的『輔教』之作，特別以崇佛小說更爲突出。」〔註130〕李劍國《唐前志怪小說史》對南朝志怪做了更爲細緻的統計：「宋齊梁陳四朝凡一百六十九年，志怪之作約有三十多種。以時間而論，短於魏晉三十一年，以作品論，卻超過一半以上，足見南朝志怪之興盛。其中宋梁二代最長，作品也最多，且多名作，如宋世有《搜神後記》、《幽明錄》、《異苑》，梁有《續齊諧記》、《述異記》、《冥祥記》。……在藝術上，南朝志怪有明顯進步，這方面《幽明錄》、《冥祥記》等書可爲代表。」〔註131〕同時，李劍國也看到了南朝志怪「多佛家事」的特點：「南朝志怪在內容上發生了一個大的變化，就是多佛家事，並且出了許多專講因果感應的志怪，即所謂『釋氏輔教之書』。胡應麟云：『齊梁弘釋典，故多因果之談。』即此之謂。」〔註132〕相較於南朝，北朝的志怪創作則相形見絀。王枝忠指出：「北朝文學創作一直較爲蕭條，小說作者更是寥若晨星，而且還都是來自南方者。」〔註133〕又言：「和繁榮昌盛、作者甚眾、作品甚多的南朝小說相比，北朝小說園囿就顯得荒蕪不成景象了。這個時期除了

〔註130〕王枝忠：《漢魏六朝小說史》，杭州，浙江古籍出版社，1997年版，第161惡。
〔註131〕李劍國：《唐前志怪小說史》，天津，南開大學出版社，1984年版，第343頁。
〔註132〕李劍國：《唐前志怪小說史》，天津，南開大學出版社，1984年版，第343頁。
〔註133〕王枝忠：《漢魏六朝小說史》，杭州，浙江古籍出版社，1997年版，第161頁。

顏之推的《冤魂志》在整個北朝小說史上還有一定地位外，其餘幾部幾乎不爲人知；又因散佚嚴重乃至片紙無存而更被後人遺忘。」〔註134〕李劍國則將隋朝也歸入北朝，並認爲當時志怪創作主流在南朝：「這裡說的北朝，包括隋在內，共二百三十二年。雖稱北朝志怪，其實基本上都出自隋。隋之前，僅有北魏曇永《搜神論》一種。出於隋代者有十幾種。北朝比南朝多六十餘年，但志怪園地卻很荒蕪，而且很多是『釋氏輔教之書』和陰陽符命之說，大部質量很差，只有《冤魂志》及《窮怪錄》少數一二種優秀之作。南朝承續魏晉文學傳統，學有淵源，文士雲集，時主又多有好文者。志怪創作魏晉已很興旺，東晉尤盛，南朝後繼東晉，志怪自然也踵其武而增其華。因而志怪創作主流在南朝。北朝爲少數民族統治，缺乏文學傳統，只有在隋統一中國前後，南北文化逐漸合流，才始有轉機。」〔註135〕總之，南朝志怪數量明顯多於北朝，質量明顯高於北朝，其成就亦超過之前的兩晉志怪，尤其是此期佛教志怪大量湧現，在題材、思想觀念、敘事策略、思維方式上都爲本土志怪書撰寫植入新鮮因子。

南朝志怪創作異於北朝的特點，與南方整體文化特點異於北朝以及佛教之南統異於北統彼此呼應。如前文所述，和北朝相比，南朝文化代表著傳統的中國，佛教之南統也更能體現中土之國民性，南朝文化以及南統佛教異於北朝的「學術範兒」和「文化範兒」，促成了南朝社會中「好學」「好文」的風氣，爲南朝志怪的繁榮提供了良性的文化環境。士大夫們除了熱衷於談玄理、佛義，還興趣盎然地傳播、記錄、撰寫志怪故事，這種感染著整個社會的文化熱情，在尚武的北朝極爲罕見，所以，志怪書撰寫作爲一種文化現象，南朝成就優於北朝，不同的文化土壤是首要的原因。

南朝文化氛圍的形成，除了當時世家大族本身家學傳統有目共睹的影響力之外，佛教也扮演了極重要的角色。隨著佛教的進一步傳播，佛理教義逐漸成爲某些世族家學的新內容，成爲代表主流文化的士大夫們的新談資，啓發士大夫們認識、思索宇宙、社會、人生的新思路。除了佛學本身的深刻蘊含及其吸引力，士大夫們對佛學主動、熱烈、深入的探討，更是佛教南統的主要促成因素，以至於有學者將南朝佛學稱爲「士族佛學」。寧稼雨在《〈世說新語〉與士族佛學》中使用了「士族佛學」一詞。文章首先言明「士族佛

〔註134〕王枝忠：《漢魏六朝小說史》，杭州，浙江古籍出版社，1997年版，第282頁。
〔註135〕李劍國：《唐前志怪小說史》，天津，南開大學出版社，1984年版，第433頁。

學」一詞強調的三方面內涵：第一，士族是魏晉時期社會文化的主流力量，兩晉（特別是東晉）士族的參與，是當時佛教得以順利在中土傳播並發展的先決條件。第二，「士族佛學」有別於「世俗佛教」和「宮廷佛教」，因為士族所關心的主要是佛教的教理、教義，而不太關注佛教的教規、齋戒儀式等，在士族那裡，凸顯的主要是佛教哲學作為意識形態的「學」，而不是作為宗教的「教」。第三，「士族佛學」的概念強調的是一種寄託士族文人精神理想的觀念和信仰，並不是完整意義上的宗教。〔註 136〕「士族佛學」的稱謂，體現的仍然是南統佛教的特徵，只是更明確了士族在南統佛教形成過程中的主導作用，強調了佛教「寄託士族文人精神理想」的意義。關於士族在佛教傳播中的作用，寧稼雨還做了進一步闡述：「眾所周知，西晉之前，佛教還只是作為一種方術主要流傳於宮廷。西晉開始儘管佛教流入社會，但由於高級文人沒有或很少加入，佛教經典的翻譯滯澀淺陋，影響了佛教的廣泛傳播。從東晉開始，士族文人的大批捲入，使佛教在中國的面貌發生了翻天覆地的變化。士族文人不僅以自己高深的文化修養深入理解領會了佛教的個中三昧，並使佛經的翻譯進入科學和準確的時期，而且還進一步將佛教的教義作為玄學的補充和新的理論源泉，用以指導和影響自己的精神追求和立身處世。」〔註 137〕佛教的深入傳播賴於玄佛合流，而玄佛合流的主導者就是士族，也即其時的知識階層。志怪書的撰寫者，無疑就屬於這個階層或群體。他們對佛教的接納、認同和切磋、領悟，奠定了中國佛學的紮實基礎，而他們營造的學術氛圍和文化環境，也孕育了志怪尤其是佛教志怪的繁榮。而佛教志怪故事的搜集、撰寫，既是對佛教的宣傳，也是撰寫者精神追求的「非正式」但極真實的表達。

（二）志怪書撰寫者與佛教

　　志怪書的撰寫者與玄學家、佛學家不太相同。玄學家與佛學家以其深湛的哲學思維在形而上的領域掀起一股思潮，在更深的層次影響著整個社會的思想，由內而外地打造著整個社會的氣質，也引領者一時的社會風尚。玄學家、佛學家是領跑者，而文人，則屬於吶喊助威、錦上添花者。志怪撰寫者

〔註 136〕寧稼雨：《〈世說新語〉與士族佛學》，《人民政協報》，2001 年 8 月 14 日，第 004 版。

〔註 137〕寧稼雨：《〈世說新語〉與士族佛學》，《人民政協報》，2001 年 8 月 14 日，第 004 版。

「究爲長於製作之文士，而非妙測幽微之哲人」〔註138〕，對於玄理、佛義，不能如玄學家、佛學家洞幽燭微，但是，他們以更敏銳的感覺捕捉到這些思想和風尚的變化，以熱烈的情感潤色著這些變化，以感性、生動的筆觸記錄下這些變化，最終，與思想領域的領跑者們一起成爲一個時代的標誌。

1、志怪書目及撰者之統計

關於志怪書及其撰者，魯迅《古小說鈎沈》及《中國小說史略》「六朝之鬼神志怪書」部分、李劍國《唐前志怪小說史》、《唐前志怪小說輯釋》、王枝忠《漢魏六朝小說史》等早就有過詳述，魏世民的《魏晉南北朝小說的嬗變》在前人研究基礎上也做了極詳盡的統計，茲不贅述。本書吸收、借鑒已有成果，並對「釋氏輔教之書」稍作補充。

關於「釋氏輔教之書」，魯迅先生著眼於志怪書的內容與撰寫目的，將之界定爲「大抵記經像之顯效，明應驗之實有，以震聳世俗，使生敬信之心。」〔註139〕王枝忠著眼於作者的身份，將之界定爲「皈依佛門的僧俗弟子或深受釋家教義浸潤者寫作的。」〔註140〕李劍國從作者身份、志怪內容與撰寫目的著眼，將之界定爲「佛教徒爲自炫其術，紛紛造作以佛法感應爲基本內容的志怪書。」〔註141〕又言：「晉末荀氏的《靈鬼志》，內容已多涉佛門，但還不是專門的弘法之作。今可考知的第一部釋氏輔教志怪書，是晉末謝敷的《觀世音應驗記》。」〔註142〕綜述以上觀點，則釋氏輔教之書，指的是由皈依佛門的僧俗弟子或深受釋家教義浸潤者寫作、以佛法感應爲基本內容、以專門弘法勸人敬信佛教爲目的的志怪書。李劍國《論南北朝的「釋氏輔教之書」》一文詳列了南北朝「釋氏輔教之書」的書目、朝代及作者，資料較爲全面、翔實，共列有 19 種佛教志怪書，加之晉末謝敷所撰《觀世音應驗記》，共20種（見附表）。其中，蕭梁時期的《祥異記》、隋朝的《觀世音感應傳》《益部集異記》三書撰者不詳，劉泳《因果記》朝代不明。需要注意的是，與其在《唐前志怪小說史》中的觀點一致，李氏延續魯迅《六朝之鬼神志怪

〔註138〕湯用彤：《漢魏兩晉南北朝佛教史》，上海，上海書店，1991 年版，第 421～422 頁。

〔註139〕魯迅：《中國小說史略》，上海，上海古籍出版社，1998 年版，第 32 頁。

〔註140〕王枝忠：《漢魏六朝小說史》，杭州，浙江古籍出版社，1997 年版，第 261 惡。

〔註141〕李劍國：《論南北朝的「釋氏輔教之書」》，《天津師大學報》，1985 年第 3 期，第 62～68 頁。

〔註142〕李劍國：《論南北朝的「釋氏輔教之書」》，《天津師大學報》，1985 年第 3 期，第 62 頁。

書》的觀點，將顏之推列入隋朝，又將隋朝列入「北朝」。在《唐前志怪小說史》中，李氏還詳細論述了顏之推及《冤魂志》應列入隋朝的原因：「《冤魂志》成書年代在隋世，是晚年之作。理由有二：一是書中記有北齊、北周和陳事。二是《家訓·歸心篇》云報應事為數甚多，不能悉錄，且示數條於末，似作《家訓》時尚未寫《冤魂志》。而《家訓》作於開皇九年平陳之後，《家訓·終制篇》『今雖混一』語可證。所以，以往將此書作者題為北齊顏之推是不確的。」〔註143〕魏世民《南北朝時期三部小說成書年代考》一文亦認為：「《冤魂志》既作於隋朝，則當寫成於開皇元年至十一年間（581～591 年）。」〔註144〕據此，將顏之推及其《冤魂志》歸入隋朝亦有道理，但是，根據《北齊書》以及《北史》中的《顏之推傳》以及《顏氏家訓》、《觀我生賦》等資料考證，顏之推生於梁中大通三年（531 年），承聖三年（554 年）西魏攻破江陵，顏之推被俘入北，之後受命文宣帝，出仕北齊，齊亡後入周，大定元年（581 年）北周禪位於隋，顏之推又入隋，一直到開皇十一年（591 年）六十歲病逝。從554 年到 581 年，即從 23 歲到 50 歲，顏之推生命中最主要的階段是在北朝渡過的，尤其仕北齊時間最長，本傳也在《北齊書》和《北史》，而不在《隋書》中。更為重要的是，其思想觀念包括佛教思想並不形成於隋朝，入隋時，飽經喪亂的顏之推早已有了成熟、穩定的思想和價值觀念，無論其滄桑、複雜的生活經歷還是其思想，幾乎看不到隋朝對之的影響，而且，「《冤魂志》記事上起西周春秋，下迄北齊、北周和陳」〔註145〕，並無隋朝事，所以，鑑於較為常用的歷史分期觀念以及顏之推的個人情況，本書將顏之推列入北朝，而北朝不包括隋朝。

臺灣學者王國良的論著《魏晉南北朝志怪小說研究》對佛教志怪也做過粗略統計：「今總計魏晉南北朝撰佛教應驗錄者，約有十餘人。朱君臺、王延秀、王琰、王曼穎、劉泳等，事迹稍晦；謝敷、傅亮、張演、范曄、陸杲、顏之推，並為世族出身；若劉義慶、蕭子良，則貴為帝王子孫也。」〔註146〕臺灣中正大學鄭阿財《敦煌寫本〈佛頂心觀世音菩薩救難神驗經〉研究》也

〔註143〕李劍國：《唐前志怪小説史》，天津，南開大學出版社，1984 年版，第 444 頁。

〔註144〕魏世民：《南北朝時期三部小說成書年代考》，《青海師專學報》（社會科學），
　　　　 2002 年第 4 期，第 25 頁。

〔註145〕李劍國：《唐前志怪小説史》，天津，南開大學出版社，1984 年版，第 443 頁。

〔註146〕王國良：《魏晉南北朝志怪小說研究》臺北，文史哲出版社，1984 年版，第
　　　　 43 頁。

提到志怪中的「輔教之書」：「尤其虔誠的佛教徒眾，往往蒐羅有關宣揚教義及奉佛的靈驗故事，編纂成書，作爲『輔教之書』。如《世說新語》的作者劉義慶的《宣驗記》就是較早的一種，其後蔚然成風，數量大增。朱君臺《徵應傳》、王延秀《感應傳》、張演《續光世音應驗記》、范晏《陰德傳》、王琰《冥祥記》、蕭子良《宣明驗》、陸杲《係觀世音應驗記》、王曼穎《補續冥祥記》、釋亡名《驗善知識傳》及釋淨辯《感應傳》……等均是。」〔註147〕兩位臺灣學人提到的佛教志怪書及撰者中，范晏《陰德傳》和釋亡名《驗善知識》可以補前述學者統計之缺漏。

關於范晏《陰德傳》，《隋書》和新、舊《唐書》均有著錄。《隋書‧經籍志》「史部雜傳類」著錄有「《陰德傳》二卷，宋光祿大夫范晏撰」〔註148〕。《舊唐書‧經籍志（上）》「乙部史錄雜傳類」：「《陰德傳》二卷，范晏撰。」〔註149〕《新唐書‧藝文志（二）》錄入「乙部史錄雜傳記類」：「范晏《陰德傳》二卷。」〔註150〕關於《驗善知識》，湯用彤先生在《漢魏兩晉南北朝佛教史》中也曾經提及。湯書專列一章，對兩晉南北朝釋教撰述情況進行了詳盡的述評和清晰的分類。其中，在「史地編著」大類中又分出「感應傳」子類，此類所列書目幾乎全部爲志怪書。書目前還有一個簡單說明：「六朝人多記鬼神之作，亦係受佛教之影響。但此類著作既多，不能詳列。僅載與佛教有關者於下。」〔註151〕所列書目共十四種，作者十三人。〔註152〕考察其書目，再聯繫「與佛教有關者」的說明及其「感應傳」的歸類，湯用彤先生所列書目包含兩大類：一是內容既有「與佛教有關者」，同時還包含其他內容，撰者並非有意專門爲宣傳佛教感應而作，如《搜神記》《搜神後記》等；二是專門爲弘法而作的「釋氏輔教之書」，如《冥祥記》《觀音應驗記》等。湯書所列書目或被梁慧皎《高僧傳》提及，或被唐代釋道世《法苑珠林》徵引，或在唐

〔註147〕四川大學中文系《新國學》編委會：《新國學》（第一卷），成都，巴蜀書社，1999 年版，第 313 頁。

〔註148〕（唐）魏徵等：《隋書》（卷三十三），北京，中華書局，1973 年版，第 976 頁。

〔註149〕（後晉）劉昫等撰：《舊唐書》（卷四十六），北京，中華書局，1975 年版，第 2002 頁。

〔註150〕（宋）歐陽詢、宋祁等：《新唐書》（卷五十八），北京，中華書局，1975 年版，第 1481 頁。

〔註151〕湯用彤：《漢魏兩晉南北朝佛教史》，上海，上海書店，1991 年版，第 579 頁。

〔註152〕湯用彤：《漢魏兩晉南北朝佛教史》，上海，上海書店，1991 年版，第 579 頁。

代釋道宣《續高僧傳》有載。書目中亦提到了《驗善知識》。《驗善知識》在
隋費長房的《歷代三寶紀》卷第十一、唐釋道宣的《大唐內典錄》卷第五、
唐釋道世《法苑珠林》卷第一百「雜集部第三」中均有載，撰者爲沙門釋亡
名，《歷代三寶記》《大唐內典錄》均載其小傳。《驗善知識》內容不詳，但《歷
代三寶記》《大唐內典錄》皆云其爲「擬陸杲《觀音應驗記》」。據其標題和相
關資料，本書應爲「釋氏輔教之書」。

　　綜合上述諸位學人的研究，現將魏晉南北朝時期撰者及所屬朝代明確且
無爭議的志怪書列表如下：

時　期	撰　者	作　品	作品類別
三國・魏	1. 曹丕	《列異傳》	鬼怪
西晉	2. 張華	《博物志》	地理博物
	3. 王浮	《神異記》	道教
東晉	4. 郭璞	《玄中記》	地理博物
	5. 王嘉	《拾遺記》（涉及佛教）	雜史、地理博物
	6. 干寶	《搜神記》（涉及佛教）	鬼怪
	7. 曹毗	《志怪》（涉及佛教）	
	8. 祖臺之	《志怪》	
	9. 戴祚	《甄異傳》	
	10. 荀氏	《靈鬼志》（涉及佛教）	
	11. 陶淵明	《搜神後記》（涉及佛教）	
	12. 孔約	《志怪》	
	13. 葛洪	《神仙傳》《漢武內傳》	道教
	14. 謝敷	《光世音應驗記》	佛教
南朝	15. 任昉	《述異記》	地理博物
	16. 劉義慶	《幽明錄》（涉及佛教）	鬼怪
	17. 殷芸	《小說》	
	18. 劉敬叔	《異苑》（涉及佛教）	
	19. 東陽無疑	《齊諧記》（涉及佛教）	
	20. 郭季產	《集異記》	
	21. 祖沖之	《述異記》	
	22. 吳均	《續齊諧記》（涉及佛教）	

	23. 劉之遴	《神錄》	鬼怪
	24. 蕭繹	《金樓子‧志怪篇》	
	25. 陶弘景	《周氏冥通記》	道教
	26. 江祿	《列仙傳》	
	27. 顏協	《晉仙傳》	
	28. 顧野王	《續洞冥記》	
	29. 齊諧	《異記》	佛教
	30. 傅亮	《光世音應驗記》	
	31. 張演	《續光世音應驗記》	
	16. 劉義慶	《宣驗記》	
	32. 范晏	《陰德傳》	
	33. 王延秀	《感應傳》	
	34. 蕭子良	《冥驗記》	
	35. 王琰	《冥祥記》	
	36. 陸杲	《繫觀世音應驗記》	
	37. 釋亡名	《驗善知識》	
	38. 朱君臺	《徵應傳》	
	39. 王曼穎	《(補)續冥祥記》	
北朝	40. 曇永	《搜神論》	
	41. 顏之推	《冤魂志》	
		《集靈記》	鬼怪

　　按：《靈鬼志》撰者荀氏雖姓名不詳，但《靈鬼志》是首次較多記述佛家事的志怪書，內容較爲重要，所以收錄表中。

　　上表所列志怪書，按其內容與佛教之關係，大致可分爲三類：一是不涉及佛教內容的志怪書；二是部分故事涉及佛教內容但並非專門弘法的志怪書；三是專門弘法的「釋氏輔教之書」。試按時代比較，很顯然，正如李劍國、王枝忠等學者所言，「釋氏輔教之書」確是南朝志怪書異於其他時期的一大亮點，再加上那些不是「釋氏輔教之書」但內容或多或少涉及到佛教的志怪書，可以看出，佛教不但在南朝的主流思想文化中站穩一席之地，在作爲邊緣文化的志怪書中也當仁不讓地佔據了半壁江山。

2、志怪書撰者的文才及其文人身份

上述志怪撰寫者，大都只是長於屬文的文人，對於抽象、玄遠的玄學，除少數如干寶者之外，幾乎沒有資料說明他們有過高深的研究，最多不過是受玄風影響，有名士的做派和清談的口才，或者在文章中表現出玄學的影響。而對於佛教，他們或只是有一定的興趣，或熱衷、信奉，極少數如謝敷者甚至還表現出較高的佛學造詣，但沒有可以稱之爲佛學家的人。

（1）志怪書撰者之文才略述

曹丕，一代帝王，文學史上的「三曹」之一，現存最早的七言詩《燕歌行》的作者，其《典論·論文》是中國古代文論史上的里程碑之作。其作爲政治家、文學家的身份，毋庸置疑。《三國志·文帝紀》載：「初，帝好文學，以著述爲務，自所勒成垂百篇。又使諸儒搜集經傳，隨類相從，凡千餘篇，號曰《皇覽》。評曰：文帝天資文藻，下筆成章，博聞彊識，才藝兼該。」〔註153〕葛洪《抱朴子·內篇》曰：「魏文帝窮覽洽聞，自呼於物無所不經。謂大卜無切土之刀、火浣之布，及著《典論》，嘗據言此事。其閒未期，二物畢至，帝乃歎息，遽毀斯論。」〔註154〕雖然旨在批評，但側面反映了曹丕的博物多識以及其對博物的興趣，而這些又與其撰寫《列異傳》有直接關係。曹丕與玄學之關係，並沒有直接的史料記載，僅能從其文字中，約略可以看出玄學的影響。比如曹丕在《典論·論文》中提出的言及各科文類「末異本同」的觀點，顯然借用了玄學的「本末」範疇，而其提出的「文以氣爲主」的觀點，尤其強調創作主體的個體價值及其創作個性，也帶有明顯的魏晉時期人與文的自覺的痕迹。曹丕與佛教的關係，也沒有直接的史料記載。湯用彤先生經考證認爲：「以漢代方術浮屠之關係言之，則魏武書中稱述佛教，或亦有其事也。」〔註155〕王曉毅在《漢魏佛教與何晏玄學關係之探索》一文中稱：「據曹丕回憶，曹氏子弟讀書範圍十分廣泛，『諸子百家靡不畢覽。』其中含有包括佛經在內的道術類書籍，是完全可能的。」〔註156〕聯

〔註153〕（晉）陳壽撰，（南朝·宋）裴松之注：《三國志》（卷二），北京，中華書局，1959年版，第88〜89頁。

〔註154〕王明：《抱朴子內篇校釋》，北京，中華書局，1986年版，第15〜16頁。

〔註155〕湯用彤：《漢魏兩晉南北朝佛教史》，上海，上海書店，1991年版，第125〜126頁。

〔註156〕王曉毅：《漢魏佛教與何晏玄學關係之探索》，《中華佛學學報》第六期，1993.7，第207〜217頁。

繫前文談及的曹氏父子對道教方技的態度，以及當時佛教依附方技的狀態，曹丕對道教和佛教信仰的可能性極小，也許會因爲好奇產生興趣，但興趣亦未必強烈。曹丕作《列異傳》，更多的應是由其文才、博物的愛好以及當時鬼神怪異之說興盛的社會環境促成的。

　　張華的文才和博識同樣有史可查。《晉書·張華傳》載：「華學業優博，辭藻溫麗，朗贍多通，圖緯方伎之書莫不詳覽。……華強記默識，四海之內，若指諸掌。」〔註157〕張華素喜藏書，「身死之日，家無餘財，惟有文史溢于机篋。嘗徙居，載書三十乘。秘書監摯虞撰定官書，皆資華之本以取正焉。天下奇秘，世所希有者，悉在華所。由是博物洽聞，世無與比。」〔註158〕如前所述，崔世節《湖廣楚府刻本博物志跋》盛讚《博物志》：「天地之高厚，日月之晦明，四方人物之不同，昆蟲草木之淑妙者，無不備載。」〔註159〕張華撰寫《博物志》，亦緣於其文才和博物多識。

　　郭璞，「好經術，博學有高才，……詞賦爲中興之冠，好古文奇字，妙於陰陽算曆。……洞五行、天文、卜筮之術，禳災轉禍，通致無方，遂京房、管輅不能過也。」〔註160〕郭璞曾作《江賦》，「其辭甚偉，爲世所稱。後復作《南郊賦》，帝見而嘉之，以爲著作佐郎。」〔註161〕此可見郭璞之文才。郭璞撰前後筮驗六十餘事，名爲《洞林》，抄京、費諸家要最，撰《新林》十篇、《卜韻》一篇，所注《穆天子傳》《山海經》《楚辭》《子虛賦》《上林賦》等皆傳於世，所作詩賦誄頌亦達數萬言。本傳「史臣曰」贊其「情源秀逸，思業高奇；襲文雅於西朝，振辭鋒於南夏，爲中興才學之宗矣。」〔註162〕可見，郭璞作《玄中記》，與其高才博學、善於文辭、妙於算曆卜筮有關。

〔註157〕（唐）房玄齡等：《晉書》（卷三十六），北京，中華書局，1974 年版，第 1068、1070 頁。
〔註158〕（唐）房玄齡等：《晉書》（卷三十六），北京，中華書局，1974 年版，第 1074 頁。
〔註159〕（晉）張華撰，范甯校證：《博物志校證》，北京，中華書局，1980 年版，第 149 頁。
〔註160〕（唐）房玄齡等：《晉書》（卷七十二），北京，中華書局，1974 年版，第 1899 頁。
〔註161〕（唐）房玄齡等：《晉書》（卷七十二），北京，中華書局，1974 年版，第 1901 頁。
〔註162〕（唐）房玄齡等：《晉書》（卷七十二），北京，中華書局，1974 年版，第 1913 頁。

　　干寶，少年好學，博覽書記，因才器過人被召爲佐著作郎。中書監王導薦之爲史官，修國史。撰成《晉紀》二十卷，「其書簡略，直而能婉，咸稱良史。」〔註163〕全晉文歷數干寶的著述，曰干寶「有《周易注》十卷，《周易宗塗》四卷，《周官注》十二卷，《春秋左氏傳義》十五卷，《晉紀》二十三卷，《搜神記》三十卷，《干子》十八卷，《集》五卷。」〔註164〕干寶還「性好陰陽術數，留思京房、夏侯勝等傳。」〔註165〕由其著述及愛好觀之，干寶可謂「雜家」。其作《搜神記》，緣於其出色的文才及其「神道之不誣」〔註166〕的鬼神觀念。

　　曹毗，「少好文籍，善屬詞賦。」〔註167〕曹毗曾因自覺名位不甚理想，作《對儒》篇，文中借他人之口極贊自己的文才：「今子少睎冥風，弱挺秀容，奇發幼齡，翰披孺童。吐辭則藻落楊、班，抗心則志擬高鴻，味道則理貫莊肆，研妙則穎奪豪鋒。」〔註168〕本傳載其「凡所著文筆十五卷，傳於世。」〔註169〕《全晉文》卷一百七載其賦十三篇：《秋興賦》《涉江賦》《觀濤賦》《水賦》《湘中賦》《魏都賦》《楊都賦》《臨園賦》《詠冶賦》《冶成賦》《箜篌賦》《鸚武賦》《馬射賦》。另有各體文章六篇：《對儒》《雙鴻詩序》《屏風詩序》《王鼎頌》《黃帝贊》《請雨文》。志怪類作品一部：《神女杜蘭香傳》。《晉書》將曹毗列入《文苑傳》，以曹毗、庾闡並爲「中興之時秀」，〔註170〕可見曹毗之文人特質。

　　葛洪，少年好學，以儒學知名，尤好神仙之道。其文筆亦出眾，凡所撰

〔註163〕（唐）房玄齡等：《晉書》（卷八十二），北京，中華書局，1974 年版，第2150 頁。

〔註164〕（清）嚴可均輯：《全上古三代秦漢三國六朝文》，北京，中華書局，1958 年版，第 2189 頁。

〔註165〕（唐）房玄齡等：《晉書》（卷八十二），北京，中華書局，1974 年版，第2150 頁。

〔註166〕（唐）房玄齡等：《晉書》（卷八十二），北京，中華書局，1974 年版，第2151 頁。

〔註167〕（唐）房玄齡等：《晉書》（卷九十二），北京，中華書局，1974 年版，第2386 頁。

〔註168〕（唐）房玄齡等：《晉書》（卷九十二），北京，中華書局，1974 年版，第2387 頁。

〔註169〕（唐）房玄齡等：《晉書》（卷九十二），北京，中華書局，1974 年版，第2388 頁。

〔註170〕（唐）房玄齡等：《晉書》（卷九十二），北京，中華書局，1974 年版，第2370 頁。

著，都「精覈是非，而才章富贍」〔註171〕。干寶與葛洪親密友好，認爲葛洪「才堪國史」，推薦其爲散騎常侍，領大著作，葛洪一心煉丹求長生，固辭不就。後止山中積年，著述不輟。成《抱朴子》一百一十六篇。葛洪還著有碑誄詩賦百卷，移檄章表三十卷，另還有其他著述四百餘卷。「洪博聞深洽，江左絕倫。著述篇章富於班馬，又精辯玄賾，析理入微。」〔註172〕本傳贊其曰：「載範斯文，永傳洪藻。」〔註173〕

　　謝敷，《晉書》將之列入《隱逸傳》，稱其「性澄靖寡欲，入太平山十餘年。鎮軍郗愔召爲主簿，臺徵博士，皆不就。初，月犯少微，少微一名處士星，占者以隱士當之。……俄而敷死。」〔註174〕本傳寥寥數語，只能見出其隱士身份，沒有提及其文才。《全晉文》中收錄了謝敷的《安般守意經序》、《食檄》兩篇長文，另有《荅郗敬輿書》《弘君舉》兩篇，均只有隻言片語〔註175〕，則謝敷的佛學修養和隱士身份更受關注。但《食檄》描繪幾種美食，言及食材、製作方法以及成品的色香味和美容養生的效果，語言簡練，卻繪「香」繪色，讓人垂涎。由此可見，謝敷之文才亦不可小覷，不過因其處士的思想和生活方式，文名不顯而已。

　　王嘉，《晉書》將其列入「藝術傳」。觀傳前小序以及傳中所列諸人，可知此所謂「藝術」指的是技藝，尤指道術方技或卜筮之術。序曰：「藝術之興，由來尚矣。先王以是決猶豫，定吉凶，審存亡，省禍福。日神與智，藏往知來；幽贊冥符，弼成人事；既興利而除害，亦威眾以立權，所謂神道設教，率由於此。……今錄其推步尤精，伎能可紀者，以爲《藝術傳》，式備前史云。」〔註176〕據《晉書》王嘉本傳載，王嘉除撰《拾遺記》十卷記詭怪之事外，還有《牽三歌讖》，歌中所言事後皆應驗。逯欽立《先秦漢魏晉

〔註171〕（唐）房玄齡等：《晉書》（卷七十二），北京，中華書局，1974 年版，第1911 頁。
〔註172〕（唐）房玄齡等：《晉書》（卷七十二），北京，中華書局，1974 年版，第1913 頁。
〔註173〕（唐）房玄齡等：《晉書》（卷七十二），北京，中華書局，1974 年版，第1914 頁。
〔註174〕（唐）房玄齡等：《晉書》（卷九十四），北京，中華書局，1974 年版，第2456～2457 頁。
〔註175〕（清）嚴可均輯：《全上古三代秦漢三國六朝文》，北京，中華書局，1958 年版，第 2259～2260 頁。
〔註176〕（唐）房玄齡等：《晉書》（卷九十五），北京，中華書局，1974 年版，第2467 頁。

南北朝詩》載有王嘉的《歌三首》《歌》《皇娥歌》《白帝子歌》《採藥詩》《時俗四言詩》〔註177〕，除了《歌三首》《歌》，其餘均爲《拾遺記》中之歌。歌詩道教色彩明顯，《歌》《採藥詩》《時俗四言詩》類似謠諺或民歌，簡短但讀來朗朗上口。《皇娥歌》《白帝子歌》塑造了一種渺茫曠遠而清麗的意境，讓人神往。則王嘉不只是「推步尤精」，文才亦精湛。

任昉，《南史》《梁書》均有傳，內容略同。《南史》本傳記述其出生頗具奇異色彩。其母出身世族「河東裴氏」，「高明有德行，嘗晝臥，夢有五色采旗蓋四角懸鈴，自天而墜，其一鈴落入懷中，心悸因而有娠。占者曰：『必生才子。』及生昉，身長七尺五寸，幼而聰敏，早稱神悟。四歲誦詩數十篇，八歲能屬文，自製《月儀》，辭義甚美。」〔註178〕此可謂天賦異稟，文采卓然。後被拜爲太學博士，衛將軍王儉對其文才極爲稱賞：「儉每見其文，必三復殷勤，以爲當時無輩。」〔註179〕「時琅邪王融有才儁，自謂無對當時，見昉之文，怳然自失。」〔註180〕任昉以出眾的文才不斷得以重用：「昉尤長爲筆。頗慕傅亮才思無窮，當時王公表奏無不請焉。昉起草即成，不加點竄。沈約一代辭宗，深所推挹。……梁武帝剋建鄴，霸府初開，以爲驃騎記室參軍，專主文翰。每制書草，沈約輒求同署。……梁臺建，禪讓文誥，多昉所具。」〔註181〕任昉著述甚豐：「所著文章數十萬言，盛行於時。……昉撰雜傳二百四十七卷，《地記》二百五十二卷，文章三十三卷。」〔註182〕任昉的文才在其生前身後都獲得了極高讚譽。劉峻的《廣絕交論》曰：「近世有樂安任昉，海內髦傑，早綰銀黃，夙昭人譽。遒文麗藻，方駕曹、王，英跱俊邁，聊衡許、郭。」〔註183〕《梁書·文學傳序》曰：「高祖聰明文思，光宅區宇，旁求儒雅，詔採異人，文章之盛，煥乎俱集。……其在位者，則沈約、江淹、任昉，並以文采，妙絕當時。」〔註184〕《北史·文苑傳》中《溫子昇傳》載：「濟陰王

〔註177〕逯欽立輯校：《先秦漢魏晉南北朝詩》，北京，中華書局，1988 年版，第 927～929 頁。
〔註178〕（唐）李延壽：《南史》（卷五十九），北京，中華書局，1975 年版，第 1452 頁。
〔註179〕（唐）李延壽：《南史》（卷五十九），北京，中華書局，1975 年版，第 1452 頁。
〔註180〕（唐）李延壽：《南史》（卷五十九），北京，中華書局，1975 年版，第 1452 頁。
〔註181〕（唐）李延壽：《南史》（卷五十九），北京，中華書局，1975 年版，第 1453～1454 頁。
〔註182〕（唐）李延壽：《南史》（卷五十九），北京，中華書局，1975 年版，第 1455、1459 頁。
〔註183〕（唐）李延壽：《南史》（卷五十九），北京，中華書局，1975 年版，第 1458 頁。
〔註184〕（唐）姚思廉：《梁書》（卷四十九），北京，中華書局，1973 年版，第 685 頁。

暉業嘗云：『江左文人，宋有顏延之、謝靈運，梁有沈約、任昉，我子昇足以陵顏轢謝，含任吐沈。』」〔註185〕蕭綱《與湘東王書》稱：「至如近世謝朓、沈約之詩，任昉、陸倕之筆，斯實文章之冠冕，述作之楷模。」〔註186〕在諸多志怪書撰者中，任昉的文才可謂個中翹楚。除了傑出的文才，任昉的博學也頗受稱許。《南史》本傳曰：「（任昉）博學，於書無所不見，家雖貧，聚書至萬餘卷，率多異本。及卒後，武帝使學士賀縱共沈約勘其書目，官無者就其家取之。」〔註187〕「轉御史中丞、秘書監。自齊永元以來，祕閣四部，篇卷紛雜，昉手自讎校，由是篇目定焉。」〔註188〕任昉《述異記》係博物體志怪，與其文才和博學不無關係。

　　陶淵明，《晉書》卷九十四、《南史》卷七十五、《宋書》卷九十三均有傳，亦均列入「隱逸傳」。三個版本的傳記所記略同，但只有《晉書》本傳明確提及其文才曰：「潛少懷高尚，博學善屬文，穎脫不羈，任眞自得。」〔註 189〕蓋因陶淵明的詩文不合當時流行文風，遂不入時人「法眼」，故較少提及。顏延之《陶徵士誄》也只是高度評價陶潛之人格，沒有提及其詩文。劉勰《文心雕龍》隻字不提陶潛，鍾嶸《詩品》只將陶潛列入「中品」，居潘越、陸機之下。直到梁代蕭統才慧眼識珠，其《陶淵明集序》極贊陶淵明之文才與人格：「有疑陶淵明詩，篇篇有酒，吾觀其意不在酒，亦寄酒爲迹者也。其文章不羣，辭彩精拔，跌宕昭彰，獨超眾類，抑揚爽朗，莫之於京。橫素波而傍流，干青雲而直上。語時事則指而可想，論懷抱則曠而且眞。加以貞志不休，安道苦節，不以躬耕爲恥，不以無財爲病，自非大賢篤志，與道汙隆，孰能如此乎？余素愛其文，不能釋手，尚想其德，恨不同時。」〔註190〕但是，孤掌難鳴，蕭統的評價並沒有使陶潛立即聲名鵲起，直到唐代，陶潛的詩文成就才開始受到普遍重視。所以，儘管《晉書》《宋書》《南史》均爲其作傳，卻只是欣賞其隱逸人格而已，陶潛的文才則是「乏善可陳」。從唐代受到重視、

〔註185〕（唐）李延壽：《北史》（卷八十三），北京，中華書局，1974 年版，第 2785 頁。

〔註186〕（清）嚴可均輯：《全上古三代秦漢三國六朝文》，北京，中華書局，1958 年版，第 3011 頁。

〔註187〕（唐）李延壽：《南史》（卷五十九），北京，中華書局，1975 年版，第 1455 頁。

〔註188〕（唐）李延壽：《南史》（卷五十九），北京，中華書局，1975 年版，第 1454 頁。

〔註189〕（唐）房玄齡等：《晉書》（卷九十四），北京，中華書局，1974 年版，第 2460 頁。

〔註190〕（清）嚴可均輯：《全上古三代秦漢三國六朝文》，北京，中華書局，1958 年版，第 3067 頁。

宋代陶潛研究達至高潮直到今天，陶淵明的詩文成就已毋庸置疑，清代嚴可均《全晉文》卷一百十一至一百十二收錄有陶潛的文章，逯欽立《先秦漢魏晉南北朝詩》卷十六、十七收錄有陶淵明的詩歌。後世各種版本的陶淵明詩集和文集更是數不勝數，各種版本的關於陶淵明的輯評資料彙編也是為數眾多。尤其是作為「古今隱逸詩人之宗」，陶淵明及其詩文更是被後世推崇為一種獨特、高妙、無人可及的境界之標誌。

　　陶淵明思想中的儒佛道成分，歷來亦有諸多研究，眾說紛紜。依陶淵明之性格及個性，他的基於人道的思想觀念使他像一個充滿溫情的、親切的儒家仁者，他的處世方法使他像一個順隨自然、樂天知命的道家智者，而他所置身的佛教興盛的時代環境，也給了他些許佛理的薰染，這一點薰染，被他固有的儒、道思想消化吸收，使得這一個宅心仁厚的人更加慈悲，使得他自然率真的人格愈加超越世俗。但是，陶淵明所受的這一點佛教的影響，偏在對佛理、教義的理解和認同，而對於佛教的清規戒律、齋戒儀式等形式層面的各種要求，按照陶淵明的個性，想必不會受其拘束的。這也是南統佛教偏尚義理的特徵的一個體現。陶淵明對佛理的理解和接受，是以是否合於其本有的儒、道思想為標準的，他只是吸收了佛理中與儒、道思想相通、與人性本身相符的部分，所以，我們也可以說他受了佛教的影響，但不能說佛教左右了他的思想和生活。佛教在陶淵明的思想裏，只起到錦上添花的作用，陶淵明「拿來」這些「花」，只做恰到好處的點染和裝飾，並不為此就改換了本有的一切。而且，陶淵明的思想，已在他眾多的詩歌、文賦中得到了充分的表現，而屬於邊緣文體的《搜神後記》，不過是他任性而為的賞心娛目之作，我們或許能從其中看到他的思想的閃光或掠影，或許能從其中看到時代的折光，但那只是書中的故事附帶的客觀效果。所以，樂天委分、縱浪大化不喜不懼的陶淵明作《搜神後記》，既不會刻意宣揚鬼神，更不會自覺宣傳佛教，他不過是置身鬼道盛熾、大興浮屠的時代環境，悠然地隨手採了路邊的一朵「花」而已。

　　劉義慶，「為性簡素，寡嗜欲，愛好文義，才詞雖不多，然足為宗室之表。……招聚文學之士，近遠必至。太尉袁淑，文冠當時，義慶在江州，請為衛軍諮議參軍；其餘吳郡陸展、東海何長瑜、鮑照等，並為辭章之美，引為佐史國臣。太祖與義慶書，常加意斟酌。」〔註191〕劉宋王朝本是寒族於馬

〔註191〕（南朝·梁）沈約：《宋書》（卷五十一），北京，中華書局，1974 年版，第1477 頁。

上得天下，宗室文化水準普遍不高，劉義慶卻雅好文藝，喜與文士交往，當與其性格、經歷以及南朝的整體文化氛圍有關。《幽明錄》《宣驗記》與《世說新語》均明顯含有佛教內容，故其撰寫《幽明錄》《宣驗記》，與其主編《世說新語》一樣，均是其「愛好文義」的性格和崇佛觀念以及鬼神觀念使然。

　　殷芸，《梁書》及《南史》均有本傳，但都篇幅很短，亦沒有提及殷芸的文才，嚴可均《全梁文》只收錄了殷芸一篇《與到溉書》：「哲人云亡，儀表長謝。元龜何寄，指南誰託。」〔註192〕《梁書‧任昉傳》亦載此書。逯欽立《先秦漢魏晉南北朝詩》只收錄殷芸的《詠舞詩》：「斜身含遠意，頓足有餘情。方知難再得，所以遂傾城。」〔註193〕雖然史料中留存殷芸作品不多，但是，從其交往活動中，可以推測其文才應非常出色。當時曾經有過三個炙手可熱的文人團體，即任昉文人團體、蕭統文人團體和裴子野文人團體，殷芸是這三個團體中非常活躍的成員之一。任昉文人團體有名噪一時的「蘭臺聚」和「龍門之遊」，殷芸皆是其主要參與者。《南史‧到溉傳》曰：「昉還爲御史中丞，後進皆宗之。時有彭城劉孝綽、劉苞、劉孺，吳郡陸倕、張率，陳郡殷芸，沛國劉顯及溉、洽，車軌日至，號曰蘭臺聚。」〔註194〕《南史‧陸倕傳》曰：「及昉爲中丞，簪裾輻湊，預其讌者，殷芸、到溉、劉苞、劉孺、劉顯、劉孝綽及倕而已，號曰『龍門之遊』。雖貴公子孫不得預也。」〔註195〕殷芸《與到溉書》即爲任昉卒後，殷芸表達自己悲痛、惋惜心情的一封書信。殷芸與蕭統、裴子野等人的交往亦屢見史載。《梁書‧王筠傳》曰：「昭明太子愛文學士，常與筠及劉孝綽、陸倕、到洽、殷芸等遊宴玄圃。」〔註196〕《南史‧王錫傳》曰：「時昭明太子尚幼，武帝敕錫與祕書郎張纘使入宮，不限日數。……又敕陸倕、張率、謝舉、王規、王筠、劉孝綽、到洽、張緬爲學士，十人盡一時之選。」〔註197〕《梁書‧裴子野傳》曰：「子野與沛國劉顯、南陽劉之遴、陳郡殷芸、陳留阮孝緒、吳郡顧協、京兆韋棱，皆博極羣書，深相

〔註192〕（清）嚴可均輯：《全上古三代秦漢三國六朝文》，北京，中華書局，1958 年版，第 3270 頁。

〔註193〕逯欽立輯校：《先秦漢魏晉南北朝詩》，北京，中華書局，1988 年版，第 1803 頁。

〔註194〕（唐）李延壽：《南史》（卷二十五），北京，中華書局，1975 年版，第 678 頁。

〔註195〕（唐）李延壽：《南史》（卷四十八），北京，中華書局，1975 年版，第 1193 頁。

〔註196〕（唐）姚思廉：《梁書》（卷三十三），北京，中華書局，1973 年版，第 485 頁。

〔註197〕（唐）李延壽：《南史》（卷二十三），北京，中華書局，1975 年版，第 640～641 頁。

賞好。」〔註198〕如果沒有足夠的文才和學識，殷芸不可能參與到這些高端的文人團體，更不可能有如此活躍的表現。同時，這些團體中的文人，大多「博極羣書」，任昉、裴子野和蕭統均博學之人，殷芸同樣「勵精勤學，博洽羣書。幼而廬江何憲見之，深相歎賞。」〔註199〕其《小說》「皆取之故書雅記……援據之博，蓋不在劉孝標世說注以下，實六朝人所著小說中之較繁富者。」〔註200〕由此，殷芸之撰《小說》，除了史料中所云的梁武帝之敕命，其文才和博學當是主要原因。

　　祖沖之，在一般人印象裏，這是一個成就卓著的科學家。但是，翻開《南史》和《南齊書》，祖沖之的名字赫然列在「文學傳」中。從《南史》的《文學傳·序》可見其時「文學」之含義；「自漢以來，辭人代有，大則憲章典誥，小則申抒性靈。……自中原沸騰，五馬南度，綴文之士，無乏於時。降及梁朝，其流彌盛。蓋由時主儒雅，篤好文章，故才秀之士，煥乎俱集。」〔註201〕由此可見，其「文學傳」所錄皆愛好並擅長寫文章之人。其中所列之丘靈鞠，「少好學，善屬文」〔註202〕，丘靈鞠之子斤遲，「八歲便屬文」，謝超宗、何點「並見而異之」。丘遲因其文才，甚受梁武帝禮遇，「時帝著《連珠》，詔羣臣繼作者數十人，遲文最美。」〔註203〕丘仲孚「少好學，……撰《皇典》二十卷，《南宮故事》百卷，又撰《尚書儀事雜儀》行於世。」〔註204〕檀超「少好文學」〔註205〕。檀超叔父檀道鸞「亦有文學，撰《續晉陽秋》二十卷。」〔註206〕熊襄著《齊典》，吳邁遠「好為篇章」。〔註207〕卞彬「險拔有才」，曾撰《枯魚賦》及《蚤虱》《蝸蟲》《蝦蟆》等賦指斥當世之不公。〔註208〕諸葛

〔註198〕（唐）姚思廉：《梁書》（卷三十），北京，中華書局，1973年版，第443頁。
〔註199〕（唐）姚思廉：《梁書》（四十一），北京，中華書局，1973年版，第596頁。
〔註200〕余嘉錫：《殷芸小說輯證·序言》，《余嘉錫文史論集》，長沙，嶽麓書社，1997年版，第259～260頁。
〔註201〕（唐）李延壽：《南史》（卷七十二），北京，中華書局，1975年版，第1761～1762頁。
〔註202〕（唐）李延壽：《南史》（卷七十二），北京，中華書局，1975年版，第1762頁。
〔註203〕（唐）李延壽：《南史》（卷七十二），北京，中華書局，1975年版，第1763頁。
〔註204〕（唐）李延壽：《南史》（卷七十二），北京，中華書局，1975年版，第1764～1765頁。
〔註205〕（唐）李延壽：《南史》（卷七十二），北京，中華書局，1975年版，第1765頁。
〔註206〕（唐）李延壽：《南史》（卷七十二），北京，中華書局，1975年版，第1766頁。
〔註207〕（唐）李延壽：《南史》（卷七十二），北京，中華書局，1975年版，第1766頁。
〔註208〕（唐）李延壽：《南史》（卷七十二），北京，中華書局，1975年版，第1767頁。

晜曾作《雲中賦》、《東冶徒賦》，袁韻「自重其文」。〔註209〕高爽「博學多材」，曾作《鑊魚賦》，「其文甚工」。〔註210〕丘巨源「有筆翰」，孔逭「有才藻」，以「才學知名」〔註211〕，傳中其餘諸人亦皆或能文學或有史才，均爲能文之人。茲不贅述。祖沖之與此輩文士同列一卷，足見其文才亦足以稱述。由祖沖之本傳，我們得知，祖沖之一方面是一個出色的科學家和工程師，他制定曆法，製造指南車、千里船、水碓磨，改造木牛流馬，善於算術，作《綴術》數十篇，將圓周率推算到小數點後七位。另一方面，祖沖之還是一個出色的學者和文士。他注釋《老》《莊》《易》三玄，寫成《易義》《老義》《莊義》，注釋《論語》《孝經》《九章》，還寫過政論文《安邊論》。所以，祖沖之是一個算數、曆法、機械、哲學、文學兼擅的全才。

《述異記》的撰寫，與祖沖之天文學的知識背景及文才關係更爲密切。古代的天文曆法，目的往往是「記吉凶之象」，做出相關的預言，以備個人、群體、朝廷、社會各層面生活的參考。正如《漢書‧天文志》云：「凡天文在圖籍昭昭可知者，經星常宿中外官凡百一十八名，積數七百八十三星，皆有州國官宮物類之象。其伏見蚤晚，邪正存亡，虛實闊陜，及五星所行，合散犯守，陵歷鬭食，彗孛飛流，日月薄食，暈適背穴，抱珥玦蜺，迅雷風祅，怪雲變氣：此皆陰陽之精，其本在地，而上發於天者也。政失於此，則變見於彼，猶景之象形，鄉之應聲。是以明君覩之而寤，飭身正事，思其咎謝，則禍除而福至，自然之符也。」〔註212〕《漢書‧藝文志》亦云：「天文者，序二十八宿，步五星日月，以紀吉凶之象，聖王所以參政也。《易》曰：『觀乎天文，以察時變。』」〔註213〕祖沖之家族世代從事算術、曆法之事。據《隋書‧律曆志》載：「梁初因齊，用宋《元嘉曆》。天監三年下詔定曆，員外散騎侍郎祖暅奏曰：『臣先在晉已來，世居此職。仰尋黃帝至今十二代，曆元不同，周天、斗分，疏密亦異，當代用之，各垂一法。宋大明中，臣先人考古法，以爲正曆，垂之于後，事皆符驗，不可改張。』」〔註214〕祖暅之即祖沖之之子，

〔註209〕（唐）李延壽：《南史》（卷七十二），北京，中華書局，1975 年版，第 1768 頁。

〔註210〕（唐）李延壽：《南史》（卷七十二），北京，中華書局，1975 年版，第 1768～1769 頁。

〔註211〕（唐）李延壽：《南史》（卷七十二），北京，中華書局，1975 年版，第 1769、1770 頁。

〔註212〕（東漢）班固：《漢書》（卷二十六），北京，中華書局，1962 年版，第 1273 頁。

〔註213〕（東漢）班固：《漢書》（卷三十），北京，中華書局，1962 年版，第 1765 頁。

〔註214〕（唐）魏徵等：《隋書》（卷十七），北京，中華書局，1973 年版，第 416～417 頁。

其《南史》本傳曰：「少傳家業，究極精微，亦有巧思。……父所改何承天曆時尙未行，梁天監初，暅之更修之，於是始行焉。」〔註215〕祖沖之之孫祖皓「志節慷慨，有文武才略。少傳家業，善算曆。」〔註216〕祖沖之承其家學，深諳天文曆法，自然會通曉觀象占星、卜測吉凶之事，又受當時談鬼風氣的影響，其編撰《述異記》順理成章。而且，祖氏《述異記》多記祥瑞、妖妄之兆象，尤其如地燃、飄風等自然現象的徵兆記錄，從另一個角度體現了祖沖之作爲天文學家的身份及其相應的知識儲備。另外，祖臺之是祖沖之的曾祖父，撰寫過《志怪》，當然也與其通曉天文曆法相關，所以，祖沖之撰寫《述異記》應該也有對祖輩的傚仿。

吳均，本傳見《梁書》與《南史》之《文學傳》。「均好學有俊才，沈約嘗見均文，頗相稱賞。天監初，柳惲爲吳興，召補主簿，日引與賦詩。均文體清拔有古氣，好事者或斅之，謂爲『吳均體』。建安王偉爲揚州，引兼記室，掌文翰。……均注范曄《後漢書》九十卷，著《齊春秋》三十卷、《廟記》十卷、《十二州記》十六卷、《錢唐先賢傳》五卷、《續文釋》五卷，文集二十卷。」〔註217〕其所撰志怪書《續齊諧記》，魯迅稱之「卓然可觀」〔註218〕。其文才不需多言。

蕭繹，「聰悟俊朗，天才英發。……既長好學，博總群書，下筆成章，出言爲論，才辯敏速，冠絕一時。……世祖性不好聲色，頗有高名，與裴子野、劉顯、蕭子雲、張纘及當時才秀爲布衣之交，著述辭章，多行於世。……所著《孝德傳》三十卷，《忠臣傳》三十卷，《丹陽尹傳》十卷。《注漢書》一百一十五卷，《周易講疏》十卷，《內典博要》一百卷，《連山》三十卷，《洞林》三卷，《玉韜》十卷，《補闕子》十卷，《老子講疏》四卷，《全德志》、《懷舊志》、《荊南志》、《江州記》、《貢職圖》、《古今同姓名錄》一卷，《筮經》十二卷，《式贊》三卷，文集五十卷。」〔註219〕蕭繹不但自己文才出眾，熱衷著述辭章，且以一代帝王，引領一時文風之盛。正如劉師培《中國中古文學史講

〔註215〕（唐）李延壽：《南史》（卷七十二），北京，中華書局，1975 年版，第 1774 ～1775 頁。
〔註216〕（唐）李延壽：《南史》（卷七十二），北京，中華書局，1975 年版，第 1775 頁。
〔註217〕（唐）姚思廉：《梁書》（卷四十九），北京，中華書局，1973 年版，第 698、699 頁。
〔註218〕魯迅：《中國小說史略》，上海，上海古籍出版社，1998 年版，第 29 頁。
〔註219〕（唐）姚思廉：《梁書》（卷五），北京，中華書局，1973 年版，第 135～136 頁。

義》中所言：「齊、梁文學之盛，雖承晉、宋之緒餘，亦由在上者之提倡。……故宗室多才，而庶族之中，亦文人蔚起。」〔註220〕

　　劉之遴，「八歲能屬文，十五舉茂才對策，沈約、任昉見而異之。」〔註221〕受任昉向吏部尚書王瞻舉薦，「瞻即辟爲太學博士。時張稷新除尚書僕射，託昉爲讓表，昉令之遴代作，操筆立成。昉曰：『荊南秀氣，果有異才，後仕必當過僕。』御史中丞樂藹，即之遴舅，憲臺奏彈，皆之遴草焉。」〔註222〕「前後文集五十卷，行於世。」〔註223〕劉之遴卒後諡曰文範先生，可見其文才。

　　除了過人的文才，劉之遴還博學多聞、好古愛奇。《梁書》本傳曰：「之遴篤學明審，博覽群籍。時劉顯、韋稜並強記，之遴每與討論，咸不能過也。……時鄱陽嗣王範得班固所上《漢書》眞本，獻之東宮，皇太子令之遴與張纘、到溉、陸襄等參校異同。之遴具異狀十事。」〔註224〕「之遴好屬文，多學古體，與河東裴子野、沛國劉顯常共討論書籍，因爲交好。是時《周易》、《尚書》、《禮記》、《毛詩》並有高祖義疏，惟《左氏傳》尚闕。之遴乃著《春秋大意》十科，《左氏》十科，《三傳同異》十科，合三十事以上之。高祖大悅，詔答之曰：「省所撰《春秋》義，比事論書，辭微旨遠。……」〔註225〕《梁書》撰者姚察於卷末總述曰：「顯、懋、之遴強學浹洽，並職經便繁，應對左右，斯蓋嚴、朱之任焉。」〔註226〕博學之人一般會好古愛奇。「之遴好古愛奇，在荊州聚古器數十百種。有一器似甌，可容一斛，上有金錯字，時人無能知者。又獻古器四種於東宮。」〔註227〕此外，據《梁書》本傳載：「初，之遴在荊府，嘗寄居南郡廨，忽夢前太守袁象謂曰：『卿後當爲折臂太守，即居此中。』之遴後果損臂，遂臨此郡。」〔註228〕可見，劉之遴撰寫《神錄》，除了博學、文才的原因，對徵兆應驗之事的迷信也是一個重要原因。

〔註220〕劉師培：《中國中古文學史講義》，上海，上海古籍出版社，2000年版，第79～80頁。
〔註221〕（唐）姚思廉：《梁書》（卷四十），北京，中華書局，1973年版，第572頁。
〔註222〕（唐）姚思廉：《梁書》（卷四十），北京，中華書局，1973年版，第572頁。
〔註223〕（唐）姚思廉：《梁書》（卷四十），北京，中華書局，1973年版，第574頁。
〔註224〕（唐）姚思廉：《梁書》（卷四十），北京，中華書局，1973年版，第572、573頁。
〔註225〕（唐）姚思廉：《梁書》（卷四十），北京，中華書局，1973年版，第574頁。
〔註226〕（唐）姚思廉：《梁書》（卷四十），北京，中華書局，1973年版，第579頁。
〔註227〕（唐）姚思廉：《梁書》（卷四十），北京，中華書局，1973年版，第573頁。
〔註228〕（唐）姚思廉：《梁書》（卷四十），北京，中華書局，1973年版，第572頁。

陶弘景，勤學，好文章著述。「讀書萬餘卷，一事不知，以爲深恥。……未弱冠，齊高帝作相，引爲諸王侍讀，除奉朝請。雖在朱門，閉影不交外物，唯以披閱爲務。」〔註229〕「性好著述，尚奇異，顧惜光景，老而彌篤。尤明陰陽五行，風角星算，山川地理，方圓產物，醫術本草。著《帝代年歷》，又嘗造渾天象，云『修道所須，非止史官是用』。」〔註230〕《全梁文》收錄陶弘景各體文章共30篇〔註231〕，逯欽立《先秦漢魏晉南北朝詩》收錄其六首詩〔註232〕。除了撰寫《周氏冥通記》，據《梁書》本傳載，陶弘景還曾夜夢王鏗在被殺前來與之告別，「因訪其幽冥中事，多說祕異，因著《夢記》焉。」〔註233〕文才、博學、好奇以及道徒之信仰、技藝等諸多因素，使陶弘景撰寫《周氏冥通記》《夢記》等志怪書成爲必然之舉。

張演，史書無傳，《宋書》《南史》均只在其父張茂度本傳中略提及之。《南史》卷三十一爲張裕傳，並列張氏家族弟子數人。張裕字茂度，因爲其名字犯宋武帝劉裕之名諱，所以，史料中多以其字稱之。張裕本傳中提及其子張演：「子演，位太子中舍人。演四弟鏡、永、辯、岱俱知名，時謂之張氏五龍。……演、鏡兄弟中名最高，餘並不及。」〔註234〕由此可知，張演諸位兄弟備受時人讚譽，而張演爲其中之佼佼者。《南齊書・張融傳》傳末曰：「張氏知名，前有敷、演、鏡、暢，後有充、融、卷、稷。」〔註235〕《陳書・張種傳》也提到張演：「張種，字士苗，吳郡人也。……少恬靜，居處雅正，不妄交遊，傍無造請，時人爲之語曰：『宋稱敷、演，梁則卷、充。清虛學尚，種有其風。』」〔註236〕史書中雖然沒有張演具體事迹的記載，但其聲名久傳於後世。劉義慶《世說新語》「賞譽第八」第一百四十二條曰：「吳四姓舊目云：『張文，朱武，

〔註229〕（唐）李延壽：《南史》（卷七十六），北京，中華書局，1975年版，第1897頁。

〔註230〕（唐）姚思廉：《梁書》（卷五十一），北京，中華書局，1973年版，第743頁。

〔註231〕（清）嚴可均輯：《全上古三代秦漢三國六朝文》，北京，中華書局，1958年版，第3213～3223頁。

〔註232〕逯欽立輯校：《先秦漢魏晉南北朝詩》，北京，中華書局，1988年版，第1813～1815頁。

〔註233〕（唐）姚思廉：《梁書》（卷五十一），北京，中華書局，1973年版，第743頁。

〔註234〕（唐）李延壽：《南史》（卷三十一），北京，中華書局，1975年版，第804頁。

〔註235〕（南朝・梁）蕭子顯：《南齊書》（卷四十一），北京，中華書局，1972年版，第730頁。

〔註236〕（唐）姚思廉：《陳書》（卷二十一），北京，中華書局，1972年版，第280頁。

陸忠，顧厚。』」〔註237〕可見，當時江東四大家族爲一時之盛，且門風各有特色，而張氏家族特點也即特長就是「以文致盛」。《隋書‧經籍志（四）》載錄宋「太子中舍人《張演集》八卷」。〔註238〕據程章燦《世族與六朝文學》所做的統計，六朝時期，吳郡張氏家族子弟所撰集部著作共二十三種，總計三百三十八卷，經、史、子部著作九部，一百二十四卷。〔註239〕由此可知，即使史料中沒有太多關於張演文才的記載，但其出身江東望族，家族父兄子弟出眾者極多，故仍能從片言隻語中想像到其過人才華。

王延秀，史書沒有本傳，但是在《宋書》《梁書》和《南史》中有零星記載。《宋書》卷十六《禮（三）》曰：「太始六年正月乙亥，詔曰：『古禮王者每歲郊享，爰及明堂。自晉以來，間年一郊，明堂同日。質文詳略，疏數有分。自今可間二年一郊，間歲一明堂。外可詳議。』有司奏：『前兼曹郎虞愿議：「郊祭宗祀，俱主天神，而同日殷薦，於義爲黷。明詔使圓丘報功，三載一享。明堂配帝，間歲昭薦。詳辰酌衷，實允懋典。」緣諮參議並同。曹郎王延秀重議：「改革之宜，實如聖旨。前虞愿議，蓋是仰述而已，未顯後例。謹尋自初郊間二載，明堂間一年，第二郊與第三明堂，還復同歲。愿謂自始郊明堂以後，宜各間二年。以斯相推，長得異歲。」通關八座，同延秀議。』」〔註240〕又：「明帝太始七年十月庚子，有司奏：『來年正月十八日，祠明堂。尋舊南郊與明堂同日，並告太廟。未審今祀明堂，復告與不？』祠部郎王延秀議：『案鄭玄云：「郊者祭天之名，上帝者，天之別名也。神無二主，故明堂異處，以避后稷。」謹尋郊宗二祀，既名殊實同，至於應告，不容有異。』守尚書令袁粲等並同延秀議。」〔註241〕《宋書‧何尚之傳》：何尚之爲丹陽尹，「立宅南郭外，置玄學，聚生徒。東海徐秀、盧江何曇、黃回、潁川荀子華、太原孫宗昌、王延秀、魯郡孔惠宣，並慕道來遊，謂之南學。」〔註242〕《梁書‧傅昭傳》載：「太原王延秀薦昭于丹陽尹袁粲，深爲所禮，辟爲郡主簿，

〔註237〕（南朝‧宋）劉義慶撰，徐震堮著：《世說新語校箋》（《賞譽第八》），北京，中華書局，1984 年版，第 268 頁。

〔註238〕（唐）魏徵等：《隋書》（卷三十五），北京，中華書局，1973 年版，第 1073 頁。

〔註239〕程章燦：《世族與六朝文學》，哈爾濱，黑龍江教育出版社，1998 年版，第 102～106 頁。

〔註240〕（南朝‧梁）沈約：《宋書》（卷十六）北京，中華書局，1974 年版，第 431 頁。

〔註241〕（南朝‧梁）沈約：《宋書》（卷十六），北京，中華書局，1974 年版，第 435 頁。

〔註242〕（南朝‧梁）沈約：《宋書》（卷六十六），北京，中華書局，1974 年版，第 1734 頁。

使諸子從昭受學。」〔註243〕《南史》所記與之略同。由以上史料推測，則王延秀爲劉宋時人，郡望爲太原，任職祠部郎，參與制定朝廷、帝王祭祀的禮制，而且奏議屢被採納。「國之大事，在祀與戎」，王延秀能參與到當時的國家大事之中，地位、聲望不可謂不高，故能與袁粲、傅昭等當時名流多有來往。除了長於禮學，王延秀還尚玄學，與同時「南學」諸人當有玄言清談之舉。由此可知，王延秀之文才、學問亦非常人所及。

范曄，《宋書・范泰傳》在傳末附錄范泰之子事曰：「長子昂，早卒。次子暠，宜都太守。次曄，侍中、光祿大夫。次曄，太子詹事，謀反伏誅，自有傳。少子廣淵，善屬文，世祖撫軍諮議參軍，領記室，坐曄事從誅。」〔註244〕則范曄爲范泰次子，范曄的兄長，劉宋時任侍中、光祿大夫。《隋書・經籍志（四）》「集部」云：「又有宋《范曄集》十四卷，亡。」〔註245〕

范曄的家族，乃爲南陽順陽范氏，西晉末年遷到江南，歷仕江東。在兩晉南朝時期，范氏家族人才輩出，出現了范堅、范汪、范甯、范泰、范曄、范縝、范雲等聲名遠播的文化名流。范曄曾祖范汪，「少孤貧……及長，好學。……博學多通，善談名理。」〔註246〕范汪六十五時卒於家，「贈散騎常侍，諡曰穆。長子康嗣，早卒。康弟甯，最知名。」〔註247〕范曄祖范甯，「少篤學，多所通覽。」〔註248〕范甯爲當時之大儒，「初，甯以《春秋・穀梁氏》未有善釋，遂沈思積年，爲之集解。其義精審，爲世所重。」〔註249〕范甯還大規模興辦學校，推行儒學，「志行之士莫不宗之。期年之後，風化大行。自中興已來，崇學敦教，未有如甯者也。」〔註250〕這在玄風盛行、浮虛相扇的時代，

〔註243〕（唐）姚思廉：《梁書》（卷二十六），北京，中華書局，1973 年版，第 393 頁。
〔註244〕（南朝・梁）沈約：《宋書》（卷六十），北京，中華書局，1974 年版，第 1623 頁。
〔註245〕（唐）魏徵等：《隋書》（卷三十五），北京，中華書局，1973 年版，第 1072 頁。
〔註246〕（唐）房玄齡等：《晉書》（卷七十五），北京，中華書局，1974 年版，第 1982 頁。
〔註247〕（唐）房玄齡等：《晉書》（卷七十五），北京，中華書局，1974 年版，第 1984 頁。
〔註248〕（唐）房玄齡等：《晉書》（卷七十五），北京，中華書局，1974 年版，第 1984 頁。
〔註249〕（唐）房玄齡等：《晉書》（卷七十五），北京，中華書局，1974 年版，第 1989 頁。
〔註250〕（唐）房玄齡等：《晉書》（卷七十五），北京，中華書局，1974 年版，第 1985 頁。

難能可貴。范晏父范泰,「泰博覽篇籍,好爲文章,愛獎後生,孜孜無倦。撰《古今善言》二十四篇及文集傳於世。」〔註251〕范晏之弟范曄,「少好學,博涉經史,善爲文章,能隸書,曉音律。」〔註252〕范雲、范縝爲范氏家族的後起之秀。范雲「年八歲,……就席,雲風姿應對,傍若無人。琰令賦詩,操筆便就,坐者歎焉。嘗就親人袁照學,晝夜不怠。……少機警,有識具,善屬文,便尺牘,下筆輒成,未嘗定藁,時人每疑其宿構。」〔註253〕卒後,「敕賜謚文。有集三十卷。」〔註254〕范雲從兄范縝「少孤貧,……卓越不羣而勤學。……既長,博通經術,尤精《三禮》。……文集十卷。」〔註255〕范氏家族的其他成員如范隆、范堅、范啓等亦皆博覽群書且有文集傳世。由范晏個人著述及其家族之家學、家風來看,范晏之文才當亦足爲稱表。

蕭子良,「少有清尚,禮才好士,居不疑之地,傾意賓客,天下才學皆遊集焉。……士子文章及朝貴辭翰,皆發教撰錄。」〔註256〕「五年,正位司徒,給班劍二十人,侍中如故。移居雞籠山邸,集學士抄《五經》、百家,依《皇覽》例爲《四部要略》千卷。」〔註257〕「所著內外文筆數十卷,雖無文采,多是勸誡。」〔註258〕蕭子良亦好學問、辭章,並以宗室的身份優勢,禮待、賞結文士,積極推進文化建設,對促成有梁一代的學風、文風功不可沒。尤其是其旗下的「竟陵八友」文人團體發展出新詩體「永明體」,其對詩歌聲律的理論研究及創作實踐,爲之後格律詩的成熟奠定了基礎。其個人的文學創作上,逯欽立《先秦漢魏晉南北朝詩》、嚴可均《全齊文》各錄其詩文數篇。雖本傳言其「無文采」,但蕭子良詩文也偶有佳作,也許是性格有些傲慢的蕭

〔註251〕（南朝・梁）沈約:《宋書》（卷六十），北京,中華書局,1974 年版,第1623 頁。

〔註252〕（南朝・梁）沈約:《宋書》（卷六十九），北京,中華書局,1974 年版,第1819 頁。

〔註253〕（唐）姚思廉:《梁書》（卷十三），北京,中華書局,1973 年版,第 229 頁。

〔註254〕（唐）姚思廉:《梁書》（卷十三），北京,中華書局,1973 年版,第 232 頁。

〔註255〕（唐）姚思廉:《梁書》（卷四十八），北京,中華書局,1973 年版,第 664、671 頁。

〔註256〕（南朝・梁）蕭子顯:《南齊書》（卷四十），北京,中華書局,1972 年版,第 694 頁。

〔註257〕（南朝・梁）蕭子顯:《南齊書》（卷四十），北京,中華書局,1972 年版,第 698 頁。

〔註258〕（南朝・梁）蕭子顯:《南齊書》（卷四十），北京,中華書局,1972 年版,第 701 頁。

子顯恃才驕人，爲片面之語。

蕭子良亦崇佛。《南齊書》本傳載：「又與文惠太子同好釋氏，甚相友悌。子良敬信尤篤，數於邸園營齋戒，大集朝臣眾僧，至於賦食行水，或躬親其事，世頗以爲失宰相體。勸人爲善，未嘗厭倦，以此終致盛名。」〔註259〕世祖好射雉，子良曾兩次勸諫。第一次是從儒家的治國愛民的角度進行勸諫，第二次除了用《禮》的道理來勸諫，還運用佛教的戒殺生以及因果報應的理論進行勸諫。「永明末，上將射雉。子良諫曰：『……夫衛生保命，人獸不殊；重軀愛體，彼我無異。故《禮》云「聞其聲不食其肉，見其生不忍其死」。且萬乘之尊，降同匹夫之樂，夭殺無辜，傷仁害福之本。菩薩不殺，壽命得長。施物安樂，自無恐怖。不惱眾生，身無患苦。臣見功德有此果報，所以日夜劬懃，屬身奉法，實願聖躬康御若此。』」〔註260〕蕭子良還多次組織佛法宣講活動。「招致名僧，講語佛法，造經唄新聲，道俗之盛，江左未有也。」〔註261〕湯用彤先生在《漢魏兩晉南北朝佛教史》中說：「文宣於佛教義理亦頗致力提倡。……南齊講席甚盛，多出文宣之護持。……子良之學，首以大乘玄理爲本。故平生盛弘講說。」〔註262〕此正是佛教南統之特徵。蕭子良好佛，尤其重視對佛教義理的研究探討，帶動整個社會的奉佛之風，加之對文學的愛好，所以對佛教志怪的發展也起了重要作用。

王琰，史書無傳。關於其文才，只能從其撰寫的志怪書《冥祥記》中領略一二。用現代小說觀念來衡量，和其他志怪書相比，《冥祥記》中的記事具有了極強的藝術性，這一點，顯而易見，而且，當下志怪研究者也已對此達成共識。《冥祥記》最爲明顯的藝術層面的優勝之處，是故事篇幅的加長，基本上擺脫了志怪書初期「從殘小語」的粗陋。李劍國《唐前志怪小說史》就此做了統計和分析：「就百餘條遺文看，三百字以上者達三十六條，其中五百字以上者十二條，又有三條在千字以上。這是創紀錄的數字。……『趙泰』『陳安居』條長達一千一百餘字，『慧達』條長達一千二百餘字，置於唐傳奇中亦

〔註259〕（南朝・梁）蕭子顯：《南齊書》（卷四十），北京，中華書局，1972 年版，第 700 頁。

〔註260〕（南朝・梁）蕭子顯：《南齊書》（卷四十），北京，中華書局，1972 年版，第 699 頁。

〔註261〕（南朝・梁）蕭子顯：《南齊書》（卷四十），北京，中華書局，1972 年版，第 698 頁。

〔註262〕湯用彤：《漢魏兩晉南北朝佛教史》，上海，上海書店，1991 年版，第 459～461 頁。

不遜色。」〔註263〕那麼，《冥祥記》中的故事篇幅如何增長的？主要原因是，和其他志怪書的記事相比，《冥祥記》中的故事情節曲折、複雜了，敘事較具體、細緻了，多了一些場景描寫，語言更生動了。〔註264〕敘事不再是單線條、直線條或粗線條，而是進行了複雜化、細化的改進，使得故事更具吸引力，也從而增強了宣佛效果。從較長篇幅的故事條數之多以及作者自覺的弘法目的，我們可以推定，這種接近現代小説的藝術層面的改進，是王琰有意識地進行和完成的。從中國小説史的發展角度而言，這種變化是一次質的飛躍，而這種難得的飛躍，足以證明王琰不俗的「敘事」能力和過硬的文字功底。

　　陸杲，出身仕宦之家，其家族即江東四大家族「顧陸朱張」之陸氏家族。《梁書》本傳曰：「（杲）少好學，工書畫。舅張融有高名，杲風韻舉動，頗類於融，時稱之曰：『無對日下，唯舅與甥。』」〔註265〕《梁書》本傳末「史臣曰」：「蕭琛、陸杲俱以才學著名。」〔註266〕《梁書‧庾肩吾傳》載：「初，太宗在藩，雅好文章士，時肩吾與東海徐摛，吳郡陸杲，彭城劉遵、劉孝儀，儀弟孝威，同被賞接。」〔註267〕由此，則陸杲之文章、才學以及風度氣韻可知。陸杲的弟弟陸煦和兒子陸罩亦均有才學。《梁書‧陸杲傳》曰：「弟煦，學涉有思理。天監初，歷中書侍郎，尚書左丞，太子家令，卒。撰《晉書》未就。又著《陸史》十五卷，《陸氏驪泉志》一卷，並行於世。子罩，少篤學，有文才，仕至太子中庶子、光祿卿。」〔註268〕陸氏家族從文名盛極一時的陸機、陸雲到陸倕、陸厥、陸雲公、陸瓊、陸琰等，皆少有才名，諸如「善屬文」「好屬文」「有才思」「文藻宏麗」「辭義典雅」「頗有詞采」「文華理暢」「其詞甚美」「博學」「勤學」等詞句在其本傳中遍映眼簾，這種好文、好學的門風，使得陸氏家族人才薈萃，可謂群星璀璨。

　　江祿，亦出身世族，家族代有才學之士。《南史》本傳云其「幼篤學有文章，工書善琴。形貌短小，神明俊發。……撰《列仙傳》十卷行於世。及《井絜皋木人賦》、《敗船詠》，並以自喻。」〔註269〕江祿之子「徽亦有文采」

〔註263〕李劍國：《唐前志怪小説史》，天津，南開大學出版社，1984 年版，第 418 頁。
〔註264〕李劍國：《唐前志怪小説史》，天津，南開大學出版社，1984 年版，第 418 頁。
〔註265〕（唐）姚思廉：《梁書》（卷二十六），北京，中華書局，1973 年版，第 398 頁。
〔註266〕（唐）姚思廉：《梁書》（卷二十六），北京，中華書局，1973 年版，第 400 頁。
〔註267〕（唐）姚思廉：《梁書》（卷四十九），北京，中華書局，1973 年版，第 690 頁。
〔註268〕（唐）姚思廉：《梁書》（卷二十六），北京，中華書局，1973 年版，第 399 頁。
〔註269〕（唐）李延壽：《南史》（卷三十六），北京，中華書局，1975 年版，第 944
　　　～945 頁。

〔註 270〕。江氏家族從江祿之父祖輩到子姪輩，諸如江夷及其子江湛、江夷之姪江智深、江湛之孫江斅、江斅之子江蒨、江蒨之弟江曇（江祿即江曇之弟）、江蒨之子江紑、江紑之子江總、江總長子江溢等皆「聰敏」、「篤學」、「愛好文雅」、「頗有文辭」。〔註 271〕家族子弟皆文采粲然，而「詩書繼世」，亦爲世家大族能長久維持門戶興旺的一個重要原因。

顧野王，博學多識、能文善畫。其爲吳郡吳人，出身江東「顧陸朱張」四大家族之「顧」氏家族。梁陳時代，顧氏家族式微，顧野王是其家族衰落過程中難得的中興之秀。《南史》本傳云其「幼好學，七歲讀《五經》，略知大旨。九歲能屬文。嘗制《日賦》，領軍朱異見而奇之。十二，隨父之建安，撰《建安地記》二篇。長而遍觀經史，精記默識，天文地理，蓍龜占候，蟲篆奇字，無所不通。⋯⋯宣城王爲揚州刺史，野王及琅邪王褒並爲賓客，王甚愛其才。野王又善丹青，王於東府起齋，令野王畫古賢，命王褒書贊，時人稱爲二絕。」〔註 272〕顧野王著述頗豐，「野王少以篤學至性知名，在物無過辭失色。觀其容貌，似不能言，其屬精力行，皆人所莫及。所撰《玉篇》三十卷，《輿地志》三十卷，《符瑞圖》十卷，《顧氏譜傳》十卷，《分野樞要》一卷，《續洞冥記》一卷，《玄象表》一卷，並行於時。又撰《通史要略》一百卷，《國史紀傳》二百卷，未就而卒。有文集二十卷。」〔註 273〕從其著述看，顧野王興趣廣泛，博聞、愛奇又有文才，《續洞冥記》也可視爲其才能的綜合體現，可惜佚失不傳。

傅亮，出身北地傅氏家族。北地傅氏家族亦爲望族，名人頗多，涉軍、政、學各界，且多擅文辭，傅亮即其家族之代表人物之一。《宋書》本傳云其「博涉經史，尤善文詞。初爲建威參軍，桓謙中軍行參軍。桓玄篡位，聞其博學有文采，選爲祕書郎，欲令整正祕閣，未及拜而玄敗。」〔註 274〕「永初元年，⋯⋯入直中書省，專典詔命。⋯⋯自此後至于受命，表策文誥，皆亮辭也。」〔註 275〕《宋書·蔡廓傳》載：「時中書令傅亮任寄隆重，學冠當時，

〔註 270〕（唐）李延壽：《南史》（卷三十六），北京，中華書局，1975 年版，第 945 頁。
〔註 271〕（唐）李延壽：《南史》（卷三十六），北京，中華書局，1975 年版。
〔註 272〕（唐）李延壽：《南史》（卷六十九），北京，中華書局，1975 年版，第 1688 頁。
〔註 273〕（唐）李延壽：《南史》（卷六十九），北京，中華書局，1975 年版，第 1688 ～1689 頁。
〔註 274〕（南朝·梁）沈約：《宋書》（卷四十三）北京，中華書局，1974 年版，第 1336 頁。
〔註 275〕（南朝·梁）沈約：《宋書》（卷四十三），北京，中華書局，1974 年版，第 1337 頁。

朝廷儀典，皆取定於亮。」〔註276〕《南史‧任昉傳》曰：「永明初，衛將軍王儉領丹陽尹，復引為主簿。儉每見其文，必三復殷勤，以為當時無輩，曰：『自傅季友以來，始復見於任子。若孔門是用，其入室升堂。』」〔註277〕「昉尤長為筆，頗慕傅亮才思無窮。」〔註278〕關於傅亮的作品，本傳載錄有數篇：「亮之方貴，兄迪每深誠焉，而不能從。及見世路屯險，著論名曰《演慎》。及少帝失德，內懷憂懼。直宿禁中，睹夜蛾赴燭，作《感物賦》以寄意。初奉大駕，道路賦詩三首，其一篇有悔懼之辭。自知傾覆，求退無由，又作辛有、穆生、董仲道贊，稱其見微之美云。」〔註279〕今人逯欽立《先秦漢魏晉南北朝詩》、嚴可均《全宋文》均收錄傅亮詩文數篇。

　　王曼穎，生平史書無載，但從與之有關的資料，我們可以推知一二。《梁書‧南平元襄王蕭偉傳》載：「太原王曼穎卒，家貧無以殯斂，友人江革往哭之，其妻兒對革號訴。革曰：『建安王當知，必為營理。』言未訖而偉使至，給其喪事，得周濟焉。」〔註280〕南平元襄王蕭偉是梁文帝第八子，《梁書》本傳云其「少好學，篤誠通恕，趨賢重士，常如不及。由是四方遊士，當世知名者，莫不畢至。……性多恩惠，尤愍窮乏。常遣腹心左右，歷訪閭里人士，其有貧困吉凶不舉者，即遣贍卹之。……晚年崇信佛理，尤精玄學，著《二旨義》，別為新通。又製《性情》、《幾神》等論，其義，僧寵及周捨、殷鈞、陸倕並名精解，而不能屈。」〔註281〕由此可知，蕭偉是一個好學重士、性情仁慈、崇奉釋教之人。王曼穎之友人江革正直、博學，文才過人，深為時人所重，本傳評價其「聰敏亮直，亦一代盛名歟。」〔註282〕江革也崇信佛教，「時高祖盛於佛教，朝賢多啟求受戒，革精信因果，而高祖未知，謂革不奉佛教，乃賜革《覺意詩》五百字，云『惟當勤精進，自強行勝脩；豈可作底突，如彼必死囚。以此告江革，並及諸貴遊。』又手敕云：『世間果報，不可不信，豈得底突如對元延明邪？』革因啟乞受菩薩戒。」〔註283〕

〔註276〕（南朝‧梁）沈約：《宋書》（卷五十七），北京，中華書局，1974 年版，第1570 頁。

〔註277〕（唐）李延壽：《南史》（卷五十九），北京，中華書局，1975 年版，第1452 頁。

〔註278〕（唐）李延壽：《南史》（卷五十九），北京，中華書局，1975 年版，第1453 頁。

〔註279〕（唐）李延壽：《南史》（卷十五），北京，中華書局，1975 年版，第443 頁。

〔註280〕（唐）姚思廉：《梁書》（卷二十二），北京，中華書局，1973 年版，第348 頁。

〔註281〕（唐）姚思廉：《梁書》（卷二十二），北京，中華書局，1973 年版，第348 頁。

〔註282〕（唐）姚思廉：《梁書》（卷三十六），北京，中華書局，1973 年版，第526 頁。

〔註283〕（唐）姚思廉：《梁書》（卷三十六），北京，中華書局，1973 年版，第524 頁。

江革爲王曼穎「友人」，二人關係應較爲密切，而且，江革爲人正直，又才思通贍，德才兼備，則王曼穎作爲其同道者，應亦才德皆佳，在當時當亦有聲名。江革精信因果，又受菩薩戒，是崇佛之人，對王曼穎當亦有影響。《高僧傳》載有王曼穎與慧皎的通信〔註284〕。慧皎寫完《高僧傳》後，寄給王曼穎，請其提出意見或建議。王曼穎回信，信中滿是溢美之詞。慧皎再次寫信致王，稱讚王曼穎「既學兼孔釋，解貫玄儒，抽入綴藻，內外淹劭。」〔註285〕又把十篇論贊寄予王曼穎，請其修改。王曼穎給慧皎的書信中，自稱「弟子」，慧皎回信中對王曼穎的學問也大加讚譽。綜合上述資料，王曼穎應該是一個有一定儒學、佛學和玄學造詣之人，而且，善爲文章，品德端正。

顏之推，史書載入「文苑傳」。《北史》本傳曰：「顏之推字介，琅邪臨沂人。……世善《周官》《左氏》學。」〔註286〕顏之推「博覽書史，無不該洽，辭情典麗，甚爲西府所稱。……之推聰穎機悟，博識有才辯，工尺牘，應對閒明。大爲祖珽所重，令掌知館事，判署文書。……兼善於文字，監校繕寫，處事勤敏，號爲稱職，帝甚加恩接。」〔註287〕入隋後，「隋開皇中，太子召爲文學，深見禮重。尋以疾終。有文集三十卷，撰《家訓》二十篇，並行於世。」〔註288〕顏之推《顏氏家訓》有《文章篇》，文中論及各種文體的起源，對許多歷代著名文人進行了評論，提出自己的爲文標準。整篇文章表現了顏之推豐富的文學知識、深厚的文學素養和成熟的文學觀念，展現了顏之推的文學理論水平。顏之推之弟顏之儀，「幼穎悟，三歲能讀《孝經》。及長，博涉羣書，好爲詞賦。……有《文集》十卷，行於世。」〔註289〕顏之推的祖父和父親在《南史》卷七十二「文學傳」有傳。其祖父顏見遠「博學有志行。……梁武帝受禪，見遠不食，發憤數日而卒。帝聞之，曰：『我自應天從人，何豫天下士大夫事？而顏見遠乃至於此。』」

〔註284〕（南朝・梁）釋慧皎撰，湯用彤校注，湯一玄整理：《高僧傳》，北京，中華書局，1992 年版，第 552～554 頁。

〔註285〕（南朝・梁）釋慧皎撰，湯用彤校注，湯一玄整理：《高僧傳》，北京，中華書局，1992 年版，第 554 頁。

〔註286〕（唐）李延壽：《北史》（卷八十三），北京，中華書局，1974 年版，第 2794 頁。

〔註287〕（唐）李延壽：《北史》（卷八十三），北京，中華書局，1974 年版，第 2794、2795 頁。

〔註288〕（唐）李延壽：《北史》（卷八十三），北京，中華書局，1974 年版，第 2796 頁。

〔註289〕（唐）李延壽：《北史》（卷八十三），北京，中華書局，1974 年版，第 2796、2797 頁。

〔註 290〕其父顏協博學善書有氣度。「協幼孤，養於舅氏。少以器局稱。博涉羣書，工於草隸飛白。時吳人范懷約能隸書，協學其書，殆過眞也。荊楚碑碣皆協所書。……感家門事義，不求顯達，恒辭徵辟，遊於蕃府而已。卒，元帝甚歎惜之，爲《懷舊詩》以傷之。」〔註 291〕顏協著述甚豐，且亦撰有志怪書：「協所撰《晉仙傳》五篇，《日月災異圖》兩卷，行於世。其文集二十卷，遇火湮滅。」〔註 292〕儒家的學問、人格、氣度，父祖兄弟皆一脈相承。顏之推《家訓・序致》自敘其家學、門風曰：「吾家風教，素爲整密。昔在齠齔，便蒙誘誨。……雖讀《禮傳》，微愛屬文。」〔註 293〕可見，顏之推儒家君子的性格、學養和文才得益於其家族門風和家學傳統，是從幼年便薰染、教養而成的。顏之推撰寫《冤魂志》，除了緣於他在儒學基礎上對佛教的理解和認同，應該也受其父顏協撰寫《晉仙傳》和《日月災異圖》的影響。

　　上述志怪書撰者資料較詳盡，還有少數撰者資料缺乏，茲稍作述評。

　　王浮爲西晉道士，曾作《老子化胡經》以倡反佛之論。事迹略見於梁僧祐《出三藏記集》卷十五《法祖法師傳》、釋慧皎《高僧傳》卷一《晉長安帛遠傳》、劉義慶《幽明錄》、唐釋法琳《辯正論》卷五《佛道先後篇》所引《晉世雜錄》及陳子良注所引裴子野《高僧傳》。所載不過是王浮和帛法祖之間佛道正邪之爭以及王浮在閻羅處身披鎖械，因著《老子化胡經》謗佛死方思悔事。王浮既爲道士，其《神異記》當記述道士或道術之神奇，與《化胡經》呼應，一者揚道，一者抑佛。魯迅《古小說鈎沈》輯錄八條，其中，只有三條具有人物、事件等基本敘事要素，其他均只有一句話，疑爲殘缺遺文。李劍國《唐前志怪小說史》認爲《鈎沈》本八條未必全屬王浮之《神異記》，其《唐前志怪小說輯釋》只收錄「餘姚人虞洪入山採茗」一條。其中的「道士」「三青牛」等習語說明這是明顯的道教故事。

〔註 290〕（唐）李延壽：《南史》（卷七十二），北京，中華書局，1975 年版，1784～1785 第頁。

〔註 291〕（唐）李延壽：《南史》（卷七十二），北京，中華書局，1975 年版，第 1785 頁。

〔註 292〕（唐）李延壽：《南史》（卷七十二），北京，中華書局，1975 年版，第 1785 頁。

〔註 293〕（北齊）顏之推撰，王利器集解：《顏氏家訓集解》，上海，上海古籍出版社，1980 年版，第 22 頁。

　　祖臺之，《晉書》卷七十五有本傳，文字極短，謂其「字元辰，范陽人也，官至侍中、光祿大夫，撰志怪書行於世。」〔註294〕參考其官職及其曾孫祖沖之的才學、能力，祖臺之能撰《志怪》，當亦有不錯的文學才能。

　　戴祚，史書無本傳。其事迹、著述散見於《水經注》卷一五、《封氏聞見記》卷七、《冊府元龜》卷五五五。《水經注》載：「洛水自枝瀆又東出關，惠水右注之，世謂之八關水。戴延之《西征記》謂之八關澤。」〔註295〕《冊府元龜》載：「戴祚爲西戎太守，撰《甄異傳》三卷，《西征記》一卷。」〔註296〕唐封演《封氏見聞記》載：「祚江東人，晉末從劉裕西征姚泓。」〔註297〕《甄異傳》故事多采自當時傳聞，多爲鬼怪事。

　　孔約，生平無考。李劍國《唐前志怪小說史》推測其當爲東晉干寶以後人。〔註298〕

　　荀氏，名字籍貫無考。其《靈鬼志》「鬼侯」條言：「南平國蠻兵，義熙初隨眾來姑孰。……予爲國郎中，親領此土。」〔註299〕於此推測，荀氏於晉安帝義熙年間爲南平國郎中。史料闕如，荀氏之文才無從得知，但是從《靈鬼志》中可窺見一二，書中「外國道人」條篇幅較長，敘述細緻、生動，可謂佳作。

　　劉敬叔，《宋書》、《南史》皆無傳。明代胡震亨「彙其事之散見在史書者，爲小傳」，稱其「少穎敏，有異才」，〔註300〕此外無關於劉敬叔文才之記載。《異苑》題材極其廣泛，涉及各種鬼神怪異變化之事以及奇異之物，大多敘述簡略。李劍國《唐前志怪小說史》云：「《四庫提要》稱道它『詞旨簡澹，無小說家猥瑣之習』，《鄭堂讀書記》卷六六也說『修詞命意，頗有古致，無

〔註294〕（唐）房玄齡等：《晉書》（卷七十五），北京，中華書局，1974年版，第1975頁。

〔註295〕（北魏）酈道元：《水經注》，長春，時代文藝出版社，2001年版，第119頁。

〔註296〕（宋）王欽若等編：《冊府元龜》（卷五五五），北京，中華書局，1989年版（影印本），第1564頁。

〔註297〕轉引自李劍國《唐前志怪小說史》，天津，南開大學出版社，1984年版，第340頁。

〔註298〕李劍國：《唐前志怪小說史》，天津，南開大學出版社，1984年版，第333頁。

〔註299〕（魏）曹丕等撰，鄭學弢校注：《列異傳等五種》，北京，文化藝術出版社，1988年版，第70頁。

〔註300〕（南朝·宋）劉敬叔撰，范寧校點：《異苑》，北京，中華書局，1996年版。第107頁。

唐以下小說冗沓之習』。其實這正是它的不足。」〔註301〕李氏以現代小說的概念和藝術標準衡量古代志怪書，故以言辭簡略爲不足。但當時人根本沒有現代小說的敘事觀念，更不可能以現代小說的概念、標準自覺地進行創作，即「非有意爲小說」，而劉敬叔大概也只是出於好奇、自娛娛人的心理，簡要記錄道聽途說的怪異物、事而已，所以只是瑣言短語，粗陳梗概。由此分析，三言兩語能把事物概述清楚，且有些文字較爲生動，「詞旨簡澹」又恰是其長處。

東陽無疑，史傳無載。著《齊諧記》七卷，《隋書·經籍志》以及新、舊《唐志》均有著錄。郭季產，其人史書無傳，其書史志無目。和其他志怪書相比，其《集異記》亦無特出之處，茲不贅述。

朱君臺，生平不詳。現存資料只有慧皎《〈高僧傳〉序錄》提到朱君臺《徵應傳》，云其和劉義慶《宣驗記》等書「並傍出諸僧，敘其風素，而皆是附見，亟多疏闕。」〔註302〕《高僧傳》收錄王曼穎給釋慧皎的回信中提到「君臺之記」〔註303〕，此應指朱君臺的《徵應傳》。

齊諧，史書無載。《高僧傳》卷十一「神異」部分「宋京師杯度傳」載有齊諧事。「齊諧妻胡母氏病，眾治不愈，後請僧設齋，齋坐有僧聰道人，勸迎杯度。度既至，一呪病者即愈。齊諧伏事爲師，因爲作傳，記其從來神異，大略與上同也。至元嘉三年九月，辭諧入京，留一萬錢物寄諧，倩爲營齋。於是別去。行至赤山湖，患痢而死。諧即爲營齋，並接屍還葬建業之覆舟山。……至五年三月八日，度復來齊諧家。呂道慧、聞人恒之、杜天期、水丘熙等並共見，皆大驚，即起禮拜。度語眾人言：『年當大凶，可懃修福業。法意道人甚有德，可往就其修立故寺，以禳災禍也。』須臾間，上有一僧喚度。度便辭去，云：『貧道當向交廣之間，不復來也。』齊諧等拜送慇懃，於是絕迹。」〔註304〕齊諧感於杯度之神異法力，爲其作傳，是爲《異記》。而「大略與上同」則是指《異記》內容與《高僧傳》「杯度傳」所記略同，皆杯度神異之事。《異記》應是杯度和尚的小傳，爲佛教志怪書。

〔註301〕李劍國：《唐前志怪小說史》，天津，南開大學出版社，1984年版，第382頁。

〔註302〕（南朝·梁）釋慧皎撰，湯用彤校注，湯一玄整理：《高僧傳》，北京，中華書局，1992年版，第524頁。

〔註303〕（南朝·梁）釋慧皎撰，湯用彤校注，湯一玄整理：《高僧傳》，北京，中華書局，1992年版，第552頁。

〔註304〕（南朝·梁）釋慧皎撰，湯用彤校注，湯一玄整理：《高僧傳》，北京，中華書局，1992年版，第383～384頁。

　　曇永、釋亡名：唐釋道宣《續高僧傳》「義解篇」有「魏洛陽釋道辯傳」，後附有其弟子曇永和釋亡名的簡短介紹。「釋道辯……有弟子曇永亡名二人。永潛遁自守隱黃龍山。撰搜神論。隱士儀式。名文筆雄健負才傲俗。辯杖之而徙於黃龍。初無恨想而晨夕遙禮云。」〔註305〕《續高僧傳》「感通篇中」「益州野安寺衛元嵩傳第五」：「釋衛元嵩。益州成都人。少出家。爲亡名法師弟子。……亡名入關移住野安。自製琴聲。爲《天女怨》《心風弄》。亦有傳其聲者。」〔註306〕「名文筆雄健」，則釋亡名之文才可知。又能製音樂，是多才多藝之人。曇永撰《搜神論》亦應有一定的文才。

（2）志怪書撰者文人身份之確定

　　由以上撰者資料可知，文才與博學，是絕大多數撰者具有的普遍特點，也可以說，文才和博學是撰寫志怪書的基本條件，而這個基本條件，也恰是古代知書能文的讀書人的基本素質，尤其是南朝知識階層的普遍風習。但是，不是所有讀書人都能做得了學問家，相較於鑽研精深的學問，創作辭采華茂的文章相對更容易一些。所以，讀書人在妙於辭章的同時，大多只是兼有博雜的學識，如祖沖之等兼有專門的學問者極少。而且，在大多數讀書人那裡，博學和文才相比較，博學相對是弱項，文才才是他們標榜自己的強項，於是，這個強項使得他們由「讀書人」漸變爲「文人」，因此，妙於辭章才是文人的基本技能，文才是文人身份的基本要件。以生花妙筆連綴辭章，或者再以駁雜的學識加以點綴，由此彰顯一定的文化品位和審美趣味，間或傳達和宣揚某種價值觀念或審美傾向，最終以文章名世，如曹丕所言以文章求「不朽」：這是文人們的主要行爲和追求。葛洪《抱朴子·行品篇》有對「文人」的明確界定：「摛銳藻以立言，辭炳蔚而清允者，文人也。」〔註307〕在葛洪看來，文人就是以華美的辭藻立言爲文的人。曹丕主張「詩賦欲麗」，陸機主張「詩緣情而綺靡」，均是針對詩賦作品而言，葛洪則在此理論基礎上進一步對創作主體進行了界定。李春青先生在《「文人」身份的歷史生成及其對文論觀念之

〔註305〕《續高僧傳》（電子書），大正新修大正藏經 Vol. 50, No. 2060，蕭鎮國大德提供，北美某大德提供，中華電子佛典協會（http://www.cbeta.org）發行，發行日期：2007/3/7。

〔註306〕《續高僧傳》（電子書），大正新修大正藏經 Vol. 50, No. 2060，蕭鎮國大德提供，北美某大德提供，中華電子佛典協會（http://www.cbeta.org）發行，發行日期：2007/3/7。

〔註307〕楊明照撰：《抱朴子外篇校箋》（上），北京，中華書局，1991 年版，第 536 頁。

影響》一文中從意識形態層面以及歷史生成的角度對「文人」進行了界定，認爲：「文人」是士大夫階層衍生出的一種新的身份。士大夫是指憑藉讀書而躋身或有可能躋身官僚階層的知識階層。士大夫讀書的目的就是做官或通過做官獲得權力資源來治國平天下。但是，後來，有些士大夫們開始擴展人生的視野，發現了政治領域之外的新的精神活動的場域，這個新場域即諸如詩詞歌賦、琴棋書畫之類的場域，而「在這些新的場域漸漸形成了等級秩序與評價系統，並最終爲這個階層乃至其他社會階層所認可。於是士大夫階層就獲得了新的身份性標誌——在詩詞歌賦、琴棋書畫等方面的技能與修養。在這樣的情況下，士大夫階層除了『道的承擔者』（聖賢與君子）、『社會管理者』（官）、『社會教化者』（師）這些固有身份訴求之外，又增加了一重新的身份維度——『文人』。所謂『文人』就是有文才與文采之人，亦即詩詞歌賦、棋琴書畫樣樣精通之人。」〔註308〕而實際上，「士大夫往往擁有多重身份：未仕時是書生，既仕後爲官吏，致仕後爲鄉紳；安邦定國、輔君牧民時爲政治家，傳注經籍、著書立說時是學問家，吟詠情性、雕琢文章時則是『文人』。在同一個人身上，各種身份往往可以並行不悖。」〔註309〕可見，自古至今，人們對「文人」身份的認識和界定基本一致。以此言之，無論從其文才還是志怪書之撰寫行爲，志怪書撰者的文人身份毋庸置疑。

湯用彤先生甚至將長於製作但不精於義理的僧人也歸於「文士」或「文人」。釋慧琳著《白黑論》，其中有言曰：「今析豪空樹，無傷垂蔭之茂。離材虛室，不損輪奐之美。明無常，增其渴癥之情。陳苦僞，篤其競辰之慮。」〔註310〕湯先生認爲，「《白黑論》首辯佛家空無之義，止言及人生無常之虛幻，而未了本性空寂之深意。……此蓋由琳未達佛學實相空虛之義，而妄以樹室相比。辭句雖麗，意旨全乖。由此言之，琳比丘者，究爲長於製作之文士，而非妙測幽微之哲人。」〔註311〕又談及慧觀、支曇諦、僧徹與釋慧休，曰：「元嘉初三月上巳車駕臨曲水讌會，命朝士賦詩，觀詩先成，文旨清婉。

〔註308〕李春青：《「文人」身份的歷史生成及其對文論觀念之影響》，《文學評論》，2012年第 3 期。
〔註309〕李春青：《「文人」身份的歷史生成及其對文論觀念之影響》，《文學評論》，2012年第 3 期。
〔註310〕轉引自湯用彤：《漢魏兩晉南北朝佛教史》，上海，上海書店，1991 年版，第421 頁。
〔註311〕湯用彤：《漢魏兩晉南北朝佛教史》，上海，上海書店，1991 年版，第421～422 頁。

支曇諦善屬文翰，集有六卷。僧徹一賦一詠，輒落筆成章。釋慧休善屬文，辭采綺豔，……凡此諸人，慧觀頗以玄理見稱，餘人則非於義學有殊奇之造詣。湯慧休僅爲文人。若慧琳者，實以才華致譽，而於玄致則未深入。」〔註312〕「文士」與文人近義，如詹福瑞《文士、經生的文士化與文學的自覺》對「文士」的界定：「此處所說的文士，特指文章之士。他們既不同於經生，也不同於文吏，而是一批致力於文章的創作，以辭章名世或立世的人。」〔註313〕士人（讀書人，知識階層）無論長於儒、道、玄、佛何種學問，只要被最終定位爲「文士」，而且這一定位被普遍認可，則其被突出強調也即其最出色的方面無疑是辭采文章，而這一點，與「文人」毫無二致。所以，文士與文人，可謂同義。湯用彤先生同樣把長於文辭視爲文人或文士的標誌性能力，故而將長於文辭的僧人亦認定爲文人或文士。但是，值得注意的是，一旦文人或僧人擁有了令人信服的、高深的、專門的學問，即使長於製作，也不再會被簡單地視爲文人，而是首先被視爲學問家，文人身份一定會「屈尊」成爲輔助性或修飾性的標誌，只能起爲學問家的身份錦上添花的作用了。如湯用彤先生所言之僧人道安、慧遠、僧肇等：「高僧如道安、慧遠、僧肇諸公，佛教玄談均已獨步，而文章優美，又足以副之。」〔註314〕這些義學高僧，其文才堪比文人，但是首要身份仍是高僧或佛學家。再如司馬遷之《史記》，之所以光耀千古，一則緣於其內容，二則緣於其文采。魯迅對司馬遷之文才讚譽極高，稱其爲「雄於文者」，在「漢文學史」中爲其留一重要席位。《史記》則被魯迅譽爲「史家之絕唱，無韻之《離騷》」。〔註315〕然而，司馬遷被公認的首要身份仍爲一史學家，不過是一位極具文才的史學家，其《史記》首先是一部歷史著作，不過是一部極具文采的歷史著作。

　　所以，一個人既被定位爲「文人」或「文士」，則其最大優勢必在於超常的文字能力、豐富的情感世界和敏銳的感覺觸角，而不是政治家的城府和謀略，不是思想家、哲學家縝密的邏輯思維和發達的思辨能力，也不是學問家系統而深邃的學術造詣。「文人」或「文士」發表意見和表達態度的首選方式，

〔註312〕湯用彤：《漢魏兩晉南北朝佛教史》，上海，上海書店，1991 年版，第 422 頁。
〔註313〕詹福瑞：《文士、經生的文士化於文學的自覺》，《河北學刊》，1998.4，第 84 頁。
〔註314〕湯用彤：《漢魏兩晉南北朝佛教史》，上海，上海書店，1991 年版，第 422 頁。
〔註315〕魯迅：《漢文學史綱要》，上海，上海古籍出版社，2005 年版，第 49～54 頁。

就是訴諸情文並茂的辭藻文章。甚至在某些場合或情境下，他們吟詩作文，既不爲抒情、言志，也不爲辯論、說理，唯一的目的就是一展其詩詞歌賦的寫作能力，即所謂爲詩文而詩文，而這種純粹的文字能力的展現也恰是文人身份的凸顯。

就志怪書撰寫而言，志怪故事本來是口耳流傳的口頭語言形態，撰寫者要將之記錄下來，必須轉換成書面語言，這個轉換過程就是對故事材料的加工或再加工，也就是撰寫者文才的展現過程。首先，撰寫者必須用書面文字將口頭語言表達的内容準確、清楚地傳達出來。其次，言說者使用口頭語言時附帶的表情、聲音和肢體動作的一系列動態效果也要通過靜態的文字生動地再現出來。再次，除了改動原本粗糙、生硬的語言，撰寫者或許還要根據自己的理解，在原來故事的基礎上添枝加葉，添加一些本來沒有的細節、場景或者人物，以達到理想的講述效果。雖然志怪書在某種程度上也保留了部分口語，但是，總體而言，轉換成書面語言形態的志怪故事，無疑被明顯「雅化」了，也增強了條理性、生動性和感染力。同時，志怪故事在被不同人不斷重複講述、記錄的過程中，會出現很多相同題材而不同版本的志怪故事，不同的版本，敍事效果也不盡相同。比如「桃花源」故事，劉敬叔《異苑》、陶淵明《搜神後記》中皆有記述，但二人所記篇幅長短、文學價值以及影響卻不相同。再如有關「地獄」的「趙泰」故事，《幽明錄》《冥祥記》中皆有，但《冥祥記》中篇幅明顯加長，記述更爲細緻，宣佛意味更加濃厚。再如荀氏《靈鬼志》中「外國道人」與吳均《續齊諧記》中之「陽羨書生」故事，皆記吞吐幻術，但後者中土色彩加強，故事明顯被漢化，讀來更感親切。有些版本的故事情節相對簡單或描寫不夠細緻，也許是緣於撰寫者「非有意爲小說」的寫作態度，並非其文字能力使然。但無論如何，整體而言，從口頭流傳到文字流傳，從早期版本到後期版本，志怪書的敍事水準呈明顯上升趨勢，而撰寫者的文人身份和文才，恰恰是促成這一趨勢的主要動因。而志怪書發展的這一趨勢，也反過來充分證明了撰寫者的文人身份及其文才。

雖然志怪書作爲邊緣文體，既沒有被其時包括文人在内的知識階層正式接納，其本身作爲一種文體形式，也還處於不成熟狀態。但是志怪書的體式，也有其自身的獨特優勢。一方面，諸如「輪迴轉世」「觀音靈驗」「因果報應」「地獄」等思想觀念，雖然盛行但仍不能被視爲中土的主流意識形態，無論

在社會政治、文化方面還是個體的人生方面，佛教的外來屬性決定了其不可能成爲意識形態中核心的主流成分，而志怪書的邊緣文體性質恰好與其非主流的狀態契合。另一方面，長於製作的文人，沒有系統的佛學知識和專門的佛理研究，若要表達自己對佛教的興趣甚至宣傳佛教，撰寫故事性的志怪書是最佳選擇。

　　以劉義慶和王琰爲例。宋臨川王劉義慶不但愛好文義，其對佛教也興趣甚濃。《宋書》本傳載其「受任歷藩，無浮淫之過，唯晚節奉養沙門，頗致費損。」〔註316〕劉義慶雖貴爲宗室，但「爲性簡素，寡嗜欲」〔註317〕，可是卻因爲費損財物奉佛而招致非議，可見其對佛教的態度之熱烈。另外，《高僧傳》亦載劉義慶與僧徒交往事。如《宋京師道林寺畺良耶舍傳》中曰：「元嘉十八年夏，（僧伽達多）受臨川康王請，於廣陵結居，後終於建業。」〔註318〕《宋淮南中寺曇無成傳》載：「時中寺復有曇冏者，與成同學齊名，爲宋臨川康王義慶所重。」〔註319〕《齊齊福寺釋道儒傳》曰：「（釋道儒）少懷清信，慕樂出家。遇宋臨川王義慶鎮南兗，儒以事聞之。干贊成厥志，爲啓度出家。」〔註320〕《宋京師南澗寺釋道冏傳》曰：「（道冏）宋元嘉二十年，臨川康王義慶携往廣陵，終於彼矣。」〔註321〕據上述資料可知，劉義慶對佛教的興趣不容置疑，但是史料中未見其有關於佛理的探討。《宋書》本傳中云其「撰《徐州先賢傳》十卷，……又擬班固《典引》爲《典敍》，以述皇代之美。」〔註322〕《南史》本傳云其「著《世說》十卷，撰《集林》二百卷，並行於世。」〔註323〕嚴可均《全宋文》中只有《箜篌賦》《鶴賦》《山雞賦》《薦庾實等表》《啓事》《黃

〔註316〕（南朝・梁）沈約：《宋書》（卷五十一），北京，中華書局，1974 年版，第1477 頁。

〔註317〕（南朝・梁）沈約：《宋書》（卷五十一），北京，中華書局，1974 年版，第1477 頁。

〔註318〕（南朝・梁）釋慧皎撰，湯用彤校注，湯一玄整理：《高僧傳》，北京，中華書局，1992 年版，第 129 頁。

〔註319〕（南朝・梁）釋慧皎撰，湯用彤校注，湯一玄整理：《高僧傳》，北京，中華書局，1992 年版，第 275 頁。

〔註320〕（南朝・梁）釋慧皎撰，湯用彤校注，湯一玄整理：《高僧傳》，北京，中華書局，1992 年版，第 515 頁。

〔註321〕（南朝・梁）釋慧皎撰，湯用彤校注，湯一玄整理：《高僧傳》，北京，中華書局，1992 年版，第 463 頁。

〔註322〕（南朝・梁）沈約：《宋書》（卷五十一），北京，中華書局，1974 年版，第1477 頁。

〔註323〕（唐）李延壽：《南史》（卷十三），北京，中華書局，1975 年版，第 360 頁。

初妻趙罪議》幾篇文章。〔註324〕逯欽立《先秦漢魏晉南北朝詩》只收錄了劉義慶的《烏夜啼》《遊鼉湖詩》兩首詩。〔註325〕總體言之，劉義慶的主要成就是編書，《世說新語》《幽明錄》和《宣驗記》，三本書都是側重講故事。而劉義慶身後之盛名，也主要是緣於這三本故事書之成就卓著，在中國小說發展史上佔據極重要的位置。《世說新語》中有很多關於佛教的內容，比如記述了佛圖澄、竺法深、釋道安、釋慧遠、支道林、康僧淵等很多高僧的言行。後兩本是志怪書，在魏晉南北朝所有志怪書裏，這兩本也是意義非凡。《幽明錄》首次表現佛家地獄觀念，《宣驗記》是專門宣傳佛法的釋氏輔教之書，在闡釋、研究志怪書與佛教關係問題的資料中，是極具代表性的志怪書。很顯然，劉義慶是通過講述志人、志怪故事尤其是佛教志怪故事，通過撰寫志怪書來表明自己的宗教信仰或傾向，而不是通過研究佛學義理和撰寫佛學理論專著來表達對佛教的愛好和興趣，體現了典型的文人崇佛異於佛學家的特點。

再如王琰。關於王琰本人的直接資料就是其《冥祥記》中的自序。其云「琰稚年在交阯。彼土有賢法師者，道德僧也。見授五戒，以觀世音金像一軀，見與供養；形制異今，又非甚古，類元嘉中作。熔鑄殊工，似有眞好。琰奉以還都。時年在齠亂，與二弟常盡勤至，專精不倦。」〔註326〕此段文字明言其佛教之信仰。接著記述了此觀世音金像的諸多神迹。最後，寫明作《冥祥記》的緣由：「循復其事，有感深懷；沿此徵覿，綴成斯記。夫鏡接近情，莫逾儀像；瑞驗之發，多自此興。〔註327〕」此段文字可見《冥祥記》宣揚佛法之目的。觀現存輯本《冥祥記》所記之事，涉及西行求法、輪迴轉世、高僧神通、觀音靈驗、地獄等方面，弘揚釋教的目的十分鮮明。曹道衡《論王琰和他的〈冥祥記〉》對王琰撰《冥祥記》的動機做了分析。文章首先將《冥祥記》的內容與其他志怪書做了對比，認爲王琰撰寫《冥祥記》有著極其明確而專一的弘法目的，這是本書的獨特之處。「王琰《冥祥記》是一部宣揚佛教威靈之作，這是人所共知的。這一特點就決定了它和其他志怪小說的不同。因爲其他志怪小說的內容，往往只是搜羅一些神怪故事，至於這些故事反映了哪種人的思想，作者往往不加區別。例如晉干寶的《搜神記》中有一部分

〔註324〕（清）嚴可均輯：《全上古三代秦漢三國六朝文》，北京，中華書局，1958年版，第2496～2497頁。
〔註325〕逯欽立輯校：《先秦漢魏晉南北朝詩》，北京，中華書局，1988年版，第1202頁。
〔註326〕魯迅：《古小說鉤沈》，濟南，齊魯書社，1997年版，第276頁。
〔註327〕魯迅：《古小說鉤沈》，濟南，齊魯書社，1997年版，第277頁。

內容來自漢人的陰陽讖緯學說；有一部分則來自道教故事；也有若干故事則
表現了佛教的『輪迴說』；還有一部分則採自民間傳說。劉宋劉敬叔的《異苑》
則兼具佛、道二教的故事，更多的則出自民間傳說。即使像篤信佛教的劉義
慶，在他主編的《幽明錄》中，故事內容也很複雜。其中像前面提到的趙泰
故事，就表現了佛教思想；……至於《法苑珠林》卷三一所引劉晨、阮肇入
天台山遇仙故事中的神仙，竟用『胡麻飯、山羊脯、牛肉』和酒招待劉阮二
人。這和佛教的戒殺生和戒酒的教義完全抵觸。這說明這些志怪小說，似乎
目的就在志怪，並無明確的主導思想。上述那些情況，在《冥祥記》現存的
佚文中則絕無其例。因此王琰之作此書，是有意識地在宣傳佛教。」〔註328〕
另外，曹文還認爲王琰作《冥祥記》的目的，「還有與主張無神論者進行論爭
的用意。……《冥樣記》之作也許正是針對范縝的《神滅論》而發。」〔註329〕
《南史・范縝傳》載范縝與王琰爭論鬼神有無之事。范縝「博通經術，尤精
《三禮》……嘗侍子良，子良精信釋教，而縝盛稱無佛。子良問曰：『君不信
因果，何得富貴貧賤？』縝答曰：『人生如樹花同發，隨風而墮，自有拂簾幌
墜於茵席之上，自有關籬牆落於糞溷之中。墜茵席者，殿下是也；落糞溷者，
下官是也。貴賤雖復殊途，因果竟在何處。』子良不能屈，然深怪之。」〔註330〕
范縝後又著《神滅論》，系統地論述了其無神論以及反佛思想。曰：「或問予
云：神滅，何以知其滅也？荅曰：神即形也，形即神也，是以形存則神存，
形謝則神滅也。……形者神之質，神者形之用。是則形稱其質，神言其用，
形之與神，不得相異也。……名殊而體一也。……神之於質，猶利之於刀，
形之於用，猶刀之於利。利之名非刀也，刀之名非利也。然而捨利無刀，捨
刀無利。未聞刀沒而利存，豈容形亡而神在。……知此神滅，有何利用邪？
荅曰：『浮屠害政，桑門蠹俗，風驚霧起，馳蕩不休，吾哀其弊，思拯其溺。』」
〔註331〕當時奉佛之風盛行，這種論調簡直是驚世駭俗，尤其是帝王引領奉佛
之風的情勢下，似有冒天下之大不韙的挑釁意味。所以，「此論出，朝野諠譁。
子良集僧難之而不能屈。太原王琰乃著論譏縝曰：『嗚呼范子！曾不知其先祖
神靈所在。』欲杜縝後對。縝又對曰：『嗚呼王子！知其祖先神靈所在，而不

〔註328〕曹道衡《論王琰和他的〈冥祥記〉》，《文學遺產》，1992年第1期。
〔註329〕曹道衡《論王琰和他的〈冥祥記〉》，《文學遺產》，1992年第1期。
〔註330〕（唐）李延壽：《南史》（卷五十七），北京，中華書局，1975年版，第1421頁。
〔註331〕（清）嚴可均輯：《全上古三代秦漢三國六朝文》，北京，中華書局，1958年版，第3209～3210頁。

能殺身以從之。』」〔註332〕由此段記述可知，范縝主張神滅論，反佛，而王琰主張神不滅，奉佛。更重要的是，二人均旗幟鮮明，彼此針鋒相對，而且言辭激烈。曹道衡認爲：「范縝的論爭鋒芒直接針對著佛教的『輪迴』、『報應』等說，而這些說法卻是佛教徒誘脅人們信佛的主要手段。……至於《冥祥記》則不然，其中故事很少針對《神滅論》中關於『形盡神滅』的學說。因爲這種學說，是唯心論者很難用理論加以駁倒的。王琰採取的則是專講『輪迴』『確實存在』，『報應』如何靈驗的事，用以證明神佛的存在。更主要的是他要編造出一些故事來『確證』『輪迴』之說。……（范縝）這種從偶然遭遇來解釋人的命運不同之說，從根本上否定了『輪迴』和『報應』。王琰對范縝的學說顯然不敢正面駁斥，於是便用講故事的方式來論證『輪迴』、『報應』的『存在』。」〔註333〕王琰雖然篤信佛教，卻沒能精於佛理教義，不能用佛學理論從更深層次正面反駁范縝，轉而選擇志怪故事，用形象思維對峙理論思維，顯然是揚長避短，劍走偏鋒。王琰「著論」反對范縝的神滅論，其論作無存，蓋因理論性論作並非王琰強項，大浪淘沙，其論作遂湮沒無聞。但其《冥祥記》卻載入文學史冊，流傳至今。曹文稱王琰「要編造出一些故事」來證明和宣揚輪迴之說，李劍國《唐前志怪小說史》亦提到《宣驗記》「採有《搜神記》《搜神後記》《靈鬼志》《幽明錄》《應驗記》等書少數材料，絕大部分卻是新出」〔註334〕，此皆可證王琰文才優於佛理的一面。范縝《神滅論》論證透徹，言辭犀利，直斷佛教教理之根基，王琰欲維護佛教，弘法心切志堅，佛理既非強項，先前已有的志怪故事無論數量還是質量顯然也均無法滿足其弘法的需求，情急之下，不得不自己「編造」新故事，故其書中「絕大部分是新出」，這顯然已是「有意爲小說」的先聲。而且，在敘事藝術方面較其他志怪書有質的飛躍，李劍國《唐前志怪小說史》稱《冥祥記》爲「『釋氏輔教之書』的代表作」〔註335〕，此言不虛。《冥祥記》的成就足以證明王琰文才甚佳，而再與其久已佚失的「著論」相比，又顯見王琰之文人身份。

　　另外，值得一提的是，文人在佛教義理上的不夠精深，也恰是文人「接地氣兒」的「方便法門」。義理精深，則曲高和寡，故事性強，則喜聞樂見。

〔註332〕（唐）李延壽：《南史》（卷五十七），北京，中華書局，1975 年版，第 1421 頁。
〔註333〕曹道衡《論王琰和他的〈冥祥記〉》，《文學遺產》，1992 年第 1 期。
〔註334〕李劍國：《唐前志怪小說史》，天津，南開大學出版社，1984 年版，第 415 頁。
〔註335〕李劍國：《唐前志怪小說史》，天津，南開大學出版社，1984 年版，第 415 頁。

志怪故事之所以能如此廣泛地流傳，在不同時期、不同地域被不斷甚至高頻率地重複性口耳相傳以及輾轉抄錄，尤其是南朝佛教志怪雨後春筍般地大量湧現，並把志怪書的整體創作和發展推向頂峰，其義理方面「不夠精深」而故事性極強，也是極其重要的原因。

　　綜上所述，鑒於志怪書撰者文才之盛，考量其知識背景，結合其撰寫志怪故事的書寫行為及成就，則將志怪書撰者定位為「文人」，當是較為妥帖的。魯迅言及志怪書撰寫者，曰：「其書有出於文人者，有出於教徒者。」〔註336〕又言：「魏晉以來，漸譯釋典，天竺故事亦流傳世間，文人喜其穎異，於有意或無意中用之，遂蛻化為國有。」〔註337〕對志怪書撰者的身份亦定位為「文人」和「佛徒」。而由上述志怪書撰寫者而言，佛徒數量極少，能夠確定的只有釋亡名、曇永兩個，其他則都屬「文人」。

3、志怪書撰者與佛教之交集

（1）文人與高僧：文才之惺惺相惜

　　魏晉南北朝時期佛教的傳播與興盛，上文已有詳述。誠如梁公所言：「要之，此二百餘年間南朝之佛教，殆已成『社會化』──為上流士夫思潮之中心。」〔註338〕志怪書撰寫者作為長於文字的文人，必然具有文學家特有的敏感神經，而彌漫整個社會的、洶湧激蕩的玄、佛思潮，則不能不影響著他們的思想觀念、價值取向、情感內涵以及他們的表達和書寫。特別是東晉至南朝時期，代表中華傳統文化的南統佛教，偏尚義理之探究，與北方偏重建功德不同，因此，對志怪撰寫者思想層面的影響尤為深遠。更值得注意的是，南方知識階層中愛好、信仰佛教者多既能談玄論佛，又有粲然可觀之文采，很多名僧也是內外該覽，博學善文。如此名士、名僧，其學問、談吐、文章、風神氣度皆為一時之風流標望。

　　梁啟超先生曾談到東晉以降南地多居士以及居士們多既擅佛理又文才卓著的特點：「則東晉、宋、齊、梁約二百餘年間，北地多高僧，而南地多名居士也。……而居士中之有功大教者乃輩出，夫支謙則固一居士矣，其尤著者，若與慧遠手創蓮社之彭城之劉程之，若注《安般經》之會稽謝敷，若著《喻道論》之會稽孫綽，若以三禮大家而歸心淨土之南昌雷次宗，若著《神不滅

〔註336〕魯迅：《中國小說史略》，上海，上海古籍出版社，1998年版，第24頁。
〔註337〕魯迅：《中國小說史略》，上海，上海古籍出版社，1998年版，第30頁。
〔註338〕梁啟超：《中國佛學史稿》，北京，中國人民大學出版社，2012年版，第173頁。

論》之南陽宗炳，若對宋文帝問而護法有功之廬江何尚之及其子何點、何胤，若著《持（釋）性達論》之琅琊顏延之，若再治南本《涅槃》之陽夏謝靈運，若難張融《門論》之汝南周顒，若創造雕刻藝術之會稽戴逵，若作《滅惑論》之東莞劉勰，若作《心王銘》爲禪宗開祖之義烏傅翁，若注《法華經》之南陽劉虬，若駁顧歡《夷夏論》之攝山明休烈，皆於佛教所造至深而所裨至大，然而皆在家白衣也。除弘教外，其文學及他種事業，皆足以傳於後。……其餘爲王導、庾亮、周顗、謝鯤、桓彝、王濛、謝安、郗超、王羲之、王垣之、王恭、王謐、范汪、殷顗、王珣、王瑉、許詢、習鑿齒、陶潛輩，或執政有聲，或高文擅譽，然皆與佛教有甚深之因緣。」〔註339〕至於帝王，則「齊竟陵王蕭子良，梁昭明太子蕭統，皆以帝王胤胄，覃精教理，斐然有所述作。」〔註340〕梁公之論，可謂精到。南朝佛教之所以具有偏尚義學和極具文采的特色，即得力於這些諳通佛理又文采卓然的名士、居士。以謝靈運爲例。南朝世族，首推王、謝，二家族均與佛教關係頗深，而最特出者當屬謝靈運。「康樂一生常與佛徒發生因緣。曾見慧遠於匡廬，與曇隆遊嶀嵊，與慧琳、法流等交善。著《辨宗論》，申道生頓悟之義。又嘗注《金剛般若》。與慧嚴、慧觀等修改大本《涅槃》。近日黃晦聞先生論康樂之詩，謂其能融合儒、佛、老，可見其濡染之深。」〔註341〕遊心佛學的謝靈運，也是文學史上令人矚目的大才子，而且，其對當時釋教能產生偌大之影響，也在很大程度上得力於盛極一時的文名。「康樂一代名士，文章之美，江左莫逮。雖性情偏激，常與世齟齬。然因其文才及家世，爲時所重。故《涅槃》之學，頓悟之說，雖非因其提倡，乃能風行後世，但在當時，謝氏爲佛旨揄揚，必有頗大之影響。夫康樂著《辨宗論》申頓悟，而江南各地皆有論列。亦可見其於佛法之光大固有力也。」〔註342〕「言之無文，行而不遠」〔註343〕，出類拔萃的文才，給謝靈運佛教義理之學問插上雙翼，使其在佛教界聲名遠播，也給南統佛教的發展助一臂之力。

〔註339〕梁啓超：《中國佛學史稿》，北京，中國人民大學出版社，2012年版，第172～173頁。

〔註340〕梁啓超：《中國佛學史稿》，北京，中國人民大學出版社，2012年版，第173頁。

〔註341〕湯用彤：《漢魏兩晉南北朝佛教史》，上海，上海書店，1991年版，第436頁。

〔註342〕湯用彤：《漢魏兩晉南北朝佛教史》，上海，上海書店，1991年版，第440頁。

〔註343〕（周）左丘明傳，（晉）杜預注，（唐）孔穎達正義：《春秋左傳正義》，北京，北京大學出版社，1999年版，第1024頁。

受士大夫們辭采文風的影響，其時的僧徒也多特重文采。康僧會「辯於樞機，頗屬文翰。」〔註344〕釋慧遠「善屬文章，辭氣清雅……所著論、序、銘、贊、詩、書、集為十卷，五十餘篇，見重於世焉。」〔註345〕慧遠之弟慧持「善文史，巧才製。」〔註346〕竺法濟「幼有才藻，作《高逸沙門傳》。」〔註347〕釋道安「外涉羣書，善為文章。長安中，衣冠子弟為詩賦者，皆依附致譽。」〔註348〕《高僧傳》卷五有《晉吳虎丘東山寺竺道壹傳》，後附有帛道猷傳，並載二人交往事曰：「時若耶山有帛道猷者，本姓馮，山陰人，少以篇牘著稱。性率素，好丘壑，一吟一詠，有濠上之風。與道壹經有講筵之遇，後與壹書云：『始得優遊山林之下，縱心孔釋之書，觸興為詩，陵峯採藥，服餌蠲痾，樂有餘也。但不與足下同日，以此為恨耳。因有詩曰：連峰數千里，修林帶平津。雲過遠山翳，風至梗荒榛。茅茨隱不見，雞鳴知有人。閑步踐其逕，處處見遺薪。始知百代下，故有上皇民。』壹既得書，有契心抱，乃東適耶溪，與道猷相會，定於林下。於是縱情塵外，以經書自娛。」〔註349〕帛道猷儼然一位詩僧，竺道壹見詩後，欣然而往，與之會合，想必也是一位風雅之人。此二位，文才不輸於文人，言行亦不脫名士風範。鍾嶸《詩品》錄有「齊惠休上人、齊道猷上人、齊釋寶月」条，上人是對佛門弟子的尊稱。惠休上文已述及，鍾嶸對釋道猷和釋寶月的評價是「庾、帛二胡，亦有清句。」〔註350〕釋寶月，本姓庾。二僧皆為胡人血統，故稱「二胡」。此指帛道猷和釋寶月詩風清新。另有楊慎《升菴詩話》評帛道猷詩曰：「晉世釋子帛道猷，有《陵峰採藥》詩曰：『連峰數千里，修林帶平津。茅茨隱不見。雞鳴知有人。』此四句古今絕唱也，有石刻在沃州岩。按《弘明集》

〔註344〕（南朝・梁）釋慧皎撰，湯用彤校注，湯一玄整理：《高僧傳》，北京，中華書局，1992 年版，第 15 頁。

〔註345〕（南朝・梁）釋慧皎撰，湯用彤校注，湯一玄整理：《高僧傳》，北京，中華書局，1992 年版，第 222 頁。

〔註346〕（南朝・梁）釋慧皎撰，湯用彤校注，湯一玄整理：《高僧傳》，北京，中華書局，1992 年版，第 229 頁。

〔註347〕（南朝・梁）釋慧皎撰，湯用彤校注，湯一玄整理：《高僧傳》，北京，中華書局，1992 年版，第 158 頁。

〔註348〕（南朝・梁）釋慧皎撰，湯用彤校注，湯一玄整理：《高僧傳》，北京，中華書局，1992 年版，第 181 頁。

〔註349〕（南朝・梁）釋慧皎撰，湯用彤校注，湯一玄整理：《高僧傳》，北京，中華書局，1992 年版，第 207 頁。

〔註350〕張懷瑾：《鍾嶸詩品評注》，天津，天津古籍出版社，1997 年版，第 435 頁。

亦載此詩，本八句，其後四句不稱，獨刻此四句，道猷自刪之耶，抑別有高人定之耶？宋秦少游詩：『菰蒲深處疑無地，忽有人家笑語聲。』道潛詩：『隔林彷彿聞機杼，知有人家在翠微。』雖祖道猷語意而不及。」〔註351〕能入歷代詩話家之「法眼」，且被稱爲「古今絕唱」，道猷詩才，又非一般文士可比。《南齊書·樂志》載：「《永平樂歌》者，竟陵王子良與諸文士造奏之。人爲十曲。道人釋寶月辭頗美，上常被之管絃，而不列於樂官也。」〔註352〕釋寶月不但有詩才，還善解音律，而且與當時上流文人交往密切。僧人中文才如此者，不一而足。

支謙爲一代名流，身份較爲特殊，雖未出家，但《高僧傳》「譯經」部分有其傳記，則其譯經貢獻極大，而佛學造詣當亦頗高。支謙本爲月氏人，據《祐录》卷十三《支謙傳》所載，其祖父在漢靈帝時已來中土，支謙雖爲胡人血統，幼年即學胡書，但生在漢地，博覽經籍，「妙善方言」，其學問、思想蓋早已深爲華化。支謙專於譯經傳法，功績卓著，而由其譯經風格可窺見中土六朝華麗文風之一斑。《高僧傳·支謙傳》曰：「謙以大教雖行，而經多梵文，未盡翻譯，己妙善方言，乃收集眾本，譯爲漢語。……所出《維摩》《大般泥洹》《法句》《瑞應本起》等四十九經，曲得聖義，辭旨文雅。」〔註353〕則其譯經風格爲「辭旨文雅」。支愍度《合首楞嚴經記》云：「此經本有記云，支讖所譯出。讖，月氏人也。漢桓靈之世來在中國。其博學淵妙，才思測微，凡所出經，類多深玄，貴尚實中，不存文飾。……越才學深徹，內外備通。以季世尚文，時好簡略，故其出經，頗從文麗。然其屬辭析理，文而不越，約而義顯，眞可謂深入者也。」〔註354〕越，即支越，又名支謙。由此《記》可知，《合首楞嚴經》先由支讖譯出，風格質實。至支謙再譯，受時風影響，則「頗從文麗」。所以，湯用彤先生指出，支謙譯經「嘗恨前人出經之樸質，而加以修改。此皆支謙擅長文辭之證。……其繙《微密持經》八字眞言，乃不用對音，更見其譯胡爲漢，不惜犧牲信實，而力求美巧。此亦其學問途徑，

〔註351〕（明）楊慎：《升菴集》（卷五十五），文淵閣四庫全書第1270冊，臺北，臺灣商務印書館，1986年版，第494頁。
〔註352〕（南朝·梁）蕭子顯：《南齊書》（卷十一），北京，中華書局，1972年版，第196頁。
〔註353〕（南朝·梁）釋慧皎撰，湯用彤校注，湯一玄整理：《高僧傳》，北京，中華書局，1992年版，第15頁。
〔註354〕（南朝·梁）釋僧祐撰，蘇晉仁、蕭鍊子點校：《出三藏記集》，北京，中華書局，1995年版，第270頁。

已甚與華化相接近。」﹝註355﹞湯先生甚至以支謙尚麗的譯經風格爲佛教玄學化之濫觴：「沙門內外備通，至東晉時常見之。其時內典與外書《老》《莊》契合無間，而佛理風行。三國時支謙內外備通，其譯經尚文麗，蓋已爲佛教玄學化之開端也。」﹝註356﹞支謙之所以再譯《合首楞嚴經》，蓋因「嫌讖所譯者辭質多胡音」，所以再譯時「入鄉隨俗」，少用胡音，易質爲文，其譯本遂能「遍行於世」。﹝註357﹞華辭麗句已然成爲風流時尚，不但爲道、俗知識階層所共賞，甚至成爲了佛教融入華夏文化的「通行證」。

　　湯用彤先生對魏晉至南朝時期高僧的「文字之表現」也有論述：「蓋自魏晉中華教化與佛學結合以來，重要之事約有二端。一爲玄理之契合。一爲文字之表現。」﹝註358﹞湯先生按「玄理之契合」「文字之表現」二端，將其時之名僧分爲兩類：或玄理、佛義之造詣與文章兼美，或玄佛義理未必深入而僅以文辭見長。前者如高僧道安、慧遠、僧肇、慧觀，後者如慧琳、慧休。但是，無論哪一類，都有令人稱羨的文章辭令。如前所述，湯先生引慧琳《白黑論》中辯佛家空無之義的一段文字爲例，認爲慧琳此段論述「妄以樹室相比。辭句雖麗，意旨全乖」，並未眞正明瞭本性空寂之深意，所以，慧琳只能算是長於製作之文士，不若道安、慧遠諸公辭理兼擅。但是，對於愛好文辭的志怪撰寫者而言，其「辭句之麗」已經足夠「投其所好」。樹室之比將抽象的佛義變成感性的形象呈現出來，鮮明生動、通俗易懂，且筆法活潑，確實令人稱歎。況且，對於大多數志怪撰寫者們對玄理、佛義的理解能力而言，慧琳之流的文章，雖然與佛義有所乖違，但其文意也絕不是一竅不通，也算是有著較爲嚴謹的邏輯推理，其內涵也具有一定的深度和說服力。換言之，慧琳的文章雖然在專門的佛學造詣上有所欠缺，但是，在慧琳輩以及志怪撰寫者那裡，已經屬於金相玉質的絕妙好文了。

　　如上所述，志怪書撰者中，凡事迹可考者，無不有超人的文才，而絕大多數佛教志怪書撰寫者，如謝敷、齊諧、傅亮、張演、劉義慶、蕭子良、陸杲、王琰、王曼穎等，亦均能找到其與佛徒交往的史料，有些甚至與當時名

﹝註355﹞　湯用彤：《漢魏兩晉南北朝佛教史》，上海，上海書店，1991年版，第134頁。

﹝註356﹞　湯用彤：《漢魏兩晉南北朝佛教史》，上海，上海書店，1991年版，第134～135頁。

﹝註357﹞　（南朝·梁）釋僧祐撰，蘇晉仁、蕭鍊子點校：《出三藏記集》，北京，中華書局，1995年版，第270頁。

﹝註358﹞　湯用彤：《漢魏兩晉南北朝佛教史》，上海，上海書店，1991年版，第422頁。

僧有非常密切的交往，如劉義慶、蕭子良以王室身份與名僧交接，謝敷、張演、傅亮、陸杲、王曼穎、王琰則以文士、名士甚至居士的身份與名僧交遊。顏之推雖然沒有其與僧徒交往的直接史料，但是，在佛教盛行的大環境下，「家世歸心」且自己對佛學有相當理解的顏之推，不可能與佛徒沒有交往。值得注意的是，對於志怪撰寫者而言，文人的身份定位決定了他們在關注某些事物或參與某些活動時，其注意力和興奮點往往更偏重於這些事物和活動中與自己的強項或優勢有關的方面，比如文采、逸聞、故事等，因爲這些方面能夠使他們產生更強烈的共鳴，從而強化對自己的認同，提升彼此的互動或參與活動的效果。因此，在志怪書撰者那裡，名士和名僧們字字珠璣的文章、談吐比其深奧、抽象的學問更具吸引力。如《晉書·謝安傳》載：「（謝安）寓居會稽，與王羲之及高陽許詢、桑門支遁遊處，出則漁弋山水，入則言詠屬文，無處世意。」〔註359〕名士、高僧之交遊，「言詠屬文」是必要之舉，談玄論義卻非必需，甚至只是一種較爲高級的點綴。文人與僧徒之交遊蓋多如是。

可見，文才是佛徒和文人、名士達成交往的第一條件，二者文才上的惺惺相惜，是促成志怪尤其佛教志怪高峰的首要因素。正如湯用彤先生所言中華教化與佛學結合之重要兩端。一爲玄理之契合，一爲文字之表現。前者爲玄佛學養，後者爲文學修養。而「文字之表現」較「玄理之契合」當更爲容易，所以能爲更多人掌握，更易成爲文人和僧人惺惺相惜的共鳴點，由此促成彼此之交接，在「文字之表現」基礎上的交接達成後，才會有更高層次的「玄理之契合」。所以對於佛教的整體傳播而言，文字之表現是玄理之契合的「鋪路石」，在此意義上，似較「玄理之契合」更爲重要。而涉及佛教內容的志怪書尤其是「釋氏輔教之書」的撰寫，恰是「文字之表現」層面的佛教傳播，其內容是故事而非佛義或玄理，更需要文人之文才而非佛學家或玄學家之學問。但是，不能否認，文字與思想如影隨形，不可分割，文字、文采是思想的外在表現形式，思想是文字、文采所蘊含的內容，形式是內容的形式，內容是形式的內容。雖然言未必能盡意，但意以言出，尋言可以得意。所以，文人與僧徒的交遊，儘管側重文才層面，但是玄、佛之深奧的思想、學問以及名僧、名士的非凡氣度，也浸溶在燦若錦繡的言辭中，不知不覺被志怪撰

〔註359〕（唐）房玄齡等：《晉書》（卷七十九），北京，中華書局，1974 年版，第2072 頁。

寫者們接納、消化和吸收，建構起他們漸具玄、佛色彩的意識觀念，而這種意識觀念流諸筆端，便有了佛教志怪故事以及佛教志怪書的湧現。

（2）清談中的佛教與志怪

（2.i）清談之風氣

文人既對名士、名僧產生興趣，則思與其發生交往，而其交往的方式，清談是極重要的一種。清談興於魏末晉初又延及南朝，是一種獨具時代特色的文化現象。牟宗三先生曾言：「魏晉時期出現的特殊人物是『名士』。……名士代表很特殊的一格，表現時代中的創造性，也很有趣味。……雖然那些名士也不是什麼了不起的人物，但這一種性格不是可以學得來的。」〔註360〕名士的特殊性表現於其特殊的行為方式——清談。牟宗三先生言：「什麼是名士呢？概括地而且就其發展至的主要姿態而言，首先，名士要會清談。清談並不是隨意閒聊，而是有一定的內容的，即談《老》《莊》《易》三玄。清談的方式也有一定，並不是以研究學問的態度、學究的方式談，用當時的詞語說，是以『談言微中』的方式談。『談言微中』是指用簡單的幾句話就能說得很中肯、很漂亮。清談還有一定的姿態，名士清談時大多喜歡執一秉麈尾，這是講究美的姿態與情調。由姿態還引申為後來所謂言談吐屬的高雅與否。言談無味、面目可憎是名士所不能忍受的，因此他們也講究美姿容，就是講究美。清談的內容、方式與談時的姿態能合此標準，才能算是名士。」〔註361〕牟宗三先生所謂的名士與清談，很顯然是魏晉時期較為「專業」的名士及其較為「純粹」的玄談行為，是名士與清談較為核心也更為獨樹一幟的體現。但是，根據清談產生的社會背景以及社會思潮的波蕩變化來考量，清談內容從一開始就不限於三玄，三玄只是某個歷史時段清談的主要內容而已，除此之外，還有很多其他精彩的內容。李春青先生在《魏晉清玄》中根據《晉書》和《世說新語》的記載，將清談的內容總為四種：「其一，人物品藻。……兩晉清談中，人物品評依然是重要談資。其二，才性同異辨。才與性的關係問題是兩晉及南朝清談中的一個重要話題。……關於以才性問題為話題的清談，在《世說新語》中多有記載。……其三，『三玄』——《老子》《莊子》《周易》，這是魏晉玄學的核心，也是清談中最為重要的內容。……其四，佛理。

〔註360〕牟宗三：《中國哲學十九講》（全集本），臺北，聯經出版事業有限公司，2003年版，第 225 頁。

〔註361〕牟宗三：《中國哲學十九講》（全集本），臺北，聯經出版事業有限公司，2003年版，第 226 頁。

魏晉時佛釋之學已有廣泛傳播，這種本身就與『三玄』之學有深刻一致性的
學說，自然會爲清談家們所矚目。……其五，不關『三玄』、佛理的抽象論
辯。……其六，談詩文。文人雅士相聚除了談論玄遠之理外，便是品味詩文。」
〔註362〕由此可知，「清談的內容並不僅僅限於玄言，大凡人生道理、詩賦誄銘、
人物風貌、經史子集均可作爲談資。不過一旦成爲清談題目，這些內容也都
盡可能被染上一層『玄』的色彩而已。」〔註363〕清談內容的寬泛、駁雜，使
得清談的主體也不再局限於精通玄理之人，而隨著內容的擴展、主體的變化，
清談的「門檻」也變低，只要具有足夠高妙的口才、足夠好的氣質風度，就
可以參與到清談中來。這使得眾多並不精於玄理、佛義但長於文辭表達的文
人、僧人有了清談的資格，從而使得文人、名士、僧徒自如地穿梭於清談的
「社交舞臺」，其交往也由此愈加廣泛、密切和頻繁，而玄佛思潮的交匯、合
流也隨之風生水起，漸入佳境，各種佛教志怪故事以及佛教志怪書也就呼之欲
出了。

　　茲舉《高僧傳》與《世說新語》中數例，再現其時名士、名僧清談場景。
《高僧傳‧宋京師東安寺釋慧嚴傳》載：「時顏延之著《離識觀》及《論檢》，
帝命嚴辯其同異，往復終日，帝笑曰：『公等今日，無愧支、許。』」〔註364〕
支、許即支遁、許詢。此二人，一爲高僧，一爲名士，皆學問超群，善於談
論，爲一時清談之典範。「嚴弟子法智幼有神理，年二十四往江陵，值雅公講，
便論議數番，雅厝通無地。雅顧眄四眾曰：『小子斐然成章。』智笑曰：『迺
變風變雅作矣。』於是聲布楚郢，譽洽京吳。」〔註365〕慧嚴「年十二爲諸生，
博曉詩書，十六出家，又精鍊佛理。迄甫立年，學洞羣籍，風聲四遠，化洽
殊邦。」〔註366〕法智作爲慧嚴弟子，想必也是該覽詩書典籍，所以才有「變
風變雅」之巧妙應對。「變風變雅」出於《詩經》，同時暗指竺法雅。此雙關
語之絕妙，極具清談風致，令人稱歎不已。康僧淵「遇陳郡殷浩，浩始問佛
經深遠之理，却辯俗書性情之義，自晝至曛，浩不能屈，由是改觀。瑯瑘王

〔註362〕李春青：《魏晉清玄》，北京，北京師範大學出版社，1993年版，第14～17頁。
〔註363〕李春青：《魏晉清玄》，北京，北京師範大學出版社，1993年版，第17頁。
〔註364〕（南朝‧梁）釋慧皎撰，湯用彤校注，湯一玄整理：《高僧傳》，北京，中華
　　　　書局，1992年版，第262頁。
〔註365〕（南朝‧梁）釋慧皎撰，湯用彤校注，湯一玄整理：《高僧傳》，北京，中華
　　　　書局，1992年版，第263頁。
〔註366〕（南朝‧梁）釋慧皎撰，湯用彤校注，湯一玄整理：《高僧傳》，北京，中華
　　　　書局，1992年版，第260頁。

茂弘以鼻高眼深戲之。淵曰：『鼻者面之山，眼者面之淵，山不高則不靈，淵不深則不清。』時人以為名答。」〔註367〕此番言談亦載於《世說‧排調》。康法暢「亦有才思，善為往復，……常執麈尾行，每值名賓，輒清談盡日。庾元規謂暢曰：『此麈尾何以常在。』暢曰：『廉者不取，貪者不與，故得常在也。』」〔註368〕《高僧傳‧晉長安五級寺釋道安傳》載：「時襄陽習鑿齒鋒辯天逸，籠罩當時。其先聞安高名，早已致書通好。……及聞安至止，即往修造。既坐，稱言：『四海習鑿齒。』安曰：『彌天釋道安。』時人以為名答。」〔註369〕竺道生「年在志學，便登講座，吐納問辯，辭清珠玉。雖宿望學僧，當世名士，皆慮挫詞窮，莫敢酬抗。」〔註370〕于道邃「內外該覽……尤巧談論。」〔註371〕高僧們既染華麗文風，又逞清談利口，其受中土文化之薰染可見一斑。

　　清談是社會之習尚，更是家族之門風。陳寅恪先生在《崔浩與寇謙之》一文中明言六朝時期學術文化之地方化和家門化：「中原經五胡之亂，而學術文化尚能保持不墜者，固由地方大族之力，而漢族之學術文化變為地方化及家門化矣。故論學術，祇有家學之可言，而學術文化與大族盛門常不可分離也。」〔註372〕錢穆先生在《略論魏晉南北朝學術文化與當時門第之關係》一文中也極言當時門第在學術文化的發展、傳承上的重要作用，並指出高門大族之所以成其為高門大族，非僅在於其「政治上之權勢，經濟上之豐盈」〔註373〕，更在於其家族之文化。「當時門第中人所以高自標置以示異於寒門庶姓之幾項重要節目，內之如日常居家之風儀禮法，如對子女德性與學問方

〔註367〕（南朝‧梁）釋慧皎撰，湯用彤校注，湯一玄整理：《高僧傳》，北京，中華書局，1992 年版，第 151 頁。

〔註368〕（南朝‧梁）釋慧皎撰，湯用彤校注，湯一玄整理：《高僧傳》，北京，中華書局，1992 年版，第 151 頁。

〔註369〕（南朝‧梁）釋慧皎撰，湯用彤校注，湯一玄整理：《高僧傳》，北京，中華書局，1992 年版，第 180 頁。

〔註370〕（南朝‧梁）釋慧皎撰，湯用彤校注，湯一玄整理：《高僧傳》，北京，中華書局，1992 年版，第 255 頁。

〔註371〕（南朝‧梁）釋慧皎撰，湯用彤校注，湯一玄整理：《高僧傳》，北京，中華書局，1992 年版，第 169 頁。

〔註372〕陳寅恪：《金明館叢稿初編》，北京，生活‧讀書‧新知三聯書店，2001 年版，第 147～148 頁。

〔註373〕錢穆：《中國學術思想史論叢》（三），臺北，東大圖書有限公司，1981 年版，第 155 頁。

面之教養。外之如著作與文藝上之表現，如交際應酬場中之談吐與情趣。」
〔註374〕「交際應酬場中之談吐與情趣」即清談，尤指東晉南渡以後之清談。
「其實在魏晉之際，時人所以好言莊老虛無，又所以致辨於才性四本及聲無
哀樂等問題者，此皆在時代苦悶中所逼迫而出之一套套思想上之新哲理與新
出路。當時人確曾在此等問題上認眞用心思。至後則僅賸下這幾個問題，用
來考驗人知也不知，答應得敏速利落與否，僅成爲門第中人高自標置之一項
憑據。」〔註375〕由此可知，魏晉以後，清談依然盛行，但已失去先前的思
想深度，僅成爲當時「門第中人之一種品格標記」〔註376〕，即一種作秀式
的清談而已。文人、名士、名僧共處於此一「秀場」，自娛娛人，不亦樂乎。

　　江東吳郡張氏家族，自漢至陳，綿延三百餘年，詩書繼世，風流不衰。
《續光世音應驗記》之撰者張演，即出身張氏家族。兩晉之時，張氏家族即
有通脫善談之人。張翰「有清才，善屬文」，其「蓴鱸之思」爲一時佳話，
並有「使我有身後名，不如即時一杯酒」之語，時人貴其曠達，號爲「江東
步兵」。〔註377〕張憑更是以清談邀名當世。張憑初不爲人所重，「會王濛就惔
清言，有所不通，憑於末坐判之，言旨深遠，足暢彼我之懷，一坐皆驚。惔
延之上坐，清言彌日，留宿至旦遣之。……帝召與語，歎曰：『張憑勃窣爲理
窟。』」〔註378〕張玄之七歲便通清言〔註379〕，既長，張玄之聲望日隆，與謝
玄並稱「南北二玄」〔註380〕。兩晉之後，張氏家族亦是人才相繼。「當宋齊二
代，張氏人才輩出，爲文學玄談之淵藪。」〔註381〕《南史》卷三十一即爲張
氏一篇家傳，記張裕一支特出者十二人。其中，張鏡尤善玄談且性格沉靜。「鏡

〔註374〕錢穆：《中國學術思想史論叢》（三），臺北，東大圖書有限公司，1981年版，
　　　　第194頁。
〔註375〕錢穆：《中國學術思想史論叢》（三），臺北，東大圖書有限公司，1981年版，
　　　　第191頁。
〔註376〕錢穆：《中國學術思想史論叢》（三），臺北，東大圖書有限公司，1981年版，
　　　　第190頁。
〔註377〕（唐）房玄齡等：《晉書》（卷九十二），北京，中華書局，1974年版，第
　　　　2384頁。
〔註378〕（唐）房玄齡等：《晉書》（卷七十五），北京，中華書局，1974年版，第
　　　　1992頁。
〔註379〕（南朝・宋）劉義慶撰，徐震堮著：《世說新語校箋》（《夙惠第十二》），北京，
　　　　中華書局，1984年版，第324頁。
〔註380〕（南朝・宋）劉義慶撰，徐震堮著：《世說新語校箋》（《言語第二》劉孝標注），
　　　　北京，中華書局，1984年版，第61頁。
〔註381〕湯用彤：《漢魏兩晉南北朝佛教史》，上海，上海書店，1991年版，第428頁。

少與光祿大夫顏延之鄰居，顏談義飲酒，喧呼不絕，而鏡靜默無言聲。後鏡與客談，延之從籬邊聞之，取胡牀坐聽，辭義清玄。延之心服，謂客曰：『彼有人焉。』由是不復酣叫。……演、鏡兄弟中名最高，餘並不及。」〔註382〕張演之子張緒，「宋明帝每見緒，輒歎其清淡。……緒吐納風流，聽者皆忘饑疲，見者肅然如在宗廟。」〔註383〕張緒子張充「多所該通，尤明《老》、《易》，能清言。」〔註384〕張卷、張嵊亦均「能清言」〔註385〕。張裕之弟張邵一支子弟亦多清譽。張敷「與高士南陽宗少文談《繫》《象》，往復數番。少文每欲屈，握塵尾歎曰：『吾道東矣。』於是名價日重。」〔註386〕張暢曾與北魏尚書李孝伯對談，「暢隨宜應答，吐屬如流，音韻詳雅，風儀華潤。孝伯及左右人並相視歎息。」〔註387〕張暢之子張融，弱冠知名，舉止不從流俗，「玄義無師法，而神解過人，高談鮮能抗拒。」〔註388〕此為家族清談門風之例證。

（2.ii）清談之特點

　　魏晉南北朝時期，諸多錦心繡口的玄、佛清流，一幕幕生動的清談場景，使這個混亂、動蕩、暗濁的時代具有了一種獨特的靈性。撲面而來的文學氣息、無處不在的遊戲心理、外露逼人的聰穎智慧，使得清談定格為一幅幅引人入勝的歷史畫面，彰顯著那個時代的文化品位和卓然個性。由清談之種種表現，姑且將清談之特點概述為：文學性，遊戲性、智力性。

　　先言清談之文學性。清談的文學性緣於清談者的文才、口才。如上所述，清談者們開口則音韻清雅，舌燦蓮花，秉筆則燦然成章，才藻秀拔，無論精通玄理與否，都有著一流的口才、文才。《抱朴子·行品篇》有「辯人」之稱：「飛清機之英麗，言約暢而判滯者，辯人也。」〔註389〕與「擿銳藻以立言，辭炳蔚而清允者，文人也」對應，二者均強調辭藻文采，不同處無非一為口頭表達，一為書面表達。以此標準衡量，則魏晉南北朝之善於清談者，既是辯人，又是文人。作為清談者，玄理、佛義未必精準，口才、文才必須動人。

〔註382〕（唐）李延壽：《南史》（卷三十一），北京，中華書局，1975年版，第804頁。
〔註383〕（唐）李延壽：《南史》（卷三十一），北京，中華書局，1975年版，第808、810頁。
〔註384〕（唐）李延壽：《南史》（卷三十一），北京，中華書局，1975年版，第811頁。
〔註385〕（唐）李延壽：《南史》（卷三十一），北京，中華書局，1975年版，第819頁。
〔註386〕（唐）李延壽：《南史》（卷三十二），北京，中華書局，1975年版，第826頁。
〔註387〕（唐）李延壽：《南史》（卷三十二），北京，中華書局，1975年版，第831頁。
〔註388〕（唐）李延壽：《南史》（卷三十二），北京，中華書局，1975年版，第837頁。
〔註389〕楊明照撰：《抱朴子外篇校箋》（上），北京，中華書局，1991年版，第537頁。

錢穆先生《略論魏晉南北朝學術文化與當時門第之關係》認爲，相較於魏晉清談，南朝清談已漸由重玄理「變質」爲重文辭：「先有王弼何晏談虛無，次有阮籍嵇康務放達。然此惟三國魏晉之際爲尤。南渡以後，其風即漸變質。……蓋當時門第中人乃漸以清談爲社交應酬之用。蓋惟清談可以出言玄遠，不及時事，並見思理，徵才情，正與詩文辭采，同爲當時門第中人求自表現之工具。……既不能在世間實際功業事爲有貢獻，乃在文辭言談自樹異。」〔註390〕湯用彤先生也曾指出：「夫清談之資，本在名理，而其末流，則重在言語之風流蘊藉，文章之綺麗華貴。」〔註391〕二位大家雖然都對清談之流於文辭表現而頗有微詞，但無疑都指出了清談的文學性特點。

《世說新語‧文學》記錄了一條支、許二人清談事：「支道林、許掾諸人共在會稽王齋頭。支爲法師，許爲都講。支通一義，四坐莫不厭心；許送一難，眾人莫不抃舞。但共嗟詠二家之美，不辯其理之所在。」〔註392〕此事亦見於《高僧傳‧支遁傳》：「晚出山陰，講《維摩經》，遁爲法師，許詢爲都講，遁通一義，眾人咸謂詢無以厝難，詢設一難，亦謂遁不復能通。如此至竟兩家不竭。凡在聽者，咸謂審得遁旨，迴令自說，得兩三反便亂。」〔註393〕如前文所述，支遁之玄佛學養、辭藻文章皆爲一流。然而，《高僧傳》既爲佛家釋子慧皎所撰，必然強調支、許的佛學造詣，所以，偏重寫佛理之深奧，一般人難以弄懂，「得兩三反便亂」，支、許卻往復辯難，「兩家不竭」，足見其佛學修養之超凡出眾。《世說新語》爲劉義慶所撰，劉氏本爲文人，其關注點必然在支遁之文才，所以，二人的佛學造詣不再是敘事重點，而是從聽者的表現側面強調二人的談吐辭采之美。眾人「不辯其理之所在」，卻「莫不厭心」「莫不抃舞」，意即根本聽不懂支、許二人所談爲何，卻無不聽得心滿意足，並爲之歡欣雀躍。個中原因，無非是二人之談辯口才爲聽眾激賞。此時期的清談，文辭口才才是最大的「賣點」。聽得懂所談之佛義、玄理，固然很好，但是，單純地欣賞一下談者的辯才，也不失爲賞心樂事。《世說新語‧文學》又載：「裴散騎娶王太尉女，婚後三日，諸婿大會，當時名士、王裴子弟悉集。

〔註390〕錢穆：《中國學術思想史論叢》（三），臺北，東大圖書有限公司，1981年版，第186～187頁。
〔註391〕湯用彤：《漢魏兩晉南北朝佛教史》，上海，上海書店，1991年版，第422頁。
〔註392〕（南朝‧宋）劉義慶撰，徐震堮著：《世說新語校箋》，北京，中華書局，1984年版，第123～124頁。
〔註393〕（南朝‧梁）釋慧皎撰，湯用彤校注，湯一玄整理：《高僧傳》，北京，中華書局，1992年版，第161頁。

郭子玄在坐，挑與裴談。」郭象「才甚豐贍」，最終卻輸給了裴遐，王太尉不無得意地說：「君輩勿爲爾，將受困寡人女壻。」裴遐曾任散騎郎，故稱「裴散騎」。王太尉即王衍，其第四女嫁於裴遐。劉孝標注引鄧粲《晉紀》曰：「遐以辯論爲業，善敍名理，辭氣清暢，泠然若琴瑟。聞其言者，知與不知無不歎服。」〔註394〕「知與不知無不歎服」，主要原因亦即裴遐的「辭氣清暢」、音聲泠然如樂而非其所談名理內容。再舉一例善談僧人事。《世說新語·言語》載竺道壹言談事曰：「道壹道人好整飾音辭，從都下還東山，經吳中。已而會雪下，未甚寒，諸道人問在道所經。壹公曰：『風霜固所不論，乃先集其慘澹；郊邑正自飄瞥，林岫便已浩然。』」〔註395〕竺道壹本爲吳郡陸氏家族子弟，若不出家，便是純然一位風流才子。前述帛道猷寫詩相約，竺道壹欣然而往，則二者本爲詩家風流，只因方外的心迹、隱逸的生活，詩家風流變而爲釋家風流。可見，絢然的文采已經成爲清談必須的首要因素，而深奧難懂的玄理幾乎成爲可有可無的點綴了。

　　李春青先生在《魏晉清玄》中論及清談注重文采的特色：「清談雖分析玄理，但絕非枯燥乏味的陳述道理，對於文采的追求是每位清談家的基本功之一。談者自會從表現個人才識的過程中獲得暢然一泄的快感，聽者亦可從道理的通暢、文采的華美中得到美的享受。因此，做一次成功的清談發言，無異於創制一篇詩文佳作；聽一次出色的清談亦不減於欣賞一篇優秀作品。清談這種風行一時的精神活動將探討抽象的玄遠奧義與審美體驗巧妙地熔爲一爐，難怪士族文人無不趨之若鶩了。」〔註396〕錢氏、湯氏二大家從社會文化的視角，由清談的發展過程考量，以爲清談從初期重玄理內容到後期重文采形式，每況愈下。李春青先生則單純從文學性的角度，關注文采在清談中自始至終的重要性。清談由重玄理內容漸變爲重文采，自有其社會、政治的深刻原因，並與其時的文風演變相互呼應。但是，恰恰是對文采的偏重，凸顯了談者日益鮮明的文人特徵，當清談的主體由玄學家、佛學家漸變爲文人，清談的形式、內容及其與其他文化現象、文化活動的關係，都會發生相應的變化，而志怪書寫從內容到形式也在這一系列的變化中悄然發展。

〔註394〕（南朝·宋）劉義慶撰，徐震堮著：《世說新語校箋》，北京，中華書局，1984年版，第112～113頁。

〔註395〕（南朝·宋）劉義慶撰，徐震堮著：《世說新語校箋》，北京，中華書局，1984年版，第82頁。

〔註396〕李春青：《魏晉清玄》，北京，北京師範大學出版社，1993年版，第22頁。

劉師培《中國中古文學史講義》論及清談對文風的影響。由西晉到東晉，清談之主要內容由老、莊變爲佛理，則「析理之美，超越西晉，而才藻新奇，言有深致。⋯⋯故其爲文，亦均同潘而異陸，近嵇而遠阮。」〔註 397〕潘岳文風清綺，嵇康詩風清峻，爲文則析理綿密。「同潘」、「近嵇」則指東晉文風格恰與其時清談之「析理之美」「才藻新奇」相呼應。此指由西晉到東晉，談風既變，文風亦隨之而變。至南朝，「士崇講論，而語悉成章也。自晉代文士均擅清言，用是言語、文章雖分二途，而出口成章，悉饒詞藻。晉、宋之際，宗炳之倫，承其流風，兼以施於講學。宋則謝靈運、瞻之屬，並以才辯辭義相高，王惠精言清理。齊承宋緒，華辯益昌。《齊書》稱張緒言精理奧，見宗一時，吐納風流，聽者皆忘饑疲；又稱周顒音辭辨麗，辭韻如流，太學諸生慕其風，爭事華辯；又謂張融言辭辯捷，周顒彌爲清綺，劉繪音采不贍，麗雅有風則。迄於梁代，世主尤崇講學，國學諸生，惟以辯論儒玄爲務，或發題申難，往復循環，具詳《南史》各傳。用是講論之詞，自成條貫，及筆之於書，則爲講疏、口義、筆對，大抵辨析名理，既極精微，而屬詞有序，質而有文，爲魏、晉以來所未有。」〔註 398〕南朝文風漸趨靡麗華豔，與清談者之「才辯辭義相高」、「爭事華辯」不無關係。既然講論「音辭辨麗，辭韻如流」，筆之於書，勢必亦「饒詞藻」。就魏晉南北朝志怪書而言，縱觀其發展過程，由兩晉至南朝，其篇幅的不斷加長、題材的不斷豐富、敘事效果的不斷優化、藝術表現的逐漸自覺和提升，既得益於其時整體文風的演變，又是南朝整體文風的一種體現。而整體文風的演變，與清談風氣的演變，互爲表裏、互爲因果。二者也同時作爲兩種文化現象，共同折射出整個歷史時期的大變動。

次言清談之遊戲性。誠如牟宗三先生所言：「魏晉人之生命深處不自覺地皆有一荒涼之感。」〔註 399〕這種荒涼之感豈止魏晉人獨有？翻開魏晉南北朝的歷史頁面，從魏晉的虛無、任誕、放達，到南朝的不問世務、沉湎於清談，士人群體置身「覆巢之下」的種種表現，無不散發著一種末日狂歡的悲涼和恣肆。無論寄託於玄佛還是山水，無論是清談還是爲文，此時期的知識分子，把文化都渲染成了一種遊戲，把內心的恐慌不安在各種文化遊戲中盡情地發

〔註 397〕劉師培：《中國中古文學史講義》，上海，上海古籍出版社，2000 年版，第 56 頁。
〔註 398〕劉師培：《中國中古文學史講義》，上海，上海古籍出版社，2000 年版，第 98
　　　　～99 頁。
〔註 399〕牟宗三：《才性與玄理》，桂林，廣西師範大學出版社，2006 年版，第 71 頁。

泄、釋放，直至最後的滅亡。因爲是「末日」，因爲盡情，所以，他們的「遊戲」，也格外獨特而精彩。

　　清談，顧名思義，即一種談話活動。但是，魏晉南北朝知識分子的談話謂之「清」談。「清」的反義詞是「濁」，「舉世皆濁我獨清」，則「清談」不同於一般俗人之談，給人以明淨、靈動、清越之感。談之「清」一則源於談話的內容，二則源於談者的風神氣度。就內容而言，談者各逞機鋒，你來我往之間，或三言兩語直抵玄理深致，或唇槍舌劍進行辯論、對答，話語簡潔、巧妙、含蓄，令人回味無窮。就談者風神而言，其神情朗暢，氣度翩然，動靜舉止、音聲韻調，無不風雅之至。然而，無論如何清雅超俗，這也仍然只是一場極其認眞的遊戲而已。

　　關於清談的遊戲性，前輩學人均有論述。錢穆先生《略論魏晉南北朝學術文化與當時門第之關係》認爲：無論過江前後，時人皆「以談作戲」，「各標風致，互聘才鋒，實非思想上研覈眞理探索精微之態度，而僅爲日常人生中一種遊戲而已。……成爲社交場合中之一種消遣與娛樂。」〔註400〕《世說新語・巧藝》有載：「王中郎以圍棋是坐隱，支公以圍棋爲手談。」〔註401〕錢穆先生引此爲論曰：「故知當時名士清談，特如鬥智。其時又好圍棋，稱之曰坐隱，又稱曰手談。正因圍棋亦屬鬥智，故取以擬清談也。……又按《齊書・柳世隆傳》，世隆少立功名，晚專以談義自業。常自云，馬矟第一，清談第二，彈琴第三。……此以清談與馬矟彈琴相提並論，亦如以清談與奕棋相類視，要之清談乃是一種日常生活，若謂專求哲理，豈不甚違當時之情實乎？」〔註402〕然則時人爲何以清談作戲？錢穆先生從門第文化的角度分析，認爲：「蓋門第先在，激於世變而言老莊，而老莊終非門第傳統中安親持榮之正道，……而老莊清談漸乃變爲一種娛心悅耳之資，換言之，則是社交場合中一種遊戲而已。」〔註403〕陳寅恪先生《陶淵明之思想與清談之關係》談到魏晉兩朝清談內容之演變，認爲：「當魏末西晉時代即清談之前期，其

〔註400〕錢穆：《中國學術思想史論叢》（三），臺北，東大圖書有限公司，1981年版，第187頁。
〔註401〕（南朝・宋）劉義慶撰，徐震堮著：《世說新語校箋》，北京，中華書局，1984年版，第387頁。
〔註402〕錢穆：《中國學術思想史論叢》（三），臺北，東大圖書有限公司，1981年版，第188頁。
〔註403〕錢穆：《中國學術思想史論叢》（三），臺北，東大圖書有限公司，1981年版，第192頁。

清談乃當日政治上之實際問題，與其時士大夫之出處進退至有關係，蓋籍此以表示本人態度及辯護自身立場者，非若東晉一朝即清談後期，清談只爲口中或紙上之玄言，已失去政治上之實際性質，僅作名士身份之裝飾品者也。」〔註404〕余英時先生則認爲：「東晉清談仍然有一部分與實際生活有關。……但南朝以下清談確是越來越變成『口中或紙上之玄言』了。王僧虔『客至之有設』的比喻便反映了這一情況。《誡子書》中的清談已純是一種『智力遊戲』了。《書》中說：『談故如射，前人得破，後人應解，不解即輸賭矣。』……此處的『射』即是《顏氏家訓·雜藝篇》的『博射』；這不是兵射，而是士大夫遊戲的一種。」〔註405〕南齊王僧虔曾有《誡子書》，談到其時清談之風，告誡諸子「談何容易」。其書中有言曰：「談故如射，前人得破，後人應解，不解即輸賭矣。」〔註406〕《顏氏家訓·雜藝篇》提及「博射」曰：「江南謂世之常射，以爲兵射，冠冕儒生，多不習此；別有博射，弱弓長箭，施於準的，揖讓升降，以行禮焉。防禦寇難，了無所益。離亂之後，此術遂亡。」〔註407〕又《世說新語·賞譽》中「王汝南既除所生服」條注引王隱《晉書》中曰：「（魏舒）爲後將軍鍾毓長史，毓與參佐射戲，舒常爲坐畫籌。後值朋人少，以舒充數，於是發無不中，加博措閑雅，殆盡其妙。」〔註408〕周一良先生《魏晉南北朝史劄記》「博射」條引《世說》中此材料，認爲：「蓋射戲即博射，乃分朋而戲。」〔註409〕又《倭名類聚抄》「調度部」有「平題箭」條，注引揚雄《方言》謂「鏃不銳者謂之平題」，又引郭璞注曰「題猶頭也，今之戲射箭也」。〔註410〕周一良先生謂此材料中之「戲射當即指博射。戲射

〔註404〕陳寅恪著：《陳寅恪史學論文選集》，上海，上海古籍出版社，1992 年版，第117 頁。

〔註405〕余英時：《王僧虔〈誡子書〉與南朝清談考辨》，《中國文化》，1993 年第 8 期，第 30 頁。

〔註406〕（南朝·梁）蕭子顯：《南齊書》（卷三十三），北京，中華書局，1972 年版，第 598 頁。

〔註407〕（北齊）顏之推撰，王利器集解：《顏氏家訓集解》，上海，上海古籍出版社，1980 年版，第 519 頁。

〔註408〕（南朝·宋）劉義慶撰，徐震堮著：《世說新語校箋》，北京，中華書局，1984 年版，第 234～235 頁。

〔註409〕周一良：《魏晉南北朝史劄記》，北京，中華書局，1985 年版，第 166～167 頁。

〔註410〕（日）源順輯：《倭名類聚抄》，日本早稻田大學圖書館藏，那波道圓校訂二十卷刻本，第 7 頁。

之箭平頭，……平者取其不致傷人也。」〔註411〕蓋用於遊戲之射箭，箭頭不需銳利，較爲平扁，以免傷人之意。周書「博射」條還搜羅了很多其他相關資料，最終結論即「博射」是一種遊戲。另外，《漢書‧東方朔傳》：「上嘗使諸數家射覆，置守宮盂下，射之，皆不能中。朔自贊曰：『臣嘗受《易》，請射之。』乃別著布卦而對曰：『臣以爲龍又無角，謂之爲虵又有足，跂跂脈脈善緣壁，是非守宮即蜥蜴。』上曰：『善。』賜帛十匹。復使射他物，連中，輒賜帛。」〔註412〕此是類似猜謎的猜物活動，遊戲性也很明顯，亦稱爲「射」。王僧虔所謂「談故如射」，「射」之含義，或如周一良、余英時先生所言，「射」即「博射」，「博射」即「射戲」、「戲射」，指用一種箭頭不銳利的箭進行的一種射箭遊戲；或如《東方朔傳》中「射覆」之「射」，不能確知。但無論指哪一種，清談被視爲一種遊戲，不言而喻，其遊戲之道具，不過換成文辭言語而已。唐翼明先生在《清談與文會》中也言及清談的遊戲性：「清談起源於漢末太學裏的『遊談』之風，經過從黨錮到魏初的半個世紀的醞釀，在魏太和初年正式形成，而在正始年間達到它的第一個高潮，以後歷經西晉、東晉、宋、齊、梁、陳（北朝亦有，但不盛，亦不重要）六朝，約四百年，到隋統一中國才告消失。儘管其間隨時局與政治而有盛衰起伏，但那四百年中，清談一直是當時知識分子中最流行的、最普遍的一種學術活動和智力遊戲。」〔註413〕那麼，清談的遊戲性何在？「清談把兩漢太學中那種家法森嚴、一本正經、專制氣味甚濃的講經改造成一種融彙各家、平等參與，且帶有競賽的遊戲意味與心智娛樂色彩的自由論辯。」〔註414〕和上述幾位學人不同的是，唐氏從學術的角度梳理清談的發展脈絡，將六朝清談與兩漢講經對比，對清談的遊戲性持較爲肯定的態度。可以看出，清談儘管是一種「遊戲」，但因脫胎於兩漢學術，故仍充滿智力性。綜合諸家論述以及前文所舉清談之例，則南朝時的清談，是一種同時考驗思維能力、知識儲備、風度氣質、審美品位、文才、口才等多種素質的高端遊戲，雖然不再談深奧的玄理，也具有了明顯的娛樂色彩，但仍充滿了智力性和挑戰性。

〔註411〕周一良：《魏晉南北朝史劄記》，北京，中華書局，1985 年版，第 169 頁。
〔註412〕（東漢）班固：《漢書》（卷六十五），北京，中華書局，1962 年版，第 2843 頁。
〔註413〕唐翼明：《魏晉文學與玄學》，武漢，長江文藝出版社，2004 年版，第 123 頁。
〔註414〕唐翼明：《魏晉文學與玄學》，武漢，長江文藝出版社，2004 年版，第 123 頁。

再言清談之智力性。六朝之清談，因其遊戲性，使亂世中恐懼不安的人們得以暫時的放鬆，因其智力性，使亂世中無從於社會政治中求取功名的人們，得到一個別樣的、實現和證明自己價值的機會。凡對社會政治絕望卻仍對個人的人生有所追求的知識分子，無不傾心嚮往這個舞臺，無不希望在這個同樣並不安穩的舞臺上有所表現。在這遊戲中，越是機巧又內涵豐富的言談，越體現談者的高超智慧和獨特價值，也就越加受到追捧，越吸引他人的關注和參與。《世説新語・文學》載：「阮宣子有令聞。太尉王夷甫見而問曰：『老莊與聖教同異？』對曰：『將無同？』太尉善其言，辟之爲掾。世謂『三語掾』。」〔註415〕牟宗三先生《魏晉玄學的主要課題以及玄理之內容與價值》一文以「將無同」爲例論述「談言微中」的清談方式，並對之極爲欣賞：「『將無同』三字的意思，一方面既不肯定自然與名教一定同，另方面也不肯定二者一定不同，就是説自然與名教不一定相衝突矛盾。這種説法代表一種趣味，其中有一種暗示。這不是科學的語言或邏輯的語言，因此唐君毅先生稱這類語言爲『啓發性的語言』，也就是暗示的語言。……自然與名教的問題，在魏晉時代由各人的表現看來，在某些人身上表現出二者是衝突的，而在另一些人身上則表現爲並不衝突。例如阮籍曰：『禮豈爲我設邪？』那就表示二者是衝突的。又如樂廣謂：『名教內自有樂地，何必乃爾？』那就表示二者並不衝突。『將無同』就暗示了後者的境界。以這種方式來清談，才是名士，以後再也沒有這一格了。清末民初以來自稱爲名士的人，其實都是假名士，比魏晉時代那些名士差得遠了。」〔註416〕「啓發性」就是暗示性和吸引性，其「欲言又止」「欲説還休」的言説姿態，極大地挑逗起其他人的參與興趣及表現欲望。阮宣子未必是有意識地啓發別人，只不過很巧妙又很含蓄地表達了自己對於自然、名教的態度和立場。但是，對於聽者，其暗示意味和啓發效果不言而喻，尤其是阮修在三個字之後用了一個問號，似問似答，更顯得這三個字意猶未盡。這種清談的效果，猶如詩學中所謂的「不著一字，盡得風流」，既沒有明言「同」，也沒有直言「異」，但是，幾乎所有關於自然與名教的爭論以及阮修自己的觀點，都在這三個字中展露無遺。很顯然，沒有足夠高的

〔註415〕（南朝・宋）劉義慶撰，徐震堮著：《世説新語校箋》，北京，中華書局，1984年版，第112頁。《晉書・阮瞻傳》（卷四十九）記爲王戎阮瞻事，阮瞻答曰「將無同」。
〔註416〕牟宗三：《中國哲學十九講》（全集本），臺北，聯經出版事業有限公司，2003年版，第227～228頁。

智商和足夠強的悟性，是不可能成爲如此之「清談勝手」的。此外，還有一則清談事例足以說明清談者的智力水平。《高僧傳‧晉建康建初寺帛尸梨密傳》：「密性高簡，不學晉語，諸公與之語言，密雖因傳譯，而神領意得，頓盡言前，莫不歎其自然天拔，悟得非常。」〔註417〕能超越梵、漢之間的語言障礙而直達意旨，而且領悟得極爲精準，帛尸梨密之聰敏和悟性可見一斑。這正如康僧淵之「一往參詣」和謝安之「一往奔詣」。《世說新語‧文學》載康僧淵事曰：康僧淵初過江，不爲人知，常乞食於市，「忽往殷淵源許，值盛有賓客，殷使坐，粗與寒溫，遂及義理，語言辭旨，曾無愧色，領略粗舉，一往參詣。由是知之。」〔註418〕同篇載支、許、謝諸人事曰：支、許、謝等人共聚王家，相約「當共言詠，以寫其懷」，以《莊子‧漁父》篇爲題，「支道林先通，作七百許語，敍致精麗，才藻奇拔，眾咸稱善。於是四坐各言懷畢。……謝後粗難，因自敍其意，……四坐莫不厭心。支謂謝曰：『君一往奔詣，故復自佳耳。』」〔註419〕康僧淵談義理，略爲言說，便直抵要害，爲人歎服；謝安談《莊子》，直接就要領處加以發揮，辭清理暢，才峰秀逸，爲人稱賞。諸如此類的清談佳話，無不散發著一種源於談者智慧的知性魅力。

　　正是清談的文學性、遊戲性和智力性，使得清談具有了一種獨特的品味和趣味，吸引了學問家之外的更多文人參與其中，這些文人或謹遵儒家思想觀念，或信仰道教，或信仰佛教，或相信鬼神實有，或不相信鬼神實有但對此話題尤感興趣；他們或爲在家居士，或爲白衣；或出身顯貴，或出身寒族。而且，隨著佛教大行其道，許多文才出眾的僧人也加入進清談「大軍」。因爲共同的文采風流、共同的文人氣質，這些文人和僧人相識、相聚、相談於各種可能的場合，他們的身影，使得清談的「舞臺」愈加大眾化、多元化，也使得清談原有的狂歡意味愈加強烈而鮮明。

　　從各位前輩學人的分析、論述可知，六朝之清談，從事關社會政治實際問題的嚴肅談論，到成爲名士身份的裝飾品或門第社交的消遣手段，再到日常生活中的遊戲項目，似乎變得愈來愈輕鬆。然而，清談者們的處境卻是恰

〔註417〕（南朝‧梁）釋慧皎撰，湯用彤校注，湯一玄整理：《高僧傳》，北京，中華書局，1992年版，第30頁。

〔註418〕（南朝‧宋）劉義慶撰，徐震堮著：《世說新語校箋》，北京，中華書局，1984年版，第126頁。

〔註419〕（南朝‧宋）劉義慶撰，徐震堮著：《世說新語校箋》，北京，中華書局，1984年版，第129～130頁。

恰相反，其時政治局勢之傾頹、社會民生之潦倒，已無可救藥。所以，在不能逃避且日漸臨近的「末日劫數」面前，這份輕鬆透著一種異常的沉重和詭異。這份沉重和詭異，尤其體現在清談中志怪故事的流傳以及在此基礎上的志怪書寫中。而文人們的志怪清談和志怪書寫，因為其高度的智力性，與民間志怪故事的口耳相傳又有了極大的不同。

（2.iii）清談與佛教志怪故事的傳播

清談者的言談態度，決定了清談的遊戲性，而清談的遊戲性，又直接決定著清談內容的多元化和隨意性。李春青先生在《魏晉清玄》中曰：「鬼神有無的問題在魏晉清談中亦常有論及。因為清談亦有不同的層次，最深奧者談玄，其次品人，再次則談笑話、談故事，談鬼神。」〔註420〕「神鬼怪異的故事是產自民間，本不足為怪。因為許多事情在科學不發達的古代的確難以正確解釋。因而歷代皆然。但如果文人士大夫普遍喜談這類傳聞，並收錄成書，或自編自造，這便與社會風尚密切相關了。六朝時期正是如此。彼時士人在清玄世風影響下，大大解放了想像力，在精神上有了自由馳騁的可能，玄微之理本來難以辨明，再加上企圖生命延續的欲望空前強烈，故而不免寄情於神異鬼怪之事，以此作為自己探賾索隱的一種結論。另有一些文人有某種思想觀點以借這類故事來表達。至於編造故事以諷刺抨擊現實中某種現象、某某人物者，亦所在多有。」〔註421〕李劍國在《唐前志怪小說史》中曰：「六朝談風盛行，知識分子喜作長日劇談，這是名士風流的一種表現。先做一點小說明，這裡所云談風，不專指清談之風，還包括戲談和講故事，後者是一種閒談。」〔註422〕而即便是在非「閒談」的「清談」中，也會談到故事：「清談既是人物評品和虛玄之談，當然不同於閒聊天。但在談玄理之時，為了支持自己的論點，也會牽涉一些有關故事，觀《莊子》『寓言十九』，就可推知清談的情況。這樣，清談就和講故事發生了聯繫。當然，我們尚未找到資料證明，僅是推測而已。」〔註423〕李劍國先生把講故事列於清談之外，視二者為其時「談風」的兩種表現。李春青先生則將講故事、談鬼神歸入清談。事實上，既然其時知識分子「以談作戲」，言談內容必然不

〔註420〕李春青：《魏晉清玄》，北京，北京師範大學出版社，1993 年版，第 188 頁。
〔註421〕李春青：《魏晉清玄》，北京，北京師範大學出版社，1993 年版，第 186 頁。
〔註422〕李劍國：《唐前志怪小說史》，天津，南開大學出版社，1984 年版，第 229～230 頁。
〔註423〕李劍國：《唐前志怪小說史》，天津，南開大學出版社，1984 年版，第 230 頁。

限於嚴肅的學理討論，清談的場合也不必太過正式，目的當然也會偏向娛樂、放鬆，講故事、談鬼神自然就堂而皇之地走上清談的「雅座」，成爲清談的常備甚至必備內容。李劍國先生所謂正式的「清談」中也會「牽涉一些有關故事」作爲論據以闡明觀點，儘管爲推測，亦有其合理性。總之，無論嚴肅的學術探討還是較爲輕鬆的言談，都有可能講到故事，故事的內容，涵蓋了人事與鬼神事等多方面，而講故事的目的，或作爲「玄理」的論據，或「作爲自己探賾索隱的一種結論」，或藉此抨擊現實。清談中言及的故事，經過一段時間的流傳，會有一些關注度高、被談及次數多、人們普遍感興趣的故事，事關人的，被編成了志人「小說」，事關鬼神、宗教的，則被編寫成志怪「小說」。

在中土的主流意識形態中，怪力亂神本爲被排斥或被邊緣化的對象，但在魏晉南北朝時期，隨著生存環境的日益惡化，隨著清談的遊戲化，談神論鬼也逐漸成爲「言家口實」。而隨著佛教傳播的不斷深入，佛教與本土教化產生思想和利益等方面的衝突，有無鬼神也成爲學理層面上的一個大課題，常常出現在清談的論辯中。《世說新語·方正》：「阮宣子論鬼神有無者。或以人死有鬼，宣子獨以爲無，曰：『今見鬼者云，著生時衣服，若人死有鬼，衣服復有鬼邪？』」〔註424〕劉孝標注引《論衡》曰：「世謂人死爲鬼，非也。人死不爲鬼，無知，不能害人。如審鬼者死人精神，人見之，宜從裸袒之形，無爲見衣帶被服也。何則？衣無精神也。由此言之，見衣服象人，則形體亦象人，象人，知非死人之精神也。凡天地之間有鬼，非人死之精神也。」〔註425〕阮脩此則論有無鬼事，從其談論態度看，當是屬於較爲嚴肅的學理上的論辯。《晉書·阮瞻傳》：「瞻素執無鬼論，物莫能難，每自謂此理足可以辯正幽明。」〔註426〕《晉書·王坦之傳》：「初，坦之與沙門竺法師甚厚，每共論幽明報應，便要先死者當報其事。」〔註427〕《梁書·范縝傳》：「初，縝在齊世，嘗侍竟陵王子良。子良精信釋教，而縝盛稱無佛。子良問曰：『君不信因果，世間何

〔註424〕（南朝·宋）劉義慶撰，徐震堮著：《世說新語校箋》，北京，中華書局，1984年版，第172頁。

〔註425〕（南朝·宋）劉義慶撰，徐震堮著：《世說新語校箋》，北京，中華書局，1984年版，第172頁。

〔註426〕（唐）房玄齡等：《晉書》（卷四十九），北京，中華書局，1974年版，第1364頁。

〔註427〕（唐）房玄齡等：《晉書》（卷七十五），北京，中華書局，1974年版，第1969頁。

得有富貴？何得有賤貧？』縝答曰：『人之生譬如一樹花，同發一枝，俱開一蒂，隨風而墮，自有拂簾幌墜於茵席之上，自有關籬牆落於溷糞之側。墜茵席者，殿下是也；落糞溷者，下官是也。貴賤雖復殊途，因果竟在何處？』子良不能屈，深怪之。」〔註428〕後來，范縝著《神滅論》，「此論出，朝野喧嘩，子良集僧難之而不能屈。」〔註429〕本就一問一答的簡短對談，演變成一場大辯論，規模宏大，是南朝較爲少見的以玄理、佛義爲主要內容的清談。北朝亦有關於鬼神的清談。《北史・杜弼傳》載杜弼和邢邵辯論神滅與來生有無事：「嘗與邢邵扈從東山，共論名理。邢以爲人死還生，恐是爲蛇畫足。弼曰：『物之未生，本亦無也。無而能有，不以爲疑；因前生後，何獨致怪？』」邢云：『聖人設教，本由勸獎，故懼以有來，望各遂其性。』弼曰：『聖人合德天地，齊信四時，言則爲經，行則爲法，而云以虛示物，以詭勸人，安得使北辰降光，龍宮韞櫝。既如所論，福果可以鎔鑄性靈，弘獎風教，爲益之大，莫極於斯。此即真教，何謂非實？』邢云：『季札言無不之，亦言散盡，若復聚而爲物，不得言無不之也。』弼曰：『骨肉下歸於土，魂氣則無不之，此乃形墜魂遊，往而非盡。由其尙有，故云無所不之。若也全無，之將焉適？』邢云：『神之在人，猶光之在燭，燭盡則光窮，人死則神滅。』弼曰：『燭則因質生光，質大光亦大；人則神不繫形，形小神不小。故仲尼之智，必不短於長狄；孟德之雄，乃大琦於崔琰。』其後，別與邢書，前後往復再三，邢理屈而止。」〔註430〕此番論談往復四個回合，較詳盡地再現了二人之清談場景。以上皆爲較爲嚴肅的學問層面的探究。南朝時期，因佛教大行，一般談及鬼神，最終大多歸於佛教的輪迴轉世、因果報應問題以及奉佛與反佛的分歧，如范縝、杜弼等例。關於鬼神之有無的課題由學問家的反覆談辯漸漸產生極大的社會影響，與下層民眾的鬼神信仰相呼應，演變爲社會熱點話題，學問家之外的人也躍躍欲試，想發表自己的觀點，可是又沒有足夠的相關學問知識，於是，如上述李春青、李劍國二位先生所言，在清談場合中援引、述及鬼神故事、佛教故事也就順理成章了。所以，清談中關於鬼神有無的學理上的探討，對佛教志怪故事在知識階層的傳播以及佛教志怪書的撰寫提供了良好的氛圍和鋪墊。

〔註428〕（唐）姚思廉：《梁書》（卷四十八），北京，中華書局，1973 年版，第 665 頁。
〔註429〕（唐）姚思廉：《梁書》（卷四十八），北京，中華書局，1973 年版，第 670 頁。
〔註430〕（唐）李延壽：《北史》（卷五十五），北京，中華書局，1974 年版，第 1989 頁。

清談中言及志怪故事，並非始自南朝。《三國志・魏書・鍾繇傳》中裴松之注引陸氏《異林》一則故事，記鍾繇遇女鬼事。故事末尾曰：「叔父清河太守說如此。」裴松之注曰：「清河，陸雲也。」〔註431〕李劍國《唐前志怪小說史》中據此推測：「《異林》所記這個怪異故事，是作者從其叔父陸雲那裡聽來的。可見陸雲也是喜歡給人講故事的。由此亦可推斷，志怪作者們記錄的故事，許多是從聚談中搜集到的。為了在聚談中有奇聞異事可講，談客們自然要盡量掌握許多古今掌故，以示博聞洽見。」〔註432〕在志怪書中，類似「叔父清河太守說如此」的句子並不鮮見，一般出現在篇末，說明故事的來源或流傳途徑，可以視為志怪書撰寫的一種較為典型的敘事模式。這種模式在強調故事真實性的同時，也透露出其時清談的一些信息。

佛教中常有法術神通之事，雖非佛教教義之正解，但無論佛教傳播的早期之借力道術還是後期借力玄學，此類故事都在文人士子的唇吻筆端極為流行。如《冥祥記》中，「晉抵世常」條記世常遇比丘之神異事，于法蘭親見此事，文末有曰：「蘭以語於弟子法階，階每說之，道俗多聞。」〔註433〕《高僧傳》有于法蘭之本傳。時人比其為庾亮，孫綽《道賢論》將之比於阮嗣宗。庾亮「美姿容，善談論」〔註434〕，阮籍為竹林七賢之一，二人皆為當時名士。于法蘭當頗染名士之風。「晉周閔」條記《大品》經卷遇難不損事，篇末曰「劉敬叔云，曾親見此經，字如麻大，巧密分明。新渚寺，今天安是也。此經蓋得道僧釋慧則所寫也。或云，嘗在簡靖寺，靖首尼讀。」〔註435〕「沙門竺曇蓋」條記衛將軍劉毅請僧設齋，齋畢，文武士庶，浮泛川溪，途中，竺曇蓋讀《海龍王經》神異事，篇末曰：「劉敬叔時為毅國郎中令，親豫此集，自所睹見。」〔註436〕由文本所記，劉敬叔於此兩事皆親眼目睹，亦屬當事之人。故事中，周閔為晉護軍將軍，劉毅為衛將軍，則劉敬叔應該與上流人士常相交往，也可看出他對此類事件頗感興趣，所以，親眼目睹後勢必

〔註431〕（晉）陳壽撰，（南朝・宋）裴松之注：《三國志》，北京，中華書局，1982年版，396頁。

〔註432〕李劍國：《唐前志怪小說史》，天津，南開大學出版社，1984年版，第233頁。

〔註433〕魯迅（校錄）：《古小說鈎沈》，濟南，齊魯書社，1997年版，第285頁。

〔註434〕（唐）房玄齡等：《晉書》（卷七十三），北京，中華書局，1974年版，第1915頁。

〔註435〕魯迅（校錄）：《古小說鈎沈》，濟南，齊魯書社，1997年版，第289頁。

〔註436〕魯迅（校錄）：《古小說鈎沈》，濟南，齊魯書社，1997年版，第307頁。

與所交往之人親自談説、傳播，並爲自己撰寫《異苑》搜集了材料。「晉呂竦」條記呂竦自述其父因念觀世音免於溺水事，篇末曰：「竦復與郗嘉賓周旋，郗所傳説。」〔註437〕郗嘉賓即郗超，亦爲當時名士，「少卓犖不羈，有曠世之度，交遊士林，每存勝拔，善談論，義理精微。……超奉佛。」〔註438〕「又沙門支遁以清談著名於時，風流勝貴，莫不崇敬，以爲造微之功，足參諸正始。而遁常重超，以爲一時之儁，甚相知賞。」〔註439〕則郗超既爲清談名士，又與善談名僧交往，其彼此間清談之時，必定常言及此類故事。「晉徐榮者」條與「晉呂竦」類似，記徐榮因念觀世音脱困於水難事，篇末曰：「榮後爲會稽府督護，謝敷聞其自説如此。時與榮同船者，有沙門支道蘊，謹篤士也，具見其事。後爲傅亮言之，與榮所説同。」〔註440〕謝敷、傅亮皆稱名一時，傅亮博學有文采，與謝敷均撰有《光世音應驗記》，其又與沙門交往，想必常互相談説此類故事。「晉竇傳」條記竇傳因接受沙門支道山建議念誦觀世音解脱困厄事，篇末曰：「道山後過江，爲謝居士敷具説其事。」〔註441〕謝敷爲著名居士，與僧徒可謂「同道中人」，與僧人又多交往，則必常相互談説此類故事。「沙門竺法義」條記竺法義因歸誠觀世音病癒事，篇末曰：「自竺長舒至義六事，並宋尚書令傅亮所撰。亮自云，其先君與義遊處。義每説其事，輒懍然增肅焉。」〔註442〕竺法義爲當時名僧，《高僧傳》亦載其事。傅亮《光世音應驗記》第一條即記竺長舒誦念觀世音事，則傅亮與沙門遊處並談説、撰寫此類故事，此亦一例證。「宋劉齡」條記劉齡本奉佛，後受道士唆使罷佛奉道遭報應事，篇末曰：「其鄰人東安太守丘和傳於東陽無疑，時亦多有見者。」〔註443〕東陽無疑爲《齊諧記》撰者，與東安太守同屬知識階層，其交往蓋亦常談説此類事。「宋王胡」條記王胡遇神僧事，篇末云：「元嘉末，有長安僧釋曇爽來遊江南，具説如此也。」〔註444〕

〔註437〕魯迅（校錄）：《古小説鈎沈》，濟南，齊魯書社，1997 年版，第 295 頁。
〔註438〕（唐）房玄齡等：《晉書》（卷六十七），北京，中華書局，1974 年版，第 1802
　　　　～1803 頁。
〔註439〕（唐）房玄齡等：《晉書》（卷六十七），北京，中華書局，1974 年版，第
　　　　1805 頁。
〔註440〕魯迅（校錄）：《古小説鈎沈》，濟南，齊魯書社，1997 年版，第 295 頁。
〔註441〕魯迅（校錄）：《古小説鈎沈》，濟南，齊魯書社，1997 年版，第 294 頁。
〔註442〕魯迅（校錄）：《古小説鈎沈》，濟南，齊魯書社，1997 年版，第 296 頁。
〔註443〕魯迅（校錄）：《古小説鈎沈》，濟南，齊魯書社，1997 年版，第 322 頁。
〔註444〕魯迅（校錄）：《古小説鈎沈》，濟南，齊魯書社，1997 年版，第 329 頁。

釋曇爽爲竺法義弟子，《高僧傳》有傳，亦屬當時名僧，其至江南，所交往者當爲其時名流，其間交遊當亦常談說此類故事。

再如傅亮《光世音應驗記》中，「鄴西寺三胡道人」條記三人念誦觀世音得以脫難事，篇末曰：「道壹在鄴親所聞見。」〔註445〕此道壹蓋爲《高僧傳》中之竺道壹。據傅亮此記序言，此則故事當爲謝敷或直接或間接聽竺道壹談說此事，然後記之。第四條「寶傳」條所記與《冥祥記》同，篇末亦云爲道山自江北到江南對謝慶緒說此事。「呂竦」條、「徐榮」條所記皆與《冥祥記》同，當是王琰抄錄傅書。另外，《搜神記》《異苑》等書中也多有類似表述，資料易尋，茲不贅述。除了在篇末有此類說明文字，有的志怪書還會在文本中出現「一說」「或云」，同時記述一則故事的兩個甚至三個版本。如《搜神記》中「王伯陽」事、《異苑》中「陸機」事及「鄭玄」事等。

如上述諸例，則志怪文本中，隨處可見「語於」、「每說之」、「某某某云」、「具說如此」、「某所傳說」、「自說如此」、「某某所說」、「貝說其事」、「或云」、「一說」……這些詞句，無疑再現了其時人們談說鬼神的盛大場景，而詳盡、細致、不容遺漏的「具說」以及同時再現兩三個故事版本的撰寫行爲，尤其透露出人們對志怪故事非一般的興趣和熱情。而這些「語」「說」或「云」的主體，必然和撰寫者有直接或間接的交往，應該都屬於知識分子階層，甚至有些是著名的清談名士，但不能否認，以文才爲特長的文人居多。儘管當時人未必「有意爲小說」，但是，就客觀因素而言，文人長於形象思維的特點決定了他們對志怪故事的極大興趣，也決定了他們更容易成爲談說和撰寫志怪故事的主體。至於「說」或「云」的場合，應不同於諸如范縝、杜弼等關於鬼神有無之學術談辯的較爲正式的清談場合，而應該是較爲隨意的談說場合。李春青先生在《魏晉清玄》中根據《世說新語》的記載，認爲清談的形式可分爲正式與隨機兩種。較正式的清談，一般是數人分坐於廳堂之上，執塵尾或「通」或「難」，甚至進行數番辯論。隨機的清談主要有兩種：一是客人慕名來訪，主客二人對談，二是宴飲場合或遊覽山水時、行路途中等其他場合的談論。〔註446〕李春青先生所言清談形式，實際包含了清談的場合。儘

〔註445〕董志翹：《〈觀世音應驗記三種〉譯注》，南京，江蘇古籍出版社，2002年版，第12頁。
〔註446〕李春青：《魏晉清玄》，北京，北京師範大學出版社，1993年版，第14頁。

管清談日趨遊戲化，但較爲正式的清談場合，話題仍然具有理論性、學術性，較爲高深，程序也較爲嚴格，氣氛也仍然較爲嚴肅，一般極少言及志怪故事。而隨機的清談場合，氣氛較爲輕鬆，話題較爲隨意，更適合談說志怪故事。而志怪書中撰者在篇末只言「某某某說」，卻略言「如何說」，這種極爲普遍卻只是一筆帶過的說明文字，大概就是因爲撰者只需點到爲止地強調一下故事的眞實性而已，而志怪清談的場合及方式均頗爲隨意，無需交代。

「釋氏輔教之書」《冥祥記》的撰者王琰更是集談說、傳播、撰寫志怪故事於一身的典型人物。由《冥祥記·自序》可知，王琰幼年在交阯便從賢法師受五戒，爲佛門居士，得觀世音金像一軀，勤加供養，後攜金像回到京都，「時年在齠齔，與二弟常盡勤至，專精不倦。」〔註447〕再後來，因種種原因，曾先後將此像寄於京師南澗寺和多寶寺。則王琰與其二弟均信佛。王琰寄像於寺中，當以在家居士身份與該兩寺之僧人交往甚厚，不然不可能將金像相託。《冥祥記》中「宋彭子喬」條記彭子喬因念觀世音解脫苦厄事，篇末云：「琰族兄璉，親識子喬及道策，聞二人說皆同如此。」〔註448〕陸杲《係觀世音應驗記》第40條亦記「彭子喬」故事，情節與《冥祥記》同。陸杲在篇末曰：「義安太守太原王琰，與杲有舊，作《冥祥記》，道其族兄璉識子喬及道榮，聞二人說，皆同如此。」〔註449〕此事當由彭子喬、杜道榮分別說與王琰之族兄王璉，王璉又說與王琰，王琰又說與陸杲。則王璉家族內部、王琰與陸杲等人常傳談此類故事。另外，《三希堂法帖》錄有他人臨摹的王僧虔的《太子舍人貼》，中有《王琰牒》。其曰：「太子舍人王琰牒。在職三載，家貧，仰希江郢所統小郡，謹牒。七月廿四日臣王僧虔啓。」〔註450〕此爲王琰通過王僧虔謀求外任，王僧虔爲其請託江郢小郡的公牒文書。王琰爲生活所迫託王僧虔辦理此事，應該與王僧虔有一定的交往。王僧虔出身琅琊王氏。「王氏自司徒導以來奉佛教，世世不絕。王筠爲梁武帝敕答神滅論致書法雲，有『弟子世奉法言，家傳道訓。』蓋非虛言。」〔註451〕「晉司徒王導，獎進僧徒，

〔註447〕魯迅（校錄）：《古小說鉤沈》，濟南，齊魯書社，1997年版，第276頁。
〔註448〕魯迅（校錄）：《古小說鉤沈》，濟南，齊魯書社，1997年版，第339頁。
〔註449〕董志翹：《〈觀世音應驗記三種〉譯注》，南京，江蘇古籍出版社，2002年版，第142頁。
〔註450〕《三希堂法帖》，北京，北京日報出版社，1984年版，第344頁。嚴可均《全齊文》卷八亦載錄（第2835頁）。
〔註451〕湯用彤：《漢魏兩晉南北朝佛教史》，上海，上海書店，1991年版，第435頁。

於江東佛法之興隆，頗有關係。」〔註452〕自晉王導至陳代王克、王固，王氏家族世代奉佛，且多人學兼玄釋。王僧虔也不例外。《高僧傳》中多載王僧虔與僧人交遊事。如釋法安當時「顯譽京朝，流名四遠。迄至立年，專當法匠。王僧虔出鎮湘州。攜共同行。」〔註453〕釋曇遷「篤好玄儒，遊心佛義，善談《莊》《老》，並注《十地》。又工正書，常布施題經。巧於轉讀，有無窮聲韻。……王僧虔為湘洲及三吳。並攜共同遊。」〔註454〕「釋曇智，……性風流，善舉止。能談《莊》《老》，經論書史，多所綜涉。既有高亮之聲，雅好轉讀。……獨拔新異，高調清徹……宋孝武、蕭思話、王僧虔等。並深加識重。僧虔臨湘州，攜與同行。」〔註455〕王僧虔所交之僧侶，釋法安精於義解，釋曇遷、曇智均兼擅玄、佛，亦善談，且有工書及善於轉讀者，王僧虔亦善書、善解音律，當為同道。而且，就王僧虔的名字看，亦有明顯的佛教色彩。由此可知，雖然沒有直接的資料證明王僧虔奉佛，但至少王僧虔於當時名僧頗為欣賞，且與之交往密切。至於王琰與王僧虔之間，王琰能以此關乎生計之事請託于僧虔，而王僧虔亦能熱情相助，則彼此交往當較密切，此與彼此對佛教的興趣亦應甚有關係。而且，《南齊書》王僧虔本傳載「僧虔頗解星文」〔註456〕，因此，王僧虔在與名僧以及王琰的交往中，談及佛教內外的志怪故事，也是極有可能的。

　　《續光世音應驗記》的撰者張演，也是集談說、傳播、撰寫志怪故事於一身的代表人物。南朝世族多既善清談，又世代奉佛。張氏家族子弟善清談，前文已述及。關於其家族奉佛之事，也有很多史料記載。《全齊文》載張融《以門律致書周顒等諸遊生》，開篇便曰：「吾門世恭佛」〔註457〕。張演《續光世音應驗記》序言稱「演少因門訓，獲奉大法，每欽服靈異，用兼綿慨。」

〔註452〕湯用彤：《漢魏兩晉南北朝佛教史》，上海，上海書店，1991年版，第433頁。

〔註453〕（南朝‧梁）釋慧皎撰，湯用彤校注，湯一玄整理：《高僧傳》，北京，中華書局，1992年版，第329頁。

〔註454〕（南朝‧梁）釋慧皎撰，湯用彤校注，湯一玄整理：《高僧傳》，北京，中華書局，1992年版，第501頁。

〔註455〕（南朝‧梁）釋慧皎撰，湯用彤校注，湯一玄整理：《高僧傳》，北京，中華書局，1992年版，第502頁。

〔註456〕（南朝‧梁）蕭子顯：《南齊書》（卷三十三），北京，中華書局，1972年版，第597頁。

〔註457〕（清）嚴可均輯：《全上古三代秦漢三國六朝文》，北京，中華書局，1958年版，第2873頁。

〔註 458〕張氏家族尤爲特殊者是張融，張融本來舉止詭越，臨終，遺令自當「左手執《孝經》《老子》，右手執小品《法華經》。」〔註 459〕如此行裝踏上輪迴之路，轉世後的張融，必定也是學兼三教的風流名士吧。梁釋慧皎所撰《高僧傳》中對張氏家族子弟與僧徒交遊以及研讀佛經、佛理之事亦多記載。湯用彤先生也曾指出：「蓋自晉末以來，吳國張氏，累世貴顯，而鏡、緒、敷、暢、融並以玄談擅名，奉佛著稱。南朝佛教於士大夫階級之勢力，以及其與玄學關係之密切，即此亦可知矣。」〔註 460〕值得一提的是，張氏家族所交往的名僧，很多是奉觀世音信仰的。比如爲張永「雅相歎重」的釋梵敏，「數講《法華》、《成實》」〔註 461〕。《法華經》中有《觀世音菩薩普門品》，是當時關於觀音信仰的、最爲流行的佛教經籍譯本。同與張永交往之釋道營，「誦《法華》《金光明》」〔註 462〕。與張暢交往之釋僧慧，「至年二十五，能講《涅槃》《法華》《十住》《淨名》《雜心》等」〔註 463〕。釋慧亮，少有清譽，爲張緒「眷德留連」，其「立寺於臨淄，講《法華》《大小品》《十地》等，學徒雲聚，千里命駕。」〔註 464〕釋道琳亦爲張緒敬重，「善《涅槃》《法華》，誦《淨名經》。」〔註 465〕被張融「申以師禮，崇其義訓」的釋慧基，「善《小品》《法華》《思益》《維摩》《金剛波若》《勝鬘》等經」，且「著《法華義疏》，凡有三卷。」〔註 466〕除了講論經籍，與張氏子弟交往的僧人中甚至有些本人就有蒙觀音救難的經歷。如張悅極爲欣賞並與之交往的釋道汪，《高僧傳》載其曾被羌賊圍困，遂「與弟子數人，誓心共念觀世音。有頃，覺如雲霧者覆汪等身。羣盜推

〔註 458〕董志翹：《〈觀世音應驗記三種〉譯注》，南京，江蘇古籍出版社，2002 年版，第 28 頁。

〔註 459〕（唐）李延壽：《南史》（卷三十二），北京，中華書局，1975 年版，第 837 頁。

〔註 460〕湯用彤：《漢魏兩晉南北朝佛教史》，上海，上海書店，1991 年版，第 429 頁。

〔註 461〕（南朝·梁）釋慧皎撰，湯用彤校注，湯一玄整理：《高僧傳》，北京，中華書局，1992 年版，第 287 頁。

〔註 462〕（南朝·梁）釋慧皎撰，湯用彤校注，湯一玄整理：《高僧傳》，北京，中華書局，1992 年版，第 434 頁。

〔註 463〕（南朝·梁）釋慧皎撰，湯用彤校注，湯一玄整理：《高僧傳》，北京，中華書局，1992 年版，第 321 頁。

〔註 464〕（南朝·梁）釋慧皎撰，湯用彤校注，湯一玄整理：《高僧傳》，北京，中華書局，1992 年版，第 292 頁。

〔註 465〕（南朝·梁）釋慧皎撰，湯用彤校注，湯一玄整理：《高僧傳》，北京，中華書局，1992 年版，第 474 頁。

〔註 466〕（南朝·梁）釋慧皎撰，湯用彤校注，湯一玄整理：《高僧傳》，北京，中華書局，1992 年版，第 323、324 惡。

索不見，於是獲免。」〔註467〕這本身就是一則佛教志怪書中常見的、典型的觀世界音應驗故事。為張暢欣賞的釋曇穎，曾「患癃瘡，積治不除，房內恒供養一觀世音像，晨夕禮拜，求差此疾。異時忽見一蛇從像後緣壁上屋，須臾有一鼠子從屋脫地，涎涶沐身，狀如已死。穎候之，猶似可活，即取竹刮除涎涶。又聞蛇所吞鼠，能療瘡疾。即刮取涎涶，以傅癃上。所傅既遍，鼠亦還活。信宿之間，瘡痍頓盡。方悟蛇之與鼠，皆是祈請所致。於是精勤化導，勵節彌堅。」〔註468〕高僧求那跋陀羅，據《高僧傳》記載，張暢應與其有過交往。〔註469〕《高僧傳》載其觀世音應驗事三條。其一為：譙王劉義宣欲請跋陀講《華嚴》等經，「跋陀自忖，未善宋言，有懷愧歎，即旦夕禮懺，請觀世音，乞求冥應。遂夢有人白服持劍，擎一人首來至其前，曰：『何故憂耶。』跋陀具以事對，答曰：『無所多憂。』即以劍易首，更安新頭。語令迴轉，曰：『得無痛耶。』答曰：『不痛。』豁然便覺，心神悅懌。且起，道義皆備領宋言，於是就講。」〔註470〕其餘二事為求那跋陀羅念誦觀世音得脫困厄事，茲不贅述。求那跋陀羅、釋道汪與釋曇穎的觀音應驗故事，張悅、張暢既與之交往，想必應該熟知，也一定會在家族內外津津樂道。陸杲《係觀世音應驗記》第38「唐永祖」條，記唐永祖被定罪下獄，因念觀世音得脫，後捨宅為寺，請僧人設齋會。篇末曰：「郢州僧統釋僧顯，爾時親受其請，具知此事，為杲說之。杲舅司徒左長史張融、從舅中書張緒，同聞其說。」〔註471〕陸、張二氏，同為世族，為姻親關係，又同奉佛，彼此間蓋經常聚談此類故事。更為誇張的是，張暢本人竟然也有因念觀世音脫難的故事流傳。陸杲《係觀世音應驗記》第34條，即記述「杲外祖張會稽使君諱暢」被劉義宣忌恨，劉欲殺之，但「每有惡意，即夢見觀世音，輒語：『汝不可殺張長史。』由此不敢害。」〔註472〕後劉義宣謀反失敗被

〔註467〕（南朝・梁）釋慧皎撰，湯用彤校注，湯一玄整理：《高僧傳》，北京，中華書局，1992年版，第283頁。

〔註468〕（南朝・梁）釋慧皎撰，湯用彤校注，湯一玄整理：《高僧傳》，北京，中華書局，1992年版，第511頁。

〔註469〕（南朝・梁）釋慧皎撰，湯用彤校注，湯一玄整理：《高僧傳》，北京，中華書局，1992年版，第132頁。

〔註470〕（南朝・梁）釋慧皎撰，湯用彤校注，湯一玄整理：《高僧傳》，北京，中華書局，1992年版，第132頁。

〔註471〕董志翹：《〈觀世音應驗記三種〉譯注》，南京，江蘇古籍出版社，2002年版，第135～136頁。

〔註472〕董志翹：《〈觀世音應驗記三種〉譯注》，南京，江蘇古籍出版社，2002年版，第128頁。

誅，張暢受其牽連被下獄，在獄中常念《觀世音經》，遂致鉗鎖自斷，終得免。文末曰：「此杲家中事也。」〔註473〕不但樂此不疲地談別人的故事，而且把自己也「談進」了故事中，可見張氏家族觀世音信仰之熱烈、談說此類故事之熱情。張演《續光世音應驗記》所記十條故事，是繼傅亮《光世音應驗記》七條故事後，「即撰所聞」，其中也有「具爲惠嚴法師說此事」「具自說如此」「祖爲法宋法師說其事」的語句，再聯繫張氏家族與僧徒的交往情況，則張演在其家族內外一定也多聽聞、傳談此類故事，且「用兼綿慨」，不吐不快，言談之不足，故撰寫之。湯用彤先生所言士大夫階級勢力對佛教傳播的作用之言，其實亦可用於世族對佛教志怪的傳播。高門世族都有著較高的社會地位，其家風、家學不僅用於家族內部的管理，保持門第本身，也會產生一定的社會影響力，左右著整個社會的文化導向。世族子弟既善談，又多談說佛教志怪故事，則此類故事的傳播速度之快和傳播範圍之廣，可想而知。世族子弟文采出眾者多，又喜撰寫佛教志怪故事，則也會帶動佛教志怪撰寫的熱潮。談說和撰寫佛教志怪故事，在學理層面以外，對佛教的傳播無疑也起了極大的推動作用。

李劍國《唐前志怪小說史》談到六朝談風對小說創作的推動作用曰：「對小說的創作來說，最有意義的是大量故事集中到文人那裡，文人的劇談風氣恰正提供了有利條件。各種傳說和故事迅速流佈、擴散，同時也造成它們在某一範圍內的集中，文人就有可能較快地和較多地把它們彙集成書。六朝小說不是文人自己的創作，……主要靠傳聞。沒有這種談風盛行的條件，很難想像那麼多的志怪作者會收集到數以萬計的種種傳說。由於宗教迷信發達，流傳的故事以鬼怪神異之事爲最，而人們對此類故事興趣亦最濃。因此，在六朝小說中，志怪小說最多，志人小說就不免望洋興歎了。」〔註474〕此言甚是。

總之，在遊戲化、大眾化了的清談中，上層的知識分子或在學理層面探討鬼神、報應的理論，或談及包含人物、情節、場景的感性的志怪故事。這種理性、感性交織的雙重談說以及談說時產生的身心感受，使得上層文化圈籠罩著比下層民眾階層更濃重的鬼神怪異氣氛。志怪故事中最爲常見的死

〔註473〕董志翹：《〈觀世音應驗記三種〉譯注》，南京，江蘇古籍出版社，2002年版，第129頁。
〔註474〕李劍國：《唐前志怪小說史》，天津，南開大學出版社，1984年版，第234～235頁。

亡、地獄以及各種致命的災難和困境，在清談中被一遍遍講說，在文人們的
筆端被一遍遍潤色。無論談說還是撰寫，高智商的文人們都會下意識地、習
慣性地調動自己的文才，使原始故事材料在自己口中或筆下更生動、更離奇、
更怪異甚至更驚悚。而諸如劉義慶、王琰、張演等刻意宣揚佛法的撰者，會
更自覺地、更有效地使用自己的文才、口才，或者把地獄變得更恐怖，或者
把病痛變得更嚴重，或者把各種怪異變得愈加超乎想像，或者把現實變得愈
加血腥……因為越是這樣，才越能顯示出佛法無邊，才越能顯示出觀世音的
慈悲濟世。也因此，從中國小說史的發展來看，六朝「釋氏輔教之書」已經
是文人們「有意為小說」的先聲。的確，他們沒有現代的小說觀念，但魏晉
南北朝文學的自覺使得他們早已意識到自己文才的價值。他們朝著明確的撰
寫目的，沿著史傳文學敘事的傳統，有選擇地摭拾著時代、社會賦予他們的
故事材料，自覺地、有意識地把故事變得更加興味盎然。當今天的我們回首
那個時代的「小說」及其撰寫，想像那些文人們在談說和寫下這些故事時，
在音聲辭氣、字裏行間裏嵌下時代以及個人的難以言傳的恐慌、苦悶、無奈、
放縱……在鬼神物怪交織的場景裏，他們描繪的其實是他們自己被迫害、被
扭曲、被放逐的生命和靈魂。可以說，是那個時代的那些文人們，用自己生
不逢時的不幸命運，真正開啟了中國小說的發展歷程。

（三）佛教志怪中的本末意識

　　佛教無論如何盛行，畢竟為外來文化，在與中土文化交融的同時，衝突
也在所難免。最大最直接的衝突，便是夷夏之爭。夷夏之爭，實為本末之爭。
湯用彤先生在《漢魏兩晉南北朝佛教史》中專闢「本末之爭」一節，認為儒、
玄、佛三教之爭實質即本末之別。「魏晉以來，學問之終的，在體道通玄。曰
道，曰玄，均指本源。三玄佛法均探源反本之學。釋、李之同異，異說之爭
辯，均繫於本末源流之觀念。黨釋者多斥李為末。尊李者每言釋不得其本。
而當時又常合玄佛為道家，以別於周、孔之名教。道訓與名教之同異，亦為
本末之別。」〔註475〕魏晉玄學有自然與名教之本末體用之爭。當時之知識分
子，在政治傾頹、生命危殆、教化衰微之際，不但要尋求身體的安全，更要
尋找能使之安身立命的精神依託，並以此依託，來對抗讓人窒息又揮之不去
的恐懼、空虛和迷茫。此依託，必須是永恆的、可信可靠的，既不會棄他們

〔註475〕湯用彤：《漢魏兩晉南北朝佛教史》，上海，上海書店，1991年版，第465～
　　　　466頁。

而去，又堅實、無私，給他們力量和溫暖，而此依託，就是他們所謂的「本」，也即人生的一種終極價值。魏晉玄學本末之探討，終究是要確定所本為何，這種哲學上對「本」的追問，無非是其時的知識分子於亂世中尋找精神依託的反映。而他們所最終認定的「本」，就是他們生命中唯一的光明，指引並支撐著他們的精神、靈魂不至於在末日亂象中過早淪陷。猶如下層百姓信仰宗教中的神或佛，知識分子們追尋和信仰的是「本」。

至佛教傳入並漸漸形成一種勢力，滲透進學術思想層面後，也進入了「本」的「候選」範圍，與儒、玄一起成為知識分子們爭論、探討的熱點和焦點。或三者擇一，擯斥其餘；或三教同源，本固無二。本末體用的爭執漸趨熱烈，廣泛，演變為社會思潮，激蕩洶湧，促成了日益豐富多樣的文化形態，佛教志怪即其中一種。佛教志怪故事，尤其是釋氏輔教之書，純為宣揚佛法而作，自然是以釋教為本，儒玄為末。在這些撰寫者心中，佛教是唯一值得信賴的，是能幫助他們度過此生之亂世達至光明之淨土的唯一有效法門。他們不但自己以佛教為本，還要談說、記錄、整理、撰寫這些神異的志怪故事，讓他人也以此念為本，否則，就是舍本逐末，只能陷沒於無邊苦海。但是，正如學問家們學理上的爭論一樣，在激烈的較量之後，那些以佛教教義為本、極力為佛教辯護的人們，會驀然發現，他們所謂的佛教，在他們的討論中，早已無形中被中土化了。其實，本末體用雖有分別，但並非截然兩分，互不干涉，而是永遠互相交織、雜糅在一起。絕大多數佛教志怪撰寫者畢竟生於中土長於中土，中土的思想文化、價值觀念早已先入為主，成為其思想意識的永遠的底色。這層底色，也許會暫時被後來居上的佛教所遮蔽，但終究會在遮蔽它的佛教理論以及佛教故事裏，滲透進它的「色素」，將佛教變成「中國佛教」，將佛教志怪故事變成「中國佛教志怪故事」。

中國思想文化中最強勁、最有生命力和滲透力的底色，是儒家思想。此處之儒家思想，是指純粹文化、哲學層面的而非其被篡改為官方意識形態的「山寨御用版本」。迄今為止，只有儒家思想能代表中國文化傳統。即便在魏晉南北朝玄學盛行的歷史時期，儒學也仍然靜水深流，始終隱忍而穩固地佔據著歷史舞臺的重要位置。佛教傳入後，儒家思想雖然沒有像道教那樣和佛教互相辯難、攻訐甚至互相貶低而一度形成緊張的對峙之勢，但也並非互不相悖、和平共處。任何一種思想文化總是與其產生地域之自然環境息息相關，自然環境不同，孕育於其中的文化觀念也勢必各異。儒

家思想產生於東方，和中國人賴以生存的氣候條件、地理環境等諸多自然因素有不解之緣，而這些自然因素又顯然異於佛教產生地域的自然因素，所以，佛教與儒家思想必定會有相異甚至矛盾衝突之處。其中最突出也最不可調和的矛盾，即佛教的某些教義、戒律與儒家之忠孝倫理觀念的衝突。而衝突的最終結果是佛教的儒化還是儒家思想的佛教化？何者爲本？何者爲末？何者爲體？何者爲用？是眞的本固無二還是繼續爭鋒？這諸多的追問，也許，會在佛教志怪故事裏找到答案。

1、學理層面的儒、釋調和論

有衝突，必有對衝突的調和。三教有衝突，所以，會有三教同源之論加以調解。就儒家思想和佛教而言，二者同中有異，異中有同。求同存異，是佛教立足中國文化領地的唯一選擇。如前文所述，很多高僧多兼綜內外之學，深諳儒家倫理觀念，所以，他們就佛教教義中暗合儒家孝道或者可以與孝道兼容的內容大做文章，極力調和、融合儒、佛二教〔註476〕。

從佛教傳入之初，這種調和工作就已經開始了。牟子《理惑論》是較早的一篇調和三教的長篇論文，載於《弘明集》，題爲漢牟融撰，但其眞偽一直沒有定論。梁啓超先生從其內容分析，以其爲東晉、劉宋間人偽作〔註477〕：「此書斷斷辨夷狄之教非不可用，此蓋在顧歡《夷夏論》出世前後。其他辨毀容、辨無後，皆東晉間三教辯爭之主要問題。而作此書之人，頗以調和三教爲職志，亦正屬彼時一部分之時代精神。故斷爲晉後偽書，當無大過。」〔註478〕湯用彤先生則從《牟子》「援引《老》、《莊》以申佛旨」的方法分析，認爲「漢代佛教，附庸方術。魏晉釋子，雅尙《老》、《莊》。牟子恰爲過度時代之人物。」〔註479〕無論《理惑論》成書於何時，在佛教中國化的整個歷程中，其內容和方法都有著重要意義。牟子本「修經傳諸子，書無大小，靡不好之。」〔註480〕時人多有學神仙辟穀長生之術者，牟子「常以五經難之，道家術士莫敢對焉，比之於孟軻距楊朱、墨翟。」〔註481〕則牟子之儒學修養頗爲深厚。後因「方

〔註476〕本文中言及「二教」、「三教」，非宗教之「教」，而是指「教化」之「教」。
〔註477〕梁啓超：《中國佛學史稿》，北京，中國人民大學出版社，2012 年版，第 190、195～197 頁。
〔註478〕梁啓超：《中國佛學史稿》，北京，中國人民大學出版社，2012 年版，第 196 頁。
〔註479〕湯用彤：《漢魏兩晉南北朝佛教史》，上海，上海書店，1991 年版，第 78、80 頁。
〔註480〕（南朝・梁）僧祐：《弘明集》，北京，中華書局，2013 年版，第 6 頁。
〔註481〕（南朝・梁）僧祐：《弘明集》，北京，中華書局，2013 年版，第 6 頁。

世擾攘，非顯己之秋也，……於是銳志於佛道，兼研《老子五千文》，含玄妙爲酒漿，玩五經爲琴簧。世俗之徒多非之者，以爲背五經而向異道。……遂以筆墨之間，略引聖賢之言證解之，名曰《牟子理惑》云。」〔註482〕由此可知，牟子本就是博學多識、兼習三教之人，並非專信佛教而完全排斥儒學和道家、玄學。《理惑論》爲一問一答的對話體形式。或問曰：沙門剃髮有違《孝經》所言「身體髮膚，受之父母，不敢毀傷」之訓，爲不孝之舉。牟子答：「昔齊人乘船渡江，其父墮水，其子攘臂捽頭顛倒，使水從口出，而父命得穌。夫捽頭顛倒，不孝莫大，然以全父之身。若拱手修孝子之常，父絕命於水矣。……豫讓吞炭漆身，聶政皮面自刑，伯姬蹈火，高行截容，君子爲勇而有義，不聞譏其自毀沒也。沙門剃除鬚髮，而比之於四人，不已遠乎？」〔註483〕又問曰：不孝莫過於無後，沙門棄妻子、捐財貨，或終身不娶，爲不孝。牟子答曰：「許由棲巢木，夷、齊餓首陽，孔聖稱其賢曰：『求仁得仁者也。』不聞譏其無後無貨也。沙門修道德以易遊世之樂，反淑賢以貿妻子之歡，是不爲奇，孰與爲奇？是不爲異，孰與爲異也？」〔註484〕可見，在牟子看來，儒、佛二教其實是相通的，所以，「書不必孔丘之言，藥不必扁鵲之方，合義者從，愈病者良，君子博取眾善以輔其身。」〔註485〕至於孔、佛、老三學，「堯舜周孔，修世事也。佛與老子，無爲志也。……君子之道，或出或處，或默或語，不溢其情，不淫其性。故其道爲貴，在乎所用，何棄之有乎！」〔註486〕在牟子看來，三教均爲「君子之道」，佛教和儒學「金玉不相傷，靜魄不相妨」〔註487〕，不要刻意信仰任何一種，也不要刻意挑剔任何一方，因時、因地、因人而變通地加以理解、運用即可。晉名士孫綽有《喻道論》，認爲「周孔即佛，佛即周孔，蓋外內名之耳」〔註488〕。談及佛教與孝道，則認爲「孝之爲貴，貴能立身行道，永光厥親」，而非「匍匐懷袖，日御三牲」。〔註489〕「故諺曰：求忠臣必於孝子之門。明其雖小違於此而大順於彼。」〔註490〕此

〔註482〕（南朝・梁）僧祐：《弘明集》，北京，中華書局，2013年版，第9頁。
〔註483〕（南朝・梁）僧祐：《弘明集》，北京，中華書局，2013年版，第23頁。
〔註484〕（南朝・梁）僧祐：《弘明集》，北京，中華書局，2013年版，第26頁。
〔註485〕（南朝・梁）僧祐：《弘明集》，北京，中華書局，2013年版，第20頁。
〔註486〕（南朝・梁）僧祐：《弘明集》，北京，中華書局，2013年版，第29頁。
〔註487〕（南朝・梁）僧祐：《弘明集》，北京，中華書局，2013年版，第33頁。
〔註488〕（南朝・梁）僧祐：《弘明集》，北京，中華書局，2013年版，第176頁。
〔註489〕（南朝・梁）僧祐：《弘明集》，北京，中華書局，2013年版，第178頁。
〔註490〕（南朝・梁）僧祐：《弘明集》，北京，中華書局，2013年版，第178頁。

「大順於彼」之典型即釋迦牟尼佛:「昔佛爲太子,棄國學道;⋯⋯端坐六年,道成號佛。三達六通,正覺無上。⋯⋯還照本國,廣敷法音;父王感悟,亦升道場;以此親親,何孝如之?」〔註491〕在中土由來已久的忠孝不能兩全的問題上,孫綽以忠爲大孝,並以此爲切入點融合儒佛。高僧慧遠撰《沙門不敬王者論》亦謂佛教與儒家之孝道並不衝突:「悅釋迦風者,輒先奉親而敬君;變俗而投簪者,必待命而順動。若君親有疑,則退求其志,以俟同悟。斯乃佛教之所以重資生、助王化於治道者也。」〔註492〕又曰:出家之人,若修成正果,「遠通三乘之津,廣開人天之路,」則能「道洽六親,澤流天下,雖不處王侯之位,亦已協契皇極,在宥生民矣。是故內乖天屬之重,而不違其孝;外闕奉主之恭,而不失其敬。」〔註493〕與孫綽同調,慧遠亦以佛教之出家修行爲「大孝」,與儒家孝道並不衝突。顏之推《歸心》篇亦是調和儒佛的名文,大旨以爲「內外兩教,本爲一體」,並以佛門「五戒」比附儒家「五常」:「內典初門,設五種禁;外典仁義禮智信,皆與之符。仁者,不殺之禁也;義者,不盜之禁也;禮者,不邪之禁也;智者,不酒之禁也;信者,不妄之禁也。至如畋狩軍旅,燕享刑罰,因民之性,不可卒除,就爲之節,使不淫濫爾。歸周、孔而背釋宗,何其迷也!」〔註494〕對於剃髮修行,顏之推則認爲:「內教多途,出家自是其一法耳。若能誠孝在心,仁惠爲本,須達、流水,不必剃落鬚髮。⋯⋯誠臣徇主而棄親,孝子安家而忘國,各有行也。」〔註495〕「若觀俗計,樹立門戶,不棄妻子,未能出家;但當兼修戒行,留心誦讀,以爲來世津梁。」〔註496〕上述調和儒佛二教者,皆較有代表性之言論,其他諸多論辯均不脫此範圍和論調。則其基本觀點爲:儒家倫理與佛教是相通、兼容的。

〔註491〕(南朝・梁)僧祐:《弘明集》,北京,中華書局,2013年版,第182～183頁。

〔註492〕(南朝・梁)僧祐:《弘明集》,北京,中華書局,2013年版,第316頁。

〔註493〕(南朝・梁)僧祐:《弘明集》,北京,中華書局,2013年版,第318頁。

〔註494〕(北齊)顏之推撰,王利器集解:《顏氏家訓集解》,上海,上海古籍出版社,1980年版,第339頁。

〔註495〕(北齊)顏之推撰,王利器集解:《顏氏家訓集解》,上海,上海古籍出版社,1980年版,第360頁。

〔註496〕(北齊)顏之推撰,王利器集解:《顏氏家訓集解》,上海,上海古籍出版社,1980年版,第364頁。

上述四位論者中，慧遠本爲僧人，其雖明言「苟會之有宗，則百家同致」，
〔註497〕卻又歎「儒道九流，皆秕糠耳」〔註498〕，所以，其內心實「以佛理爲
先」〔註499〕，終身以弘揚佛法爲己任〔註500〕。故其所本無疑當爲佛教，其調
和三教，不過爲所本之佛教辯護，緩和佛教與中土教化之衝突，終爲傳播佛
法計也。除慧遠外，牟子、孫綽、顏之推則均持三教本一或二教本一論。牟
子、孫綽均三教兼通，博學多識〔註501〕，顏之推雖不好虛談，但儒、釋修養
頗深〔註502〕。那麼，在以他們爲代表的深諳各種教化並力圖調和彼此衝突的
中土知識分子心中，本土教化眞的與異質的外來文化平分秋色嗎？他們所追
尋、信仰的「本」究竟是什麼？我們試從佛教志怪故事及其撰寫者的思想、
撰寫行爲切入，探尋在儒、佛兩種文化的較量中，知識分子的內心深處，本
土文化與外來文化究竟孰輕孰重，孰本孰末。試以謝敷、顏之推以及佛經中
的睒子故事及其中土化爲例。

2、謝敷、顏之推之佛教志怪書撰寫以及睒子故事的中土化

（1）謝敷及其《光世音應驗記》之撰寫

關於謝敷的文才、其注《安般經》以及其與名士、僧徒交往並傳談佛教
志怪故事之情況，前文已提及一二。謝敷的生平經歷，史傳所載無多，但根
據散見於他處的事迹、資料，大致可以釐清謝敷的思想及其撰寫觀音應驗故
事的緣由。

謝敷是在家奉佛的居士。《冥祥記》載其事曰：「晉謝敷，字慶緒，會稽
山陰人也，鎮軍將軍輶之兄子也。少有高操，隱於東山，篤信大法，精勤不
倦，手寫《首楞嚴經》。當在都白馬寺中，寺爲災火所延，什物餘經，並成煨
盡，而此經止燒紙頭界外而已，文字悉存，無所毀失。敷死時，友人疑其得

〔註497〕（晉）釋慧遠：《與隱士劉遺民等書》，見（清）嚴可均輯：《全上古三代秦漢
　　　　三國六朝文》，北京，中華書局，1958 年版，第 2390 頁。

〔註498〕（南朝·梁）釋慧皎撰，湯用彤校注，湯一玄整理：《高僧傳》，北京，中華
　　　　書局，1992 年版，第 211 頁。

〔註499〕（晉）釋慧遠：《與隱士劉遺民等書》，見（清）嚴可均輯：《全上古三代秦漢
　　　　三國六朝文》，北京，中華書局，1958 年版，第 2390 頁。

〔註500〕（南朝·梁）釋慧皎撰，湯用彤校注，湯一玄整理：《高僧傳》，北京，中華
　　　　書局，1992 年版，第 211 頁。

〔註501〕《弘明集》中《牟子理惑論》及《建康實錄》中《孫綽傳》、《全晉文》中之
　　　　孫綽文等資料可證。

〔註502〕《顏氏家訓》、《北史·顏之推傳》、《全隋文》所錄顏之推文等資料可證。

道。及聞此經，彌復驚異。至元嘉八年，河東蒲坂城中大災火。火自隔河飛至，不可救滅；處戍民居，無不蕩盡。唯精舍塔寺，並得不焚。里中小屋，有經像者，亦多不燒。或屋雖焚毀，而於煨盡之中，時得全經，紙素如故。一城歡異，相率敬信。」〔註503〕此事亦爲《法苑珠林》卷十八「感應緣」所引〔註504〕。前文已言，王琰撰《冥祥記》即爲弘傳佛法，雖然故事本身未必足信，但謝敷既爲眞實人物，又是名流，在故事中的「名人效應」作用是確定無疑的。既然借謝敷弘法，則謝敷必是奉佛之名流。所以，故事言其「篤信大法，精勤不倦，手寫《首楞嚴經》」當有一定的眞實性。王僧虔《論書》亦提及謝敷寫經：「謝靜、謝敷，並善寫經，亦入能境。居鍾索之美，邁古流今。」〔註505〕則謝敷書法稱美當時，而且應多手寫經卷，《首楞嚴經》當爲其中一部。另外，《世說新語・棲逸》第十七條載：「郗尚書與謝居士善。常稱：『謝慶緒識見雖不絕人，可以累心處都盡。』」郗尚書，即郗愔。本條注釋引檀道鸞所作《續晉陽秋》云：「謝敷字慶緒，會稽人，崇信釋氏。初入太平山中十餘年，以長齋供養爲業，招引同事，化納不倦。以母老還南山若邪中。內史郗愔表薦之，徵博士，不就。初，月犯少微星，一名處士星。……俄而敷死。」〔註506〕與《晉書》所記不同的是，此處明言謝敷「崇信釋氏」，且有「長齋供養」之虔誠的奉佛行爲，與郗愔所言「累心處都盡」彼此發明。《高僧傳》卷七《慧嚴傳》中何尙之與宋文帝言及當時崇佛之人也提到謝敷於佛教「厝心崇信」：「度江以來，則王導、周顗、庾亮、王濛、謝尙、郗超、王坦、王恭、王謐、郭文、謝敷、戴逵、許詢……或宰輔之冠蓋，或人倫之羽儀，或置情天人之際，或抗迹煙霞之表，並稟志歸依，厝心崇信。」〔註507〕何尙之所列舉之人，皆爲當時具有代表性的崇佛之名流人物，謝敷赫然列入其中，則其奉佛在當時之影響也可見一斑。另外，在佛學修養方面，除了《冥祥記》載謝敷手抄《首楞嚴經》外，嚴可均《全晉文》還載錄其《安般守意

〔註503〕魯迅：《古小說鉤沈》，濟南，齊魯書社，1997年版，第297頁。

〔註504〕（唐）釋道世著，周叔迦、蘇晉仁校注：《法苑珠林》，北京，中華書局，2003年版，第592～593頁。

〔註505〕（清）嚴可均輯：《全上古三代秦漢三國六朝文》，北京，中華書局，1958年版，第2838頁。

〔註506〕余嘉錫撰，周祖謨、余淑宜整理：《世說新語箋疏》，北京，中華書局，1983年版，第662～663頁。

〔註507〕（南朝・梁）釋慧皎撰，湯用彤校注，湯一玄整理：《高僧傳》，北京，中華書局，1992年版，第261頁。

經序》〔註 508〕，此文《出三藏記集》亦載〔註 509〕。《出三藏記集》卷十二還載錄了謝敷《阿毗曇五法行義》〔註 510〕，卷十二《宋明帝敕中書侍郎陸澄撰法論目錄序》載謝敷與郗超、傅瑗探討佛理之書信來往，曰：《郗與謝慶緒書》（往反五首）、《（傅叔玉）書與謝慶緒論十住》（往反四首）、《傅叔玉重書並謝答》（三十二字）。〔註 511〕亦載謝敷作《識三本論》，並且，支道林、戴逵均有書信就此論與其往反論辯：《支道人書與謝論三識》（並答）、《戴安道書與謝論三識並答》（往反三首）。〔註 512〕另謝敷《安般守意經序》中曾言：「復率愚思，推檢諸數，尋求明證，遂相繼續，撰爲注義。並抄撮《大安般》《修行》諸經事相應者，引而合之，或以隱顯相從，差簡搜尋之煩。」〔註 513〕據此，則謝敷還爲《安般守意經》作注，並整理、重抄了《大安般》《修行》等佛經。由此言之，謝敷的確奉佛，不但有實踐層面的崇佛行爲，而且有相當高的佛學修養。

謝敷既奉佛，又爲隱逸之士，必然鍾情山水石崖，其與高僧同結塵外之遊事，亦見諸記載。《高僧傳》中，《竺法曠傳》言及竺法曠和謝敷一起結廬孤潭之畔：「（竺法曠）始投若耶之孤潭，欲依巖傍嶺，棲閑養志，郗超、謝慶緒並結居塵外。」〔註 514〕《于道邃傳》載：「（于道邃）後與蘭公俱過江，謝慶緒大相推重。性好山澤，在東多遊履名山。」〔註 515〕竺法曠、于道邃以及上文述及的郗超、傅瑗、戴逵、支道林均爲當時的名僧、名士，則謝敷之交往範圍及內容可知。總之，從謝敷隱士的身份、言行、操守、交遊以及其

〔註 508〕（清）嚴可均輯：《全上古三代秦漢三國六朝文》，北京，中華書局，1958 年版，第 2259 頁。

〔註 509〕（南朝·梁）釋僧祐撰，蘇晉仁、蕭鍊子點校：《出三藏記集》，北京，中華書局，1995 年版，第 245～247 頁。

〔註 510〕（南朝·梁）釋僧祐撰，蘇晉仁、蕭鍊子點校：《出三藏記集》，北京，中華書局，1995 年版，第 440 頁。

〔註 511〕（南朝·梁）釋僧祐撰，蘇晉仁、蕭鍊子點校：《出三藏記集》，北京，中華書局，1995 年版，第 441～442 頁。

〔註 512〕（南朝·梁）釋僧祐撰，蘇晉仁、蕭鍊子點校：《出三藏記集》，北京，中華書局，1995 年版，第 443～444 頁。

〔註 513〕（南朝·梁）釋僧祐撰，蘇晉仁、蕭鍊子點校：《出三藏記集》，北京，中華書局，1995 年版，第 247 頁。

〔註 514〕（南朝·梁）釋慧皎撰，湯用彤校注，湯一玄整理：《高僧傳》，北京，中華書局，1992 年版，第 205 頁。

〔註 515〕（南朝·梁）釋慧皎撰，湯用彤校注，湯一玄整理：《高僧傳》，北京，中華書局，1992 年版，第 170 頁。

對佛義的精研，可見當時社會思潮之一斑。謝敷身爲居士，既在家又奉佛，奉佛則崇信釋氏，在家則難免濡染玄、儒、道各家思想，其隱士、居士的雙重身份，其佛、道、儒、玄「混搭」的思想特點，正是當時士大夫群體之特色的寫照。那麼，如此多元的身份和思想，究竟哪一種是最爲核心的呢？

由前文所述可知，謝敷不僅有長齋供養等實踐層面的奉佛行爲，而且有相當高的佛學造詣。謝敷的《安般守意經序》是其僅存於世的一篇完整的文章，是爲《安般守意經》所作之序。《安般守意經》是漢晉間最爲流行的佛教經典。所謂安般守意，指的是禪法十念之一，屬小乘禪法，即通過控制出息入息把注意力集中在呼吸運行上，從而清除各種雜念以達到內心的愉悅祥和。持續不斷地修習安般念，便可使內心雜念寂滅從而得到解脫。康僧會、道安法師亦曾爲此經作序〔註516〕，此三序成爲今日研究《安般守意經》的重要文獻。《安般守意經》是小乘禪法的奠基人、高僧安世高的代表譯作，謝敷對此譯本評價甚高：「此安般典，其文雖約，義關眾經。自淺至精，眾行具舉，學之先要，孰踰者乎！」〔註517〕既然心折若此，則必已經深入研析，並頗有體會。從謝敷所作序的內容來看，他認爲，修習安般禪法，要達到的境界是：「自空故不出有以入無；常寂故不盡緣以歸空。住理而有非所縛，非縛故無無所脫。」〔註518〕而達到此種境界的有效方法，是慧解，即「厝心領要，觸有物理者，則不假外以靜內，不因禪而成慧。」〔註519〕相反，「若欲塵翳心，慧不常立者，乃假以安般，息其馳想，猶農夫之淨地，明鏡之瑩劃矣。然則耘耨不以爲地，地淨而種滋。瑩劃非以爲鏡，鏡淨而照明。」〔註520〕意即想要去除內心的障蔽，卻不去眞正用心理解佛義，不能有基於理解的覺悟也即智慧，即「慧不常立」，而只是簡單地念安般修禪法，強行壓制住心中的各種雜念欲求，就只能像是農夫把田地的雜草弄乾淨卻不能種出莊稼，或者像是

〔註516〕（南朝・梁）釋僧祐撰，蘇晉仁、蕭鍊子點校：《出三藏記集》，北京，中華書局，1995 年版，第 242～245 頁。

〔註517〕（南朝・梁）釋僧祐撰，蘇晉仁、蕭鍊子點校：《出三藏記集》，北京，中華書局，1995 年版，第 247 頁。

〔註518〕（南朝・梁）釋僧祐撰，蘇晉仁、蕭鍊子點校：《出三藏記集》，北京，中華書局，1995 年版，第 246 頁。

〔註519〕（南朝・梁）釋僧祐撰，蘇晉仁、蕭鍊子點校：《出三藏記集》，北京，中華書局，1995 年版，第 246 頁。

〔註520〕（南朝・梁）釋僧祐撰，蘇晉仁、蕭鍊子點校：《出三藏記集》，北京，中華書局，1995 年版，第 246 頁。

把鏡子擦乾淨卻照不清自己的形象，暫時壓制住各種雜念卻不能眞正生發出「遊心於玄冥」的禪定境界。而且，謝敷認爲，整部《安般守意經》的眞正目的是「正覺慈愍，開示慧路」〔註521〕，即啓發俗眾開啓智慧，領悟佛理，而不是簡單地教一些禪法讓人去奉行。所以，他不贊同一味念安般修禪法，而主張在慧解、悟理上下功夫。如前文所述，此正是中國佛教南統重理解、尙領悟之特徵的體現，而此特徵又是與玄學的興盛以及玄學「略於具體事物而究心抽象原理」〔註522〕的學術傳統密不可分，即湯用彤先生所謂「南統偏尙義理，不脫三玄之軌範」〔註523〕。《全晉文》收錄謝敷《荅郗敬興書》，但僅存「至理深玄，非言象所喻也」〔註524〕一句。郗敬興，即郗超。「郄超」同「郗超」，很多文本中二者通用。前文已述，謝敷與郗超來往甚密，且其來往多爲探討佛理，則此封書信或許亦是與郗超討論佛理而寫。此一句話與《安般守意經序》中之「廢知而去筌」，言辭之中均顯見魏晉玄學之色彩，亦可見玄學言意之辯的思維模式。可見，謝敷在接受佛教這一外來文化時，從接受模式、思維方法到言辭表達，都是玄學的全套理念作爲一種默認程序在起作用，而佛教本身，不過是被完全置於此一程序之中、按照此一程序被解讀的對象而已。猶如打開一個 word 文檔，無論在其中輸入什麼內容，無論如何編輯此內容，所生成的終究是一個 word 文件，而不可能是 pdf、txt 等其他格式的文件。所以，就像其時大多數佛學修養深厚的知識分子一樣，他們在接納、信奉佛教的同時，也在用「中國格式」「編輯」、改造著外來的原版佛教，使佛教在中國深入傳播、紮根的過程，變成了佛教中國化的過程。換言之，謝敷等所信奉的佛教，不過是「中國佛教」而已。

此外，謝敷此篇序文，已透露出大乘佛教的意味。佛教之傳入中國，小乘先於大乘。「小乘之行於中國，時期甚短，勢力亦弱。」〔註525〕大乘佛教系統傳入中國，始於支讖。支讖與安世高同時，但大乘佛教的勢力於兩晉之後始盛。小乘重在個人的解脫，大乘則要救拔眾生。目的不同，修習方法也有區別。在大乘佛經中，「『般若』類經奠定了早期大乘思想的基礎理論，包含

〔註521〕（南朝・梁）釋僧祐撰，蘇晉仁、蕭鍊子點校：《出三藏記集》，北京，中華書局，1995 年版，第 246 頁。

〔註522〕湯用彤：《魏晉玄學論稿》，上海，上海古籍出版社，2001 年版，第 23 頁。

〔註523〕湯用彤：《漢魏兩晉南北朝佛教史》，上海，上海書店，1991 年版，第 415 頁。

〔註524〕（清）嚴可均輯：《全上古三代秦漢三國六朝文》，北京，中華書局，1958 年版，第 2259 頁。

〔註525〕梁啓超：《中國佛學史稿》，北京，中國人民大學出版社，2012 年版，第 26 頁。

了以後擴展爲其他大乘經類的主要思想成分。」〔註526〕「般若」，意爲「智慧」，一種可以成佛的智慧。大乘佛教主張通過這種智慧而不是單純靠具體的修習行爲達到佛的境界。大乘般若經講求理論論證，尊重理性思維，與玄學氣味相投，所以，「從漢末到南北朝的四百年前後，般若理論同當時流行的魏晉玄學相互助長，風靡一時，使佛教宗教理論躋足於最高統治階層的理論界。」〔註527〕而佛教勢力在中國由小乘轉向大乘的過程中，謝敷的《安般守意經序》是一個值得注意的轉折點。任繼愈先生認爲：謝敷在《安般守意經序》中「強調以『慧』『守意』，而不是單純用數息入定的方法。……這樣，就是把『慧』看成制意守意之『路』。這裡已顯示了由小乘佛教轉向大乘的先兆。」〔註528〕此外，謝敷所手寫之《首楞嚴經》，即爲大乘經典。《出三藏記集》卷七載：支愍度撰《合首楞嚴經記》，三經謝敷合注，共四卷。〔註529〕則謝敷不僅手寫此經，亦曾作注。謝敷以玄學思維模式，開啓中國大乘佛教之先聲，亦可證謝敷奉佛的本土化實質。

再從儒家思想與大乘佛教關係看，中國佛教的漢化色彩亦非常明顯。儒家思想特色在於入世，即最終的目標是治國、安民、濟世，這也正是其與道家思想的區別所在。《大學》開篇即曰：「大學之道，在明明德，在親民，在止於至善。」〔註530〕開宗明義，點明兼濟天下的視野和胸懷。然後提出格物、致知、誠意、正心以及修身、齊家、治國、平天下之次序分明、環環相扣的八個條目，既指明了「明明德於天下」的方向和目標，又提供了完備的修養步驟和方法。中國傳統思想，又特重中庸之道。《中庸》曰：「君子尊德性而道問學，致廣大而盡精微，極高明而道中庸。」〔註531〕德性，爲人人所同具，然而一般大眾，乃愚夫愚婦，於此渾然不知，聖人從大眾均具的廣大德性中求得學問，提煉出其精微之理，再將此學問教於大眾，使得人人能知，人人能行，此爲「明

〔註526〕任繼愈主編：《中國佛教史》（第一卷），北京，中國社會科學出版社，1985年版，第321頁。

〔註527〕任繼愈主編：《中國佛教史》（第一卷），北京，中國社會科學出版社，1985年版，第321頁。

〔註528〕任繼愈主編：《中國佛教史》（第一卷），北京，中國社會科學出版社，1985年版，第318頁。

〔註529〕（南朝・梁）釋僧祐撰，蘇晉仁、蕭鍊子點校：《出三藏記集》，北京，中華書局，1995年版，第270頁。

〔註530〕（宋）朱熹撰：《四書章句集注》，北京，中華書局，1983年版，第3頁。

〔註531〕（宋）朱熹撰：《四書章句集注》，北京，中華書局，1983年版，第35頁。

明德於天下」。正所謂「聖知特達，則必尊於德性，致其廣大，以此爲學問，於此獲精微，乃以躋於高明，而終不違於中庸。」〔註532〕儒家的學問是「從群眾中來到群眾中去」，所以才可大可久。與儒家思想相通，佛教也講究入世和兼善。梁啓超《論佛教與群治之關係》一文認爲大乘佛教「廣矣、大矣、深矣、微矣」〔註533〕，有益於群治。其中提到佛教之兼善曰：「佛說曰：『有一眾生不成佛者，我誓不成佛。』此猶其自言之也。至其教人也，則曰：『惟行菩薩行者得成佛，其修獨覺禪者永不得成佛。』獨覺者何？以自證自果爲滿足者也。……所謂菩薩行者何？佛說又曰：『己已得度，迴向度他，是爲佛行。未能自度，而先度人，是爲菩薩發心。』」〔註534〕此指明大乘佛教棄「獨善」而主「兼善」，普渡眾生之目標明確而堅定。這種兼善的精神用於治國亦然。「譬諸國然，吾既託生此國矣，未有國民愚而我可以獨智，國民危而我可以獨安，國民悴而我可以獨榮者也。知此義者，則雖犧牲藐躬種種之利益以爲國家，其必不辭矣。」〔註535〕又論佛教之入世曰：「明乎菩薩與獨覺之別，則佛教之非厭世教可知矣。宋儒之謗佛者，動以是爲清淨寂滅而已，是與佛之大乘法適成反比例者也。」〔註536〕梁公以佛弟子與佛的一段問答爲例。「佛弟子有問佛者曰：『誰當下地獄？』佛曰：『佛當下地獄，不惟下地獄也，且常住地獄；不惟常住也，且常樂地獄；不惟常樂也，且莊嚴地獄。』夫學道而至於莊嚴地獄，則其願力之宏大，其威神之廣遠，豈復可思議也！……知此義者，小之可以救一國，大之可以度世界矣。」〔註537〕大乘佛教之救濟眾生，非紙上談兵，亦非「另闢蹊徑」再造天堂，而是深入眞實的人世間，把人世間甚至「地獄」變爲「天國淨土」。由前輩學人所論述可以推斷，大乘佛教之所以在晉以後盛行於中土知識階層，除了其與玄學的相通共融之外，也正是因爲大乘佛教與儒家思想在入世、濟世之根本義上相通，此恰是矯正玄學不攖世務之弊端的良方，遂於時大行。

〔註532〕錢穆：《中國思想通俗講話》，北京，生活·讀書·新知三聯書店，2002 年版，第 4 頁。

〔註533〕梁啓超：《中國佛學史稿》，北京，中國人民大學出版社，2012 年版，第 509～510 頁。

〔註534〕梁啓超：《中國佛學史稿》，北京，中國人民大學出版社，2012 年版，第 505 頁。

〔註535〕梁啓超：《中國佛學史稿》，北京，中國人民大學出版社，2012 年版，第 505 頁。

〔註536〕梁啓超：《中國佛學史稿》，北京，中國人民大學出版社，2012 年版，第 506 頁。

〔註537〕梁啓超：《中國佛學史稿》，北京，中國人民大學出版社，2012 年版，第 506 頁。

　　魏晉南北朝時期，玄風日熾，但是，儒學並沒有就此式微，不過暫避玄學鋒芒，略顯低調而已。錢穆先生曾指出魏晉南北朝學術思想的「複雜情態」及其原因：「此一時代之學術思想，何以既尚黃老，又重經史，又兼重文學，更復崇信釋氏，此種在學術上之複雜情態，亦須就當時門第背景提供一綜合之說明。」〔註538〕可見，其時雖然玄、佛風頭正健，但是，儒家思想勢力並沒有退出歷史舞臺，不過轉入幕後，悄然左右著當時學術思想領域的大形勢。而儒家思想在其時得以綿延不衰，又與門第文化有重要關係。「蓋當時人所采於道家言者，旨在求處世。而循守儒術，則重在全家保門第。」〔註539〕門第之起源與維護、傳承均賴於儒家精神。「門第即來自世族，血緣本於儒家，苟儒家精神一旦消失，則門第亦將不復存在。」〔註540〕儒術既然關乎門第之生存，必然左右門第之家風。而「此時代之門第家風，戒輕薄，戒驕奢，重謙退，重敦厚，固非當時門第盡能如此，然一時賢父兄之教戒，賢子弟子之順行，則大要不離於此。」〔註541〕此外，錢穆先生又談到當時文人名士之重視禮法，如陸機「服膺儒術，非禮不動」，庾亮雖「善談論，性好老莊」，但又「風格峻整，動由禮節」，《世說》稱賀循言行以禮，王弘「造次必於禮法」。除此之外，當時人亦重視《喪服》，則對生人之外，對於死者，亦有一套禮法。〔註542〕而「當時門第在家庭中所奉行率守之禮法，此則純是儒家傳統。可謂禮法實與門第相終始，惟有禮法乃始有門第，若禮法破敗，則門第亦終難保。」〔註543〕此謂門第家族之儒教門風。再就當時經學成就而言，「十三經注疏乃中國經學一大結集，除唐玄宗孝經御注下，易魏王弼注，論語魏何晏集解，左傳晉杜預集解，穀梁晉范甯注，爾雅晉郭璞注，尚書孔安國傳，乃魏晉人偽託。尚書偽古文，亦出魏晉人編撰。當時又特創

〔註538〕錢穆：《中國學術思想史論叢》（三），臺北，東大圖書有限公司，1981年版，第151～152頁。
〔註539〕錢穆：《中國學術思想史論叢》（三），臺北，東大圖書有限公司，1981年版，第159頁。
〔註540〕錢穆：《中國學術思想史論叢》（三），臺北，東大圖書有限公司，1981年版，第152頁。
〔註541〕錢穆：《中國學術思想史論叢》（三），臺北，東大圖書有限公司，1981年版，弟174頁。
〔註542〕錢穆：《中國學術思想史論叢》（三），臺北，東大圖書有限公司，1981年版，第175頁。
〔註543〕錢穆：《中國學術思想史論叢》（三），臺北，東大圖書有限公司，1981年版，弟174頁。

義疏新體，與同時僧人所爲佛經義疏有關。惜皆遺失，獨梁皇侃論語義疏僅存。而唐初孔穎達等編五經正義，疏之部分，十九采自南北朝。此見當時人對經學貢獻，不爲不大。」〔註544〕此言魏晉南北朝人經學注疏之總成就。經學之中，六朝人又尤重禮學。「若以著作數量作爲當時對經學中某一部分重視與否之衡量標準，則此時代之經學最重禮，次春秋，易居第三位。……朱子云：六朝人多精禮，當時專門名家有此學，朝廷有禮事，用此等人議之，唐時猶有此意。……清儒沈垚落驪樓集亦謂：六朝人禮學極精。唐以前士大夫重門閥，雖異於古之宗法，然與古不相遠。……此皆六朝人精禮學，有所指明，而沈氏謂六朝以有門第而精禮，其言尤有特識。」〔註545〕由此可見，魏晉南北朝玄、佛思潮湧動下「儒業不替，經學猶盛」〔註546〕的學術大觀。實際上，在魏晉南北朝各種思潮的交匯、較量中，玄、道、佛思潮無論如何甚囂塵上，儒學始終巋然不動，「穩坐中軍帳」。

當時高僧亦於玄風之外多染儒風，精於儒學。如康僧會「篤至好學，明解三藏，博覽六經」〔註547〕，竺曇摩羅刹「篤志好學，萬里尋師。是以博覽六經，遊心七籍」〔註548〕，帛法祖「世俗墳素，多所該貫」〔註549〕，釋道安「家世英儒」〔註550〕。慧遠「少爲諸生，博綜六經，尤善《莊》《老》……雖宿儒英達，莫不服其深致。」〔註551〕釋僧䂮「通六經及三藏。」〔註552〕釋僧肇「家貧以傭

〔註544〕 錢穆：《中國學術思想史論叢》（三），臺北，東大圖書有限公司，1981 年版，第 138 頁。

〔註545〕 錢穆：《中國學術思想史論叢》（三），臺北，東大圖書有限公司，1981 年版，第 139 頁。

〔註546〕 錢穆：《中國學術思想史論叢》（三），臺北，東大圖書有限公司，1981 年版，第 152 頁。

〔註547〕 （南朝·梁）釋慧皎撰，湯用彤校注，湯一玄整理：《高僧傳》，北京，中華書局，1992 年版，第 15 頁。

〔註548〕 （南朝·梁）釋慧皎撰，湯用彤校注，湯一玄整理：《高僧傳》，北京，中華書局，1992 年版，第 23 頁。

〔註549〕 （南朝·梁）釋慧皎撰，湯用彤校注，湯一玄整理：《高僧傳》，北京，中華書局，1992 年版，第 26 頁。

〔註550〕 （南朝·梁）釋慧皎撰，湯用彤校注，湯一玄整理：《高僧傳》，北京，中華書局，1992 年版，第 177 頁。

〔註551〕 （南朝·梁）釋慧皎撰，湯用彤校注，湯一玄整理：《高僧傳》，北京，中華書局，1992 年版，第 211 頁。

〔註552〕 （南朝·梁）釋慧皎撰，湯用彤校注，湯一玄整理：《高僧傳》，北京，中華書局，1992 年版，第 239 頁。

書爲業，遂因繕寫，乃歷觀經史，備盡墳籍。」〔註553〕釋僧盛「大明數論，兼善眾經，講說爲當時元匠。又特精外典，爲群儒所憚。故學館諸生，常以盛公相脅。」〔註554〕釋曇斐「方等深經，皆所綜達，《老》《莊》儒《墨》頗亦披覽。」〔註555〕齊烏衣寺釋曇遷「篤好玄儒，遊心佛義，善談《莊》《老》。」〔註556〕總覽其時的思想形勢，高僧們於佛教之外，兼通儒、玄，與南地居士們儒、玄之外兼修佛教，異曲同工。只是在高僧和居士們心目中，何種思想爲本，何種思想爲末，答案不同而已。

於此可見，魏晉南北朝時期，儒學非但沒有衰微，反而在與玄、佛的較量中表現出超強的文化滲透力，顯示出作爲中土核心思想勢力的過硬品質。因此，佛教在中土之興盛，尤其是大乘佛教在南朝之興盛，除了因爲與玄學思維方法的相通，其與儒家思想在內容上的相投更爲關鍵。

魏晉時期，與中原、荊州等地不同，江東因爲偏離政治中心，玄風不暢，儒學相對昌明。當地士人多秉承漢儒傳統，尊崇經義，經學家多，玄學家少。至於東晉、南朝，帝室南遷，北方大族入駐江東，雖然將玄學及清談之風帶至江左，且與南方世族利益之爭不斷，但是，爲保門第起見，儒學發展總體上並未受阻，且賴於南、北世族雙方之合力，南朝的儒學發展在江東勢力愈盛。當時儒學文化最爲發達的地區，除建康、吳郡外，會稽也一直是江東儒學發展的重鎮，是南朝儒士活動頻繁的地區。謝敷家族即會稽山陰人氏。從《後漢書》、《三國志》等史書記載可知，會稽謝氏從後漢謝夷吾開始，歷經三國，一直是江東名門大族，且一直以儒學傳家，門風頗爲端正，備受時人敬仰。《後漢書・方術傳》載：謝夷吾，會稽山陰人，本爲郡吏，太守第五倫擢爲督郵，後又「舉孝廉，爲壽張令，稍遷荊州刺史，遷鉅鹿太守。所在愛育人物，有善績。」〔註557〕後來第五倫作司徒，令班固爲文薦舉謝夷吾

〔註553〕（南朝・梁）釋慧皎撰，湯用彤校注，湯一玄整理：《高僧傳》，北京，中華書局，1992 年版，第 249 頁。

〔註554〕（南朝・梁）釋慧皎撰，湯用彤校注，湯一玄整理：《高僧傳》，北京，中華書局，1992 年版，第 334 頁。

〔註555〕（南朝・梁）釋慧皎撰，湯用彤校注，湯一玄整理：《高僧傳》，北京，中華書局，1992 年版，第 342 頁。

〔註556〕（南朝・梁）釋慧皎撰，湯用彤校注，湯一玄整理：《高僧傳》，北京，中華書局，1992 年版，第 501 頁。

〔註557〕（南朝・宋）范曄撰，（唐）李賢等注：《後漢書》（卷八十二），北京，中華書局，1965 年版，第 2713 頁。

曰：「……竊見鉅鹿太守會稽謝夷吾，出自東州，厥土塗泥，而英姿挺特，奇偉秀出。才兼四科，行包九德，仁足濟時，知周萬物。加以少膺儒雅，韜含六籍，推考星度，綜校圖錄，探賾聖秘，觀變歷徵，占天知地，與神合契，據其道德，以經王務。……奉法作政，有周、召之風；居儉履約，紹公儀之操。尋功簡能，爲外臺之表；聽聲察實，爲九伯之冠。遷守鉅鹿，政合時雍。德量績謀，有伊、呂、管、晏之任；闡弘道奧，同史蘇、京房之倫。雖密勿在公，而身出心隱，不殉名以求譽，不馳騖以要寵，念存遜遁，演志箕山。方之古賢，實有倫序；採之於今，超然絕俗。誠社稷之元龜，大漢之棟甍。」〔註558〕薦舉書中，幾乎全是對謝夷吾的溢美之詞，在舉薦人的筆下、心中，與其說謝夷吾是一個方士，不如說是一個良吏的典範，一個學、德、行、政兼優的儒者。《太平御覽》卷第二百五十八「職官部・良刺史下」以及卷六百三十九「刑法部」亦均載謝夷吾因爲治獄嚴整而受到皇帝嘉許之事。〔註559〕謝夷吾之後有謝淵。《太平御覽》卷五百一十六「宗親部・兄弟下」載：「《會稽典錄》曰謝淵字休德，山陰人。其先鉅鹿太守夷吾之後也。世漸微替，仕進不繼，至淵兄弟一時俱興。兄咨字休度，少以質行自立，幹局見稱，官至海昌都尉。淵起於襄末。兄弟脩德，貧無感容。歷位建威將軍。又曰鍾牧字子幹，牧兄駟計吏，少與同郡謝贇、吳郡顧譚齊名。」〔註560〕則謝淵、謝咨、謝贇爲會稽謝氏代表人物，一門子弟德行端方，稱名一時。《三國志・陸遜傳》也提到謝淵：「時謝淵、謝厷等各陳便宜，欲興利改作，以事下遜。」〔註561〕裴松之於此注引《會稽典錄》曰：「謝淵字休德，少修德操，躬秉耒耜，既無感容，又不易慮，由是知名。舉孝廉，稍遷至建武將軍，雖在戎旅，猶垂意人物。駱統子名秀，被門庭之謗，眾論狐疑，莫能證明。淵聞之歎息曰：『公緒早夭，同盟所哀，聞其子志行明辯，而被闇昧之謗，望諸夫子烈然高斷，而各懷遲疑，非所望也。』秀卒見明，無復瑕玷，終爲顯士，淵之力也。《吳歷》稱云，謝厷才辯有計

〔註558〕（南朝・宋）范曄撰，（唐）李賢等注：《後漢書》（卷八十二），北京，中華書局，1965 年版，第 2713～2714 頁。

〔註559〕（宋）李昉等撰：《太平御覽》，北京，中華書局，1960 年版（影印本），第 1211、2863 頁。

〔註560〕（宋）李昉等撰：《太平御覽》，北京，中華書局，1960 年版（影印本），第 2348 頁。

〔註561〕（晉）陳壽撰，（南朝・宋）裴松之注：《三國志》，北京，中華書局，1982 年版，卷五十八，第 1352 頁。

術。」〔註562〕謝淵能力排眾議，秉公為駱秀正名，可見其人品、性格之剛正，亦是典型的儒家風範。《三國志·吳主權謝夫人傳》載謝煚、謝承事曰：「吳主權謝夫人，會稽山陰人也。父煚，漢尚書郎、徐令。……（謝夫人）弟承拜五官郎中，稍遷長沙東部都尉、武陵太守，撰《後漢書》百餘卷。」〔註563〕裴松之注曰：「煚子承撰《後漢書》，稱煚幼以仁孝為行，明達有令才。煚弟貞，履蹈法度，篤學尚義，舉孝廉，建昌長，卒官。《會稽典錄》曰：承字偉平，博學洽聞，嘗所知見，終身不忘。子崇揚威將軍，崇弟勗吳郡太守，並知名。」〔註564〕則謝煚、謝承、謝貞亦儒家君子風範，謝崇、謝勗更傳承家風，聲名遠揚。《三國志·諸葛恪傳》裴注引《吳錄》謂謝斐為豫章太守，虞翻向他推薦晶友為功曹事。〔註565〕則謝斐亦在朝為官，當也是儒家政治體制與文化機制中的一分子。

　　至晉滅吳，江東世族遭受打擊、壓制，政治活動減少，史志所載資料漸闕。會稽謝氏亦如是。晉代以降載於史籍的會稽謝氏人物有以下幾位。謝沈，為謝斐曾孫。《晉書·謝沈傳》載：「謝沈字行思，會稽山陰人也。曾祖斐，吳豫章太守。父秀，吳翼正都尉。沈少孤，事母至孝，博學多識，明練經史。……閒居養母，不交人事，耕耘之暇，研精墳籍。康帝即位，朝議疑七廟迭毀，乃以太學博士徵，以質疑滯。以母憂去職。服闋，除尚書度支郎。何充、庾冰並稱沈有史才，遷著作郎，撰《晉書》三十餘卷。會卒，時年五十二。沈先著《後漢書》百卷及《毛詩》、《漢書外傳》，所著述及詩賦文論皆行於世。其才學在虞預之右云。」〔註566〕《隋書·經籍志（一）》亦載謝沈著述：「《毛詩》二十卷，謝沈注」，「《毛詩釋義》十卷，謝沈撰」，「《毛詩義疏》十卷，謝沈撰」。〔註567〕則謝沈至孝、淡泊名利、精研儒典並多有著述，亦可證會稽

〔註562〕（晉）陳壽撰，（南朝·宋）裴松之注：《三國志》，北京，中華書局，1982年版，卷五十八，第1353頁。

〔註563〕（晉）陳壽撰，（南朝·宋）裴松之注：《三國志》，北京，中華書局，1982年版，卷五十，第1196頁。

〔註564〕（晉）陳壽撰，（南朝·宋）裴松之注：《三國志》，北京，中華書局，1982年版，卷五十，第1197頁。

〔註565〕（晉）陳壽撰，（南朝·宋）裴松之注：《三國志》，北京，中華書局，1982年版，卷六十四，第1443頁。

〔註566〕（唐）房玄齡等：《晉書》（卷八十二），北京，中華書局，1974年版，第2151～2152頁。

〔註567〕（唐）魏徵等：《隋書》（卷三十二），北京，中華書局，1973年版，第916、917頁。

謝氏以儒爲特色的家風、家學。《晉書‧顧榮傳》載吳丞相顧雍之孫顧榮推薦陸士光、甘季思、殷慶元、顧公讓等南土才士，提到謝行言，謂其「服膺儒教」：「會稽楊彥明、謝行言皆服膺儒教，足爲公望；……凡此諸人，皆南金也。」〔註568〕晉宋以來會稽謝氏事迹可考者另有謝輶與謝奉。據前述《冥祥記》「謝敷」條載，謝敷爲「會稽山陰人也，鎮軍將軍輶之兄子」，則謝敷爲謝輶之侄。謝輶其人其事史書無傳，但有零散的相關記載可資參考。《晉書‧桓沖傳》載：桓沖上表「請以王薈補江州刺史」，但是「薈始遭兄劭喪，將葬，辭不欲出。於是衛將軍謝安更以中領軍謝輶代之。」〔註569〕《晉書‧孫恩傳》載：「於時朝士皆懼泰爲亂，以其與元顯交厚，咸莫敢言。會稽內史謝輶發其謀，道子誅之。」〔註570〕《宋書‧裴松之傳》載：「晉孝武太元中革選名家以參顧問，始用琅邪王茂之、會稽謝輶，皆南北之望。」〔註571〕《宋書‧王鎮之傳》載：「鎮之初爲琅邪王衛軍行參軍，出補剡、上虞令，並有能名。內史謝輶請爲山陰令，復有殊績。」〔註572〕由以上資料可知，謝輶耿介有膽識，且有識人、用人之明，亦是當時頗有名望之輩。關於謝奉的資料見於史書和《世說新語》。《世說新語》「雅量第六」載：「謝安南免吏部尚書，還東；謝太傅赴桓公司馬，出西相遇破岡，既當遠別，遂停三日共語。太傅欲慰其失官，安南輒引以它端。雖信宿中途，竟不言及此事。太傅深恨在心未盡，謂同舟曰：『謝奉故是奇士。』」〔註573〕劉孝標注引《晉百官名》曰：「謝奉字弘道，會稽山陰人。」又引《謝氏譜》曰：「奉，祖端，散騎常侍。父鳳，丞相主簿。奉歷安南將軍、廣州刺史、吏部尚書。」〔註574〕《晉書‧何充傳》載何充爲會稽內史，「在郡甚有德政，薦徵士虞喜，拔郡人謝奉、魏顗等以爲佐

〔註568〕（唐）房玄齡等：《晉書》（卷六十八），北京，中華書局，1974 年版，第1814 頁。

〔註569〕（唐）房玄齡等：《晉書》（卷七十四），北京，中華書局，1974 年版，第1951 頁。

〔註570〕（唐）房玄齡等：《晉書》（卷一百），北京，中華書局，1974 年版，第 2632 頁。

〔註571〕（南朝‧梁）沈約：《宋書》（卷六十四），北京，中華書局，1974 年版，第1698 頁。

〔註572〕（南朝‧梁）沈約：《宋書》（卷九十二），北京，中華書局，1974 年版，第2262 頁。

〔註573〕（南朝‧宋）劉義慶撰，徐震堮著：《世說新語校箋》，北京，中華書局，1984年版，第 208～209 頁。

〔註574〕（南朝‧宋）劉義慶撰，徐震堮著：《世說新語校箋》，北京，中華書局，1984年版，第 208 頁。

吏。」〔註575〕《晉書・孔沈傳》載「是時沈與魏顗、虞球、虞存、謝奉並為四族之儁。」〔註576〕《世說新語・賞譽》載謝奉二事曰:「會稽孔沈、魏顗、虞球、虞存、謝奉並是四族之儁,於時之傑。孫興公目之曰:『沈為孔家金,顗為魏家玉,虞為長、琳宗,謝為弘道伏。』」〔註577〕「魏隱兄弟少有學義,總角詣謝奉。奉與語,大說之,曰:『大宗雖衰,魏氏已復有人。』」〔註578〕由此推知,謝奉當亦為一時之俊,「弘道」既為其字,又為其志尚與特長,顯見儒家之風。且有品藻之才,能為人延譽。由上述資料可以推斷,會稽謝氏本為江東土著大族,世代以儒為業。至晉時,會稽謝氏雖無琅邪王氏、陳郡謝氏一時之顯貴,但謝敷與謝韜、謝奉亦秉大族之風,為時人敬重,且由謝安推薦謝韜以及稱歎謝奉事可知,會稽謝氏與陳郡謝氏當頗有交往。所以,何尚之列舉當時之奉佛名流,謝敷作為「抗迹煙霞之表」的代表人物,赫然在列,實屬自然。

　　從相關史料看,或由於世風薰染,謝敷的言行、學問更多表現出佛、道之風,似乎與其家族世代傳承之儒家學風、門風不甚相符。但是,《晉書》謝敷本傳中言其「臺徵博士,不就」,透露出謝敷的儒學修養之一斑。「博士」本為「儒林之官」。《漢書・成帝紀》載陽朔二年九月,「奉使者不稱」,成帝遂下詔令舉薦可充任博士者,詔書曰:「古之立太學,將以傳先王之業,流化於天下也。儒林之官,四海淵原,宜皆明於古今,溫故知新,通達國體,故謂之博士。否則學者無述焉,為下所輕,非所以尊道德也。」〔註579〕延續前代傳統,魏晉南北朝皆置博士。關於晉代博士情形,茲舉以下幾例。《晉書・職官志》載:「晉初承魏制,置博士十九人。及咸寧四年,武帝初立國子學,定置國子祭酒、博士各一人,助教十五人,以教生徒。博士皆取履行清淳,通明典義者,若散騎常侍、中書侍郎、太子中庶子以上,乃得召試。及江左初,減為九人。元帝末,增《儀禮》、《春秋公羊》博士各一人,合為十一人。

〔註575〕（唐）房玄齡等:《晉書》（卷七十七）,北京,中華書局,1974 年版,第2028 頁。

〔註576〕（唐）房玄齡等:《晉書》（卷七十八）,北京,中華書局,1974 年版,第2062 頁。

〔註577〕（南朝・宋）劉義慶撰,徐震堮著:《世說新語校箋》,北京,中華書局,1984年版,第 257 頁。

〔註578〕（南朝・宋）劉義慶撰,徐震堮著:《世說新語校箋》,北京,中華書局,1984年版,第 263 頁。

〔註579〕（東漢）班固:《漢書》（卷十）,北京,中華書局,1962 年版,第 313 頁。

後又增爲十六人，不復分掌《五經》，而謂之太學博士也。」〔註580〕《晉書·輿服志》卷二十五：「進賢冠，古緇布遺象也。斯蓋文儒者之服。前高七寸，後高三寸，長八寸，有五梁、三梁、二梁、一梁。……博士兩梁，崇儒也。」〔註581〕博士必是德才兼備的儒者，關於博士的任職資格、服飾標準，均有明確而嚴格的規定，可見其時官方對儒學的重視。晉代朝廷又有關於博士職官設置的討論。《晉書·荀崧傳》載：「時方修學校，簡省博士，置《周易》王氏、《尚書》鄭氏、《古文尚書》孔氏、《毛詩》鄭氏、《周官禮記》鄭氏、《春秋》《左傳》杜氏服氏、《論語》《孝經》鄭氏博士各一人，凡九人，其《儀禮》、《公羊》、《穀梁》及鄭《易》皆省不置。崧以爲不可，乃上疏曰：『……昔咸寧、太康、永嘉之中，侍中、常侍、黃門通洽古今、行爲世表者，領國子博士。一則應對殿堂，奉酬顧問；二則參訓國子，以弘儒訓；三則祠、儀二曹及太常之職，以得質疑。今皇朝中興，美隆往初，宜憲章令軌，祖述前典。……今九人以外，猶宜增四。願陛下萬機餘暇，時垂省覽。宜爲鄭《易》置博士一人，鄭《儀禮》博士一人，《春秋公羊》博士一人，《穀梁》博士一人。……』元帝詔曰：『崧表如此，皆經國之務。爲政所由。息馬投戈，猶可講藝，今雖日不暇給，豈忘本而遺存邪！可共博議者詳之。』議者多請從崧所奏。詔曰：『《穀梁》膚淺，不足置博士，餘如奏。』會王敦之難，不行。」〔註582〕此亦見出當時官員崇儒之風，在其時的政治舞臺上，在官方意識形態中，儒學仍爲「當仁不讓」的中堅力量。而博士的設置，是推揚儒學的重要手段。晉代曹志、庾峻、刁協等皆因德行美好、精通儒學被徵爲博士。曹志是魏陳思王曹植之庶子，「少好學，以才行稱。……履德清純，才高行潔。……咸寧初，詔曰：『鄄城公曹志，篤行履素，達學通識，宜在儒林，以弘冑子之教。其以志爲散騎常侍、國子博士。』」〔註583〕庾峻「少好學，有才思」，「時重《莊》《老》而輕經史，峻懼雅道陵遲，乃潛心儒典」，遂「舉爲博士」，「高貴鄉公幸太學，問《尚書》義於峻，峻援引師說，發明經旨，申暢疑滯，對答詳悉。……常侍帝講《詩》，中庶子何劭論風雅正變之義，峻起難往反，四坐莫能屈之。」

〔註580〕 （唐）房玄齡等：《晉書》（卷二十四），北京，中華書局，1974年版，第736頁。

〔註581〕 （唐）房玄齡等：《晉書》（卷二十五），北京，中華書局，1974年版，第767頁。

〔註582〕 （唐）房玄齡等：《晉書》（卷七十五），北京，中華書局，1974年版，第1976～1978頁。

〔註583〕 （唐）房玄齡等：《晉書》（卷五十），北京，中華書局，1974年版，第1389～1390頁。

〔註584〕《晉書・刁協傳》載：刁協「少好經籍，博聞強記，釋褐濮陽王文學，累轉太常博士、本郡大中正。」卷末贊語評介刁協為「亮直」之士。〔註585〕總之，博士一職必須由精於儒學、品德端正者充任。會稽謝氏家族中，前述謝沈即被徵為太學博士。謝敷亦被徵博士，則其德行必光明端正，儒學修養亦必頗高。謝敷之後，梁代謝岐亦會稽山陰人，謝岐「父達，梁太學博士」，謝岐則「少機警，好學，見稱於梁世。……岐弟嶠，篤學，為世通儒。」〔註586〕則謝敷之後，謝氏家族仍然以儒學傳家。由此，謝敷雖然「抗迹煙霞之表」，但其以儒為業的傳世家學、家風及其個人曾被徵博士的經歷足以說明，與其佛學修養相比，其儒學方面的造詣也並不遜色。而其對佛學的研究，也不可能不受到其深厚的儒學修養的影響。

　　謝敷《安般守意經序》主張由慧解而入禪，但因慧入禪者亦有分別：「至於乘慧入禪，亦有三輩：或畏苦滅色，樂宿泥洹，志存自濟，不務兼利者，為無著乘。或仰希妙相，仍有遣無，不建大悲，練盡緣縛者，則號緣覺。菩薩者，深達有本，暢因緣無。達本者有有自空，暢無者因緣常寂。……肇自發心，悲盟弘普，秉權積德，忘期安眾。眾雖濟而莫脫，將廢知而去筌矣。是謂菩薩不滅想取證也。此三乘雖同假禪靜，至於建志厥初，各有攸歸。」〔註587〕謝敷認為，乘慧入禪的境界有三種，即「三乘」，由低到高分別是：無著乘、緣覺乘、菩薩乘。菩薩乘的高妙在於「深達有本，暢因緣無」，菩薩不執著於有、無，能「遊心於玄冥」，達到絕對的自由狀態。而且，因為體會到這種自由狀態的妙處，又看到芸芸眾生被各種俗務、俗情束縛、纏繞而苦不堪言，於是自然而然發慈悲之心，要拯救眾生脫離苦海，幫助俗世的人們也達至此種境界，體會到「遊心於玄冥」的自由和輕鬆，即所謂「肇自發心，悲盟弘普，秉權積德，忘期安眾」。同時，因為不執著於有、無，所以，菩薩並不覺拯救世人之苦之累，反而有「莊嚴地獄」的宏大願力。反觀其他二乘，自身尚不能達到「遊心於玄冥」的自由境界，更遑論拯救他人。所以，菩薩

〔註584〕（唐）房玄齡等：《晉書》（卷五十），北京，中華書局，1974 年版，第 1391～1392 頁。

〔註585〕（唐）房玄齡等：《晉書》（卷六十九），北京，中華書局，1974 年版，第 1842、1854 頁。

〔註586〕（唐）姚思廉：《陳書》（卷十六），北京，中華書局，1972 年版，第 232 頁。

〔註587〕（南朝・梁）釋僧祐撰，蘇晉仁、蕭鍊子點校：《出三藏記集》，北京，中華書局，1995 年版，第 246～247 頁。

乘是修行的無量善果，也是謝敷傾心嚮往的為人的最高境界。以修習安般禪法達至發心「弘善」「安眾」的境界，謝敷對《安般守意經》的這種認識、領悟，顯然已經超越小乘佛教而轉進於大乘佛教的層面。小乘佛教「卑污自我、厭惡人生、畏懼苦難、逃避社會而不顧眾生」，是一種「極端悲觀利己主義的人生觀」。〔註 588〕而大乘佛教「面向人生，深入世間，不畏艱苦，普渡眾生」，表現出一種「積極的宗教現身精神」，〔註 589〕「把視野從個人的解脫轉向眾生的解脫，使宗教思想社會化，是一切大乘經籍疏注都引以為自豪的事業。」〔註 590〕大乘佛教的這種教義，與中土儒家思想的關係，前文已述。而謝敷的佛學研究，由小乘禪法領悟、發揮出大乘教義，既得益於其慧解的功夫，更受其思想中兼濟天下的儒家觀念所啟發。

如前文所述，謝敷與郗超交往較多，其交往亦多是關於佛理的探討。郗超亦是南土著名居士，著有長文《奉法要》，論述在家信徒奉持佛法的要點。文中也一再強調兼拯眾生，大乘意味濃厚。其總論佛徒的齋戒、禮拜等行為曰：「每禮拜、懺悔，皆當至心歸命，並慈念一切眾生，願令悉得度脫。」〔註 591〕又論齋法曰：「齋者，普為先亡見在，知識親屬，並及一切眾生。……是以忠孝之士，務加勉勵，良以兼拯之功，非徒在己故也。」〔註 592〕解釋「不殺」曰：「何謂不殺？常當矜愍一切蠕動之類，雖在困急，終不害彼。凡眾生厄難，皆當盡心營救，隨其水陸，各令得所。」〔註 593〕其引《賢者德經》云：「心所不安，未常加物，即近而言，則忠恕之道；推而極之，四等之義。」並論「慈、悲、喜、護」四等義曰：「四等者何？慈、悲、喜、護也。何謂為慈？愍傷眾生，等一物我，推己恕彼，願令普安，愛及昆蟲，情無同異。何謂為悲？博愛兼拯，雨淚惻心，要領實功潛著，不直有心而已。何謂為喜？歡悅柔軟，施而無悔。何謂為愛護？隨其方便，觸類善救，津梁會通，務存弘濟。」〔註 594〕

〔註 588〕任繼愈主編：《中國佛教史》（第二卷），北京，中國社會科學出版社，1985年版，第 85 頁。
〔註 589〕任繼愈主編：《中國佛教史》（第二卷），北京，中國社會科學出版社，1985年版，第 85 頁。
〔註 590〕任繼愈主編：《中國佛教史》（第二卷），北京，中國社會科學出版社，1985年版，第 87 頁。
〔註 591〕（南朝·梁）僧祐：《弘明集》，北京，中華書局，2013 年版，第 898 頁。
〔註 592〕（南朝·梁）僧祐：《弘明集》，北京，中華書局，2013 年版，第 899 頁。
〔註 593〕（南朝·梁）僧祐：《弘明集》，北京，中華書局，2013 年版，第 900～901 頁。
〔註 594〕（南朝·梁）僧祐：《弘明集》，北京，中華書局，2013 年版，第 910 頁。

以忠恕之道比擬四等義，並提及忠孝、愼獨等儒家用語，其儒家思想色彩不言自明。很顯然，《奉法要》弘濟眾生的大乘觀念與儒家倫理亦相互融通。郗超常與謝敷探討佛理，二人皆倡大乘，又多儒家思想底蘊，其互相切磋之際，亦必互相影響、互相啓發。

　　觀世音，即大乘佛教菩薩之一。樓宇烈先生在《〈法華經〉與觀世音信仰》一文中曾言及大乘菩薩觀世音信仰之盛行：「大乘佛教悲、智雙運，⋯⋯描繪出一幅幅莊嚴清淨的佛國淨土，創造出無數個無所不在、無處不有的應化佛和菩薩。這些應化佛和菩薩都有一個共同的大悲願，即不度盡眾生，誓不證菩提，不成佛道，成爲大乘佛教根本精神的具體體現者。在眾多的佛菩薩中，⋯⋯阿彌陀佛接引往生極樂淨土，觀世音菩薩解救現世苦難，尤爲世人所仰仗，以爲解脫生死、求福免災之易行法門。在中國，人或有不知釋迦牟尼者，然無有不知阿彌陀佛和觀世音菩薩者，不僅四眾信徒開口便稱『南無阿彌陀佛』，祈禱便誦『南無觀世音菩薩』，即在一般民眾中亦早已成爲日常口頭的讚歎語、祈使語。」〔註595〕魏晉南北朝時期生靈塗炭的社會環境給觀世音菩薩提供了大顯神通的「用武之地」，也使得觀世音信仰成爲其時最爲深入人心的佛教信仰。

　　觀世音的形象和名號之來源在佛教典籍中多有闡明。關於觀世音的佛教典籍頗多，據任繼愈主編《中國佛教史》統計，較爲重要的有《法華經》《華嚴經》《悲華經》《無量壽經》等近十種〔註596〕。但是，觀世音廣爲民眾熟悉、瞭解和信仰，是在《法華經》譯出並迅速流行之後，所以，在眾多關於觀世音的佛教經籍中，最主要的還是《法華經》。兩晉時此經譯本有二：一爲晉竺法護所譯，名爲《正法華經》，十卷二十七品；一爲後秦高僧鳩摩羅什所譯，名爲《妙法蓮華經》，簡稱《法華經》，七卷，原爲二十七品，後人增爲二十八品。兩個譯本中都有《觀世音菩薩普門品》，《正法華經》中，第十卷第二十三品即《光世音普門品》，「光世音」爲「觀世音」之異譯。《法華經》中，第七卷第二十五品即《觀世音菩薩普門品》。此品經亦稱《觀世音經》或《普門經》，也有單本流傳。兩個譯本大致相近，以羅什譯本更爲流行。

〔註595〕樓宇烈：《〈法華經〉與觀世音信仰》，《世界宗教研究》，1998年第2期。
〔註596〕任繼愈主編：《中國佛教史》（第三卷），北京，中國社會科學出版社，1985年版，第567頁。

　　據羅什譯本，此品主要內容分長行部分和偈文部分。長行部分是無盡意菩薩與佛的兩番問答。偈文部分則爲念誦方便起見，將長行部分的內容以偈語的形式重述一遍。長行部分無盡意菩薩與佛的兩輪問答，先是無盡意菩薩問佛觀世音菩薩得名因緣，佛予以回答；爾後是關於觀世音菩薩三十三種化身示現普救眾生的方便法門的問答。經文開篇，無盡意菩薩合掌向佛，問曰：「世尊！觀世音菩薩以何因緣名觀世音？」佛答：「善男子，若有無量百千萬億眾生，受諸苦惱，聞是觀世音菩薩，一心稱名，觀世音菩薩即時觀其音聲，皆得解脫。」〔註597〕簡言之，「觀世音」之名號緣由，即菩薩觀俗世眾生之音聲，及時察其苦惱並助其得脫。觀世音菩薩解救種種世間苦楚的慈悲行爲主要有：解七難、離三毒、滿二求。解七難即助人解脫水、火、羅刹、刀杖、惡鬼、枷鎖、怨賊七種困厄；離三毒即助人擺脫貪、嗔、癡三種苦毒；滿二求即滿足人們求男得男、求女得女的求子心願。

　　在《普門品》中，佛亦稱觀世音爲「觀世音菩薩摩訶薩」，如佛對無盡意菩薩說：「無盡意！觀世音菩薩摩訶薩威神之力，巍巍如是。」〔註598〕又曰：「是觀世音菩薩摩訶薩，於怖畏急難之中能施無畏，是故此娑婆世界，皆號之爲施無畏者。」〔註599〕「摩訶薩」是「摩訶薩埵」的略音，「摩訶薩埵」是「摩訶薩」的梵語全文。《大智度論》解釋「摩訶薩埵」曰：「摩訶名大，薩埵名眾生，或名勇心，此人心能爲大事，不退不還大勇心故，名爲摩訶薩埵。復次，摩訶薩埵者，於多眾生中最爲上首故，名爲摩訶薩埵。復次，多眾生中起大慈大悲，成立大乘，能行大道，得最大處故，名摩訶薩埵。復次，大人相成就故，名摩訶薩埵。」〔註600〕由此可知，摩訶薩埵即指「大慈大悲，成立大乘，能行大道」的大乘菩薩。和觀音菩薩一樣，中國人熟悉的地藏菩薩、文殊菩薩、普賢菩薩也均被稱爲摩訶薩埵。

　　佛教旨在幫助世人脫離種種人生苦惱，因此，慈悲是佛道之根本。但佛教之慈悲有大慈大悲、小慈小悲之分。《大智度論》卷二十七「釋初品中大慈

〔註597〕《大正新修大藏經》第九冊，轉引自董志翹《〈觀世音應驗記三種〉譯注》，南京，江蘇古籍出版社，2002年版，第221頁。

〔註598〕《大正新修大藏經》第九冊，轉引自董志翹《〈觀世音應驗記三種〉譯注》，南京，江蘇古籍出版社，2002年版，第222頁。

〔註599〕《大正新修大藏經》第九冊，轉引自董志翹《〈觀世音應驗記三種〉譯注》，南京，江蘇古籍出版社，2002年版，第223頁。

〔註600〕《大智度論》（卷五），金陵刻經處，1991年版，第1頁。

大悲」有云：「大慈與一切眾生樂，大悲拔一切眾生苦；大慈以喜樂因緣與眾生，大悲以離苦因緣與眾生。……小慈但心念與眾生樂，實無樂事；小悲名觀眾生種種身苦、心苦，憐憫而已，不能令脫。大慈者，令眾生得樂，亦與樂事；大悲憐憫眾生苦，亦能令脫苦。」〔註601〕大乘經籍特別強調大慈大悲的概念，並將其「放到了大乘菩薩行的首要地位」，「奠定了大乘佛教倫理學的基石」。〔註602〕而「『慈悲』之所以被擡到這樣高的程度，甚至當做般若的基礎，就在於它是推動菩薩行的契機，使佛教原有的一切說法，包括般若在內，由作爲個人處世和個人解脫的手段中擺脫出來，轉變成爲深入社會各個角落，普度所有眾生的動力。」〔註603〕大乘佛教大慈大悲的無量胸懷、至高覺悟，與其眾生平等的理念、普世救濟的無上品格、化身示現的廣大神通，恰是當時的國人熱烈信奉觀世音、地藏、文殊、普賢諸菩薩的主要原因。

魏晉南北朝時期，觀世音信仰不僅盛行於底層百姓，也爲當時的知識階層所關注與認同。在六朝繁榮的佛教義學研究中，觀世音信仰也是一個重要課題，研習、誦讀、講論《法華經》或《觀世音經》幾乎成了其時高僧們的日常功課。據《高僧傳》所載，除了鳩摩羅什、竺法護翻譯和講論《法華經》外，還有眾多高僧如求那跋摩、竺法深、竺法崇、釋道融、于法開、竺法曠、曇無讖、竺法義、釋法琳、釋道冏、釋曇影、釋僧叡、釋慧靜、釋僧含、釋僧鏡、釋法珍、釋僧印、釋法通等，他們或對《法華經》進行注疏、著論，或誦讀、講唱。高僧們廣泛而深入的研究、誦講，不但擴大了觀世音信仰在民間的影響，而且，形成了一門專門的學問。「自《法華》《涅槃》輸入後，研究極盛，六朝時有所謂『法華宗』『涅槃宗』者，至隋智顗神悟獨運，依《法華》創『四教五時』之義，立止觀之法，學者以顗居天台，名之曰『天台宗』。其後唐湛然益大弘之。中國人前無所受而自創一宗者，自『天台』始也。」〔註604〕《法華經》在義理上的研究，竟能形成一種頗有影響的佛教派別，可見其時流行之盛、研習之深，而此佛教流派爲中國自創，則其又必

〔註601〕《大智度論》（卷二十七），金陵刻經處，1991年版，第1頁。
〔註602〕任繼愈主編：《中國佛教史》（第二卷），北京，中國社會科學出版社，1985年版，第87、89頁。
〔註603〕任繼愈主編：《中國佛教史》（第二卷），北京，中國社會科學出版社，1985年版，第88頁。
〔註604〕梁啟超：《中國佛學史稿》，北京，中國人民大學出版社，2012年版，第27～28頁。

然蘊含了濃厚的中國本土文化特色，是「中國佛教」的極致體現。佛教中中國本土文化特色的滲入，除了得益於高僧們的儒學修養，更得力於本土知識階層的積極參與。而本土知識階層對《法華經》或觀世音信仰的理解，仍基於儒教與大乘佛教皆益於教化安民的共通點。正如謝肇淛《五雜組》卷十五曰：「佛氏之教，一味空寂而已，惟觀音大士慈悲眾生，百方度世，亦猶孟子之與孔子也。」〔註605〕比如，宗炳《明佛論》曰：「委誠信佛，託心履戒，以援精神。生蒙靈援，死則清升。……所聞所見，精進而死者，臨盡類多神意安定。有危迫者，一心稱觀世音，略無不蒙濟。皆向所謂生蒙靈援，死則清升之符也。」而為國君者若能崇奉釋教，慈心整化，則和儒家所謂「導之以德，齊之以禮，天下歸仁之盛」異曲同工，國君若「依周、孔以養民，味佛法以養神，則生為明后，歿為明神，而常王矣。」〔註606〕宗炳即以佛教與儒家思想皆能濟世安民為契合點，認為明君尊崇二教，則可如觀世音應驗一樣，「生蒙靈援，死則清升」。何尚之《答宋文皇帝讚揚佛教事》曰：「慧遠法師嘗云：『釋氏之化，無所不可。適道固自教源，濟俗亦為要務，世主若能剪其訛偽，獎其驗實，與皇之政，並行四海，幽顯協力，共敦黎庶，何成、康、文、景獨可奇哉？』……竊為此說有契理奧。……夫神道助教，有自來矣。……而經史載之，以彰勸誡。……且觀音大士，所降近驗；並即表身世，眾目共睹。祈求之家，其事相繼。所以為勸誡，所以為深切，豈當與彼同日而談乎？」〔註607〕何尚之亦認為若百姓都奉佛敬法，則國君可「坐致太平」，原因就是佛教能教人持戒修善，有「濟俗」之功，尤其是觀世音信仰以其效驗教化百姓，勸誡效果更為「深切」。劉虯「精信釋氏，衣粗布，禮佛長齋，注《法華經》，自講佛義。」〔註608〕《南史》本傳載「虯少而抗節好學」〔註609〕，庾承先「弱歲受學於南陽劉虯，強記敏識，出於羣輩。玄經釋典，靡不該悉；九流《七略》，咸所精練。」〔註610〕另有韓懷明、郭麞等亦師事劉虯。由此可知，劉虯除了崇信佛教，擅長佛學，當亦兼擅儒學且學問精深。劉虯亦講孝道、有孝行。《梁書·孝行傳》載：韓懷明「與鄉人郭麞俱師事南陽劉虯。虯嘗一日廢講，獨居

〔註605〕（明）謝肇淛：《五雜組》，上海，上海書店出版社，2001年版，第303頁。
〔註606〕（南朝·梁）僧祐：《弘明集》，北京，中華書局，2013年版，第162、164頁。
〔註607〕（南朝·梁）僧祐：《弘明集》，北京，中華書局，2013年版，第716～721頁。
〔註608〕（唐）李延壽：《南史》（卷五十），北京，中華書局，1975年版，第1249頁。
〔註609〕（唐）李延壽：《南史》（卷五十），北京，中華書局，1975年版，第1248頁。
〔註610〕（唐）姚思廉：《梁書》（卷五十一），北京，中華書局，1973年版，第753頁。

涕泣。懷明竊問其故，虬家人答云：『是外祖亡日。』時虬母亦亡矣。懷明聞之，即日罷學，還家就養。虬歎曰：『韓生無虞丘之恨矣。』」〔註611〕庾黔婁「少好學，多講誦《孝經》，未嘗失色於人，南陽高士劉虬、宗測並歎異之。」〔註612〕劉虬還多與高僧交往。如宋丹陽釋梵敏「內外經書，皆闇遊心曲。晚憩丹陽，頻建講說。謝莊、張永、劉虬、呂道慧皆承風欣悅，雅相歎重。數講《法華》、《成實》。」〔註613〕齊荊州竹林寺釋僧慧「年二十五能講《涅槃》、《法華》、《十住》、《淨名》、《雜心》等。……又善《莊》《老》，為西學所師，與高士南陽宗炳、劉虬等，並皆友善。……風韻秀然，協道匡世，補益之功，有譽遐邇。」〔註614〕釋梵敏兼通內外之學，釋僧慧則以「協道匡世」稱名當世，二者又皆善《法華》，則劉虬之注《法華》並「自講佛義」，當於自身出眾的學養之外，亦與其所交往高僧互相影響，對《法華》、外典皆特有會心，故自己作注、講論，闡發獨到之見。徐陵之弟徐孝克「有口辯，能談玄理。性至孝，遭父憂殆不勝喪。事所生母陳氏，盡就養之道。……後東遊，居錢唐之佳義里，與諸僧討論釋典，遂通《三論》。每日二時講，且講佛經，晚講《禮》傳，道俗受業者數百人。……蔬食長齋，持菩薩戒，晝夜講誦《法華經》。宣帝甚嘉其操行。」〔註615〕與劉虬相似，徐孝克性至孝，兼通內外之學，其先前講《禮》傳，後又晝夜講誦《法華經》，當對《法華經》與本土儒教亦均特有體會，深悟二者相通之理。如上所述，其時知識階層對《法華經》或觀音信仰之研究，正是基於儒教、玄理的一種本土化解讀，其所接納的，也不過是本土化之後的《法華經》或觀世音信仰。

　　知識階層不但探討佛理，對於觀世音應驗故事也頗崇信，甚至自己也成為此類故事的主角。如《南史》載劉霽勵志好學，博涉多通，「母明氏寢疾，霽年已過五十，衣不解帶者七旬，誦《觀世音經》數萬遍。夜中感夢，見一僧謂曰：『夫人算盡，君精誠篤志，當相為申延。』後六十餘日乃亡。」〔註616〕

〔註611〕（唐）姚思廉：《梁書》（卷四十七），北京，中華書局，1973 年版，第 653～654 頁。

〔註612〕（唐）姚思廉：《梁書》（卷四十七），北京，中華書局，1973 年版，第 650 頁。

〔註613〕（南朝·梁）釋慧皎撰，湯用彤校注，湯一玄整理：《高僧傳》，北京，中華書局，1992 年版，第 287 頁。

〔註614〕（南朝·梁）釋慧皎撰，湯用彤校注，湯一玄整理：《高僧傳》，北京，中華書局，1992 年版，第 321 頁。

〔註615〕（唐）李延壽：《南史》（卷六十二），北京，中華書局，1975 年版，第 1527 頁。

〔註616〕（唐）李延壽：《南史》（卷四十九），北京，中華書局，1975 年版，第 1222 頁。

《宋書・王玄謨傳》載王玄謨率軍北征，大敗而還，輔國將軍蕭斌欲斬之，輔國司馬沈慶之固勸乃止。「初，玄謨始將見殺，夢人告曰：『誦《觀音經》千遍，則免。』既覺，誦之得千遍，明日將刑，誦之不輟，忽傳呼停刑。」〔註617〕另外，如前文所述，陸杲《係觀世音應驗記》第三十四條也記述了張暢因誦《觀音經》得脫牢獄之險事。

上層知識分子在故事中出現，名人效應立竿見影，明顯加速了觀音應驗故事在本土的廣泛流傳。故事在流傳過程中，不斷被加工、翻新，衍生出更多類似的故事，而且故事的主角身份也不斷擴展，從高僧、上層名流到平民百姓，都成了觀音信仰的現身說法者。故事的大量流傳，給文人搜集、整理、撰寫此類故事提供了豐富的材料。魏晉南北朝時期，除了劉義慶的《宣驗記》和王琰的《冥祥記》之外，還出現了三種專門記述觀音應驗故事的集子，這三種故事集分別是傅亮的《光世音應驗記》、張演的《續光世音應驗記》和陸杲的《繫觀世音應驗記》，此三書早佚，現存於日本的京都東山粟田口天台宗寺院青蓮院，初爲鐮倉時代古抄本。「日本的天台宗承繼的是中國隋代天台智顗的法統，因而特別重視《法華經》，故在青蓮院藏有《觀世音應驗記》的古抄本也是順理成章的。」〔註618〕1970年，致力於中國佛教研究的日本學者牧田諦亮先生將其校勘、注釋並出版，其書爲《六朝古逸觀世音應驗記的研究》。90年代，孫昌武先生又對三部故事集重加校點，撰成《觀世音應驗記（三種）》一書，1994年由中華書局出版，成爲現代學人研究六朝觀音信仰的重要資料。之後，董志翹又進一步校勘、整理、注解，撰成《〈觀世音應驗記三種〉譯注》，於2002年由江蘇古籍出版社出版。據三種故事集的序言可知，這三種故事集，最初的底本即謝敷的《光世音應驗記》。傅亮《光世音應驗記》序言曰：「右七條，謝慶緒往撰《光世音應驗》一卷十餘事，送與先君。余昔居會土，遇兵亂失之。頃還此竟，尋求其文，遂不復存。其中七條具識事，不能復記餘事，故以所憶者更爲此記，以悅同信之士云。」〔註619〕張演《續光世音應驗記》序言曰：「右十條。演少因門訓，獲奉大法，每欽服靈異，用兼綿慨。竊

〔註617〕（南朝・梁）沈約：《宋書》（卷七十六），北京，中華書局，1974年版，第1974頁。

〔註618〕董志翹：《〈觀世音應驗記三種〉譯注》（前言），南京，江蘇古籍出版社，2002年版，第4頁。

〔註619〕董志翹：《〈觀世音應驗記三種〉譯注》，南京，江蘇古籍出版社，2002年版，第1頁。

懷記拾，久而未就。曾見傅氏所錄，有契乃心。即撰所聞，繼其篇末，傳諸同好云。」〔註620〕陸杲《繫觀世音應驗記》序言曰：「昔晉高士謝敷，字慶緒，記光世音應驗事十有餘條，以與安成太守傅瑗，字叔玉。傅家在會稽，經孫恩亂，失之。其子宋尚書令亮，字季友，猶憶其七條，更追撰爲記。杲祖舅太子中舍人張演，字景玄，又別記十條以續傅所撰，合十七條，今傳於世。杲幸邀釋迦遺法，幼便信受，見經中說光世音，尤生恭敬，又睹近世書牒及智識永傳其言，威神諸事，蓋不可數。益悟聖靈極近，但自感激。……今以齊中興元年，敬撰此卷六十九條，以繫傅、張之作，故連之相從，使覽者並見。若來哲續聞，亦即綴我後。神奇世傳，庶廣淺信，此中詳略，皆即所聞知，如其究定，請俟淺識。」〔註621〕陸杲之序，可謂三種故事集之總序，不但詳細梳理了其流傳、增益的脈絡，亦尤見撰寫者的良苦用心。

　　謝敷不但在學理上率先由小乘禪法領悟大乘深義，在觀世音應驗故事的搜集、撰寫上也是開先河者，李劍國《唐前志怪小說史》由此將其所撰《觀世者應驗記》認定爲今可考見的第一部釋氏輔教志怪書。〔註622〕由謝敷深厚的本土學術文化素養及其對大乘教義的深刻認識、虔誠的佛教信仰可以推斷，其搜集、整理觀世音應驗故事並編撰成書，應該有著很明確的弘揚大乘佛教的意識和目的。如《冥祥記》所載謝敷聽聞「徐榮」「竇傳」等觀世音應驗故事，云「道山後過江，爲謝居士敷具說此事」、「榮後爲會稽府督護，謝敷聞其自說如此」，〔註623〕蓋因謝敷本爲著名居士，他人樂於與其談論、交流此類故事，而謝敷亦有意關注並加以搜集，由此編撰《光世音應驗記》，以傳播觀世音普救眾生之大乘信仰，此正是情理中事。而謝敷撰《光世音應驗記》後，將之送與傅瑗，應該亦是「傳諸同好」「以悅同信」，並希望「來哲續聞，亦綴我後」，此舉恰與前述謝敷與傅瑗書信往返論《十住》相呼應，正如湯用彤先生所言：「佛法，亦宗教，亦哲學。宗教情緒，深存人心，往往以莫須有之史實爲象徵，發揮神妙之作用。」〔註624〕謝敷等人既從學理層面深入研討

〔註620〕董志翹：《〈觀世音應驗記三種〉譯注》，南京，江蘇古籍出版社，2002年版，第28頁。

〔註621〕董志翹：《〈觀世音應驗記三種〉譯注》，南京，江蘇古籍出版社，2002年版，第59～60頁。

〔註622〕李劍國：《唐前志怪小說史》，天津，南開大學出版社，1984年版，第336頁。

〔註623〕魯迅：《古小說鉤沈》，濟南，齊魯書社，1997年版，第294、295頁。

〔註624〕湯用彤：《漢魏兩晉南北朝佛教史》，北京，北京大學出版社，2011年版，第487頁。

抽象的教義，重視對精微教義的深度慧解，又熱衷感性的佛教故事，認識到觀世音應驗故事中「莫須有之史實」的象徵手法及其寓「教」於樂的「神妙」作用。這種雙重的思維運作正是其時知識階層置身各種思潮的普遍表現。而且，這兩種思維機制互相影響、促進，對人們領悟各自感興趣的思想的真諦大有助益。就謝敷而言，如前所述，其對佛學的理性探究自不待言，而其撰寫觀世音應驗故事，也是對大乘教義的有意普及與傳播。觀世音應驗故事在流傳過程中，除了故事內容無一例外體現了菩薩深入世間、慈悲救濟的大乘精神，故事主角的身份也不斷擴展，由高僧到俗眾，由上流階層到下層百姓。這種故事角色身份的擴展，也充分體現了佛教眾生平等的觀念以及大乘佛教的「兼善」精神。正如孫昌武《六朝小説中的觀音信仰》一文中的分析：「據三種《觀世音應驗記》統計，全部八十六個故事中，以僧侶為主人公的二十八個，其它都是以平人為主人公的。那些僧侶中有竺法義、竺法純、道汪那樣的活躍在社會上層的名僧，但大多數則是一般僧人甚至是無名道人。平人中有大臣、將軍、官僚、士人，而更多的是小吏、平民，包括饑民、商販、漁夫、獵師、俘虜、罪囚、劫賊等，特別還有貧苦無告的寡婦等婦人。……這些觀音傳說卻在眾生平等的觀念之下，肯定普通人同樣可以得救，這是真正體現了大乘等慈、普度的精神的。」〔註625〕謝敷的《光世音應驗記》中，共載十餘條事，傅亮僅記下七條故事，主人公分別是竺長舒、沙門帛法橋、郥西寺三胡道人、竇傅、呂竦、徐榮、沙門竺法義。其中，帛法橋、竺法義是有名的高僧，釋慧皎《高僧傳》有載其事，「呂竦」條篇末言「竦後與郗嘉賓周旋」，則呂竦應該不屬於底層百姓，至少應該是一般士人。「徐榮」條篇末言「榮後為會稽府督護，謝慶緒聞其自說如此」，則徐榮亦不屬於底層百姓。竇傅為高昌的下屬，在軍中任職，當亦不屬於平民百姓。竺長舒「世有資貨為富人」，亦不屬於底層受苦受難的百姓，三胡道人為不知名的「無名道人」。此七人之身份，尚未涉及真正掙扎在生死邊緣的最底層的百姓，但僧徒涉及到了無名道人。蓋謝敷生活之東晉時期，觀世音信仰尚未及南朝之盛，加之謝敷作為上層知識分子，其生活圈子畢竟與底層百姓存在距離，故其所記七條故事的主人公中沒有底層百姓的身影。但是，就謝敷本人的交往範圍、層次而言，此七條故事的主人公身份地位或高或低、或文或武、或僧或俗已經

〔註625〕孫昌武《六朝小説中的觀音信仰》，《佛學與文學 佛教文學與藝術學術討論會論文集》，（臺北）法鼓文化事業股份有限公司，1998年版，第212～213頁。

均有涉及。值得注意的是，「竇傅」條篇末寫到竇傅等人脫險後，「鄉里敬信異常，咸信奉佛法。」此「鄉里」當即指平民百姓。此處的「鄉里」雖然不是故事主人公，在這七條故事中也只出現了一次，但是畢竟出現在了故事中，也即出現在了謝敷的視野中。而且，「竇傅」條中竇傅枷鎖脫落後，希望被俘虜的同伴一同逃脫，提及「光世音神力普濟，當令具免」〔註626〕，明言觀世音信仰的普渡濟世精神。謝敷穎悟過人，對當時流傳的觀世音應驗故事所體現出來的這種大乘精神，當有深切體悟，與其在義理研究中對大乘教義的獨到卓見恰好契合，二者互相發明，使得謝敷對佛教教義的理解愈加透徹，對佛教的信仰愈加堅定，對佛教的傳播也愈加熱心，其撰錄《光世音應驗故事》即其熱心傳播佛教之表現。這些感性的佛教故事經過文人的記錄、整理，豐富了流傳的途徑和方式，擴大了流傳的範圍，尤其是對於那些既不能有精深之義學研究又不屑於混同底層百姓的人而言，謝敷等上層文人編撰的佛教故事，既通俗易懂，又出於知識階層之手，在內容、形式上均進行了某種程度的「雅化」，一改百姓口耳相傳時的簡單、粗俗，恰好滿足其在文化層次上高低不就的尷尬需求，故在為數眾多的此類人中極易流傳。正如《閱微草堂筆記》中廟中的泥塑判官對老儒林生所言：「蓋天下上智少而凡民多，故聖人之刑賞，為中人以下設教。佛氏之因果，亦為中人以下說法。儒釋之宗旨雖殊，至其教人為善，則意歸一轍。」〔註627〕總之，從謝敷的義學研究和觀世音應驗故事的撰錄、傳播來看，其在當時佛教中國化的進程中，當是功不可沒的先覺先行者。

此外，還應該注意的是，會稽謝氏家族早有神異之人之事的記載，謝敷撰寫觀音應驗故事，當亦與此有關。《後漢書》載謝夷吾「少為郡吏，學風角占候。」〔註628〕並準確算定烏程長死亡的日期。並且，自己「豫剋死日，如期果卒。勑其子曰：『漢末當亂，必有發掘露骸之禍。』使懸棺下葬，墓不起墳。」〔註629〕前文也已述及第五倫舉薦謝夷吾時，說其「推考星度，綜校圖錄，探賾聖秘，觀變歷徵，占天知地，與神合契」。則自後漢謝夷吾開

〔註626〕董志翹：《〈觀世音應驗記三種〉譯注》，南京，江蘇古籍出版社，2002年版，第16頁。
〔註627〕（清）紀昀：《閱微草堂筆記》，上海，上海古籍出版社，2010年版，第28頁。
〔註628〕（南朝‧宋）范曄撰，（唐）李賢等注：《後漢書》（卷八十二），北京，中華書局，1965年版，第2713頁。
〔註629〕（南朝‧宋）范曄撰，（唐）李賢等注：《後漢書》（卷八十二），北京，中華書局，1965年版，第2715頁。

始，謝氏家族就已蒙上一層神怪色彩。對自己家族中青史留名的先祖謝夷吾其人其事，謝敷應當十分熟悉和瞭解。謝敷自己也有神異故事流傳。《太平御覽》卷四十七「烏帶山」引孔靈符《會稽記》載謝敷採紫石事曰：「諸暨縣西北有烏帶山，其山上多紫石，世人莫知之。居士謝敷少時經始諸山，往往遷易，功費千計，生業將盡。後遊此境，夜夢山神語之曰：『當以五十萬相助。』覺，甚怪之。且見主人床下有異色甚明澈，試取瑩拭，乃紫石。因問所從來，云出此山。遂往掘，果得其利不訾。」〔註630〕紫石「甚明澈」，應爲「紫石英」。據余嘉錫先生《寒食散考》考證，寒食散包含赤石脂、白石脂、紫石脂、鍾乳石、硫磺五種成分，謂之五石散。寒食散白紫皆用石英。〔註631〕服食五石散，是魏晉時期名士之風尚，故所需紫石良多，謝敷蓋以此爲商機，採石販石，獲利不菲，並以此利供其山居隱逸生活所用。此爲謝敷夜夢山神的故事，與《晉書》本傳載其犯少微星而死之事、《冥祥記》之載其手寫經卷遇火災而不燒之事，同樣頗帶有神異色彩。這些與其相關的神異傳說恰合彌漫整個時代的詭譎、怪異氛圍。於此家族及時代的怪異氛圍之中，謝敷傳談、撰寫觀音應驗的神異故事更是順理成章。

謝敷於儒、玄、佛合流的大思潮中，以儒家修齊治平的傳統思想爲根基，借助玄學的方法，以自己澄心棲逸的體驗，對佛義做出深刻的剖析，證成自己的覺悟、智慧，自小乘安般守意悟及大乘之理，以「凝神反樸，道濟無外」〔註632〕爲奉佛目標，以「肇自發心，悲盟弘普，秉權積德，忘期安眾」〔註633〕爲奉佛志向。梁啓超曾言：中國之所以獨尊大乘，主要原因即「大乘教理多由獨悟」，如「朱士行讀《道行般若》，知其未盡，矢志往求。道安訂正舊譯諸經，其後羅什重譯，適與冥合，初無乖舛。凡此之類，具徵深智。」〔註634〕謝敷之序《安般守意經》，亦即「深智」之顯例。而此「深智」的根本機制，仍不離本土根深蒂固的儒家思想和玄學思維。由此，佛教中國化或曰中國佛

〔註630〕（宋）李昉等撰：《太平御覽》，北京，中華書局，1960 年版（影印本），第 228 頁。

〔註631〕余嘉錫：《寒食散考》，《余嘉錫文史論集》，長沙，嶽麓書社，1997 年版，第 173 頁。

〔註632〕（南朝・梁）釋僧祐撰，蘇晉仁、蕭鍊子點校：《出三藏記集》，北京，中華書局，1995 年版，第 247 頁。

〔註633〕（南朝・梁）釋僧祐撰，蘇晉仁、蕭鍊子點校：《出三藏記集》，北京，中華書局，1995 年版，第 246 頁。

〔註634〕梁啓超：《中國佛學史稿》，北京，中國人民大學出版社，2012 年版，第 27 頁。

教的形成和發展，其中學為體、西學為用的本末思維彰顯無遺。前文已述，佛教的傳入和興盛，原因之一即彌補玄學不涉世務、縱情任性的弊端，而大乘佛教與儒家思想在風俗教化、拯世救民目標上又不謀而合，所以，說到底，謝敷等對佛教的研究和信奉，不過是在玄風大暢且弊端日顯的時代背景下，以玄學思維之「利器」，借佛教之外殼，行儒家思想之內核。而謝敷之編撰觀世音應驗故事，亦不過是秉承自己家族以及整個時代之神怪氛圍以及志怪書寫的風氣，借助大乘菩薩實現自己不能實現的治國平天下的願望。謝敷「篤信大法」且「長齋供養，化納不倦」，卻拒絕出家一心一意向佛，而是選擇居士的身份，兼以處士的節操，生存於亂世。其內心真正不捨的，仍然是儒家君子的風範，其人生真正追求的，無非是治國平天下的理想。居士和處士的身份，不過是謝敷生不逢時的無奈選擇。而如梁公所言，南地多居士，則謝敷即此群體之典型代表。此居士群體之思想特點，即以本末思維為最基本的思想程序，其所本即本土固有的思想文化。在這個最基本的程序運作下，才有各種思潮的輪番登場、互相溝通融彙。同時，這個最基本的思維程序，也是他們接受外來思想的底線，只要不越「本」，任何外來思潮都可以成為他們接納、吸收的對象，而這個接納、吸收的過程，無疑也是將外來思潮本土化的過程。

（2）顏之推及其《冤魂志》之撰寫

顏之推，與謝敷近似，既有儒學的家學背景，又有對佛教義理的研究，還撰有佛教志怪故事集《冤魂志》，最終也同樣表現出以中學為本、佛學為末的思維取向。

顏之推之家風、家學本於儒家，家族中留名史冊者大多清正博學。《北齊書》本傳載其家族「世善《周官》《左氏》，之推早傳家業。年十二，值繹自講《莊》、《老》，便預門徒。虛談非其所好，還習《禮》、《傳》，博覽羣書，無不該洽。」〔註635〕顏之推在《顏氏家訓·誡兵篇》亦云：「顏氏之先，本乎鄒、魯，或分入齊，世以儒雅為業，徧在書記。仲尼門徒，升堂者七十有二，顏氏居八人焉。」〔註636〕《顏氏家訓·勉學篇》也以儒學為士大夫子弟的基本素養：「士大夫子弟，數歲已上，莫不被教，多者或至《禮》、《傳》，少者不失《詩》、《論》。及至冠婚，體性稍定；因此天機，倍須訓誘。有志尚者，

〔註635〕（唐）李百藥：《北齊書》（卷四十五），北京，中華書局，1972年版，第617頁。
〔註636〕（北齊）顏之推撰，王利器集解：《顏氏家訓集解》，上海，上海古籍出版社，1980年版，第320頁。

遂能磨礪,以就素業。……人生在世,會當有業:……武夫則慣習弓馬,文士則講議經書。」[註637] 家學爲儒學,家風亦當爲儒風,顏之推「祖見遠、父協,並以義烈稱。」[註638] 顏之推則自幼蒙受嚴格家教:「吾家風教,素爲整密。昔在齠齔,便蒙誘誨;每從兩兄,曉夕溫清,規行矩步,安辭定色,鏘鏘翼翼,若朝嚴君焉。賜以優言,問所好尙,勵短引長,莫不懇篤。」[註639] 顏之推自幼即受如此家學、家風之薰陶,成年後更是「自爲節度」又「相承行之」,[註640] 所以《顏世家訓》的訓誡標準亦緊扣儒家倫理規範。正如《顏氏家訓‧序致》開篇所言:「夫聖賢之書,教人誠孝,愼言檢迹,立身揚名,亦已備矣。……吾今所以復爲此者,非敢軌物範世也,業以整齊門內,提撕子孫。」[註641] 《家訓》「復爲」聖賢之教,其主要內容涉及教子、持家、言行風操、處世交友、爲學爲文等各方面,對家族子弟的訓誡始終圍繞儒家君子的立身規格和要求。宋代沈揆所作《顏氏家訓》之《宋本沈跋》:「顏黃門學殊精博。此書雖辭質義直,然皆本之孝弟,推以事君上,處朋友鄉黨之閒,其歸要不悖《六經》,而旁貫百氏。」[註642] 此《跋》指出《顏氏家訓》之核心思想仍是儒家《六經》之義。《顏氏家訓》之明程榮漢魏叢書本之《三刻黃門家訓小引》:「六經之文,非不本末兼該,大小俱備;而詞旨深遠,義理蘊奧,必文人學士,日親師友之講論,始能通之。若公之爲訓,則自鄉黨以及朝廷,與夫日用行習之地,莫不有至正之規,至中之矩,雖野人女子,走卒兒童,皆能誦其詞而知其義也。是深之可爲格致誠正之功者,此訓也;淺之可爲動靜語默之範者,此訓也。」[註643] 此則將《顏氏家訓》直接比作六經的「通俗讀本」,深淺雅俗各得其宜。

〔註637〕 (北齊)顏之推撰,王利器集解:《顏氏家訓集解》,上海,上海古籍出版社,1980年版,第141頁。

〔註638〕 (唐)李延壽:《北史》(卷八十三),北京,中華書局,1974年版,第2794頁。

〔註639〕 (北齊)顏之推撰,王利器集解:《顏氏家訓集解》,上海,上海古籍出版社,1980年版,第22頁。

〔註640〕 (北齊)顏之推撰,王利器集解:《顏氏家訓集解》,上海,上海古籍出版社,1980年版,第69頁。

〔註641〕 (北齊)顏之推撰,王利器集解:《顏氏家訓集解》,上海,上海古籍出版社,1980年版,第19頁。

〔註642〕 (北齊)顏之推撰,王利器集解:《顏氏家訓集解》,上海,上海古籍出版社,1980年版,第545頁。

〔註643〕 (北齊)顏之推撰,王利器集解:《顏氏家訓集解》,上海,上海古籍出版社,1980年版,第558頁。

　　顏之推的五世叔祖是顏延之。顏延之撰有《庭誥》一文，也是家訓性質的一篇文章。開篇曰：「庭誥者，施於閨庭之內，謂不遠也。吾年居秋方，慮先草木，故遽以未聞，誥爾在庭。」〔註644〕此正是《顏氏家訓》「整齊門內，提撕子孫」之義。顏延之雖然自己頗有任誕之風，但那也是置身特定時代面對混亂現實迫不得已的選擇，故其在《庭誥》中對家族子弟的諄諄告誡，涉及修身、立德、治學、持家、處世、交友等方面內容，總體上仍然要求子弟恪守儒家禮法，培養君子人格。此《庭誥》既是顏延之對家族子弟語重心長的儒家倫理之教誨，更是對自己一生經驗、教訓之總結，希望子弟能以自己爲鑒。整篇文章字裏行間流露出的仍然是對「文質彬彬」的儒家世風的傾心嚮往，以及對自己囿於時代不能成爲純正的儒家君子的無限遺憾之情。《顏氏家訓》在很多方面都與《庭誥》觀點相近，都強調忠、信、孝、悌的觀念，教導子弟行止恭謹有度，鼓勵子弟勤於治學，既注重人格修養，亦注重文化修養，鮮明地體現了顏氏家族一以貫之的帶有鮮明的儒家思想特色的家教內容和家教風格。

　　其時佛教大行其道，關於佛教的各種是非觀點紛繁複雜，教育子弟如何看待佛教，也是十分必要的。所以，在訓誡家族子弟時佛教也是不容迴避的內容。《庭誥》最後兩章論及佛教。曰：「語出戎方，故見猜世學。事起殊倫，故獲非恒情。天之賦道，非差胡華。人之稟靈，豈限外內？一以此思，可無臆裁。」〔註645〕當時有人認爲佛教來自域外，非華夏文化，且與本土風教多有衝突，遂排斥之。顏延之則認爲這是一種偏見，是一種不顧客觀事實的「臆裁」。那麼，如何克服這種偏見呢？顏延之指出：「崇佛者，本在於神教，故以治心爲先。……治心之術，必辭親偶，閉身性，師淨覺，信緣命，所以反一無生，克成聖業。……及詭者爲之，則藉髡落，狃菁華，傍榮聲，謀利論，此其甚誣也。物有不然，事無終弊。……若乃罔其眞而責其弊，是未加心照耳。」〔註646〕顏延之客觀地指出，當時有些人剃髮爲僧，並非眞的虔誠奉佛，而是「傍榮聲，謀利論」，敗壞了佛教的聲譽，因而人們以此指責、批評佛教。顏延之認爲這種指責和批評有以偏概全之嫌，凡事都有正反兩面，而如果用心觀照，眞正理解、領悟了佛義

〔註644〕（清）嚴可均輯：《全上古三代秦漢三國六朝文》，北京，中華書局，1958年版，第2634頁。
〔註645〕（南朝・梁）僧祐：《弘明集》，北京，中華書局，2013年版，第919頁。
〔註646〕（南朝・梁）僧祐：《弘明集》，北京，中華書局，2013年版，第920頁。

眞諦，明白佛教也有其可取之處，就不會「罔其眞而責其弊」，因其某些方面的缺陷、弊端就對之全盤否定了。觀此兩章，顏延之的總體用意，更像一種關於學習方法或者對待不同文化的態度的勸誡，即提醒家族子弟，對於任何一種文化，都要全面認識，且要用心領悟、理解其精華，而不是妄然排斥或否定。而這種態度，也正是儒家君子應該具備的學習態度。恰如《庭誥》所言：「且以己爲度者，無以自通彼量。」人應該仿傚「天道之弘」、「地道之厚」，「無挾私殊，博其交道，無懷曲異」。〔註 647〕無論交友還是問學，都不能偏執於一己之私見，而應該以天地般寬廣的胸懷去認識和接納之。「凡有知能，預有文論，不練之庶士，校之群言，通才所歸，前流所與，焉得以成名乎。」〔註 648〕眞正產生影響、廣爲人知的思想言論，也一定是博綜各家之學且爲眾家認可的。如前所述，顏延之的佛學修養頗高，但他並不偏祖儒、佛任何一方，當正是基於這種研究態度的體現。他之所以與何承天反覆論辯，不但是爲佛教辯護，更是反對何承天等人基於儒教的標準對佛教一味否定、抹殺的偏激態度，說明佛教雖爲異於儒教之外來文化，但並非一無可取，亦有其值得學習和借鑒之處。所以，《庭誥》言及佛教，並非專意勸告子弟們一心奉佛，而是借佛教的話題教給子弟們學習知識、研究學問的正確態度。就整篇《庭誥》的內容及篇幅結構來看，《庭誥》主體思想仍爲儒家，其對子弟的期望，重點仍落在儒家君子的人格塑造上，尊崇儒教的傾向十分顯豁。「齊家」本來就是儒家倫理思想的重要內容，而且實踐證明，家族之傳承也必須由儒家的孝悌之風才能達成，正所謂「忠厚傳家久，詩書繼世長」，所以，《庭誥》所體現的也正是中土傳統的以儒教爲特色的家教文化。

顏之推對於佛義的研究，主要體現在《顏氏家訓・歸心篇》。《歸心篇》開篇曰：「三世之事，信而有徵，家世歸心，勿輕慢也。其間妙旨，具諸經論，不復於此，少能讚述；但懼汝曹猶未牢固，略重勸誘爾。」〔註 649〕從「歸心」之標題看，除了「厝心崇信」之義外，亦應是受到顏延之「心照」觀影響。「勿輕慢」三字，即顏延之提倡的不要對佛教武斷「臆裁」的接受態度，既是訓

〔註 647〕（清）嚴可均輯：《全上古三代秦漢三國六朝文》，北京，中華書局，1958 年版，第 2636 頁。

〔註 648〕（清）嚴可均輯：《全上古三代秦漢三國六朝文》，北京，中華書局，1958 年版，第 2634 頁。

〔註 649〕（北齊）顏之推撰，王利器集解：《顏氏家訓集解》，上海，上海古籍出版社，1980 年版，第 335 頁。

誠家族子弟，也是對其時反對佛教之人的勸誡。《歸心篇》針對謗佛者的言論，從五個方面爲佛教進行辯護：一、肯定佛教所言「世界外事及神化無方」〔註650〕非爲虛誕；二、佛教所言因果報應亦非虛妄，或有早晚、遲速，但「終當獲報」。三、僧尼行業有不精純者，譬諸「以《詩》、《禮》之教，格朝廷之人，略無全行者」〔註651〕，均屬正常現象。而且，畢竟僧眾中還有很多高僧，不必苛責每一位僧徒都德行高尚。四、至於佛教靡費錢財、免除課役以致「損國」，則主要是因爲「爲政不能節之，遂使非法之寺，妨民稼穡，無業之僧，空國賦算，非大覺之本旨也。」〔註652〕五、言明來世與今生彼此相屬，生生不斷，今生必須行善修德、持戒誦經，以爲通往來世之「津梁」。這五個方面的辯護，均是先有他人對佛教的指斥甚至歪曲，顏之推再有針對性地加以辯論和糾正，並非單純因爲自己奉佛而誇大其詞地爲佛教張本。顏之推對佛教的態度，其本質應該與顏延之相近，表面是爲佛教極力辯護，其實不過反對和糾正「歸周、孔而背釋宗，何其迷也」〔註653〕的非此即彼的偏激做法。《歸心》所言「凡人之信，唯耳與目；耳目之外，咸致疑焉」〔註654〕，即指以一己有限之聞見「臆裁」、否定未知之存在。顏之推還以親身經歷勸誡人們改變這種認知上的習慣性錯誤：「昔在江南，不信有千人氈帳，及來河北，不信有二萬斛船：皆實驗也。」〔註655〕佛教爲外來文化，先前不爲中土人所知，傳入後眞正懂得佛義者也甚少，但不能因不知、不懂而臆斷其爲虛妄不實之談。至於顏之推所言佛教之「辯才智惠，豈徒《七經》、百氏之博哉？明非堯、舜、周、孔所及也」〔註656〕，更大程度上也是出於矯正謗佛者之偏激，不然，《顏氏家訓》

〔註650〕（北齊）顏之推撰，王利器集解：《顏氏家訓集解》，上海，上海古籍出版社，1980年版，第342頁。

〔註651〕（北齊）顏之推撰，王利器集解：《顏氏家訓集解》，上海，上海古籍出版社，1980年版，第358頁。

〔註652〕（北齊）顏之推撰，王利器集解：《顏氏家訓集解》，上海，上海古籍出版社，1980年版，第360頁。

〔註653〕（北齊）顏之推撰，王利器集解：《顏氏家訓集解》，上海，上海古籍出版社，1980年版，第339頁。

〔註654〕（北齊）顏之推撰，王利器集解：《顏氏家訓集解》，上海，上海古籍出版社，1980年版，第349頁。

〔註655〕（北齊）顏之推撰，王利器集解：《顏氏家訓集解》，上海，上海古籍出版社，1980年版，第349頁。

〔註656〕（北齊）顏之推撰，王利器集解：《顏氏家訓集解》，上海，上海古籍出版社，1980年版，第339頁。

談及子弟之修身、治學、持家、教子、處世、交友等各個方面，每每以儒家禮法規範之，卻爲何不以佛教之教義、戒律爲訓誡子弟的首要標準呢？正如《顏氏家族》之明萬曆甲戌顏嗣愼刻本《重刻顏氏家訓序》所言：「或因其稍崇極釋典，不能無疑。蓋公嘗北面蕭氏，飫其餘風；且義主諷勸，無嫌曲證，讀者當得其作訓大旨，茲固可略云。」〔註657〕《歸心》篇不過「諷勸」之「曲證」，「作訓大旨」仍是以儒教傳家。

顏之推亦作《觀我生賦》。《觀我生賦》是顏之推的自傳性作品，賦作回顧了自己「三爲亡國之人」〔註658〕的坎坷一生，表現了「嗟宇宙之遼曠，愧無所而容身」〔註659〕的困頓，也表達了「此窮何由而至，茲辱安所自臻？而今而後，不敢怨天而泣麟」〔註660〕的悲涼、屈辱、愧疚、無奈，個中情感，強烈而壓抑。這種即使「歸心」佛教也不能讓顏之推稍稍釋懷的糾結情緒，其根源即在「內諸夏而外夷狄」的本末意識。賦作開篇曰：「仰浮清之藐藐，俯沈奧之茫茫，已生民而立教，乃司牧以分疆，內諸夏而外夷、狄，驟五帝而馳三王。」〔註661〕則此本末意識之「本」即「生民立教」之「教」，也即「五帝三王」之教，而「五帝三王」之教，即孔子及後世儒家推崇的王道理想及其教化文明，亦即儒學、儒教的核心內容。此賦開篇明言儒教之本，以此爲主線寫個人「一生而三化」〔註662〕的不幸之遭際與情志之糾結，亦寫「五胡亂華」後「溥天之下，斯文盡喪」〔註663〕的華夏文化之殤，故篇末有「泣麟」之語。整篇賦作字字泣血，句句含淚。司馬遷所謂「人窮則反本」〔註664〕，蓋如是也。

〔註657〕 （北齊）顏之推撰，王利器集解：《顏氏家訓集解》，上海，上海古籍出版社，1980 年版，第 549 頁。

〔註658〕 （北齊）顏之推撰，王利器集解：《顏氏家訓集解》，上海，上海古籍出版社，1980 年版，第 623 頁。

〔註659〕 （北齊）顏之推撰，王利器集解：《顏氏家訓集解》，上海，上海古籍出版社，1980 年版，第 623 頁。

〔註660〕 （北齊）顏之推撰，王利器集解：《顏氏家訓集解》，上海，上海古籍出版社，1980 年版，第 623 頁。

〔註661〕 （北齊）顏之推撰，王利器集解：《顏氏家訓集解》，上海，上海古籍出版社，1980 年版，第 580 頁。

〔註662〕 （北齊）顏之推撰，王利器集解：《顏氏家訓集解》，上海，上海古籍出版社，1980 年版，第 623 頁。

〔註663〕 （北齊）顏之推撰，王利器集解：《顏氏家訓集解》，上海，上海古籍出版社，1980 年版，第 601 頁。

〔註664〕 （漢）司馬遷：《史記》（卷八十四），北京，中華書局，1982 年版，第 2482 頁。

　　顏之推以儒教為本的思想與思維，貫穿其整個認知結構與觀念體系，故其《冤魂志》雖明為宣揚釋氏因果，卻不期而然地成了為儒家倫理設教的範本，其志怪故事具有鮮明的現實性指向、批判精神和倫理道德之旨歸，這些都與儒教內容直接相關，而在其他佛教志怪書中較為少見。李劍國《唐前志怪小說輯釋》云：「此書多涉現實，揭露時亦深刻，非一般『釋氏輔教書』所能及。」〔註665〕《唐前志怪小說史》更明確指出，《冤魂志》有兩點「遠遠超出」其他「釋氏輔教之書」：一是「看待善惡問題時，常從傳統儒家觀念出發，從傳統的道德觀念出發」；二是「從歷史和現實中取材，頗能涉及各種社會問題，並作出自己的評價。」〔註666〕這些「遠遠超出」其他「釋氏輔教之書」之處，即顏之推以儒教為本的觀念結構和思維機制的鮮明體現，應該也是顏之推撰寫《冤魂志》的根本動機，所以，其「大部分故事都含有懲惡揚善的教訓意義」〔註667〕，而不是單純的釋家因果效應的宣傳。即使宣揚因果報應，《冤魂志》也流露出鮮明的本土意識。佛教的果報觀念與神不滅、輪迴轉世的觀念緊密關聯，如慧遠《三報論》所云：「經說：業有二報，一曰現報，二曰生報，三曰後報。現報者，善惡始於此身，即此身受。生報者，來生便受。後報者，或經二生、三生、百生、千生，然後乃受。」〔註668〕或許為了渲染惡業罪孽之深重以及果報的必然性，也或許為了掩蓋其「虛妄性」，佛教更注重生報和後報，很多的報應是在來世達成的，總體上較少關注現報。但是《冤魂志》的故事，大多是現世得報，〔註669〕這更合乎儒家只宣揚善惡報應但沒有輪迴和來世觀念的特點。而且，《冤魂志》「幾乎不涉及陰間冥界情景」〔註670〕，受報場景更多的是在耳目所及的真實的現實世界中。筆觸直指現實，緊貼現實，須臾不離於現實，這種報應的速效以及受報場景不離人世間的特點，對改變眼前、今生的黑暗現實更為直接、快速、有效，無疑大大地凸顯了故事的現實意義。《冤魂志》這種獨特的敘事的著眼點，反映了顏之推對現實黑暗感受之深切以及急於改變現狀之迫切。《歸心篇》中，顏之推亦曾論及佛教所謂來生、後世之真實性：「人生在世，望於後身似不相屬；……

〔註665〕李劍國：《唐前志怪小說輯釋》，上海，上海古籍出版社，1986年版，第669頁。
〔註666〕李劍國：《唐前志怪小說史》，天津，南開大學出版社，1984年版，第445頁。
〔註667〕李劍國：《唐前志怪小說史》，天津，南開大學出版社，1984年版，第449頁。
〔註668〕（南朝·梁）僧祐：《弘明集》，北京，中華書局，2013年版，第355頁。
〔註669〕（北齊）顏之推撰，羅國威校注：《冤魂志校注》，成都，巴蜀書社，2001年版。
〔註670〕王枝忠：《漢魏六朝小說史》，杭州，浙江古籍出版社，1997年版，第284頁。

凡夫蒙蔽，不見未來，故言彼生與今非一體耳；若有天眼，鑒其念念隨滅，生生不斷，豈可不怖畏邪？」〔註671〕這與《冤魂志》故事強調的現世報特點好像不符。但是，在《歸心篇》中，顏之推在說明來世的真實性之後，緊接著論述的是君子「克己復禮，濟時益物」、「勤苦修德」，以及堯、舜、周、孔等治家、治國並濟度蒼生的儒家之典範，以此勸誡人們潛心修道。其最終的用意，是以佛家之輪迴轉世之報應，誡告人們修身養德以免來世受惡報。無論持家、治國，都以修身為本，而兼修戒行、誦讀佛經，也不失為養德修善的有效途徑。顏之推立論的出發點與立足點始終是儒家之教化，佛家果報效應不過督促人們修身立德的手段而已，此與《冤魂志》中現世報故事所蘊含的勸誡意義並不矛盾。而《冤魂志》中之所以多現世報，除了儒家思想著眼、著力於現實的特點以及顏之推急於改變現實的原因外，大概也鑒於《歸心篇》提到的人們不相信來世以及生報、後報的真實性，所以避開生報、後報不談，而專就人們能夠相信的現世報做文章。這種果報途徑的選擇，顯然是為了盡可能提升人們對故事的接受效果，更大限度地起到懲惡揚善的作用，也體現了顏之推的良苦用心。

顏之推「歸心」佛教，但並非「萬般皆下品，唯有奉佛高」，他極力反對為奉佛而肆意損害百姓利益，更反對以奉佛為藉口行不義之事。茲舉「曲阿弘氏」條故事為例。「梁武帝欲為文皇帝陵上起寺，未有佳材，宣意有司，使加採訪。先有曲阿人姓弘，家甚富厚。乃共親族，多齎財貨，往湘州治生。經年營得一柿，可長千步，材木壯麗，世所稀有。還至南津，南津校尉孟少卿，希朝廷旨，乃加繩墨。弘氏所賣衣裳繒綵，猶有殘餘，誣以涉道刼掠所得，並造作過制，非商賈所宜。結正處死，沒入其財充寺用，奏遂施行。弘氏臨刑之日，敕其妻子：『可以黃紙筆墨置棺中，死而有知，必當陳訴。』又書少卿姓名數十吞之。經月，少卿端坐，便見弘來。初猶避捍，後乃款服，但言乞恩，嘔血而死。凡諸獄官及主書舍人，預此獄事署奏者，以次殂歿。未及一年，零落皆盡。其寺營構始訖，天火燒之，略無纖芥。所埋柱木，亦入地成灰。」〔註672〕此條故事中，奉佛者一方成了受惡報者，也成了被批判的對象。這種角色安排在釋氏輔教之書中極為少見。梁武帝和南津校尉孟少

〔註671〕（北齊）顏之推撰，王利器集解：《顏氏家訓集解》，上海，上海古籍出版社，1980年版，第363頁。
〔註672〕李劍國：《唐前志怪小說輯釋》，上海，上海古籍出版社，1986年版，第678頁。

卿欲求佳材建寺，本無可厚非，亦可見梁武帝的一片孝心、孟少卿的一腔忠心以及梁武帝的奉佛之心。但是，當這種孝心、忠心和奉佛之心超過道德、正義的底線，就變成了惡業而很快遭到惡報。此惡報的結果，不但涉及除皇帝之外的參與施惡的所有人，而且，所造之寺亦遭天譴，非正義渠道得來的建寺之佳材，雖埋入地下，亦化成灰燼。這種徹底的、大快人心的惡報效果，更像是一位青天大老爺秉公執法，懲治惡霸，為民伸冤，而佛教的因果報應觀念反而被無形中淡化、削弱了。在這個故事裏，最為凸顯的是儒家追求的仁義、正義，佛門內外都要嚴格遵循之，否則，即使為了奉佛，也難免遭到惡報。更值得注意的是，故事中建寺之緣起，是「梁武帝欲為文皇帝陵上起寺」，可見，其批判矛頭指向的不僅是孟少卿等一般官僚，更是指向最高統治者，而「天火」所燒之寺，即建在文皇帝陵上「營構始訖」之寺，此明顯是「在太歲頭上動土」，則其批判精神可歡、可鑒。此條故事的主題與《歸心篇》中第四條辯護相呼應，故事中所建之寺即《歸心篇》中所謂的「非法之寺」，諸多「非法之寺」就是這樣靠盤剝百姓財物建成的，故招致百姓對佛教的強烈怨恨，而此亂象之真正的始作俑者是「為政者」，是梁武帝以及孟少卿這樣的各級「為政者」，他們「為政不能節之，遂使非法之寺，妨民稼穡。」「非法之寺」不但妨礙農業生產，還肆意剝奪百姓財產，殘害百姓生命。在現實生活中，百姓面對統治階層的欺壓，無力反抗，只能忍氣吞聲，任其欺凌。但是，顏之推在故事中，借助佛教的因果報應觀念，盡情地懲治了惡貫滿盈的統治階層。本條故事中，講佛教因果報應只是「虛晃一槍」，矛頭最終還是指向現實生活中統治階層的無德、無道，故事的主題繞過佛教的果報觀念，又回到了對現實的道德批判，流露出的還是徹頭徹尾的儒家思想觀念，同時，也表現了顏之推奉佛的理性和清醒。

　　另外，顏之推撰寫釋氏志怪書，並沒有選擇觀世音應驗類故事，大概是其注意到當時流傳的觀世音應驗故事中存在著一種普遍現象，即有些自身存在過失甚至道德敗壞之人也會受到觀世音救助，此類故事過於凸顯觀世音菩薩的普渡救世觀念而忽略善惡勸諫的道德內涵，與《冤魂志》懲惡揚善的要旨不相吻合，故為顏之推所不取。《冤魂志》不是盲目地悲憫蒼生，而是直指生靈慘遭塗炭的深刻根源，由此對症下藥，達到解危濟困的目的。而此深刻根源即儒教的削弱甚至缺席導致的人性的徹底墮落和道德的極度缺失，這是包括皇室貴族、各級官吏甚至平民百姓在內的社會各階層普遍存在的嚴重問

題。這種對現實社會人們道德淪喪的揭露和譴責，在《觀我生賦》中亦有淋漓盡致的表現。所以，在對於苦難中掙扎的蒼生憐憫、同情的同時，《冤魂志》體現了異於其他佛教志怪的強烈的批判精神，而其借佛教「諸惡莫作」以及果報的信仰，講述一個個令人髮指的作惡以及惡報的故事，既是揭露、批判人性的醜惡以及讓人窒息的道德真空，更是呼籲儒家教化重新登場，使地獄般黑暗的人間撥雲見日。需要注意的是，儒教與中土流傳的觀世音信仰，雖然均旨在濟民救世，但前者重在克己奉節，依靠自律、自力進行自我救贖，而後者則是依靠他力拯救自己，唯一需要自己做的，就是心無旁騖地信仰、念誦，既不需所謂的慧解，也不需道德門檻，儘管體現了觀世音以及大乘佛教的兼濟精神，但對於被救者而言，顯然具有一定的盲目性、私利性，而這種盲目性、私利性恰是儒教所反對的。此類觀世音應驗故事對這種盲目性、私利性的鼓勵，無疑對改變暗無天日的現實毫無益處。所以，由對佛教志怪故事類型的選擇，又可見顏之推奉佛的理性和清醒。而這種難得的理性和清醒，恰是其在思想、生活中處處以儒教為本的必然結果。由此，顏之推的《顏氏家訓》、《觀我生賦》、《冤魂志》其實貫通著一個主題，即對昏暗現實的批判和對儒家教化回歸的殷切期望。

《冤魂志》是顏之推借釋氏之「酒杯」澆自己之塊壘，以修齊治平的儒教標準，借助淒慘而怪異的時代氛圍和志怪書寫熱潮，通過釋家因果報應的故事，控訴、批判黑暗而酷虐的社會現實，宣泄自己的憤激之情，表達自己的基於儒家道德、政治觀念的社會理想與生活願望。儒家思想始終不離社會現實的入世精神，使顏之推將對佛教果報的信仰演變成俗世的道德救贖，而這又與其主張經世致用的為學觀緊密相連。《顏氏家訓·勉學篇》曰：「夫所以讀書學問，本欲開心明目，利於行耳。」〔註673〕又曰：「夫學者猶種樹也，春玩其華，秋登其實；講論文章，春華也，修身利行，秋實也。」〔註674〕顏之推主張學以致用，同時反對「空守章句，但誦師言，施之世務，殆無一可」〔註675〕的無用之學，這正是儒教務實、入世精神的體現。而顏之推之所以不

〔註673〕（北齊）顏之推撰，王利器集解：《顏氏家訓集解》，上海，上海古籍出版社，1980年版，第160頁。

〔註674〕（北齊）顏之推撰，王利器集解：《顏氏家訓集解》，上海，上海古籍出版社，1980年版，第165頁。

〔註675〕（北齊）顏之推撰，王利器集解：《顏氏家訓集解》，上海，上海古籍出版社，1980年版，第169～170頁。

好玄談，也是因其「直取其清談雅論，剖玄析微，賓主往復，娛心悅耳，非濟世成俗之要也。」〔註676〕對學習本身的理解直接決定爲學的目的和效果，這種學以致用的學習觀，也勢必決定了顏之推對佛教的研究，其研究目的絕非盲目地爲研究而研究、爲信仰而信仰，更不是爲了歸釋教而背周、孔，而是爲了勸善懲惡、敦化風俗，以果報效應爲儒家的教化賜予更強大的力量和能量，爲地獄般的人間重新舉起正義和溫情的火炬，爲斯文掃地的人性重新拾起貞操和尊嚴。

（3）佛經中的睒子故事及其中土化

再以佛經故事與志怪故事中的孝道內容爲例，從其敘事中亦可見出其均各有所本，雖然同講孝道，但同中有異，不宜忽視。儒家特重孝道，云「百善孝爲先」，爲人做事以「孝悌」爲本。佛教亦講究孝道，很多高僧均是孝子。如安世高「幼以孝行見稱」〔註677〕，康僧會「年十餘歲，二親並終，至孝服畢出家。」〔註678〕于道邃「少而失蔭，叔親養之，邃孝敬竭誠，若奉其母。」〔註679〕竺僧度「性度溫和，鄉隣所羡。時獨與母居，孝事盡禮。」〔註680〕竺法曠「早失二親，事後母以孝聞。家貧無蓄，常躬耕壟畔，以供甘養。及母亡，行喪盡禮，服闋出家。」〔註681〕釋道恆「少失二親，事後母以孝聞，家貧無蓄，常手自畫績，以供贍奉……至年二十，後母又亡，行喪盡禮，服畢出家。」〔註682〕釋道溫「少好琴書，事親以孝聞。」〔註683〕釋僧鏡「至孝過人，輕財好施。家貧母亡，太守賜錢五千，苦辭不受。迺身自負土，種植

〔註676〕（北齊）顏之推撰，王利器集解：《顏氏家訓集解》，上海，上海古籍出版社，1980 年版，第 179 頁。

〔註677〕（南朝・梁）釋慧皎撰，湯用彤校注，湯一玄整理：《高僧傳》，北京，中華書局，1992 年版，第 4 頁。

〔註678〕（南朝・梁）釋慧皎撰，湯用彤校注，湯一玄整理：《高僧傳》，北京，中華書局，1992 年版，第 14～15 頁。

〔註679〕（南朝・梁）釋慧皎撰，湯用彤校注，湯一玄整理：《高僧傳》，北京，中華書局，1992 年版，第 169 頁。

〔註680〕（南朝・梁）釋慧皎撰，湯用彤校注，湯一玄整理：《高僧傳》，北京，中華書局，1992 年版，第 173 頁。

〔註681〕（南朝・梁）釋慧皎撰，湯用彤校注，湯一玄整理：《高僧傳》，北京，中華書局，1992 年版，第 205 頁。

〔註682〕（南朝・梁）釋慧皎撰，湯用彤校注，湯一玄整理：《高僧傳》，北京，中華書局，1992 年版，第 246 頁。

〔註683〕（南朝・梁）釋慧皎撰，湯用彤校注，湯一玄整理：《高僧傳》，北京，中華書局，1992 年版，第 287 頁。

松栢，廬於墓所，泣血三年。服畢出家。」〔註684〕釋法期「早喪二親，事兄如父。」〔註685〕此正是慧遠所謂「悅釋迦風者，輒先奉親而敬君」〔註686〕。慧遠自己也兼通儒業，入山門後仍講授《喪服經》。《高僧傳》載：「時遠講《喪服經》，雷次宗、宗炳等，並執卷承旨。」〔註687〕釋法瑗亦「論議之際，時談《孝經》《喪服》。」〔註688〕可見，佛門內亦特重孝道，既有對孝道的親身踐行，也有對理論層面的學習、研究。

僧徒之所以如此重視孝道，一個很重要的原因，即其所崇信的對象釋迦牟尼佛就是至孝之典範。《佛說睒子經》專門載錄了釋迦牟尼佛「過去世」時的孝行，此經在西晉已有譯本出現，是記述釋迦牟尼佛孝行的範本。經文中，佛向阿難講述自己「過去世」即前世的故事，故事中的睒子即釋迦牟尼佛。故事大意如下：過去世時，迦夷國中有一長者，夫妻目盲，膝下無子。二人發願入山，求無上道。時有菩薩名曰「一切妙見」，念此二人目盲，入山恐遇危險。於是，菩薩壽終轉生於長者家，爲長者之子，名之爲睒。睒子「至孝仁慈，奉行十善，晝夜精進。奉事父母，如人事天。」〔註689〕睒子年過十歲，爲遂父母求道之願，將家中財物施於貧者，與父母一同入山求道。入山後，結草爲屋，食山果、飲山泉，衣食無憂，與鳥獸慈心相向，和諧相處，對父母更是精心侍奉，「睒至孝慈，蹈地恐痛。」〔註690〕入山二十多年後的一天，睒子「著鹿皮衣，提瓶取水。麋鹿眾鳥，亦復往飲，不相畏難。」〔註691〕不料迦夷國王入山射獵，誤以睒子爲麋鹿，遂射之，毒箭射中睒子胸口。睒子痛責其一箭射殺三道人。國王問明原委後深自悔責，發誓曰：「若子命終，我

〔註684〕（南朝‧梁）釋慧皎撰，湯用彤校注，湯一玄整理：《高僧傳》，北京，中華書局，1992年版，第293頁。

〔註685〕（南朝‧梁）釋慧皎撰，湯用彤校注，湯一玄整理：《高僧傳》，北京，中華書局，1992年版，第419頁。

〔註686〕（南朝‧梁）僧祐：《弘明集》，北京，中華書局，2013年版，第316頁。

〔註687〕（南朝‧梁）釋慧皎撰，湯用彤校注，湯一玄整理：《高僧傳》，北京，中華書局，1992年版，第221頁。

〔註688〕（南朝‧梁）釋慧皎撰，湯用彤校注，湯一玄整理：《高僧傳》，北京，中華書局，1992年版，第313頁。

〔註689〕（唐）釋道世著，周淑迦、蘇晉仁校注：《法苑珠林》，北京，中華書局，2003年版，第1478頁。

〔註690〕（唐）釋道世著，周淑迦、蘇晉仁校注：《法苑珠林》，北京，中華書局，2003年版，第1479頁。

〔註691〕（唐）釋道世著，周淑迦、蘇晉仁校注：《法苑珠林》，北京，中華書局，2003年版，第1479頁。

不還國。便住山中供養卿父母，如卿在時。勿以爲念。諸天龍神皆當證知，不負此誓。」〔註 692〕因爲國王許諾供養父母，睒子便原諒了國王，並告訴國王：「以我父母仰累大王，供養道人，現世罪滅，得福無量。」〔註 693〕睒子被射殺，山林中暴風驟起，吹折樹木，百鳥悲鳴，走獸號呼。國王來至睒子父母處，告知以實情，睒子父母悲痛號啕。其母誓曰：「睒若至孝天地所知者，箭當拔出，毒藥當除，睒當更生。」〔註 694〕父慈子孝的一幕感動上天，「釋梵四天」從天而降，用神藥救活睒子，睒子父母亦盲目復明。山林中的樹木重現華榮，鳥獸皆大歡喜。國王更是感動，願以國財奉養睒子父母。睒子遂勸告國王曰：「王欲報恩者，王且還國，安隱人民，皆令奉戒。王勿復射獵，夭傷蟲獸。現世身不安隱，壽盡當入泥犁中。人居世間，恩愛暫有。別離久長，不可常保。王宿有功德，今得爲王。莫以得自在故，而自放逸。」〔註 695〕「王自悔責，從今已後，當如睒教。從者數百，皆大踴躍，奉持五戒。王辭還宮。令國中諸有盲父母如睒比者，當得供養，不得捐捨。犯者重罪。於是國中皆如王教，奉持五戒十善，死得生天，無入三惡道。」〔註 696〕

　　簡單看來，這明顯是一個典型的孝行故事，而且帶有志怪色彩。睒子的孝行，不但感動父母和國王，而且感動天地、動植。雖然生活在深山，但是山果之甘甜、山泉之清冽、草屋床褥之舒適、鳥獸之友善，使得父母雖僻居於深山，卻儼然置身世外桃源，而這些，皆因睒子的孝行所致。而且，因爲至孝，睒子自己最終起死回生，父母亦重見光明，迦夷國國民亦由之崇佛修道。故事從頭至尾都在不遺餘力地渲染、歌贊佛的孝行。但是，仔細審視整個故事的結構和情節脈絡便會發現，這遠遠不是一個單純的孝行故事。先言故事的開始。故事的起始，也即敘事學意義上的第一個最小的「事件」，是講有一對目盲的長者夫妻發願入山奉佛修道。之後的所有情節，包括睒子的孝

〔註 692〕（唐）釋道世著，周淑迦、蘇晉仁校注：《法苑珠林》，北京，中華書局，2003
　　　　年版，弟 1479～1480 頁。

〔註 693〕（唐）釋道世著，周淑迦、蘇晉仁校注：《法苑珠林》，北京，中華書局，2003
　　　　年版，弟 1480 頁。

〔註 694〕（唐）釋道世著，周淑迦、蘇晉仁校注：《法苑珠林》，北京，中華書局，2003
　　　　年版，第 1482 頁。

〔註 695〕（唐）釋道世著，周淑迦、蘇晉仁校注：《法苑珠林》，北京，中華書局，2003
　　　　年版，第 1482 頁。

〔註 696〕（唐）釋道世著，周淑迦、蘇晉仁校注：《法苑珠林》，北京，中華書局，2003
　　　　年版，第 1482 頁。

行在內，都是爲了助其達成此心願而衍生的內容。如果這對長者夫妻沒有如此發願修道，大概也不會有菩薩轉生爲睒子，更不會有睒子之孝行。換言之，這個故事的主幹是兩位目盲的老人一心奉佛的故事，而不是睒子的孝行故事。睒子的孝行情節，只是這個故事的次生品。此爲「首句標其目」。次言故事的結局。故事的最終結局，也即敘事學意義上的最後一個小「事件」，是迦夷國中人們皆「奉持五戒十善，死得生天，無入三惡道」。故事的眞正用意——勸人向佛奉道至此「浮出水面」，同時，孝行的「法門」之角色與作用也愈加明朗。因爲孝道極其貼近世俗人情，最易打動人心，可以使人們在被深深感動的同時不知不覺接受以至信奉佛教，佛教的宣傳則事半功倍。所以，佛家在宣揚佛教時有意以孝行、孝道爲切入點，以孝親故事爲弘教的「方便法門」。但不能忽視的是，故事的眞正出發點和落腳點，始終是弘揚佛教。故事情節發展到最後，不但長者夫妻達成了入山求道的心願，迦夷國國民亦皆奉佛向善，弘揚佛教的眞正目標圓滿實現。此爲「卒章顯其志」。再言故事中間階段。當情節發展到中間階段，其實也已經泄露了「天機」。睒子中箭後對國王言：「以我父母仰累大王。供養道人，現世罪滅，得福無量」。由此可知，滅罪得福的原因，似乎與孝順與否沒有直接關係，而是因爲「供養道人」，睒子父母的「道人」身份被特意凸顯出來。「供養道人」，表面是爲其養老，體現的是孝親，但是，養其老就是助其更順利、更長久地奉佛求道，此與故事開頭交代長者夫妻之修道心願相呼應。最後，就故事整體而言，從開頭的長者夫妻發願入山修道，到最後的所有國民奉佛，再加上中間「供養道人」可以滅罪得福的不露聲色的點染，整個故事的奉佛、弘法之主線其實十分清晰，只是被極具煽情功能的孝行情節一度「搶了風頭」，極易被接受者忽略。《佛說睒子經》畢竟是佛經而不是《孝經》，佛教爲本，孝道爲末，其理固然。無論睒子的孝行故事如何曲折動人，這種深層次的本末意識始終是無法掩飾的。

因爲恰好符合中土極爲重視的傳統孝道觀念，《佛說睒子經》譯出後，睒子的孝行故事遂廣爲流傳，而且逐步演變成中土的孝行故事，最後赫然列入二十四孝故事之中，足見其孝行的典範性。但是，二十四孝中的睒子故事，經過了本土化的改造，故事的主題和主線已經與《佛說睒子經》大異其趣。二十四孝的故事，在不同時代、不同地域的流傳過程中，出現了很多版本，不同版本中，孝子的數量和人員構成也時有變化，其中的睒子故事也隨之不斷「變異」，比如睒子的名字有閃子、郯子、琰子、剡子等的「變稱」，故事

情節、篇幅長短亦均有不同。然而，無論二十四孝故事的版本如何變化，在孝子的成員構成中，睒子的形象基本沒有消失過，幾乎所有版本的「二十四孝」〔註697〕故事中都為之留有一席之位。〔註698〕首要原因，當然是睒子的孝行至精至純，能夠超越不同時代，永遠作為人們學習、傚仿的榜樣。但是，睒子故事畢竟帶有明顯的異域色彩，內容也不限於單純的孝親，這些因素都會妨礙對本土傳統孝道的宣傳。所以，必須將之改頭換面甚至脫胎換骨變成適合本土人們「口味」的「本土特產」。於是，睒子故事在中土的流變過程中，其異域的色彩、佛教的成分明顯淡化直至最後消失，只留下孝行的情節，最終演變成了純粹的中土孝行故事。以現存《中國古代二十四孝全圖》所載睒子故事為例。其文曰：「周剡子，性至孝，父母年老，患雙目，思食鹿乳。剡子乃衣鹿皮，去深山入鹿群之中，取鹿乳供親。獵者見而欲射之。剡子具以情告，乃免。」〔註699〕與《佛說睒子經》中的睒子故事相比，其「變異」非常明顯。主要體現在：其一，睒子變身為周代剡子。開篇第一個字「周」作為時間標記，將睒子故事直接定位為不容置疑的中土故事。其二，「取水」變成「取鹿乳」。故事發生的場景由深山變成中國百姓的日常家居生活場景，取水也成為日常活動，基本沒有任何難度，不足以體現孝行，故「取水」變成了較為困難的甚至帶有危險性的「獲取鹿乳」。其三，入山非為求道，而是純為取鹿乳奉養老母。「深山」是故事中危險的發生地，也是考驗孝行至純與否與求道意志堅定與否的必需場景，所以，「入山」是故事的核心情節，也是凸顯主題的情節。因此，在本土化的流變過程中，「入山」情節一直被保留下來。但是，從「睒子故事」到「周剡子故事」，隨著入山目的的變化，「求無上道」的主題也演化成孝行主題。其四，國王換成了「獵者」。國王屬於貴族，高高在上；獵人屬於平民，讓人倍感親切。角色身份的變換，使得故事具有了更強大的「親和力」，易於被百姓接受並爭相傳誦。其五，剡子並未被射中，故

〔註697〕「二十四孝故事」為所有版本的統稱，包括較早的《敦煌變文集》卷七《故圓鑒大師二十四孝押座文》提到的 8 孝，以及後來文字文本和壁畫、磚雕等各種造像中出現的 17 孝、18 孝、19 孝、20 孝、22 孝、24 孝、38 孝等各種版本，因為其均處於「二十四孝故事」的流變鏈條中，故統稱為「24 孝故事」。

〔註698〕參看程毅中《敦煌本「孝子傳」與睒子故事》（《中國文化》，1991 年第 2 期）以及董新林《北宋金元墓葬壁飾所見「二十四孝」故事與高麗〈孝行錄〉》（《華夏考古》，2009 年第 2 期）。

〔註699〕《中國古代二十四孝全圖》，日本早稻田大學藏本（該校館藏目錄索引注明此書出版年不明、出版者不明、出版地不明）。

事有驚無險。「周剡子故事」毫不惋惜地去掉了原版中甚至可以視爲故事高潮的睒子被毒箭射殺的情節。大概按照中土人們的認知，如此孝子不應遭遇如此不幸，點到爲止地說明被射殺的危險的可能性就足夠反襯其孝心了，故最終化險爲夷，不使其眞的被箭身亡。相應地，也就沒有了《佛說睒子經》中接下來的感天動地、死而復生、老母復明、國人奉佛等其他情節。總之，「周剡子故事」徹底、乾淨地刪掉了睒子故事中的異域色彩與佛教成分，只保留了其中「性至孝」「母年老」「雙目盲」「入山」「衣鹿皮入鹿群」「獵者」等孝行故事的基本成分，然後重新組織情節，演繹成中土極爲流行的孝子故事。同時，深山、麋鹿、鹿乳等這些不屬於百姓日常家居生活的非常規的場景和事物，也給「周剡子故事」保留了些許神異氛圍和志怪意味，既給孝行本身罩上了一層淡淡的、超人間的神聖光環，也迎合了接受者的好奇心理，引發其閱讀興趣，提升了人們的接受效果，保證了故事作爲傚仿典範的價值與意義。如果不考慮《佛說睒子經》之故事來源及其流變，「周剡子故事」就是一個純粹的中土孝行故事，絲毫看不出佛教的影子。這種佛教故事流變過程中的中土化，體現了中土撰者的本土思維，而中土化過程中被削弱甚至刪掉的部分，也恰恰是相關的佛教故事中佛教爲本的思維的體現。

再如《南史・劉霽傳》，傳文篇幅很短，雖出自史書，但頗有志怪意味。劉霽「九歲能誦《左氏傳》。十四居父憂，有至性，每哭輒嘔血。家貧，與弟杳、歊勵志勤學。及長，博涉多通。……母明氏寢疾，霽年已五十，衣不解帶者七旬，誦《觀世音經》數萬遍。夜中感夢，見一僧謂曰：『夫人算盡，君精誠篤至，當相爲申延。』後六十餘日乃亡。霽廬於墓，哀慟過禮，常有雙白鶴循翔廬側。……霽思慕不已，未終喪而卒。」〔註700〕劉霽的傳文，頗似一個典型的觀世音應驗故事。劉霽通儒學，重孝道，爲典型的儒家傲派，《梁書》將其列入「孝行傳」。同時，劉霽又信仰觀世音，但「常有雙白鶴循翔廬側」又使傳文帶有了道教色彩。如前所述，儒、釋、道兼綜是其時知識階層的普遍現象，劉霽可謂典型代表。此則故事中，既有佛教的觀世音信仰的成分，又有本土傳統的屬於儒家倫理的孝行成分。從行文看，前者顯然次於後者，孝道、孝行才是主體成分。劉霽對觀世音的信仰及其應驗，均基於對父母的孝心、孝行，如果劉霽不至孝，則不會誦《觀世音經》數萬遍，不誦經數萬遍，則母命不得延長。而觀世音應驗作爲對孝行的善報，也再次強化了

〔註700〕　（唐）李延壽：《南史》（卷四十九），北京，中華書局，1975 年版，第 1222 頁。

劉霽的至孝品行。整篇傳文以劉霽的孝心、孝行為主線，從開頭部分敘述劉霽「十四居父憂，有至性，每哭輒嘔血」到最後交代劉霽母亡後「思慕不已，未終喪而卒」，劉霽一生幾乎始於孝亦終於孝。劉霽對觀世音的信仰，在敘事角度而言，只是凸顯劉霽至孝的手段。可見，在這篇類於觀世音應驗故事的傳文中，仍然是中土的孝道為本，佛教的觀世音信仰為末。

　　本土意識和本土思維是各種文化共有的現象，尤其在魏晉南北朝時期，佛教傳入中土並盛行一時，中土文化與佛教文化碰撞、磨合，無論佛教文化如何主動或被動地改造自身迎合本土文化，也仍然堅持最後的底線，即決不能喪失最核心的文化基因。所以，即使在極其接近儒教的、凸顯孝道的佛經故事中，仍可見佛教本位的意識，更遑論諸如《沙門不敬王者論》等高僧們的調和儒、釋的佛學論著了。同樣，中土文化在接受佛教文化時，也愈發凸顯夷夏論的本末思維，尤其是有一定儒學與佛學修養的知識階層，如謝敷、顏之推者，因為其自幼濡染儒學，對其有「創闢勝解」〔註701〕，故以此為安身立命之依託，同時對佛學也領悟頗深，所以懂得二者各自的長短優劣，亦明白社會之弊病、時代之所需，更懂得自己內心深處之渴望，故於儒於佛，深知如何取捨。因此，如前文所述，他們無論研究佛學還是撰寫佛教志怪書，其儒學或儒教本位的意識都會有意無意地流露出來。總之，在中土文化的基因面前，佛教作為外來文化，無論如何盛行，也終歸逃不過成為「中國佛教」的「變異」命運。正如孟子所言：「吾聞用夏變夷者，未聞變於夷者也。」〔註702〕錢穆先生在《國史大綱》「引論」部分也曾指出：「東晉南北朝政府規模，以及立國之理論，仍沿兩漢而來。當時帝王卿相，誠心皈依佛教者，非無其人；要之，僧人與佛經，特為人生一旁趨，始終未能篡奪中國傳統政治社會之人生倫理教育而與為代興。隋唐統一政府復建，其精神淵源，明為孔子、董仲舒一脈相傳之文治思想，而佛教在政治上，則無其指導之地位。」〔註703〕錢穆先生所言，一語道破了魏晉南北朝時期佛教在中土盛行的真正意義，即作為指導人生之「旁趨」。這段話也同時點明了本土文化不可戰勝的強勢地位，也再一次暗示了儒家文化可大可久的光輝品格。

〔註701〕陳寅恪：《陳寅恪史學論文選集》，上海，上海古籍出版社，1992年版，第133頁。
〔註702〕（宋）朱熹撰：《四書章句集注》，北京，中華書局，1983年版，第260頁。
〔註703〕錢穆：《國史大綱》，北京，商務印書館，1996年版，《引論》，第18頁。

佛教於動蕩不安的漢之季世傳入中土，先是依附於道術，後又與玄學合流，並努力與儒教打通，最終在中土紮根，結出了「中國佛教」的學術思想之果實。此種文化之成功嫁接，足見佛教本身作為外來文化的實力和魅力。佛教在紮根於中土的過程中，在自身不可避免地濡染上中土文化色彩的同時，也給中土文化帶來豐富多樣的變化，除了在自由、活躍的學術思想領域增添異彩，在志怪故事的創造、傳播與撰寫上，在中國小說的發展上，都扮演了極其重要的角色。值得注意的是，佛教在中土的發展、盛行，自始至終都被貼著「外來文化」的標籤，而任繼愈先生主編的《中國佛教史》更是明言：「我們這本書，從佛教開始傳入，就把它放在中國本土傳統文化的附屬地位。」〔註704〕在中土的本土文化勢力面前，無論學術思想層面，還是志怪故事的流傳、編撰，佛教文化都只能作為「末」被「用」，而不可能反客為主，成為中土文化的核心元素。最主要的原因，當然還是佛教文化本身具有的基因，使其具有和中土文化同樣強勢的本位意識。所以，同樣強勢的雙方，必須有一方妥協，才能和諧共處。而妥協的一方，只能是作為外來文化的佛教，因此，在中土知識分子的相關學術論著和志怪書裏，都可發現其一脈相承的儒教本位意識。此外，需要提及的是，玄學「崇本息末」的思維對佛教志怪書撰者的本土意識之影響也不可忽視。恰如王弼《老子指略》所感歎的：「《老子》之書，其幾乎可一言而蔽之。噫！崇本息末而已矣。觀其所由，尋其所歸，言不遠宗，事不失主。」〔註705〕志怪故事的撰寫和傳播與玄學之關係，前文已有較多論述，魏晉南北朝佛教志怪書撰寫中表現出較為鮮明的本末思維和本土意識，除了本土文化本身強大的實力和氣場的影響外，玄學「崇本息末」思維應該也「功不可沒」。

〔註704〕 任繼愈主編：《中國佛教史》（第一卷），北京，中國社會科學出版社，1985年版，「前言部分」第14頁。

〔註705〕 （魏）王弼：《老子指略》，見王弼著，樓宇烈校釋：《王弼集校釋》，北京：中華書局，1980年版，第198頁。

第五章　從文化之大傳統與小傳統看　魏晉南北朝志怪書

一、文化之大傳統、小傳統的概念及其借鑒意義

　　文化的大傳統和小傳統的概念源自美國芝加哥大學人類學家芮斐德（Robert Redfield）1956 年發表的著作《鄉民社會與文化》（Peasant Society and Culture）。〔註 1〕「本書的中心內容是對各種類型的農民社會和它們的各種文化進行探討。」〔註 2〕雖然旨在探討農民社會及其文化，但是芮斐德的目光並不局限於「耕種的農民們」，他認為，「社會上所有的人是可以分成兩大類的：其一是從事耕種的農民，其二是比農民更具有城市氣息的（或者說至少比農民更具有莊園主氣息的）精英階層。這兩大類人往往都是站到了完整社會的兩半組成部分的連接點上，而且彼此雙目都盯住對方。不僅如此，雙方的心中還都懷著一種願與對方互補的心態。」〔註 3〕所以，要想深刻理解農民社會及其文化，就「必須關注從事耕種的農民們與高踞廟堂之上的精英層之間的關係。」〔註 4〕由此，芮斐德引出「大傳統」（great tradition）與小傳統（little tradition）的概念：「在某一種文明裏面，總會存在著兩個傳統；其一是一個由

〔註 1〕 Robert Redfield 或譯為芮德菲爾德，Peasant Society and Culture 或譯為《農民社會與文化》。

〔註 2〕 （美）羅伯特・芮德菲爾德著，王瑩譯：《農民社會與文化：人類學對文明的一種詮釋》，北京，中國社會科學出版社，2013 年版，第 27 頁。

〔註 3〕 （美）羅伯特・芮德菲爾德著，王瑩譯：《農民社會與文化：人類學對文明的一種詮釋》，北京，中國社會科學出版社，2013 年版，第 84 頁。

〔註 4〕 （美）羅伯特・芮德菲爾德著，王瑩譯：《農民社會與文化：人類學對文明的一種詮釋》，北京，中國社會科學出版社，2013 年版，第 42～43 頁。

爲數很少的一些善於思考的人們創造出的一種大傳統，其二是一個由爲數很大的、但基本上是不會思考的人們創造出的一種小傳統。大傳統是在學堂或廟堂之內培育出來的，而小傳統則是自發地萌發出來的，然後它就在它誕生的那些鄉村社區的無知的群眾的生活裏摸爬滾打挣扎著持續下去。」〔註5〕芮斐德還指出，這兩種傳統之間「確實存在著差異」〔註6〕，但另一方面，「這兩種傳統——大傳統和小傳統——是相互依賴的；這兩者長期以來都是相互影響的，而且今後一直會是如此。」〔註7〕芮斐德還舉例爲證：「不少偉大的史詩作品的題材都是源之於平民百姓一代傳一代的逸事傳聞的精華部分；而且一首史詩寫完之後也往往會回流到平民百姓中間去，讓後者對它再加工和重新融入到種種的地方文化中去。《聖經·舊約》中闡明的諸多道德原則其實原本都是部落社會裏流行的一些道德準則。然後許多古代的哲學家和神學家們對之去粗取精、去僞存眞之後就被歸納入《舊約》中去了。於是經過《舊約》，這些道德教誨就又傳回到了各種各樣的農民社區裏去。……孔夫子的那一套經典並非是他獨自一人在那裡冥思苦想出來的。但話說回來，平民百姓不論是對《古蘭經》內容的理解也罷，還是對孔夫子寫出的經典的內容的理解也罷，在過去是，今後仍然是，只會按照他們自己的方式去理解，而不會是按照穆罕默德或孔丘所希望的方式去理解的。我們可以把大傳統和小傳統看成是兩條思想與行動之河流；它們倆雖各有各的河道，但彼此卻常常相互溢進和溢出對方的河道。」〔註8〕芮斐德又說：「一個大傳統所包含的全部知識性的內容都實際上是脫胎於小傳統的。……其實大傳統和小傳統是彼此互爲表裏的，各自是對方的一個側面。」〔註9〕「我自己倒寧可把從事耕種的農民們看做是既往的文明在鄉村這一社會領域裏的體現。」〔註10〕小傳統代表

〔註5〕 （美）羅伯特·芮德菲爾德著，王瑩譯：《農民社會與文化：人類學對文明的一種詮釋》，北京，中國社會科學出版社，2013年版，第95頁。

〔註6〕 （美）羅伯特·芮德菲爾德著，王瑩譯：《農民社會與文化：人類學對文明的一種詮釋》，北京，中國社會科學出版社，2013年版，第94頁。

〔註7〕 （美）羅伯特·芮德菲爾德著，王瑩譯：《農民社會與文化：人類學對文明的一種詮釋》，北京，中國社會科學出版社，2013年版，第96頁。

〔註8〕 （美）羅伯特·芮德菲爾德著，王瑩譯：《農民社會與文化：人類學對文明的一種詮釋》，北京，中國社會科學出版社，2013年版，第97頁。

〔註9〕 （美）羅伯特·芮德菲爾德著，王瑩譯：《農民社會與文化：人類學對文明的一種詮釋》，北京，中國社會科學出版社，2013年版，第116頁。

〔註10〕 （美）羅伯特·芮德菲爾德著，王瑩譯：《農民社會與文化：人類學對文明的一種詮釋》，北京，中國社會科學出版社，2013年版，第43頁。

的是「既往的文明」，而大傳統「脫胎於小傳統」。由此而言，大、小傳統之間的關係就不僅僅是相互影響，實質上，二者就是一個傳統，是一個傳統在不同時期和不同領域裏展現出的兩個側面。

芮斐德對大、小傳統的界定及對二者關係的論述，頗值得我們借鑒。就本書探討的內容而言，志怪故事在平民百姓之間的產生以及流傳，可歸為小傳統的範圍，而儒家思想、玄學、佛學則可歸為大傳統的範圍。儒學家、玄學家、佛學家們則是「每一個大傳統都會有的」「它自己的一幫子導師級的大人物」和「它自己的一大幫子人文學的學者們」。〔註11〕同時，「應該把文人也計入到精英階層裏去，因為文人不是別的，而是『由官方指定的負責寫出經典性文章的槍手。如果把這樣的槍手排除出精英階層的話，而且如果沒有層出不窮的經典性文章出爐的話，那麼封建體制就斷不能以高深莫測的文體和絢麗無比的辭藻來為它的血脈的存在和延續唱天籟之音的讚歌了。』」〔註12〕且不說文人是否一定是「官方指定的槍手」，單就「高深莫測的文體和絢麗無比的辭藻」而言，則　定是「在學堂或廟堂之內培育出來的」，因此，把文人歸為精英階層是毋庸置疑的。而志怪書的撰寫者，前文已經過論證將之歸類為文人，當然屬於精英階層，是文化大傳統的代言人。而大、小傳統的關係，在志怪故事由口頭形式轉變為書面形式進而再回到口頭流傳的過程中亦可見一斑。魯迅先生曾經指出魏晉南北朝時期志怪書產生的根本原因：「中國本信巫，秦漢以來，神仙之說盛行，漢末又大暢巫風，而鬼道愈熾；會小乘佛教亦入中土，漸見流傳。凡此，皆張皇鬼神，稱道靈異。」〔註13〕其實，這正是當時民間小傳統的大致狀況。正是這種近乎狂熱的、遍及整個時代的民間俗信，以志怪故事為載體，給了上層文人另一種超越現實的靈感，使他們在精英文化的玄理玄智之外，建構起一個同樣充滿智慧但與信仰鬼神仙怪的民間小傳統更為親近也更為放鬆的志怪世界。所以，志怪書的撰寫，是精英知識分子對民間文化的主動「拿來」，再通過「無意識」的潤色、加工，將之由口耳相傳的口頭故事變成書面文字形式的志怪書，由此染上大傳統的氣質，之後，志怪書裏的志怪故事再自然地「溢出」大傳統的「河道」，「回流到平

〔註11〕（美）羅伯特‧芮德菲爾德著，王瑩譯：《農民社會與文化：人類學對文明的一種詮釋》，北京，中國社會科學出版社，2013年版，第109頁。
〔註12〕（美）羅伯特‧芮德菲爾德著，王瑩譯：《農民社會與文化：人類學對文明的一種詮釋》，北京，中國社會科學出版社，2013年版，第42頁。
〔註13〕魯迅：《中國小說史略》，上海，上海古籍出版社，1998年版，第24頁。

民百姓中間去」，再次轉變成口耳相傳的口頭故事，如此「溢進」、「溢出」，即是大傳統與小傳統的互動，文明就在此互動中不斷發展。

二、「禮、俗整合體」與志怪書中的民間習俗

芮斐德所謂的「小傳統」在中國古代表述爲「俗」，「俗」在《說文解字》中訓爲「習也」，段注曰：「習者，數飛也。引申之凡相效謂之習。」〔註14〕《周禮・天官・大宰》曰：「以八則治都鄙：一曰祭祀，以馭其神。……六曰禮俗，以馭其民；七曰刑賞，以馭其威；八曰田役，以馭其眾。」〔註15〕鄭玄注云：「禮俗，昏姻、喪紀舊所行也。」〔註16〕《周禮・大司徒》曰：「五物者民之常，而施十有二教焉：一曰以祀禮教敬，則民不苟。……六曰以俗教安，則民不愉。」鄭玄注云：「俗謂土地所生習也。愉謂朝不謀夕。」〔註17〕《禮記・王制》曰：「凡居民材，必因天地寒暖燥濕。廣谷大川異制，民生其間者異俗，剛柔、輕重、遲速異齊。五味異和，器械異制，衣服異宜。」〔註18〕《漢書・地理志》曰：「凡民函五常之性，而其剛柔緩急，音聲不同，繫水土之風氣。故謂之風；好惡取舍，動靜亡常，隨君上之情慾，故謂之俗。」〔註19〕應劭《風俗通義序》曰：「風者，天氣有寒煖，地形有險易，水泉有美惡，草木有剛柔也。俗者，含血之類，像之而生，故言語歌謳異聲，鼓舞動作殊形，或直或邪，或善或淫也。……《孝經》曰：『移風易俗，莫善於樂。』傳曰：『百里不同風，千里不同俗。戶異政，人殊服。』」〔註20〕可見，「俗」或「風俗」是植根於「水土之風氣」的百姓民眾的生活，是從「好惡取舍，動靜亡常」的生活經驗中相互傚仿、自發形成的風俗習慣，既受氣候、地理等

〔註14〕 （漢）許慎撰，（清）段玉裁注：《說文解字注》，上海，上海古籍出版社，1981年版，第376頁。

〔註15〕 （漢）鄭玄注，（唐）賈公彥疏：《周禮注疏》，北京，北京大學出版社，1999年版，第27～28頁。

〔註16〕 （漢）鄭玄注，（唐）賈公彥疏：《周禮注疏》，北京，北京大學出版社，1999年版，第28頁。

〔註17〕 （漢）鄭玄注，（唐）賈公彥疏：《周禮注疏》，北京，北京大學出版社，1999年版，第246頁。

〔註18〕 （漢）鄭玄注，（唐）孔穎達疏：《禮記正義》，北京，北京大學出版社，1999年版，第398頁。

〔註19〕 （漢）班固撰，（唐）顏師古注：《漢書》，北京，中華書局，1962年版，第1640頁。

〔註20〕 （漢）應劭撰，王利器校注：《風俗通義校注》，北京，中華書局，1981年版，第8頁。

自然環境因素影響，又體現著人對於自然環境的主動而本能的反應。各地自然環境不同，人性、人情亦有差異，對環境的反應便有不同，遂形成各種各樣的民風習俗。因此，民俗一般具有自發性、地域性、多樣性。同時，民俗還具有排他性，不容異地異俗之人隨意冒犯，所以有「入鄉隨俗」之說。《禮記・曲禮》曰：「禮從宜，使從俗。」〔註 21〕「入竟而問禁，入國而問俗，入門而問諱。」〔註 22〕《禮記・王制》曰：「修其教，不易其俗。齊其政，不易其宜。」〔註 23〕疏曰：「俗謂民之風俗，宜謂土地器物所宜，教謂禮義教化，政謂政令施爲，言修此教化之時，當隨其風俗，故云『不易其俗』。」〔註 24〕總之，風俗（或民俗）自發形成，因地而異，是各地百姓衣食住行的生活常習與標本，代表著平民百姓的生存智慧，雖不成文，但作爲一種隱形的文化在其誕生地的百姓生活中無處不在且極具權威性，是謂文化之小傳統。

　　相對「俗」而言，中國古代對「大傳統」的表述則爲「禮」。《禮記正義》曰：「夫禮者，經天地，理人倫，本其所起，在天地未分之前。⋯⋯禮者，理也。其用以治，則與天地俱興。⋯⋯自伏犧以後至黃帝，吉、凶、賓、軍、嘉五禮始具。」〔註 25〕《左傳・昭公二十五年》曰：「夫禮，天之經也，地之義也，民之行也。」〔註 26〕《尚書・虞書・堯典》曰：「修五禮、五玉。」馬融注云：「修吉、凶、賓、軍、嘉之禮，五等諸侯執其玉。」〔註 27〕《大戴禮記・本命》曰：「禮義者，恩之主也。冠、昏、朝、聘、喪、祭、賓主、鄉飲酒、軍旅，此之謂九禮也。」〔註 28〕《禮記・曲禮》曰：「禮不下庶人。」注

〔註21〕　（漢）鄭玄注，（唐）孔穎達疏：《禮記正義》，北京，北京大學出版社，1999年版，第 11 頁。

〔註22〕　（漢）鄭玄注，（唐）孔穎達疏：《禮記正義》，北京，北京大學出版社，1999年版，第 87 頁。

〔註23〕　（漢）鄭玄注，（唐）孔穎達疏：《禮記正義》，北京，北京大學出版社，1999年版，第 398 頁。

〔註24〕　（漢）鄭玄注，（唐）孔穎達疏：《禮記正義》，北京，北京大學出版社，1999年版，第 399 頁。

〔註25〕　（漢）鄭玄注，（唐）孔穎達疏：《禮記正義》，北京，北京大學出版社，1999年版，第 4～6 頁。

〔註26〕　（周）左丘明傳，（晉）杜預注，（唐）孔穎達正義：《春秋左傳正義》，北京，北京大學出版社，1999 年版，第 1447 頁。

〔註27〕　（漢）孔安國傳，（唐）孔穎達正義：《尚書正義》：上海，上海古籍出版社，2007 年版，第 82 頁。

〔註28〕　高明注譯：《大戴禮記今注今譯》，臺北，臺灣商務印書館，民國六十六年版，第 462 頁。

曰：「爲其遽於事，且不能備物。」疏曰：「庶人貧，無物爲禮，又分地是務，不服燕飲，故此禮不下於庶人行也。《白虎通》云：『禮爲有知制，刑爲無知設。』」〔註29〕清人孫詒讓在解釋《周禮·天官·大宰》中「六曰禮俗，以馭其民」時認爲：「禮俗當分爲二事。禮謂吉凶之禮，即《大司徒》十二教，陽禮教讓，陰禮教親之等是也。俗謂土地所習，與禮不同，而不必變革者，即十二教之『以俗教安』。」〔註30〕可見，禮是由上而下施行的人文教化，有綱目，成體系，「郁郁乎文哉」。俗是下層社會自發而成並僅用以指導當地百姓自己生活的感性經驗，充滿世故人情和鄉土氣息。二者施行的範圍、對象、過程、方式皆不同。錢穆先生在《國學概論》中指出：「禮者，要言之，則當時貴族階級一切生活之方式也。故治國以禮，行軍以禮，保家、守身、安位，亦莫不以禮。……今約而言之：則凡當時列國君大夫所以事上、使下、賦稅、軍旅、朝覲、聘學、盟會、喪祭、田狩、出征，一切以爲政事、制度、儀文法式者莫非『禮』。」〔註31〕在《國史大綱》中亦曰：「大抵古代學術，只有一個『禮』。……禮本爲祭儀，推廣而爲古代貴族階級間許多種生活的方式和習慣。」〔註32〕「禮」既然作爲「貴族階級」的生活方式和習慣，「不下於庶人」，則顯然是上流社會、精英階層創建起來的，也即「廟堂之內培育出來的」，需要一定的物質基礎、知識修養才能踐行。「禮」與「俗」相對，屬於文化大傳統。「禮」既爲「天經地義」的大傳統，必以「救世主」的姿態「居高臨下」地去「移風易俗」、「正俗」，即一方面「其用以治」，顯示其「政治權威」，同時對平民百姓予以「道德領域裏的指導」〔註33〕。如《尚書·周書·周官》曰：「宗伯掌邦禮，治神、人，和上、下。」〔註34〕《禮記·曲禮》曰：「道德仁義，非禮不成。教訓正俗，非禮不備。……禱祠祭祀，供給鬼神，非禮不誠不莊。」〔註35〕《禮

〔註29〕（漢）鄭玄注，（唐）孔穎達疏：《禮記正義》，北京，北京大學出版社，1999年版，第78～79頁。

〔註30〕（清）孫詒讓：《周禮正義》（王文錦、陳玉霞點校）第一冊，北京，中華書局，1987年版，第71頁。

〔註31〕錢穆：《國學概論》，北京，九州出版社，2011年版，第34～36頁。

〔註32〕錢穆：《國史大綱》，北京，商務印書館，1996年版，第94～95頁。

〔註33〕（美）羅伯特·芮德菲爾德著，王瑩譯：《農民社會與文化：人類學對文明的一種詮釋》，北京，中國社會科學出版社，2013年版，第84頁。

〔註34〕（漢）孔安國傳，（唐）孔穎達正義：《尚書正義》，上海，上海古籍出版社，2007年版，第704頁。

〔註35〕（漢）鄭玄注，（唐）孔穎達疏：《禮記正義》，北京，北京大學出版社，1999年版，第14頁。

記・王制》曰：「司徒修六禮以節民性，明七教以興民德，齊八政以防淫，一道德以同俗。」〔註36〕《漢書・地理志》曰：「孔子曰：『移風易俗，莫善於樂。』言聖王在上，統理人倫，必移其本，而易其末，此混同天下一之虖中和，然後王教成也。」〔註37〕

　　從上述「俗」與「禮」的界定及其用法可知，總體而言，作為小傳統的「俗」文化更貼近民間的日常生活，多為滿足物質層面的需要，多呈現為形而下之生活現象，是為「小說」；作為大傳統的「禮」文化則為貴族或社會精英階層的生活與身份之標誌，因此階層物質生活水平相對較高，物質層面的需求已經得到較好的滿足，故「禮」體現出更多精神層面的追求，代表更為「文明」的「生活形式」，是為「大道」。但是，「禮」畢竟同樣源於生活，作為基於日常生活及言行的規範與規則，「禮」仍然指向「冠、婚、朝、聘、喪、祭、賓主、鄉飲酒」等生活內容，而這些生活內容大部分也是平民百姓生活的基本項目，只不過在鄉民百姓而言，這些「禮儀」項目的實行規格相對較低、程序相對簡單、形式相對粗陋而已。因此，「禮」與「俗」本同而末異。《管子・法禁篇》曰：「三者藏於官則為法，施於國則成俗。」〔註38〕三者指法、刑、爵，此三者由「禮」貫穿，「禮」是治國安邦的根本原則和根本大法。在上為禮，在下為俗。劉師培在《古政原始論・禮俗原始論》中，考察了中國古代禮俗源流演變，認為：「上古之時禮源於俗，典禮變遷可以考民風之同異。」〔註39〕柳詒徵先生則認為：「禮俗之界，至難劃分。」〔註40〕禮與俗均源於人性、人情，均與人們的日常生活息息相關，「禮」不過是規範化、系統化、精緻化了的「俗」。二者既彼此分離、各循其道，又相互依存、相互滲透，其關係可概括為：俗先於禮，禮本於俗，俗是禮之源，禮是俗之綱。總之，一個民族的整體的文化傳統不僅是上層的意識形態和國家制度，同時，也涵有下層的風俗民情，是「子曰」、「詩云」與方言土語雙方彼此不斷對話、互動而成的統一體。從這個意義

〔註36〕　（漢）鄭玄注，（唐）孔穎達疏：《禮記正義》，北京，北京大學出版社，1999年版，第403頁。

〔註37〕　（漢）班固撰，（唐）顏師古注：《漢書》，北京，中華書局，1962年版，第1640頁。

〔註38〕　黎翔鳳撰，梁運華整理：《管子校注》，北京，中華書局，2004年版，第273頁。

〔註39〕　劉師培：《古政原始論》，見劉夢溪主編：《中國現代學術經典》（劉師培卷），石家莊，河北教育出版社，1996年版，第707頁。

〔註40〕　柳詒徵：《中國禮俗史發凡》，《學原》第1卷，第1冊。

來講，牟宗三先生所言的「中國文化生命」又是一個大、小傳統緊密結合、彼此影響的「禮、俗整合體」。

文化傳統的這種禮、俗整合體的特徵同樣體現在魏晉南北朝時期鬼神信仰極爲盛行的「生活形式」中。《荀子‧禮論》曰：「祭者，志意思慕之情也，忠信愛敬之至矣，禮節文貌之盛矣，苟非聖人，莫之能知也。聖人明知之，士君子安行之，官人以爲守，百姓以成俗。其在君子，以爲人道也；其在百姓，以爲鬼事也。」〔註41〕《禮記‧樂記》曰：「明則有禮樂，幽則有鬼神。」〔註42〕又云：「因物之精，制爲之極，明命鬼神，以爲黔首則，百眾以畏，萬民以服。」〔註43〕「人道」、「禮樂」爲大傳統的範圍，「鬼事」、「鬼神」則爲小傳統的範圍。大傳統文化與國運、政治一榮俱榮、一損俱損，若社稷倒懸，禮樂必然失統。但是，作爲小傳統的民間風習和俗信本來就源自鄉民百姓的生活，遠離政治中心和主流文化圈，當國家政治穩定，這種邊緣的民間小傳統就與主流的「禮樂文化」遙相呼應、彼此影響，互通共存。當社稷傾頹，禮樂文化失去政治依託，漸趨消亡，但民風俗信則依然故我。魏晉南北朝時期，「國將不國」，社會政治混亂失序，以「鬼事」「鬼神」爲主要內容的民間俗信一則擺脫了漢代以來獨尊一時的儒家思想「不語怪力亂神」的壓制，二則其時生存環境的惡劣更使之成爲人心所嚮，寬鬆的外圍環境和自身的滿足社會需求的性能，使民間俗信終於發展成爲聲勢浩大的鬼神文化景觀。爲適應亂世中人們的各種繁雜而迫切的需求，民間俗信甚至超出了以往的天地自然崇拜、祖先崇拜、鬼神崇拜乃至道教、佛教的信仰範圍，信仰對象不斷增多，範圍不斷擴大，除了不斷將大傳統中的聖人賢君、歷史上的英雄人物、行業的始祖等「凡夫俗子」加以神化，有的民間的普通人物也成了能夠降福懲惡的神靈，玄學人物也被賦予某種「特異功能」或超人的學識、能力，被收羅進俗信故事之中，甚至日常生活用品都成了左右人們禍福命運的神怪。比如，前文提及的《搜神記》中關於孔子、蔣子文、鄭玄、郭璞、丁姑祠、青蚨、飯臿怪的故事等等。一度被漢代文化大傳統極端排斥的民間俗信以一

〔註41〕（清）王先謙撰，沈嘯寰、王星賢點校：《荀子集解》，北京，中華書局，1988年版，第 376 頁。

〔註42〕（漢）鄭玄注，（唐）孔穎達疏：《禮記正義》，北京，北京大學出版社，1999年版，第 1087 頁。

〔註43〕（漢）鄭玄注，（唐）孔穎達疏：《禮記正義》，北京，北京大學出版社，1999年版，第 1325 頁。

種強大的反彈力快速膨脹，使整個時代的社會政治、思想文化無不蒙上一層濃重的神怪色彩，鬼神文化似乎達到了它的「黃金時期」。

魏晉南北朝時期精英階層對鬼神之事的極大興趣甚至迷信，與其說是民間鬼神信仰的逆向滲透，不如說是精英階層的主動吸收。對鬼神的敬信不但成為他們精神生活的寄託，甚至國家政治的存亡安危都要仰仗鬼神、占卜。如《晉書》卷八十《王羲之傳》載王羲之次子王凝之事：「王氏世事張氏五斗米道，凝之彌篤。孫恩之攻會稽，僚佐請為之備。凝之不從，方入靖室請禱，出語諸將佐曰：『吾已請大道，許鬼兵相助，賊自破矣。』既不設備，遂為孫恩所害。」〔註44〕此等可笑、可悲之舉，與鄉民百姓的迷信又有何異！「精英」的氣質、風度蕩然無存！又如《習鑿齒傳》載：桓溫為荊州刺史時，手握兵權，久有簒位之心，曾找「知天文者」，「夜執手問國家祚運修短」，答曰：「世祚方永。」又曰：「太微、紫微、文昌三宮氣候如此，決無憂虞。至五十年外不論耳。」桓溫聽後大為不悅。〔註45〕此種信奉鬼神之事舉不勝舉。在當時的精英知識階層，不但迷信鬼神，還形成了關於鬼神之道的系統理論。如葛洪《抱朴子・微旨》中說：「山川草木，井竈洿池，猶皆有精氣；人身之中，亦有魂魄；況天地為物之至大者，於理當有精神，有精神則宜賞善而罰惡，但其體大而網疏，不必機發而響應耳。」〔註46〕《搜神記》卷十二「刀勞鬼」條中說：「故外書云：『鬼神者，其禍福發揚之驗於世者也。』……然則天地鬼神，與我並生者也。氣分則性異，域別則形殊，莫能相兼也。生者主陽，死者主陰，性之所託，各安其生。太陰之中，怪物存焉。」〔註47〕由此可見，民間蔚為大觀的鬼神仙道的故事傳說、無處不在的鬼神觀念，從民俗以及百姓日用生活中，借助危機四伏、傳統儒家禮教崩潰的亂世環境，「乘虛而入」，向以世家大族為中心的上層文化蔓延滲透，在知識階層的「雅文化」的意識形態、思想觀念、生活態度、行為方式及其文本運作中都烙上「怪、力、亂、神」的印迹。而文人士子則於「精神危機」中積極「自救」，在小傳統文化中汲取與自身生存環境、精神旨趣相合的東西，甚或在對民間風俗的

〔註44〕（唐）房玄齡等：《晉書》（卷八十），北京，中華書局，1974 年版，第 2103 頁。
〔註45〕（唐）房玄齡等：《晉書》（卷八十二），北京，中華書局，1974 年版，第 2152 頁。
〔註46〕王明：《抱朴子內篇校釋》，北京，中華書局，1986 年版，第 125 頁。
〔註47〕（晉）干寶撰：汪紹楹校注：《搜神記》，北京，中華書局，1979 年版，第 153 頁。

考察中審視社稷的命運，寄託心中不滅的報國之志。同時，他們把這種來自民間的「俗」文化加以改造，使之具有屬於「雅」文化的形式，使此一小傳統具有更廣闊的生存空間和更強大的延展能力。此外，由於遠離上層儒家思想，較上層文人的大傳統而言，民間俗信更自由、活潑，更富有眞情實感，在思維方式和表達方式都更大程度上保留了原始思維的特徵。所以，其時的文人以極大的熱情搜集志怪故事，撰寫志怪書，無疑也表現了其於大傳統文化失序的迷惘中一種對民間俗信的期待，一種對祖先原始經驗遺存的回歸和借鑒。

民間風俗本爲百姓的生活經驗，久而久之積澱成人們的思維方式和行爲方式，也成爲約定俗成的民間的隱形的規約，其最明顯的表現形態是較爲穩定的民間節俗。志怪書中即有大量關於民俗的記載。茲舉例如下。如《搜神記》卷十四載「蠻夷祭盤瓠」的風俗曰：

> 高辛氏，有老婦人居於王宮，得耳疾歷時。醫爲挑治，出頂蟲，大如繭。婦人去後，置以瓠蘺，覆之以盤，俄爾頂蟲乃化爲犬。其文五色，因名「盤瓠」，遂畜之。時戎吳強盛，數侵邊境，遣將征討，不能擒勝。乃募天下有能得戎吳將軍首者，購金千斤，封邑萬戶，又賜以少女。後盤瓠銜得一頭，將造王闕。王診視之，即是戎吳。爲之奈何？羣臣皆曰：「盤瓠是畜，不可官秩，又不可妻。雖有功，無施也。」少女聞之，啓王曰：「大王既以我許天下矣。盤瓠銜首而來，爲國除害，此天命使然，豈狗之智力哉。王者重言，伯者重信，不可以女子微軀，而負明約於天下，國之禍也。」王懼而從之。令少女從盤瓠。盤瓠將女上南山，草木茂盛，無人行跡。於是女解去衣裳，爲僕豎之結，著獨力之衣，隨盤瓠升山入谷，止於石室之中。王悲思之，遣往視覓，天輒風雨，嶺震雲晦，往者莫至。蓋經三年，産六男六女。盤瓠死後，自相配偶，因爲夫婦。織績木皮，染以草實，好五色衣服，裁制皆有尾形。後母歸，以語王，王遣使迎諸男女，天不復雨。衣服褊褋，言語侏㒖，飲食蹲踞，好山惡都。王順其意，賜以名山廣澤，號曰「蠻夷」。蠻夷者，外癡內黠，安土重舊，以其受異氣於天命，故待以不常之律。田作賈販，無關繻符傳租税之賦；有邑君長，皆賜印綬；冠用獺皮，取其遊食於水。今即梁、漢、巴、蜀、武陵、長沙、廬江郡夷是也。用糁雜

魚肉，叩槽而號，以祭盤瓠，其俗至今。故世稱「赤髀橫裙，盤瓠
子孫。」〔註48〕

又如農村有正月一日打糞堆的習俗，人們一邊打一邊呼喚「如願」。《搜
神記》卷四「青洪君」即載其傳說曰：「廬陵歐明，從賈客，道經彭澤湖。每
以舟中所有，多少投湖中，云：『以爲禮。』積數年。後復過，忽見湖中有大
道，上多風塵。有數吏，乘車馬來候明，云：『是青洪君使要。』須臾達，見
有府舍，門下吏卒，明甚怖。吏曰：『無可怖。青洪君感君前後有禮，故要君。
必有重遺君者。君勿取，獨求如願耳。』明既見青洪君，乃求如願。使逐明
去。如願者，青洪君婢也。明將歸，所願輒得，數年，大富。」〔註49〕《錄
異傳》也載有「如願」故事，但比《搜神記》中的記載更爲曲折，補充了「青
洪君」中所沒有的「打糞堆」的情節，與民間的實際節俗更爲接近。《錄異傳》
「如願」故事在歐明「數年大富」情節之後繼續寫到：「（歐明）意漸驕盈，
不復愛如願。歲朝，雞一鳴，呼如願，如願不起。明大怒，欲捶之。如願乃
走。明逐之於糞上。糞上有昨日故歲掃除聚薪，如願乃於此得去。明不知，
謂逃在積薪糞中，乃以杖捶使出。久無出者，乃知不能。因曰：『汝但使我富，
不復捶汝。』今世人歲朝雞鳴時，轉往捶糞，云使人富也。」〔註50〕

三月三日也是民間重要的節日。《搜神記》中兩次提到「三月三日」的節
俗。卷二「賈佩蘭」條載：「三月上巳，張樂於流水。」〔註51〕卷十六「盧充」
條載：「三月三日，充臨水戲，忽見水旁有二犢車，乍沈乍浮。」〔註52〕三月
三日是上巳節，是魏晉南北朝時期最爲盛大的節日之一。《荊楚歲時記》記載：
「三月三日，四民並出江渚池沼間，臨清流，爲流杯曲水之飲。」〔註53〕上
巳節的時間本來是在三月上旬的巳日，人們到水邊修禊，以祓災祈福。但是，
到魏晉南北朝時期，上巳節的時間改成了三月三日，而且，人們主要是臨水

〔註48〕（晉）干寶撰：汪紹楹校注：《搜神記》，北京，中華書局，1979年版，第168
～169頁。

〔註49〕（晉）干寶撰：汪紹楹校注：《搜神記》，北京，中華書局，1979年版，第52
頁。

〔註50〕魯迅校錄：《古小說鉤沈》，濟南，齊魯書社，1997年版，第254～255頁。

〔註51〕（晉）干寶撰：汪紹楹校注：《搜神記》，北京，中華書局，1979年版，第24頁。

〔註52〕（晉）干寶撰：汪紹楹校注：《搜神記》，北京，中華書局，1979年版，第
204頁。

〔註53〕（南朝・梁）宗懍撰，宋金龍校注：《荊楚歲時記》，太原，山西人民出版社，
1987年版，第38頁。

嬉戲，聚眾暢飲，欣賞春光，驅災求福的目的被淡化。民間的節俗不只是屬
於民間，也成爲文人士子們的嘉會之期。東晉著名的文人集會——「蘭亭集
會」就是發生在這一個民間節日。東晉穆帝永和九年（353 年）三月三日，謝
安、王羲之等四十多位名士在會稽山陰縣蘭亭集會。雅集於蘭亭的文人學士，
深受玄學的影響，嚮往「靜」、「寂」的境界，以自然山水爲觸發玄理妙機的
媒介，他們以靜觀幽雅、清秀的山水爲樂事，在自然山水之美中去領略道家
的玄理。蘭亭勝地「崇山峻嶺，茂林修竹」，「清流激湍，映帶左右」，文人名
士們在仰觀宇宙、俯察品類、一觴一詠之際，寫下了不少詩作，如謝安、孫
綽、謝萬、王羲之、王彬之等人的同題《蘭亭詩》、《三月三日》等，王羲之
所作《蘭亭集序》，更是膾炙人口，被人們爭相傳誦。民間的節日被文人士子
們演繹成一場談玄做詩、風流浪漫的集會，忘情山水之時，文人們似乎也得
到了大自然的回應。在本屬於民間的上巳節，文人士子們找到了一個暫時的
「棲居」之地，在這裡，生命沒有任何危險，心情得以完全放鬆，才華得到
盡情展現。此時、此地、此情、此景，與眞實的亂世環境大相徑庭，宛然另
一個時空。

　　端午節的習俗，在志怪書中亦可見。《荊楚歲時記》載：「五月五日，謂
之浴蘭節。四民並踏百草。……採艾以爲人，懸門戶上，以禳毒氣。」〔註 54〕
並注引《大戴禮記》曰：「五月五日，蓄蘭爲沐浴。」〔註 55〕《幽明錄》中亦
有「浴蘭湯」的記載：「廟方四丈，不作墉壁。道廣五尺，夾樹蘭香。齋者煮
以沐浴，然後親祭，所謂『浴蘭湯』。」〔註 56〕即端午節人們以蘭湯沐浴，意
在驅疫除病。端午節還有吃粽子的習俗，吳均《續齊諧記》載其事曰：「屈原
五月五日投汨羅水，楚人哀之。至此日，以竹筒子貯米，投水以祭之。漢建
武中，長沙區曲白日忽見一士人，自云三閭大夫，謂曲曰：『聞君常見祭，甚
善。但常年所遺，並爲蛟龍所竊；今若有惠，當以楝葉塞其上，以綵絲纏之。
此二物蛟龍所憚。』曲依其言。今五月五日作粽，並帶楝葉、五花絲，皆汨
羅之遺風也。」〔註 57〕五月還有很多禁忌。《荊楚歲時記》曰：「五月，俗稱

〔註 54〕（南朝・梁）宗懍撰，宋金龍校注：《荊楚歲時記》，太原，山西人民出版社，
　　　　1987 年版，第 47 頁。
〔註 55〕（南朝・梁）宗懍撰，宋金龍校注：《荊楚歲時記》，太原，山西人民出版社，
　　　　1987 年版，第 47 頁。
〔註 56〕（南朝・宋）劉義慶撰，鄭晚晴集注：《幽明錄》，北京，文化藝術出版社，
　　　　1988 年版，第 190 頁。
〔註 57〕李劍國：《唐前志怪小說輯釋》，上海，上海古籍出版社，1986 年版，第 615 頁。

惡月，多禁。忌曝床席，及忌蓋屋。」並注引劉敬叔《異苑》曰：「新野庾寔，嘗以五月曝席，忽見一小兒死在席上，俄而失之，其後，寔子遂亡。」〔註58〕

農曆七月七日是民間的乞巧節。所謂乞巧，就是向天上的織女星乞求智巧。吳均《續齊諧記》載織女故事曰：「桂陽成武丁，有仙道，常在人間。忽謂其弟曰：『七月七日織女當渡河，諸仙悉還宮。吾向已被召，不得停，與爾別矣。』弟問曰：『織女何事渡河去？當何還？』答曰：『織女暫詣牽牛。吾復三年當還。』明日，失武丁。世人至今猶云七月七日織女嫁牽牛。」〔註59〕《荊楚歲時記》「佚文」還注引《續齊諧記》所載民間八月以錦綵作眼明囊的習俗曰：「弘農鄧紹嘗以八月旦入華山採藥，見一童子，執五色囊承柏葉上露，皆如珠滿囊。紹問：『用此何為？』答曰：『赤松先生取以明目。』言終，便失所在。」〔註60〕

魏晉南北朝時期，民間有用墨點面以驅邪祛病的風俗。《荊楚歲時記》載：「八月十四日，民並以朱墨點小兒額頭，名為『天灸』，以厭疾。」〔註61〕《搜神記》卷十六亦有相關風俗記載，但不是為小兒點墨，而是為產亡之婦以墨點面：「諸仲務一女顯姨，嫁為米元宗妻，產亡於家。俗間產亡者，以墨點面。其母不忍，仲務密自點之，無人見者。元宗為始新縣丞，夢其妻來上床，分明見新白妝面上有黑點。」〔註62〕

重陽節是魏晉南北朝時期民間的重要節日，節日活動非常隆重。時人認為重九為陽數之極，此日天氣下降而地氣上升，天地二氣相交，不正之氣彌漫，為了避免接觸不正之氣，須登高山以避重九之厄。南朝梁宗懍《荊楚歲時記》注引吳均《續齊諧記》所載「汝南桓景」事，敘述了九月九日登高習俗之緣起。其文曰：「汝南桓景，隨費長房游學。長房謂之曰：『九月九日，汝南當有大災厄，急令家人縫囊盛茱萸繫臂上，登山飲菊酒，此禍可消。』景如言，舉家坐山。夕還，見雞犬一時暴死。長房曰：『此可代之。』今世

〔註58〕（南朝‧梁）宗懍撰，宋金龍校注：《荊楚歲時記》，太原，山西人民出版社，1987年版，第46頁。

〔註59〕李劍國：《唐前志怪小說輯釋》，上海，上海古籍出版社，1986年版，第604頁。

〔註60〕（南朝‧梁）宗懍撰，宋金龍校注：《荊楚歲時記》，太原，山西人民出版社，1987年版，第59頁。

〔註61〕（南朝‧梁）宗懍撰，宋金龍校注：《荊楚歲時記》，太原，山西人民出版社，1987年版，第59頁。

〔註62〕（晉）干寶撰：汪紹楹校注：《搜神記》，北京，中華書局，1979年版，第196～197頁。

人九日登是也。」〔註 63〕此事《初學記》卷四亦載錄。〔註 64〕除了登高，九月九日還要飲菊花酒。自漢代以來，就有在重陽日飲菊花酒的風俗。《搜神記》卷二「賈佩蘭」條載：「九月，佩茱萸，食蓬餌，飲菊花酒，令人長命。菊花舒時，并採莖葉，雜黍米釀之，至來年九月九日始熟，就飲焉。故謂之菊花酒。」〔註 65〕葛洪《西京雜記》卷三亦載賈佩蘭之事，文字與此略同。〔註 66〕前文曾提及曹丕《九日與鍾繇書》曰：「歲往月來。忽復九月九日。……思飧秋菊之落英。輔體延年。莫斯之貴。謹奉一束。以助彭祖之術。」〔註 67〕此皆以飲菊花酒延年益壽。《藝文類聚》引檀道鸞《續晉陽秋》曰：「陶潛嘗九月九日無酒，宅邊菊叢中，摘菊盈把，坐其側久。望見白衣人至，乃王弘送酒也。即便就酌，醉而後歸。」〔註 68〕菊花與酒，在一般人尤其在鄉民社會多用於養生，在陶淵明，則另生一種境界。陶淵明《九日閑居》小序曰：「餘閒居，愛重九之名。秋菊盈園，而持醪靡由。空服九華，寄懷於言。」〔註 69〕詩中則曰：「酒能祛百慮，菊為制頹齡。」《飲酒詩》其五：「採菊東籬下，悠然見南山。」〔註 70〕其七：「秋菊有佳色，裛露掇其英。汎此忘憂物，遠我遺世情。一觴雖獨進，杯盡壺自傾。」〔註 71〕可見，陶淵明百花之中獨愛菊，百飲之中獨愛酒，而菊花的傲然脫俗和酒使人忘憂的醇香也成就了陶淵明其詩、其人。陶淵明皈依田園，躬耕稼穡，與村民「披草共來往」〔註 72〕，「日入相與歸」〔註 73〕，「相見無雜言，但道桑麻

〔註 63〕（南朝・梁）宗懍撰，宋金龍校注：《荊楚歲時記》，太原，山西人民出版社，1987 年版，第 127 頁。

〔註 64〕（唐）徐堅等著：《初學記》，北京，中華書局，1962 年版，第 80 頁。

〔註 65〕（晉）干寶撰：汪紹楹校注：《搜神記》，北京，中華書局，1979 年版，第 24 頁。

〔註 66〕（晉）葛洪撰：《西京雜記》（古小說叢刊本），北京，中華書局，1985 年版，第 19～20 頁。

〔註 67〕（清）嚴可均輯：《全上古三代秦漢三國六朝文》，北京，中華書局，1958 年版，第 1088 頁。

〔註 68〕（唐）歐陽詢撰，汪紹楹校：《藝文類聚》，上海，上海古籍出版社，1982 年版，第 81 頁。

〔註 69〕逯欽立校注：《陶淵明集》，北京，中華書局，1979 年版，第 39 頁。

〔註 70〕逯欽立校注：《陶淵明集》，北京，中華書局，1979 年版，第 89 頁。

〔註 71〕逯欽立校注：《陶淵明集》，北京，中華書局，1979 年版，第 90 頁。

〔註 72〕（晉）陶淵明：《歸園田居五首》其二，見逯欽立校注：《陶淵明集》，北京，中華書局，1979 年版，第 41 頁。

〔註 73〕（晉）陶淵明：《癸卯歲始春懷古田舍二首》其二，見逯欽立校注：《陶淵明集》，北京，中華書局，1979 年版，第 77 頁。

長。」〔註74〕與鄰居「過門更相呼，有酒斟酌之」〔註75〕。在雞鳴、狗吠聲相聞的村落裏，在嫋嫋升起的炊煙裏，陶淵明「聊爲隴畝民」〔註76〕，卻仍不脫文化大傳統的精英品味和文人教養。菊花與酒，在民間多是用以求長生的節令之需，在陶淵明的人生中，卻由「俗」而「雅」，由物質欲求的滿足昇華至精神境界的建構，由一時的節令之需，昇華爲整個生命的品味標誌，以至成爲之後眾文人士子追慕陶潛、示其超逸的必備「道具」。除了登高、飲酒，重陽節還是當時江南地區婦女休息的日子。《搜神記》卷五「丁姑祠」條即載此俗：「淮南全椒縣有丁新婦者，本丹陽丁氏女，年十六，適全椒謝家。其姑嚴酷，使役有程，不如限者，仍便笞捶不可堪。九月九日，乃自經死。遂有靈響，聞於民間。發言於巫祝曰：『念人家婦女，作息不倦，使避九月九日，勿用作事。』……江南人皆呼爲丁姑。九月九日，不用作事，咸以爲息日也。今所在祠之。」〔註77〕

　　魏晉南北朝時期，交通不便，社會動蕩，旅途往往兇險重重，所以人們在出行時，都要選擇吉日，拜路神。路神又稱道神、行神，民間認爲路神掌管天下山川道路，決定行路之人的吉凶禍福。當時人們祭拜的路神多種多樣，幾乎每一個地方都有自己的路神。《搜神記》卷十一「葛祚碑」載：「吳時，葛祚爲衡陽太守。郡境有大槎橫水，能爲妖怪，百姓爲立廟。行旅禱祀，槎乃沉沒；不者槎浮，則船爲之破壞。祚將去官，乃大具斧斤，將去民累。明日當至，其夜，聞江中洶洶有人聲，往視之，槎乃移去，沿流下數里，駐灣中。自此行者無復沈覆之患。衡陽人爲祚立碑，曰：『正德祈禳，神木爲移。』」〔註78〕此外，民間的祭竈神、飲茶、飲酒等的風俗以及人物之間的稱謂及其避諱等等習俗，在志怪書中均可找到相關記述。所以，在這個意義上講，魏晉南北朝時期的志怪書不啻於其時的「風俗通」。

　　搜集、記述如此之多的民間習俗，說明志怪書的撰寫者至少瞭解並且接

〔註74〕（晉）陶淵明：《歸園田居五首》其二，見逯欽立校注：《陶淵明集》，北京，中華書局，1979 年版，第 41 頁。

〔註75〕（晉）陶淵明：《移居二首》其二，見逯欽立校注：《陶淵明集》，北京，中華書局，1979 年版，第 57 頁。

〔註76〕（晉）陶淵明：《癸卯歲始春懷古田舍二首》其二，見逯欽立校注：《陶淵明集》，北京，中華書局，1979 年版，第 77 頁。

〔註77〕（晉）干寶撰：汪紹楹校注：《搜神記》，北京，中華書局，1979 年版，第 61～62 頁。

〔註78〕（晉）干寶撰：汪紹楹校注：《搜神記》，北京，中華書局，1979 年版，第 133 頁。

受這些民間的小傳統，甚至會對之產生相當的興趣，以至於不厭其煩地傳抄、記錄。更重要的是，這些民俗幾乎都帶著濃厚的鬼神信仰的色彩和祈福避禍的動機，每一個風俗背後都隱藏著一個流傳已久的怪異故事，這個怪異故事背後又隱藏著某個不成文的規則，這個規則決定著人們的思維方式和行爲方式，而促使此習俗及其規則在民間廣泛風行並被百姓自覺而嚴格遵守的，是一種無形而強大的威力，此威力即緣於這些故事的超越於人間的鬼神怪異色彩。所以，民間的風俗並不只是簡單的一個日期和那個日期中的儀式、活動或者行爲，每一種民俗都是一種秩序，是小傳統中的凝聚力所在。文人士子在記述民間習俗的同時，也是在無意識地尋找、借鑒某種合理、有效的社會秩序，以彌補現實中大傳統的秩序的崩潰，期冀重建精神的家園，以安置困頓、孤獨、疲憊、失落的心靈。志怪書的撰寫，其實是文人士子對自我價值的實現以及安全感的需求的自我滿足，是在自己所處的大傳統之外，向民間小傳統的「乞巧」。也因此，志怪書的撰寫，不同於民間的單純講述故事，而是帶著對故事的相應的理論或者理性的總結分析。比如「蠻夷祭盤瓠」的記載中對風俗由來的講述以及「蠻夷者，外癡內黠，安土重舊，以其受異氣於天命，故待以不常之律」的「文人話語」。端午吃粽子的風俗故事中，吳均以「世人作粽，並帶五色絲及楝葉，皆汨羅之遺風也」作結。再如《搜神記》卷七載錄晉時人們服飾及車乘習俗曰：「晉武帝太始初，衣服上儉下豐，著衣者皆厭腰。此君衰弱、臣放縱之象也。至元康末，婦人出兩襠，加乎交領之上，此內出外也。爲車乘者，苟貴輕細，又數變易其形，皆以白篾爲純。蓋古喪車之遺象。晉之禍徵也。」〔註79〕文中「此君衰弱、臣放縱之象也」、「蓋古喪車之遺象。晉之禍徵也」之語，蓋亦是干寶的總結性感慨。《搜神記》卷一「左慈」故事中，講述完左慈的道術故事後，結尾曰：「老子曰：『吾之所以爲大患者，以吾有身也；及吾無身，吾有何患哉。』若老子之儔，可謂能無身矣。豈不遠哉也。」〔註80〕鄉民百姓能夠對左慈的道術故事津津樂道，但此段話語決不是鄉民百姓所能言之。諸如此類的結語，都流露了志怪書撰者的精英意識、文化品味及書寫習慣。這種以民間的故事開始又以「文人話語」作結的書寫特點，充分說明了大傳統與小傳統是在彼此借鑒與吸收的過程中，共同構建著「中國文化生命」的禮俗整合體。

〔註79〕　（晉）干寶撰，汪紹楹校注：《搜神記》，北京，中華書局，1979 年版，第 93 頁。
〔註80〕　（晉）干寶撰，汪紹楹校注：《搜神記》，北京，中華書局，1979 年版，第 10 頁。

三、士人言行中的鬼神

　　文人在撰寫志怪故事的過程中，在記錄故事情節的同時，也吸收了故事的敘事結構，在自己的大傳統文化的思維習慣中融進了民間鬼神文化的思維因子，或者清談鬼神，或者將自己置換進志怪故事的構架，直接爲鬼爲神，親自體驗鬼神文化的魅力。總之，文化大傳統對民間志怪的接受，目的是在改善自身，求得其原有價值體系的「可持續發展」。

（一）清談與鬼神、志怪

　　文人士子的清談常常涉及鬼神之事，而志怪故事中亦常常涉及清談。所以，鬼神之事可以成爲清談的話題，而鬼神精怪亦可以成爲清談之「人」。李春青先生在《魏晉清玄》一書中寫到：「清談亦有不同的層次，最深奧者談玄，其次品人，再次則談笑話、談故事、談鬼神。葛洪在《抱朴子》卷 25《疾謬》中曾對那些不明『鬼神之情狀、萬物之變化、殊方之奇怪』而又要『強張大談』（即強不知以爲知之意）的『不才之子』給以諷刺。此可證清談家亦以不知鬼神之事爲恥。在齊梁之間，更展開了一場有關『神存』『神滅』問題的大辯論。因此，在那些堅信神鬼實有的文人所寫的神怪小說中，就有不少專爲證明神鬼之存在而撰的。」〔註81〕李春青先生繼而以《搜神記》卷十六與《晉書·阮瞻傳》所載「阮瞻執無鬼論」事爲例。茲引《晉書》本所載：「永嘉中，（阮瞻）爲太子舍人。瞻素執無鬼論，物莫能難，每自謂此理足可以辯正幽明。忽有一客通名詣瞻，寒溫畢，聊談名理。客甚有才辯，瞻與之言，良久及鬼神之事，反覆甚苦。客遂屈，乃作色曰：『鬼神，古今聖賢所共傳，君何得獨言無！即僕便是鬼。』於是變爲異形，須臾消滅。瞻默然，意色大惡。後歲餘，病卒於倉垣，時年三十。」〔註82〕阮瞻雖執「無鬼論」，必然也要通過「談鬼」以明其「無鬼論」，而「鬼客」亦是「甚有才辯」，與阮瞻共談「名理」，儼然一玄學大師。《幽明錄》卷四亦載錄此事，文字與此略同。

　　劉敬叔《異苑》卷六載有陸機（一說陸雲）與王弼鬼魂所化少年清談事。「晉清河陸機初入洛，次河南之偃師。時久結陰，望道左若有民居，因往投宿，見一年少，神姿端遠，置《易》投壺，與機言論，妙得玄微。機心服其能，無以酬抗。乃提緯古今，總驗名實，此年少不甚欣解。既曉便去，稅驂

〔註81〕李春青：《魏晉清玄》，北京，北京師範大學出版社，1993 年版，第 188 頁。
〔註82〕（唐）房玄齡等撰：《晉書》（卷四十九），北京，中華書局，1974 年版，第 1364 頁。

逆旅，問逆旅嫗，嫗曰：『此東數十里無村落，止有山陽王家塚爾。』機乃怪恨。還睇昨路，空野霾雲，拱木蔽日。方知昨所遇者，信王弼也。一說陸雲獨行，逗宿故人家，夜暗迷路，莫知所從。忽望草中有火光，雲時飢乏，因而詣前。至一家牆院甚整，便寄宿，見一年少可二十餘，丰姿甚嘉，論敘平生，不異於人。尋共說老子，極有辭致。雲出，臨別語云：『我是山陽王輔嗣。』雲出門廻望向處，止是一塚。……」〔註83〕關於陸雲遇家中王弼事，在《晉書·陸雲傳》中亦有記載，語句與《異苑》略同，但最後補充道：「雲本無玄學，自此談《老》殊進。」〔註84〕陸機、陸雲兄弟均非等閒之輩，出身名門，祖父陸遜爲吳丞相，父親陸抗爲吳大司馬，均爲江東功勳顯赫之重臣。陸機「少有異才，文章冠世」，二十歲開始，「閉門勤學，積有十年。」〔註85〕陸云「六歲能屬文，性清正，有才理」，與陸機號稱「二陸」。〔註86〕陸雲善談對。本傳曰：「雲與荀隱素未相識，嘗會華坐，華曰：『今日相遇，可勿爲常談。』雲因抗手曰：『雲間陸士龍。』隱曰：『日下荀鳴鶴。』士龍，云字也；鳴鶴，隱字也。雲又曰：『既開青雲覩白雉，何不張爾弓，挾爾矢？』隱曰：『本謂是雲龍騤騤，乃是山鹿野麋。獸微弩強，是以發遲。』華撫手大笑。」〔註87〕陸機負其才望，志匡世難，於太康末年，與陸雲一起北上洛陽。入洛後先去造訪名重一時的張華，「華素重其名，……薦之諸公。」〔註88〕以二陸之才望，亦覺年少王弼之言談「妙有玄微」「極有辭致」「辭致深遠」，可見對王弼玄談才華的欽羨。而陸雲因與王弼共談《老子》以致玄談「殊進」，對王弼的欽敬之情更是溢於言表。值得注意的是，故事中被二陸激賞的王弼，是作爲鬼魂現身的。王弼這位玄學家被「故事化」的同時，也被「神鬼化」了，成了一個散發著神異光彩的「非人」。

〔註83〕（南朝·宋）劉敬叔撰，范甯校點：《異苑》，北京，中華書局，1996年版，第53頁。

〔註84〕（唐）房玄齡等撰：《晉書》（卷五十四），北京，中華書局，1974年版，第1486頁。

〔註85〕（唐）房玄齡等撰：《晉書》（卷五十四），北京，中華書局，1974年版，第1467頁。

〔註86〕（唐）房玄齡等撰：《晉書》（卷五十四），北京，中華書局，1974年版，第1481頁。

〔註87〕（唐）房玄齡等撰：《晉書》（卷五十四），北京，中華書局，1974年版，第1482頁。

〔註88〕（唐）房玄齡等撰：《晉書》（卷五十四），北京，中華書局，1974年版，第1472～1473頁。

另《幽明錄》載董仲舒遇鬼事曰：「漢董仲舒嘗下帷獨詠，忽有客來，風姿音氣，殊為不凡。與論五經，究其微奧。仲舒素不聞有此人，而疑其非常。客又曰：『欲雨。』因此戲之曰：『「巢居知風，穴居知雨。」卿非狐狸，即是老鼠。』客聞此言，色動形壞，化成老狸，蹶然而走。」〔註89〕董仲舒為一時大儒，狐狸能化為人形，與之談論五經，且能「究其微奧」，可見老狸「濡染」儒學甚深。而其「風姿音氣，殊為不凡」，則風度氣質又頗類名士談客，雖終「蹶然而走」，亦留下一個標準談客的身影。《搜神記》卷十八載有「張茂先」事，與董仲舒事類似。燕昭王墓前有一隻千歲斑狐，能為變幻之事，嘗化作一書生，詣張華，「華見其總角風流，潔白如玉，舉動容止，顧盼生姿，雅重之。於是論及文章，辨校聲實，華未嘗聞。比復商略三史，探賾百家，談老、莊之奧區，披風、雅之絕旨，包十聖，貫三才，箴八儒，擿五禮，華無不應聲屈滯。」張華歎曰：「天下豈有此年少！若非鬼魅，則是狐狸。」於是「掃榻延留」，「使人防門，不得出」，斑狐求退不得，終被張華「烹之」。〔註90〕此則故事中，斑狐所變書生「總角風流，潔白如玉，舉動容止，顧盼生姿」，外貌頗合玄學家之審美口味，而且，其「多才，巧辭」令博學多聞如張華者亦望塵莫及。張華可謂其時之「首席」清談家，《晉書·張華傳》曰：「華學業優博，辭藻溫麗，朗贍多通，圖緯方伎之書莫不詳覽。少自修謹，造次必以禮度。勇於赴義，篤於周急。器識弘曠，時人罕能測之……華強記默識，四海之內，若指諸掌。武帝嘗問漢宮室制度及建章千門萬戶，華應對如流，聽者忘倦，畫地成圖，左右屬目。帝甚異之，時人比之子產……華名重一世，眾所推服，晉史及儀禮憲章並屬於華，多所損益，當時詔誥皆所草定，聲譽益盛，有臺輔之望焉……雅愛書籍，身死之日，家無餘財，惟有文史溢于机篋。嘗徙居，載書三十乘。秘書監摯虞撰定官書，皆資華之本以取正焉。天下奇祕，世所希有者，悉在華所。由是博物洽聞，世無與比。」〔註91〕溢美之辭如是，足見張茂先才華蓋世。故事以張華為主角，顯然是以之作人間的清談代表，與鬼神比試辯談的才學，以炫耀人的優越。然而，勝利的卻是鬼神一方，而張華最終竟然以斑狐為「真妖」為由，將此「千年不

〔註89〕（南朝·宋）劉義慶撰，鄭晚晴集注：《幽明錄》，北京，文化藝術出版社，1988年版，第63～64頁。

〔註90〕（晉）干寶撰，汪紹楹校注：《搜神記》，北京，中華書局，1979年版，第219～220頁。

〔註91〕（唐）房玄齡等撰：《晉書》（卷三十六），北京，中華書局，1974年版，第1068、1070、1074頁。

可復得」的一個辯才「烹之」。然而，這一「烹之」的極端行爲恰恰暴露了玄學家們對斑狐學識與口才的嫉妒，而嫉妒背後，則流露了文人士子對鬼神不由自主的信仰及對鬼神精怪「超人」之能事的掩飾不住的欽佩、羨慕和嚮往。蕭繹《金樓子・志怪篇》中更有「狐屈指而作簿書，狸群叫而講經傳」〔註92〕之語，這個場景中沒有人聲、人影，在場的只有狐、狸們，它們卻完全以人的身份自居，「說人話，做人事」，「人模人樣」地寫書、談論經傳，左一筆右一畫，你一言我一語，亦說亦寫，煞有介事。此一畫面怪異、可笑，但也讓人想見其時知識階層的生活面貌以及民間鬼怪信仰的風氣，眞實地呈現出大、小傳統融合之進程。

　　除了老狸、斑狐能與人清談，雞也不甘落後。《幽明錄》載「雞談玄」事：「晉兗州刺史沛國宋處宗，嘗買得一長雞鳴，愛養甚至，恒寵著窗間。雞遂作人語，與處宗談論，極有玄致，終日不綴。處宗因此言功大進。」〔註93〕清代葉德輝輯《世說新語》佚文一卷，亦載錄此事。〔註94〕一隻雞竟然可以說人言、與人談語，甚至幫助人增強言談能力，讓人匪夷所思。和上文所述千年斑狐、老狸不同的是，這隻「極有玄致」的雞並沒有化爲人形，而是直接口出人語，且「終日不綴」，雞的外形和人的內在素質、能力直接拼接在一起，其怪異更是超乎想像。蕭繹《金樓子・志怪篇》中亦載有雞言人語事：「羅含之雞能言，西周之犬解語。」〔註95〕敍述極簡略，但怪異「指數」不減。這隻雞和宋處宗所買之長鳴雞可謂「知音」，完全可以像人一樣以人言對談了。

　　王弼鬼魂與二陸清談、鬼客與阮瞻激辯、老狸論五經、斑狐暢談百家、雞談玄，這些比「玄談」更「玄」的怪異故事，再次給我們展示了其時人們的想像力，其豐富多彩、大膽誇張及創造性甚至令今天的我們自愧弗如。這幾則故事中，「非人」類角色不但參與清談，而且均是與人類中之精於學問、擅長談對者辯難，結果也都是鬼、怪超過人類乃至幫助人類，至少也能如老狸展現出不輸於人的才學和言談能力。這種情節的處理，無疑暗示出清談風

〔註92〕（南朝・梁）蕭繹撰，（清）謝章鋌校：《金樓子》，臺北，世界書局，1975
　　　　年版，第 262 頁。
〔註93〕（南朝・宋）劉義慶撰，鄭晚晴集注：《幽明錄》，北京，文化藝術出版社，
　　　　1988 年版，第 64 頁。
〔註94〕（宋）李昉等撰：《太平御覽》（卷三九零、七六四），北京，中華書局影印，
　　　　1960 年版，第 1805、3393 頁。
〔註95〕（南朝・梁）蕭繹撰，（清）謝章鋌校：《金樓子》，臺北，世界書局，1975
　　　　年版，第 261 頁。

氣之盛，此風不但為人類社會之好尚，而且彌漫於整個天地之間，薰陶著各個物種、各類存在，以至於雞、狐、鬼都會講人言、善清談。或者反向言之，這些故事也是鬼神精怪跨越民間俗信而積極參與到精英階層的「高端」活動中的體現。故事中鬼、怪之談吐優勝於人類的情節，則暗示出當時人們尤其是名士們對「超人」的清談才華的無限渴慕與推崇、對自身當前清談水平的不滿足以及極力提升自己的清談水平使之驚天地泣鬼神的熱烈願望。總之，志怪書中這些鬼神精怪的清談故事，既體現了精英知識階層對鬼神精怪之存在的肯定和認同，也是鄉民社會龐雜的鬼神信仰「進軍」上層精英文化的明證，大、小傳統文化的互動、融通由「清談」又可見一斑，而且，這也恰是文士們記錄、傳抄志怪故事並撰寫志怪書的不可或缺的社會土壤和思想土壤。

（二）飲酒與志怪

「善飲酒」為魏晉風度之一大要素，亦為志怪故事中一個極其重要的敘事元素。先言魏晉南北朝名流、名士之好酒。如曹操曰：「對酒當歌，人生幾何！……何以解憂？唯有杜康。」〔註96〕王忱感歎：「三日不飲酒，覺形神不復相親。」〔註97〕王恭言：「名士不必須奇才，但使常得無事，痛飲酒，熟讀《離騷》，便可稱名士。」〔註98〕阮籍「嗜酒」，「酣飲為常」，嘗「聞步兵廚營人善釀，有貯酒三百斛，乃求為步兵校尉。」〔註99〕魯迅先生稱阮籍為竹林名士中「專喝酒的代表」〔註100〕。阮籍的姪子阮咸更勝過其叔，《晉書》本傳載其與豕共飲事曰：「諸阮皆飲酒，咸至，宗人間共集，不復用杯觴斟酌，以大盆盛酒，圓坐相向，大酌更飲。時有羣豕來飲其酒，咸直接去其上，便共飲之。」〔註101〕陶淵明也是飲酒的行家。《晉書・陶潛傳》曰：陶潛曾作《五柳先生傳》以自況，其文曰：「性嗜酒，而家貧不能恆得。親舊知其如此，或

〔註96〕（魏）曹操：《短歌行》，見《曹操集》，北京，中華書局，1974 年版，第 8～9頁。

〔註97〕（南朝・宋）劉義慶撰，徐震堮著：《世說新語校箋》（任誕篇），北京，中華書局，1984 年版，第 410 頁。

〔註98〕（南朝・宋）劉義慶撰，徐震堮著：《世說新語校箋》（任誕篇），北京，中華書局，1984 年版，第 410 頁。

〔註99〕（唐）房玄齡等撰：《晉書》（卷四十九），北京，中華書局，1974 年版，第1359、1360 頁。

〔註100〕魯迅：《魏晉風度及文章與藥及酒之關係》，《魯迅全集》（第三卷），北京，人民文學出版社，1973 版，第 498 頁。

〔註101〕（唐）房玄齡等撰：《晉書》（卷四十九），北京，中華書局，1974 年版，第1363 頁。

置酒招之，造飲必盡，期在必醉。」陶淵明做彭澤縣令，「公田悉令種秫穀，曰：『令吾常醉於酒足矣。』」〔註102〕詩與酒，是陶淵明生活之兩大基本要素。陶淵明的詩作幾乎篇篇有酒，可謂無酒不成詩。其《止酒》詩曰：「平生不止酒，止酒情無喜。暮止不安寢，晨止不能起。」〔註103〕尤其在其《挽歌詩》中，更見其對酒的「情不能已」。《挽歌詩》（又曰《擬挽歌辭三首》）其一曰：「千秋萬歲後，誰知榮與辱。但恨在世時，飲酒不得足。」〔註104〕其二曰：「在昔無酒飲，今旦湛空觴。春醪生浮蟻，何時更能嘗？」〔註105〕劉伶更堪稱「酒中之最」。其作《酒德頌》曰：「止則操卮執瓢，動則挈榼提壺，唯酒是務，焉知其餘？」〔註106〕《晉書》本傳載：「嘗渴甚，求酒於其妻。妻捐酒毀器，涕泣諫曰：『君酒太過，非攝生之道，必宜斷之。』伶曰：『善！吾不能自禁，惟當祝鬼神自誓耳。便可具酒肉。』妻從之。伶跪祝曰：『天生劉伶，以酒爲名。一飲一斛，五斗解酲。婦兒之言，愼不可聽。』仍引酒御肉，隗然復醉。嘗醉與俗人相忤，其人攘袂奮拳而往。伶徐曰：『雞肋不足以安尊拳。』其人笑而止。」〔註107〕可見，其時文人士子唇吻、筆端無不酒香四溢，一醉一醒之間，成就極苦悶亦極燦然的人生，留下極悲傷亦極浪漫的足迹。

善飲酒、痛飲酒，不但是爲了及時行樂和肉體的享受，還爲了以醉酒爲託辭遠離多事之秋、是非之地，從而保身活命，更是爲了從感官的愉悅達至精神的逍遙境界。《晉書・阮籍傳》載：「籍本有濟世志，屬魏晉之際，天下多故，名士少有全者，籍由是不與世事，遂酣飲爲常。文帝初欲爲武帝求婚於籍，籍醉六十日，不得言而止。鍾會數以時事問之，欲因其可否而致之罪，皆以酣醉獲免。」〔註108〕《世說新語・任誕篇》載庾冰避禍事曰：「蘇峻亂，諸庾逃散。庾冰時爲吳郡，單身奔亡。民吏皆去，唯郡卒獨以小船載冰出錢塘口，篷簇覆之。時峻賞募覓冰，屬所在搜檢甚急。卒捨船市渚，因飲酒醉，

〔註102〕（唐）房玄齡等撰：《晉書》（卷九十四），北京，中華書局，1974 年版，第
　　　　2460、2461 頁。

〔註103〕逯欽立校注：《陶淵明集》，北京，中華書局，1979 年版，第 100～101 頁。

〔註104〕逯欽立校注：《陶淵明集》，北京，中華書局，1979 年版，第 141 頁。

〔註105〕逯欽立校注：《陶淵明集》，北京，中華書局，1979 年版，第 141 頁。

〔註106〕劉伶：《酒德頌》，見（清）嚴可均輯：《全上古三代秦漢三國六朝文》，北京，
　　　　中華書局，1958 年版，第 1835 頁。

〔註107〕（唐）房玄齡等撰：《晉書》（卷四十九），北京，中華書局，1974 年版，第
　　　　1376 頁。

〔註108〕（唐）房玄齡等撰：《晉書》（卷四十九），北京，中華書局，1974 年版，第
　　　　1360 頁。

還，舞棹向船曰：『何處覓庾吳郡，此中便是！』冰大惶怖，然不敢動。監司見船小裝狹，謂卒狂醉，都不復疑。自送過淛江，寄山陰魏家，得免。後事平，冰欲報卒，適其所願。卒曰：『出自廝下，不願名器。少苦執鞭，恒患不得快飲酒；使其酒足餘年，畢矣。無所復須。』冰為起大舍，市奴婢，使門內有百斛酒，終其身。時謂此卒非唯有智，且亦達生。」〔註109〕酒實爲避禍全身之「法寶」，不但名士以酒全身，普通郡卒亦能以醉酒之態助人避禍，而且其好酒、曠達之風度，絲毫不亞於當時名士。除此之外，酒還可以麻醉人的神經，使人在類似幻覺的狀態中忘記現實的痛苦不快，正所謂「酒正使人人自遠」〔註110〕，「酒正自引人著勝地」〔註111〕。陶淵明《連雨獨酌》曰：「故老贈余酒，乃言飲得仙。試酌百情遠，重觴忽忘天。」〔註112〕飲酒可使人忘卻萬千煩惱，飄飄欲仙。劉伶《酒德頌》描述飲酒之樂曰：「奉罌承槽，銜杯漱醪，奮髯箕踞，枕麴藉糟，無思無慮，其樂陶陶。兀爾而醉，慌爾而醒。靜聽不聞雷霆之聲，熟視不見太山之形。不覺寒暑之切肌，利欲之感情。俯觀萬物之擾擾，如江漢之載浮萍。二豪侍側，焉如蜾蠃之與螟蛉。」〔註113〕酒，此一瓊漿玉液，爲魏晉南北朝人提供了一方可供靈魂棲居的「勝地」，居此「勝地」中，「不覺寒暑之切肌，利欲之感情」，身心俱適，「莫之能傷」。《莊子・達生》曰：「夫醉者之墜車，雖疾不死。骨節與人同而犯害與人異，其神全也，乘亦不知也，墜亦不知也，死生驚懼不入乎其胷中，是故遻物而不慴。彼得全於酒而猶若是，而況得全於天乎？聖人藏於天，故莫之能傷也。」〔註114〕唐成玄英疏曰：「彼之醉人，因於困酒，猶得暫時凝淡，不爲物傷，而況德全聖人，冥於自然之道者乎！物莫之傷，故其宜矣。」〔註115〕借飲酒

〔註109〕（南朝・宋）劉義慶撰，徐震堮著：《世說新語校箋》，北京，中華書局，1984年版，第 400 頁。

〔註110〕（南朝・宋）劉義慶撰，徐震堮著：《世說新語校箋》（任誕篇），北京，中華書局，1984 年版，第 402 頁。

〔註111〕（南朝・宋）劉義慶撰，徐震堮著：《世說新語校箋》（任誕篇），北京，中華書局，1984 年版，第 408 頁。

〔註112〕逯欽立校注：《陶淵明集》，北京，中華書局，1979 年版，第 55 頁。

〔註113〕劉伶：《酒德頌》，劉伶：《酒德頌》，（清）嚴可均輯：《全上古三代秦漢三國六朝文》，北京，中華書局，1958 年版，第 1835 頁。

〔註114〕（清）郭慶藩撰，王孝魚點校：《莊子集釋》，北京，中華書局，1961 年版，第 636 頁。

〔註115〕（清）郭慶藩撰，王孝魚點校：《莊子集釋》，北京，中華書局，1961 年版，第 637 頁。

所達到的一種「莫之能傷」的境界，與「冥於自然之道者」極爲接近。在亂世中苦悶至極時，借助酒精的作用，暫離現實的紛擾不安，在亦眞亦幻中逍遙遊放，得以片刻的解脫，亦不失爲妙策。

「酒」不僅僅是魏晉風度的一大標誌，也是志怪書寫的重要內容。在志怪書裏，「酒」中乾坤更是「廣大悉備」〔註116〕，無奇不有。除了對日常的飲食、祭祀等場景的描述中會常常出現酒之外，還有很多「酒」故事意趣橫生、引人遐思。好飲酒不獨是人的專利，鬼之好飲可謂有過之而無不及。《搜神記》卷十六「鬼酣醉」條事曰：「漢武建元年，東萊人姓池，家常作酒。一日見三奇客，共持麨飯至，索其酒飲。飲竟而去。頃之，有人來，云見三鬼酣醉於林中。」〔註117〕此三鬼可謂眞正的「酒鬼」，不但好飲過人，其索酒、豪飲之任誕不拘以及倒臥林中之醉態，儼然「鬼中名士」。祖沖之《述異記》有「取鎗」故事，寫一個頗有人情趣味的鬼。「諸葛景之亡後，宅上嘗聞語聲。當沽酒而還而無溫鎗。鬼云：『卿無溫鎗，那得飲酒？』見一溫鎗從空中來。」〔註118〕此鬼如此善解人意，當亦是懂酒、愛酒之鬼。簡練卻充滿想像力的語句中，鬼的神態躍然紙上，人與鬼之間的關係也變得溫馨、有趣。志怪故事中，酒還可以致病或祛病。孔氏《志怪》曰：「後漢末，有一人腹內痛，晝夜切痛；臨終，敕其子曰：『吾氣絕後，可剖視之。』其子不忍違言，剖之，得一銅鎗，容可數合。後華佗聞其病而解之，便往，出巾箱內藥以投之，鎗即化爲清酒。」〔註119〕此爲清酒作祟，使人腹痛致死。《神仙傳》所載「劉根」故事中，酒卻是救命的「良藥」。「潁川太守高府君到官，民人大疫，郡中死者過半，太守家大小悉病。府君使珍從根求消災除疫氣之術。珍叩頭述府君意，根教於太歲宮氣上穿地作孔，深三尺，以沙著中，以酒沃之。君依言，病者即愈，疫氣登絕。後常用之，有效。」〔註120〕酒之所以致病、祛病的理由讓人難解，充滿怪異、神秘。酒除了治癒疫病，還能使物怪現出原形，消災弭患。《搜神

〔註116〕（魏）王弼注，（唐）孔穎達疏：《周易正義》，北京，北京大學出版社，1999年版，第318頁。

〔註117〕（晉）干寶撰，汪紹楹校注：《搜神記》，北京，中華書局，1979年版，第198頁。

〔註118〕（魏）曹丕等撰，鄭學弢校注：《列異傳等五種》，北京，文化藝術出版社，1988年版，第128頁。

〔註119〕魯迅校錄：《古小說鈎沈》，濟南，齊魯書社，1997年版，第133～134頁。

〔註120〕滕修展等編著：《列仙傳神仙傳注譯》，天津，百花文藝出版社，1996年版，第370～371頁。

記》卷十八「狗」條事曰：「司空南陽來季德，停喪在殯，忽然見形，坐祭床上，顏色服飾聲氣，熟是也。孫兒婦女，以次教戒，事有條貫。鞭朴奴婢，皆得其過。飲食既絕，辭訣而去。家人大小，哀割斷絕。如是數年。家益厭苦。其後飲酒過多，醉而形露，但得老狗，便共打殺。因推問之，則里中沽酒家狗也。」〔註121〕酒使狗怪現形，從而除掉此患，還人安穩、清靜的生活，此與為人祛病還人身體的健康舒適異曲同工。酒甚至還能助人延壽。《搜神記》卷三「管輅」條載「顏超求壽」事曰：「管輅至平原，見顏超貌主夭亡。顏父乃求輅延命。輅曰：『子歸，覓清酒一榼，鹿脯一斤，卯日，刈麥地南大桑樹下，有二人圍棋次，但酌酒置脯，飲盡更斟，以盡為度。若問汝，汝但拜之，勿言。必合有人救汝。』顏依言而往，果見二人圍棋。顏置脯斟酒於前。其人貪戲，但飲酒食脯，不顧。數巡，北邊坐者忽見顏在，叱曰：『何故在此？』顏唯拜之。南邊坐者語曰：『適來飲他酒脯，寧無情乎？』北坐者曰：『文書已定。』南坐者曰：『借文書看之。』見超壽止可十九歲。乃取筆挑上，語曰：『救汝至九十年活。』顏拜而回。管語顏曰：『大助了，且喜得增壽。北邊坐人是北斗，南邊坐人是南斗。南斗注生，北斗注死。凡人受胎，皆從南斗過北斗。所有祈求，皆向北斗。』」〔註122〕以酒賄賂南、北二斗求得增壽，不啻於現實生活中文人士子借醉酒躲避政亂、禍事以求得生命平安的另類寫照。酒不但讓人、讓鬼大快朵頤，而且關乎到人的生老病死。尤其在祛病、延年、弭患時，不但效驗神奇，而且立竿見影。在人間難以實現甚至根本無法實現的願望，在志怪故事裏均得如願。百姓口耳相傳志怪故事，文人士子編撰志怪書，蓋是現實中無法達成的各種生活需求在想像中的變相滿足。

　　痛飲美酒、遠離煩憂是志怪書中「酒」故事的核心主旨，得美酒而暢飲至一醉方休，成為一時人心、「鬼心」之所向。《世說新語・任誕》載：「王孝伯問王大：『阮籍何如司馬相如？』王大曰：『阮籍胸中壘塊，故須酒澆之。』」〔註123〕名士胸中壘塊須用酒澆之、消之，志怪故事中的「憂氣」，亦須以酒澆之、消之。《搜神記》卷十一「酒消患」條事曰：「漢武帝東遊，未出函谷關，

〔註121〕（晉）干寶撰，汪紹楹校注：《搜神記》，北京，中華書局，1979 年版，第 226
　　　　～227 頁。

〔註122〕（晉）干寶撰，汪紹楹校注：《搜神記》，北京，中華書局，1979 年版，第 33
　　　　～34 頁。

〔註123〕（南朝・宋）劉義慶撰，徐震堮著：《世說新語校箋》（《言語第二》），北京，
　　　　中華書局，1984 年版，第 409 頁。

有物當道，身長數丈，其狀象牛，青眼而曜睛，四足入土，動而不徒。百官驚駭。東方朔乃請以酒灌之。灌之數十斛而物消。帝問其故。答曰：『此名爲患，憂氣之所生也。此必是秦之獄地。不然，則罪人徒作之所聚。夫酒忘憂，故能消之也。』」〔註124〕此條故事中，本來無形的「憂」以及酒之消憂的效力，都被形象化、視覺化地呈現出來。張華《博物志》中載有西域葡萄酒、千日酒，可使人長醉不醒。卷五載：「西域有蒲萄酒，積年不敗，彼俗云：『可十年飲之，醉彌月乃解。』」〔註125〕卷十載：「昔劉玄石於中山酒家酤酒，酒家與千日酒，忘言其節度。歸至家當醉，而家人不知，以爲死也，權葬之。酒家計千日滿，乃憶玄石前來酤酒，醉向醒耳。往視之，云玄石亡來三年，已葬。於是開棺，醉始醒。俗云：『玄石飲酒，一醉千日。』」〔註126〕《搜神記》卷十九亦載有「千日酒」的故事，基本情節與《博物志》所載略同，但敘事更爲細膩、生動，情節更爲曲折、誇張，結尾在《博物志》版本的基礎上「節外生枝」，尤其出人意料。其文曰：眾人發冢，劉玄石恰好酒醒，「開目張口，引聲而言曰：『快者，醉我也。』因問希曰：『爾作何物也？令我一杯大醉，今日方醒？日高幾許？』墓上人皆笑之，被石酒氣衝入鼻中，亦各醉臥三月。」〔註127〕此千日酒與西域之葡萄酒，可使人於酒醉之中遠離喧囂繁亂、危險重重之俗世，靜靜地酣睡於醉夢之中，不覺寒暑，亦無利欲。長達月餘、三載的醉酒時間更是凸顯了時人對亂世生存困境的厭倦與排拒。發冢之人「被石酒氣衝入鼻中，亦各醉臥三月」，此一情節，像極了現代派的繪畫，荒誕而誇張，然而包蘊著內在的眞實，表達了人們內心的一種難以實現的渴望：蓋是羨慕劉玄石飲酒之福，爭相傚仿，卻無千日酒可飲，只得聞一聞酒氣，即便不能酣眠千日，苟得百日亦足矣。王嘉《拾遺記》卷九載有「消腸酒」：「張華爲九醞酒，以三薇漬麴蘖。蘖出西羌，麴出北胡。胡中有指星麥，四月火星出，麥熟而獲之。蘖用水漬麥三夕而萌芽，平旦雞鳴而用之，俗人呼爲『雞鳴麥』。以之釀酒，醇美，久含令人齒動；若大醉，不叫笑搖蕩，令人肝腸消爛，俗人謂之『消腸酒』。或云醇酒可爲長宵之樂。兩說聲同而事異。閭里歌

〔註124〕　（晉）干寶撰，汪紹楹校注：《搜神記》，北京，中華書局，1979年版，第131頁。
〔註125〕　（晉）張華撰，范寧校證：《博物志校證》，北京，中華書局，1980年版，第64頁。
〔註126〕　（晉）張華撰，范寧校證：《博物志校證》，北京，中華書局，1980年版，第110頁。
〔註127〕　（晉）干寶撰，汪紹楹校注：《搜神記》，北京，中華書局，1979年版，第235頁。

日：『寧得醇酒消腸，不與日月齊光。』言耽此美酒，以悅一時，何用保守靈而取長久！」〔註128〕張華所釀之酒，原料爲「俗人」所呼「雞鳴麥」，酒成，「俗人」謂之「消腸酒」，則此酒非但精英雅士釀之、飲之，「俗人」亦知之、飲之。此酒之原料、做法均異於尋常之酒，其酒力亦非同一般。由閭里百姓所詠之歌，更可見此酒之魅力，百姓愛酒之甚，亦彰顯無遺，而「寧得醇酒消腸，不與日月齊光」的選擇，盡顯放達不羈、灑脫自適，同樣頗具名士之風。在飄滿酒香、酒氣的一幅幅畫卷中，既有閭里鄉民，又有名士學者，還有鬼神物怪，整個宇宙之間上上下下、各色人等、各類存在，無論飲酒與否，無論眞醉假醉，皆沉浸在醉酒的迷蒙狀態之中，忘憂忘喜，亦人亦非人，亦狂歡亦幻滅。所有人的乃至所有時空的一切的一切，都融化在美酒之中。在酒中，方醉方醒，方死方生。

再如《搜神記》中其他好飲故事。如卷一：「薊子訓」條曰：「薊子訓，不知所從來。東漢時，到洛陽，見公卿數十處，皆持斗酒片脯候之，曰：『遠來無所有，示致微意。』坐上數百人，飲噉終日不盡。」〔註129〕「左慈」條載：「左慈字元放，廬江人也。少有神通。……後公出近郊，士人從者百數。放乃賚酒一甖，脯一片，手自傾甖，行酒百官，百官莫不醉飽。」〔註130〕「葛玄」條載：「葛玄字孝先，從左元放受《九丹液仙經》。……爲客設酒，無人傳杯，杯自至前，如或不盡，杯不去也。」〔註131〕卷二「鞠道龍」條曰：「鞠道龍善爲幻術。嘗云：『東海人黃公，善爲幻，制蛇御虎。常佩赤金刀。及衰老，飲酒過度。秦末，有白虎見於東海，詔遣黃公以赤刀往厭之。術既不行，遂爲虎所殺。』」〔註132〕此謂飲酒過度有損道術法力。卷五「蔣山祠」條載：「蔣子文者，廣陵人也。嗜酒好色，挑達無度。」〔註133〕上述故事中，「飲噉終日不盡」、「莫不醉飽」、「如或不盡，杯不去也」、「飲酒過度」、「嗜酒」，這些語句使得志怪書中升騰、彌漫著濃烈的酒味，翻開志怪書，宛如翻開《世說新語》，名流、名士豪飲的場面在志怪書中得到更爲淋漓盡致的展現。

〔註128〕　（晉）王嘉撰，孟慶祥等譯注：《拾遺記譯注》，哈爾濱，黑龍江人民出版社，1989 年版，第 248 頁。

〔註129〕　（晉）干寶撰，汪紹楹校注：《搜神記》，北京，中華書局，1979 年版，第 7～8 頁。

〔註130〕　（晉）干寶撰，汪紹楹校注：《搜神記》，北京，中華書局，1979 年版，第 9 頁。

〔註131〕　（晉）干寶撰，汪紹楹校注：《搜神記》，北京，中華書局，1979 年版，第 12 頁。

〔註132〕　（晉）干寶撰，汪紹楹校注：《搜神記》，北京，中華書局，1979 年版，第 22 頁。

〔註133〕　（晉）干寶撰，汪紹楹校注：《搜神記》，北京，中華書局，1979 年版，第 57 頁。

　　亂世之秋，縱然是全民豪飲、眾人皆醉，也終究有醒來的時候。酒精作用下的太平無憂，畢竟只是一時之幻象。在自欺欺人的幻象中狂歡，再熱鬧的場面也難掩心底不盡的悲涼。《搜神記》卷七「晉世寧舞」條載：「太康中，天下爲《晉世寧》之舞。其舞，抑手以執杯盤而反覆之。歌曰：『晉世寧，舞杯盤。』反覆，至危也。杯盤，酒器也。而名曰『晉世寧』者，言時人苟且飲食之間，而其智不可及遠，如器在手也。」〔註134〕晉世本爲亂世，卻歌曰「晉世寧」，蓋是時人於風雨飄搖、朝不保夕的生存困境中苟且偷生、今朝有酒今朝醉的無奈、辛酸之舉。以杯盤、酒器爲歌舞之道具，酒醉時迷離恍惚、得意忘形之態便呼之欲出，「手執杯盤而反覆之」的危險動作，則顯然象徵著社稷岌岌可危、死神隨時光顧的末日絕境。《宋書·志第九·樂一》載錄了《搜神記》所敘之「晉世寧舞」條事：「《搜神記》云：『晉太康中，天下爲《晉世寧舞》，矜手以接杯槃反覆之。』此則漢世唯有槃舞，而晉加之以杯，反覆之也。」〔註135〕「晉加之以杯」，蓋危險又加一重。《宋書·志第十二·樂四》載錄《杯槃舞歌行》：「《杯槃舞》歌詩一篇：『晉世寧，四海平，普天安樂永大寧。四海安，天下歡，樂治興隆舞杯槃。舞杯槃，何翩翩，舉坐翻覆壽萬年。天與日，終與一，左回右轉不相失。箏笛悲，酒舞疲，心中慷慨可健兒。樽酒甘，絲竹清，願令諸君醉復醒。醉復醒，時合同，四坐歡樂皆言工。絲竹音，可不聽，亦舞此槃左右輕。自相當，合坐歡樂人命長。人命長，當結友，千秋萬歲皆老壽。』」〔註136〕此篇蓋全是酒醉自欺之語，《杯槃舞歌行》實爲「醉話連篇」、「夢話連篇」。《宋書·志第二十·五行一》也記載了《晉世寧》舞：「太康之中，天下爲《晉世寧》之舞，手接杯槃反覆之，歌曰：『晉世寧，舞杯槃。』夫樂生人心，所以觀事。故《記》曰：『總干山立，武王之事也；發揚蹈厲，太公之志也；《武》亂皆坐，周、召之治也。』又曰：『其治民勞者，舞行綴遠；其治民逸者，舞行綴近。今接杯槃於手上而反覆之，至危也。杯槃者，酒食之器也，而名曰《晉世寧》者，言晉世之士，偷苟於酒食之間，而其知不及遠，晉世之寧，猶杯槃之在手也。』」〔註137〕「晉世之

〔註134〕（晉）干寶撰，汪紹楹校注：《搜神記》，北京，中華書局，1979年版，第96頁。

〔註135〕（南朝·梁）沈約撰：《宋書》（卷十九），北京，中華書局，1974年版，第551頁。

〔註136〕（南朝·梁）沈約撰：《宋書》（卷二十二），北京，中華書局，1974年版，第635頁。

〔註137〕（南朝·梁）沈約撰：《宋書》（卷三十），北京，中華書局，1974年版，第888頁。

寧，猶杯槃之在手」，此為點睛之語，點醒醉眼朦朧的世人。「晉世寧舞」故事，寥寥幾句，卻幾乎凝聚了魏晉南北朝幾代亂世所有的悲苦和凄涼。酒，遠不止是簡單的飲食之一種，酒杯之中除了酒，盛放的更多的則是亂世中片刻的、虛假的安寧以及在此安寧中苟且偷生的心靈。民間百姓對於《晉世寧》這支「狂歡舞曲」，只是描述「手以執杯盤，而反覆之」的動作和「晉世寧，舞杯盤」的歌詞。動作簡單，歌詞簡單，用以描述的語句也簡單。簡潔、生動的描述中，翩然飛舞的杯盤從不同的角度將所有的亂世場景折射出來，此可謂四兩撥千斤的敘事效果。而在文人筆下，除了對歌舞本身的描述，更多了語氣沉重的世象分析和嚴肅的典籍的徵引。「反覆，至危也。杯盤，酒器也。而名曰『晉世寧』者，言時人苟且飲食之間，而其智不可及遠，如器在手也。」此正是典型的精英口吻和文人筆調。如果說民間的故事尚帶著一絲輕鬆的調侃和簡單中的豁達，那麼，在文人筆下，這些故事則又生出一點哲思和深沉的感慨，其間的警示意味也因此更加顯豁，而這種由民間故事裏提煉出的警示意味，這一份心憂天下的救世者的情懷，無疑又是文人士子修齊治平之儒家入世情結的自然流露。可見，志怪書的撰寫，仍然是文人士子於生命反思之外，重建文化大傳統的不懈努力之見證。

　　除了承載故事內涵，酒還是志怪故事敘事框架的樞紐。如《搜神記》卷四「河伯婿」條事曰：「吳餘杭縣南有上湖，湖中央作塘。有一人乘馬看戲，將三四人至岑村飲酒，小醉，暮還。時炎熱，因下馬入水中，枕石眠。馬斷走歸，從人悉追馬，至暮不返。眠覺，日已向晡，不見人馬。」後「見一婦來」，「復有一少年」乘車來，將此人帶到河伯府邸，河伯將女兒許配與他，四日後，還家。之後，「不肯別婚」，遂辭親，出家作道人。後母老兄喪，因還婚宦。〔註138〕此人若不飲酒，則不會「小醉」，不會「小醉」，則不會「枕石眠」，不「枕石眠」，則馬不會走失，從人也不會追馬，不會與河伯相遇，當然也不會有之後入贅河伯府等一系列情節。又如卷十六「秦巨伯」條事曰：「瑯琊秦巨伯，年六十，嘗夜行飲酒，道經蓬山廟。忽見其兩孫迎之，扶持百餘步，便捉伯頸著地，罵：『老奴，汝某日捶我，我今當殺汝。』伯思惟某時信捶此孫。伯乃伴死，乃置伯去。伯歸家，欲治兩孫。兩孫驚愕，叩頭言：『為子孫，寧可有此。恐是鬼魅，乞更試之。』伯意悟。數日，乃詐醉，行此廟間。復見兩孫來，扶持伯。伯乃急持，鬼動作不得。達家，乃是兩人也。

〔註138〕（晉）干寶撰，汪紹楹校注：《搜神記》，北京，中華書局，1979年版，第47頁。

伯著火炙之，腹背俱焦坼。出著庭中，夜皆亡去。伯恨不得殺之。後月餘，又佯酒醉夜行，懷刃以去。家不知也，極夜不還。其孫恐又爲此鬼所困，乃俱往迎伯，伯竟刺殺之。」〔註139〕秦巨伯被鬼戲弄，陰差陽錯間誤殺二孫。但若不飲酒，蓋鬼不會來犯，則無後來慘劇之發生。再如卷二十「義犬冢」條事曰：「孫權時，李信純，襄陽紀南人也。家養一狗，字曰『黑龍』，愛之尤甚，行坐相隨，飲饌之間，皆分與食。忽一日，於城外飲酒大醉，歸家不及，臥於草中。遇太守鄭瑕出獵，見田草深，遣人縱火爇之。信純臥處，恰當順風。犬見火來，乃以口拽純衣，純亦不動。臥處比有一溪，相去三五十步，犬即奔往，入水濕身，走來臥處。周迴以身灑之，獲免主人大難。犬運水困乏，致斃於側。俄爾信純醒來，見犬已死，遍身毛濕，甚訝其事。覩火蹤迹，因爾慟哭。聞於太守。太守憫之曰：『犬之報恩甚於人。人不知恩，豈如犬乎！』即命具棺槨衣衾葬之。今紀南有義犬冢，高十餘丈。」〔註140〕李信純若不飲酒大醉，則不會「歸家不及，臥於草中」，自然不會有被燒死之危險，犬亦不至因救主人而困乏致死。在這些故事裏，酒是故事情節發生和發展的關鍵動因和催化劑，在敘事框架中處於核心地位，可謂無「酒」不成篇。故事中，酒之於故事的關係和酒之於魏晉風度的關係頗爲類似。沒有酒，故事的情節鏈條就會斷裂，甚至故事根本就不會發生，故事也就不成其爲故事；我們同樣不能想像沒有酒的魏晉風度。沒有酒，魏晉風度便失去了骨子裏的曠達、率眞和不羈，不會再透著靈性、充滿意趣，甚至不再會有與魏晉風度互爲表裏的精緻的玄學思想，而魏晉南北朝的整體文化景觀又該會如何黯然失色。

酒，是鄉民百姓與社會上層的日常生活中均極常見的飲品，飲酒乃至醉酒是各個階層生活中極常見的生活現象。共同的生活現象反映共同的生活需求，共同的生活需求往往蘊含、釋放著相同、相近的情感。酒，可謂大、小文化傳統中共享的基本意象，無論民間智慧還是精英文化，都在「酒」的催發下達至自己的巔峰，並且，彼此在「醉意朦朧」中達成共鳴。宗白華先生嘗言：「漢末魏晉六朝……是精神史上極自由、極解放，最富於智慧、最濃於熱情的一個時代。因此也就是最富有藝術精神的一個時代。」〔註141〕所謂「極

〔註139〕（晉）干寶撰，汪紹楹校注：《搜神記》，北京，中華書局，1979 年版，第198 頁。

〔註140〕（晉）干寶撰，汪紹楹校注：《搜神記》，北京，中華書局，1979 年版，第240～241 頁。

〔註141〕宗白華：《美學散步》，上海，上海人民出版社，1981 年版，第 208 頁。

自由、極解放」、「最富於智慧、最濃於熱情」恰與酒醉狀態極爲相似，而正是這種「疑似醉酒狀態」使得這個時代充滿藝術氣息。與宗白華先生所言可以互相發明的是，尼采在《偶像的黃昏》第八節認爲「醉」是藝術的心理前提：「爲了藝術得以存在，爲了任何一種審美行爲或審美直觀得以存在，一種心理前提不可或缺：醉。醉須首先提高整個機體的敏感性，在此之前不會有藝術。」〔註142〕尼采的「醉」即其所謂的酒神精神。「酒神的本質，把它比擬爲醉乃是最貼切的。或者由於所有原始人群和民族的頌詩裏都說到的那種麻醉飲料的威力，或者在春日熙熙照臨萬物欣欣向榮的季節，酒神的激情就蘇醒了，隨著者激情的高漲，主觀逐漸化入渾然忘我之境。」〔註143〕「化入渾然忘我之境」便是「酒正自引人著勝地」的另一種表述。在酒神衝動的作用下，在放縱、癲狂中，在痛苦和狂喜交織的激情裏，「人不再是藝術家，而成了藝術品。」〔註144〕無論是鄉民百姓，還是精英階層，都渾然忘我地將自己的存在變成了藝術。當人本身成爲了藝術，他所處的時代的一切便無一不是藝術。志怪「小說」是藝術，魏晉風度是藝術，飲酒是藝術，清談是藝術，玄學也是藝術……這裡所謂的「藝術」，不是現代的藝術概念所規定的、現成的「藝術品」，更非所謂「藝術品」形式層面的體裁、技巧。藝術乃是一種審美的態度和品位，是「一種審美行爲或審美直觀」，是一種存在的方式，涵有形而上的品質和深度，指向非功利的純粹的存在本身。「只有作爲一種審美現象，人生和世界才顯得是有充足理由的。」〔註145〕如此而言，魏晉南北朝時期的人們，那些在生之懸崖掙扎求存的人們，那些借助酒神衝動把自己本身變成藝術品的人們，才是最有理由、最有價值的存在。那麼，我們又有什麼理由否認志怪「小說」的藝術性？有什麼資格帶著莫名其妙的優越感以爲它沒有現代小說的「純熟技巧」而貶低它？在某種程度上，當我們站在「存在」和「藝術」相通的地方，便會發現：魏晉南北朝志怪「小說」比現代小說更接近藝術。

〔註142〕周國平譯：《悲劇的誕生：尼采美學文選》，北京，生活・讀書・新知三聯書店，1986 年版，第 319 頁。

〔註143〕（德）弗里德里希・尼采：《悲劇的誕生・前言》，見周國平譯：《悲劇的誕生：尼采美學文選》，北京，生活・讀書・新知三聯書店，1986 年版，第 5 頁。

〔註144〕（德）弗里德里希・尼采：《悲劇的誕生・前言》，見周國平譯：《悲劇的誕生：尼采美學文選》，北京，生活・讀書・新知三聯書店，1986 年版，第 6 頁。

〔註145〕（德）弗里德里希・尼采：《悲劇的誕生》，見周國平譯：《悲劇的誕生：尼采美學文選》，北京，生活・讀書・新知三聯書店，1986 年版，第 105 頁。

四、詩文創作與志怪書撰寫

民間的鬼神信仰和鬼神故事由小傳統「上傳」到大傳統，使文人士子更加全面地認識到世間亂象，也啓發了文人士子對生命的更深刻的反思，而且，他們從中汲取民間的生存智慧和思維方式，在傳統的、主流的詩文創作中也逐漸形成「志怪化」的趨勢。這種主流詩文創作中的「志怪化」的小傳統傾向，不僅僅表現在作品中逐漸增多的「怪、力、亂、神」的內容，更表現在筆法。比如遊仙詩的大量出現、《大人先生傳》以及《達莊論》等探討玄理的文章創作與志怪書的大量撰寫相映生輝，而主流詩文創作的重複性、俗化傾向、詩歌謠諺的徵引、方言的使用等等，也都與民間志怪的小傳統文化有著千絲萬縷的聯繫。魏晉南北朝時期主流詩文創作中志怪筆法的運用，使文人在創作時不再以玄談玄，以理說理，以名教說名教，以自然說自然，而是用鬼神仙怪的小傳統的「新瓶」，裝上大傳統的「舊酒」，使得由儒家之正宗及其歧出構建的「中國文化生命」在民間文化的「瓶子」裏重新發酵。所以，魏晉南北朝名士不但善飲酒，更善於「釀酒」，他們用以飲酒的是握在手裏的酒杯，用以釀酒的則是手中的如椽巨筆。

（一）「遊仙體」創作與志怪

「遊仙體」創作是魏晉南北朝時期詩文創作的重要部分。〔註 146〕遊仙思想的形成固然有早期巫術、《山海經》、《楚辭》、老莊思想以及燕齊神仙思想等更早的淵源〔註 147〕，然而，魏晉南北朝時期的遊仙作品的大量出現，與當時民間道教以及鬼神仙怪信仰的風氣有著更爲直接的關係。道教於東漢時期孕育於民間泛濫不衰的鬼神信仰，起初主要目的在治病、驅鬼、避禍之用，頗能解百姓燃眉之急，漢末張角等借其收攏民心組織農民起義，給東漢政權以毀滅性打擊，足見其隊伍之壯大以及民間道教在鄉民社會影響之深廣。張角起義被鎮壓後，民間道教隨之走向衰落，道教的發展遂逐漸轉向上

〔註 146〕所謂「遊仙體」是指關於遊仙題材的詩文創作，以遊仙詩爲主，也包括流露遊仙思想的其他體裁創作，如阮籍《達莊論》、《大人先生傳》等。題材的選擇往往能反映出選擇者的價值觀念及其更深層的思維方式，在某種程度上決定著創作筆法和作品體式，體現著整個創作活動的特點，由此角度而言，題材即體式。故稱爲「遊仙體」。

〔註 147〕遊仙思想及遊仙文學的源起，歷代諸多學人做過精深的研究。雖各有創見，但不外燕齊之地的神仙思想和以莊、騷爲代表的荊楚之地的遊仙文化兩大部分。此方面研究成果極多，極易查詢，況且不是此處探討重點，恕不一一贅述。

層社會，保留治病求生的基本內容，並在此基礎上轉型「升級」爲以煉丹求長生、求仙爲務的面向貴族階層或精英階層的道教，由民間的「鬼道」或「巫鬼道」轉換成上層社會的「仙道」或「方仙道」〔註148〕。而且，信仰道教的精英人士還結合儒、道以及玄學思想進行深層的理論論證，在實際操作之外，形成一整套神仙理論學說，從哲學的層面爲神仙道教信仰提供最終的理論根據，將粗陋、膚淺的民間道教徹底打造成上層社會精緻的、邏輯周密的宗教神學，反映上層社會的知識教養和精神趣味，滿足上層社會長生求仙以及維護政治權力、社會地位的需求。比如葛洪的《抱朴子》，就爲道教從民間向官方、從實踐向理論的轉化起了關鍵作用。葛洪精於儒學，又深諳神仙道教，《抱朴子》分爲「內」、「外」篇，前者言神仙之事，後者言入世之道，可見其用心。葛洪的《抱朴子內篇》確立了神仙實有、長生能致、仙人可學三大理論支點，建構了一個比較完整的神仙學理論框架，後經陸修靜、陶宏景的進一步改造，在統治階層以及文人士子之間吸引了大批信徒，當時的琅邪王氏、高平郗氏、吳郡杜氏、會稽孔氏、陳郡殷氏等世家大族都成爲道教世家。至此，民間的道教信仰終於「改頭換面」輾轉成爲文人士子精神生活的一部分，融入到文化的大傳統之中，並以貴族道教的面目與其「前身」——仍然在下層社會傳播的民間道教，在鬼神仙怪「舞翩躚」的時代氛圍裏遙相呼應。

神仙道教思想既然已經融進文人士子的精神生活，文人們必然在其筆下流露出「遊仙之志」，由此促成了「遊仙體」創作熱潮的出現。曹操首開魏晉南北朝遊仙詩之先河。曹操儘管理智上非常清楚「神龜雖壽，猶有竟時。騰蛇乘霧，終爲土灰」〔註149〕，卻仍不免有「思得神藥，萬歲爲期」、「願登泰華山，神仙共遠遊」〔註150〕的神仙幻想。其後，曹植、阮籍、嵇康、張華、陸機、郭璞、陶潛、張協等人大開以詩遊仙之風，創作了大量遊仙詩，形成魏晉南北朝時期獨特的遊仙詩創作高潮。其中，郭璞的遊仙詩最多，現在可

〔註148〕王明先生在《抱朴子內篇校釋・序言》中指出：「民間道教和貴族道教的主要區別：前者叫做鬼道或巫鬼道，如張魯據漢中，『以鬼道教民』，以符水治病。後者叫仙道或方仙道，即服食藥物企求長生不死的神仙道。」見王明：《抱朴子內篇校釋》，北京，中華書局，1986年版，「序言」部分第3～4頁。

〔註149〕（曹魏）曹操：《步出夏門行・龜雖壽》，見《曹操集》，北京，中華書局，1959年版，第11頁。

〔註150〕（曹魏）曹操：《秋胡行》，見《曹操集》，北京，中華書局，1959年版，第7～8頁。

見的共十四首。但是葉嘉瑩先生認爲：「郭璞最著名的詩是《遊仙詩》，我們現在能看到的有十四首。但可以肯定地說，他的《遊仙詩》並不止十四首，因爲鍾嶸《詩品》裏所引用郭璞《遊仙詩》的句子，就不在這十四首裏邊。他的詩可能有很多已經在當時的離亂之中亡佚了。」〔註151〕逯欽立先生輯校的《先秦漢魏晉南北朝詩》收錄郭璞《遊仙詩》十九首。〔註152〕余嘉錫《世說新語箋疏》在「文學篇」第八十五條後案曰：「劉勰、鍾嶸之徒，論詩及於景純，必舉《遊仙》之篇。……景純《遊仙詩》，今存者十四首。除昭明所選外，見於《類聚》七十八、《初學記》二十三者，凡七首。《古詩紀》四十一彙而錄之。」〔註153〕如此而言，郭璞《遊仙詩》至少有十四首，被公認爲其代表詩作。既爲代表作，則詩作水準當亦頗高。《文心雕龍・明詩》中說：「江左篇製，溺乎玄風，嗤笑徇務之志，崇盛亡機之談。袁孫已下，雖各有雕采，而辭趣一揆，莫與爭雄，所以景純仙篇，挺拔而爲俊矣。」〔註154〕《文選》郭景純《遊仙詩》李善注曰：「凡遊仙之篇，皆所以滓穢塵網，錙銖纓紱，飡霞倒景，餌玉玄都。而璞之制，文多自敘。雖志狹中區，而辭無俗累，見非前識，良有以哉。」〔註155〕郭璞博學，精於卜筮、術數。《晉書・郭璞傳》載：「璞好經術，博學有高才，而訥於言論，詞賦爲中興之冠。好古文奇字，妙於陰陽算曆。有郭公者，客居河東，精於卜筮，璞從之受業。公以《青囊中書》九卷與之，由是遂洞五行、天文、卜筮之術，攘災轉禍，通致無方，雖京房、管輅不能過也。……璞撰前後筮驗六十餘事，名爲《洞林》。又抄京、費諸家要最，更撰《新林》十篇、《卜韻》一篇。注釋《爾雅》，別爲《音義》、《圖譜》。又注《三蒼》、《方言》、《穆天子傳》、《山海經》及《楚辭》、《子虛》、《上林賦》數十萬言，皆傳於世。所作詩賦誄頌亦數萬言。」〔註156〕《晉書・

〔註151〕葉嘉瑩：《漢魏六朝詩講錄》，石家莊，河北教育出版社，1997 年版，第441 頁。

〔註152〕逯欽立輯校：《先秦漢魏晉南北朝詩》，北京，中華書局，1988 年版，第 865～867 頁。

〔註153〕余嘉錫撰，周祖謨等整理：《世說新語箋疏》，北京，中華書局，1983 年版，第 264 頁。

〔註154〕（南朝・梁）劉勰著，范文瀾注：《文心雕龍注》，北京，人民文學出版社，1958 年版，第 67 頁。

〔註155〕（南朝・梁）蕭統撰，（唐）李善等注：《文選》（卷四九），北京，中華書局，1977 年版，第 306 頁。

〔註156〕（唐）房玄齡等：《晉書》（卷七十二），北京，中華書局，1974 年版，第 1899、1910 頁。

許邁傳》載郭璞曾勸許邁學習求仙之道：「（許邁）家世士族，而邁少恬靜，不慕仕進。未弱冠，嘗造郭璞，璞爲之筮，遇《泰》之《大畜》，其上六爻發。璞謂曰：『君元吉自天，宜學升遐之道。』」〔註157〕「昇遐之道」即爲道教修仙昇天之道。郭璞擅長方術本已可歸爲道教，又精研、注釋《穆天子傳》、《山海經》及《楚辭》、《子虛》、《上林賦》等，還勸人學「升遐之道」。由此種種，郭璞信仰神仙道教當毋庸置疑。但是，郭璞之作《遊仙詩》，並非單純寫求仙之事。如《遊仙詩》第二首：「青谿千餘仞。中有一道士。雲生梁棟間。風出窗戶裏。借問此何誰。云是鬼谷子。翹迹企潁陽。臨河思洗耳。閶闔西南來。潛波渙鱗起。靈妃顧我笑。粲然啓玉齒。蹇修時不存。要之將誰使。」〔註158〕第四首：「六龍安可頓。運流有代謝。時變感人思。已秋復願夏。淮海變微禽。吾生獨不化。雖欲騰丹谿。雲螭非我駕。愧無魯陽德。迴日向三舍。臨川哀年邁。撫心獨悲吒。」〔註159〕第五首曰：「逸翮思拂霄。迅足羨遠遊。清源無增瀾。安得運吞丹。珪璋雖特達。明月難闇投。潛顧怨清晷。陵苕哀素秋。悲來惻丹心。零淚緣纓流。」〔註160〕第十四首：「靜歎亦何念。悲此妙齡逝。在世無千月。命如秋葉蔕。蘭生蓬芭間。榮曜常幽翳。」〔註161〕郭璞雖擅卜筮術數，卻仍然與他人一樣無法擺脫時勢的險惡、歲月的流逝以及生命的無常。尤其值得注意的是，郭璞雖精於卜筮、術數，但認爲「夫神，聰明正直，接以人事」，希望以自己的才學輔佐皇帝順天應人、教化百姓，勸諫皇帝「爲國以禮正」，辨清神靈與妖異，克己修禮做有道明君。然而，「宦微于世，禮薄于時」，嘗「自以才高位卑」而作《客傲》以抒懷，其抑鬱心情可想而知。〔註162〕故其詩雖言遊仙，字裏行間卻充滿懷才不遇的感傷、無奈以及壯志難酬的悲憤心情。鍾嶸《詩品》評價郭璞遊仙詩曰：「《遊仙》之作，

〔註157〕（唐）房玄齡等：《晉書》（卷八十），北京，中華書局，1974 年版，第 2106 頁。

〔註158〕逯欽立輯校：《先秦漢魏晉南北朝詩》，北京，中華書局，1988 年版，第 865 頁。

〔註159〕逯欽立輯校：《先秦漢魏晉南北朝詩》，北京，中華書局，1988 年版，第 865 頁。

〔註160〕逯欽立輯校：《先秦漢魏晉南北朝詩》，北京，中華書局，1988 年版，第 865 ～866 頁。

〔註161〕逯欽立輯校：《先秦漢魏晉南北朝詩》，北京，中華書局，1988 年版，第 867 頁。

〔註162〕（唐）房玄齡等：《晉書》（卷七十二），北京，中華書局，1974 年版，第 1908、1913、1905 頁。

詞多慷慨，乖遠玄宗。而云：『奈何虎豹姿』；又云：『戢翼棲榛梗』；乃是坎壈詠懷，非列仙之趣也。」〔註163〕清代陳祚明在《采菽堂古詩選》中總評郭璞《遊仙詩》曰：「景純本以仙姿遊於方內，其超越恒情，乃在造語奇傑，非關命意。遊仙之作，明屬寄託之詞。如以列仙之趣求之，非其本旨矣。」〔註164〕在第一首《遊仙詩》之後又評曰：「遊仙詩全以有託而作，初非志乎沖舉，坎壈詠懷是其本旨。」〔註165〕方東樹《昭昧詹言》卷一第一一四條曰：「景純《遊仙》，本屈子《遠遊》之旨，而撮其意，遂成此制。」〔註166〕劉熙載《詩概》曰：「嵇叔夜、郭景純皆亮節之士，……《遊仙詩》假棲遯之言，而激烈悲憤，自在言外，乃知識曲宜聽其眞也。」〔註167〕黃侃亦評郭璞《遊仙詩》曰：「景純斯篇，本類詠懷之作，聊以攄其憂生憤世之情，其於仙道，特寄言耳。故曰『雖欲騰丹溪，雲螭非我駕』，明仙不可求；又曰『燕昭無靈氣，漢武非仙才』，明求仙皆妄也。首章七章俱有山林之文，然則遊仙特隱遁之別目耳。」〔註168〕歷代詩論大家「英雄所見略同」，郭璞創作諸多《遊仙詩》並非一心求仙，不過借「遊仙」之虛名，感歎生命易逝，表現老之將至卻功業難成、撫心獨悲的淒涼，可見其一顆積極入世的「丹心」。志怪書的撰寫，是以民間的鬼神仙怪故事之「酒杯」澆文人士子自己之塊壘，而郭璞《遊仙詩》的創作，其實質是借道教「遊仙」之名義、形式，抒發其本於儒家的志向和情感，以描繪妙不可言的仙境和仙人飄飄凌雲之態曲寫內心「激烈悲憤」之情，此種曲筆手法也不失爲一種「志怪」筆法。郭璞外「遊仙」內「丹心」的書寫方式，根源於他外道內儒的學術和思想背景，而他的神仙思想以及關於神仙、方術的知識則使他在創作遊仙詩時更駕輕就熟，使得詩作中更多豐富多彩的仙境與仙人的描繪，從而賦予作品更強烈的「志怪」的超現實意味。

除了體現神仙道教及儒家思想內涵，郭璞的詩作還有明顯的玄學色彩。如其《答王門子詩（六章）》其二曰：「因夷杖平。藉澄任靜。思樂逸驚。翻

〔註163〕張懷瑾著：《鍾嶸詩品評注》，天津，天津古籍出版社，1997 年版，第 280 頁。
〔註164〕（清）陳祚明：《采菽堂古詩選》，日本早稻田大學圖書館藏本，第 33 頁。
〔註165〕（清）陳祚明：《采菽堂古詩選》，日本早稻田大學圖書館藏本，第 34 頁。
〔註166〕方東樹著，汪紹楹校點：《昭昧詹言》，北京，人民文學出版社，1961 年版，第 38 頁。
〔註167〕（清）劉熙載撰：《藝概》，上海，上海古籍出版社，1978 年版，第 54 頁。
〔註168〕黃侃平點，黃焯編次：《文選平點》，上海，上海古籍出版社，1985 年版，第 91 頁。

飛雲領。」〔註169〕其六曰：「遺物任性。兀然自縱。倚榮彫藹。寓音雅弄。匪
涉魏闕。匪滯陋巷。永賴不才。逍遙無用。」〔註170〕《贈溫嶠詩（五章）》其
四曰：「進不邀聲。退不憊位。遺心隱顯。得意榮悴。尚想李嚴。逍遙桂肆。」
〔註171〕其五曰：「言以忘得。交以淡成。同匪伊和。惟我與生。爾神余契。我
懷子情。攜手一壑。安知塵冥。」〔註172〕言辭間無不流露出道家、玄學意味。
檀道鸞在《續晉陽秋》中則以郭璞爲東晉玄言詩的發軔者。《世說新語·文學》
第八十五條劉孝標注引《續晉陽秋》曰：「正始中，王弼、何晏好《莊》、《老》
玄勝之談，而世遂貴焉。至江左李充尤盛。故郭璞五言始會合道家之言而韻
之。詢及太原孫綽轉相祖尚，又加以三世之辭，而《詩》、《騷》之體盡矣。」
〔註173〕南朝蕭子顯在《南齊書·文學傳論》中曰：「江左風味，盛道家之言，
郭璞舉其靈變，許詢極其名理，仲文玄氣，猶不盡除，謝混情新，得名未盛。」
〔註174〕可見，郭璞詩作的玄風思致爲各家所公認。因其玄學意味，其「林無
靜樹，川無停流」之句才讓人有「神超形越」之感，此「神超形越」之感又
與遊仙狀態何其相似。《世說新語箋疏》余嘉錫案曰：郭璞詩「取莊、老玄勝
之談，合之於神仙輕舉之說耳。」〔註175〕又詳論曰：「觀其所詠漆園傲吏，高
蹈風塵；潁陽高人，臨河洗耳。因微禽之變，而哀吾生之不化；覘雜縣之至，
而懼風煖之爲災。言或出於《南華》，義實取之柱下。至於徵文數典，驅策羣

〔註169〕逯欽立輯校：《先秦漢魏晉南北朝詩》，北京，中華書局，1988年版，第864頁。
〔註170〕逯欽立輯校：《先秦漢魏晉南北朝詩》，北京，中華書局，1988年版，第864頁。
〔註171〕逯欽立輯校：《先秦漢魏晉南北朝詩》，北京，中華書局，1988年版，第864頁。
〔註172〕逯欽立輯校：《先秦漢魏晉南北朝詩》，北京，中華書局，1988年版，第864頁。
〔註173〕余嘉錫撰，周祖謨、余淑宜整理：《世說新語箋疏》，北京，中華書局，1983年版，第262頁。另，本書第265～266頁，余嘉錫案語：「（『至江左李充尤盛』）各本『至過江，佛理尤盛』。……下文云郭璞始合道家之言而韻之，若必如今本，是謂景純合佛理於道家也。郭氏之詩以《遊仙》爲最著，今存者十餘首。道家之言固有之，未嘗一字及於佛理也。檀氏安得發此虛言，無的放矢乎？此必原本殘闕，宋人肆臆妄填，乖謬不通，所宜亟爲改正者矣。」此爲辯證「郭璞五言始會合道家之言而韻之」，言其未及佛理，但道家思想固有之。案語又言李充雖「存詩過少」，但確有詩如《送許從詩》「頗得老、莊之旨」，《九曲歌》「亦似有芻狗萬物之意」。郭璞上承李充玄言詩風，下啓許詢、孫綽之玄言詩創作，由此詩歌發展之傳承鏈條，再讀其詩句，則可證其詩之玄學色彩當亦顯明。
〔註174〕（南朝·梁）蕭子顯撰：《南齊書》（卷五十二），北京，中華書局，1972年版，第908頁。
〔註175〕余嘉錫撰，周祖謨、余淑宜整理：《世說新語箋疏》，北京，中華書局，1983年版，第264頁。

言，若赤松、容成之倫，浮邱、洪崖之輩，非本劉向之傳，即采葛洪之書，此其合莊、老與神仙爲一家之證也。劉勰嘗言：正始明道，詩雜仙心。則景純此體，亦濫觴於王、何，而加以變化。與王濟、孫楚輩，同源而異流。特其文采獨高，彪炳可翫，不似平叔之浮淺，永嘉之平淡耳。」〔註176〕此段文字既論及郭璞《遊仙詩》之內涵，亦論及其表達形式，堪爲對郭璞《遊仙詩》言簡意賅的綜述。但郭璞《游仙詩》之內涵除了合道家、玄學與神仙思想於一體之外，當亦蘊涵儒家入世之心。這種種複雜的思想觀念在「彪炳可翫」的文辭中融爲一體，使其詩作既抒發「方內」的志向，又流露方外的嚮往，既散發著地道而濃鬱的精英知識分子的氣息，又不脫民間鬼神仙怪信仰的小傳統文化印迹。

　　在郭璞之前，阮籍、嵇康均作「遊仙詩」數首，其旨趣與郭璞類同，如清人黃子雲《野鴻詩的》所言：「遊仙詩本之《離騷》，蓋靈均處穢亂之朝，蹈危疑之際，聊爲烏有之詞以寄興焉耳。建安以下，競相祖述。」〔註177〕嵇康體現遊仙思想的詩作除了前文提及的《贈兄秀才入軍十八首》中的詩歌，還有《遊仙詩》：「遙望山上松，隆谷鬱青蔥。自遇一何高，獨立邊無叢。願想遊其下，蹊路絕不通。王喬棄我去，乘雲駕六龍。飄颻戲玄圃，黃老路相逢。授我自然道，曠若發童蒙。採藥鍾山隅，服食改姿容。蟬蛻棄穢累，結交家梧桐。臨觴奏九韶，雅歌何邕邕。長與俗人別，誰能睹其蹤？」〔註178〕《重作四言詩七首（代秋胡歌詩七首）》其六：「思與王喬，乘雲遊八極。凌厲五嶽，忽行萬億。授我神藥，自生羽翼。呼吸太和，練形易色。歌以言之，思行遊八極。」〔註179〕《五言詩三首答二郭》其二有詩句曰：「豈若翔區外，餐瓊漱朝霞。遺物棄鄙累，逍遙遊太和。結友集靈岳，彈琴登清歌。」〔註180〕《四言詩十一首》其十：「羽化華岳，超遊清霄。雲蓋習習，六龍飄飄。左佩椒桂，右綴蘭苕。凌陽贊路，王子奉轺。婉變名山，眞人是要。齊物養生，與道逍遙。」〔註181〕《五言詩三首》其三：「俗人不可親，松喬是可鄰。何爲穢濁間，動搖增垢塵。慷慨之遠遊，整駕俟良辰。輕舉翔區外，濯翼扶桑津。

〔註176〕余嘉錫撰，周祖謨、余淑宜整理：《世說新語箋疏》，北京，中華書局，1983年版，第264頁。

〔註177〕丁福保編，王夫之等撰：《請詩話》，上海，上海古籍出版社，1978年版，第853頁。

〔註178〕殷翔、郭全芝注《嵇康集注》，合肥，黃山書社，1986年版，第34頁。

〔註179〕殷翔、郭全芝注《嵇康集注》，合肥，黃山書社，1986年版，第47頁。

〔註180〕殷翔、郭全芝注《嵇康集注》，合肥，黃山書社，1986年版，第64頁。

〔註181〕殷翔、郭全芝注《嵇康集注》，合肥，黃山書社，1986年版，第86頁。

徘徊戲靈嶽，彈琴詠泰眞。滄水澡五藏，變化忽若神。恒娥進妙藥，毛羽翕
光新。一縱發開陽，俯視當路人。哀哉世間人，何足久託身？」〔註182〕嵇康
作《琴賦》，也有明顯的「遊仙」意味，如其中「淩扶搖兮憩瀛洲，要列子兮
爲好仇。餐沆瀣兮帶朝霞，眇翩翩兮薄天遊。齊萬物兮超自得，委性命兮任
去留。」〔註183〕阮籍的《詠懷詩》中有很多也是遊仙之作。比如，第三十三
首：「東南有射山，汾水出其陽。六龍服氣輿，雲蓋覆天綱。仙者四五人，逍
遙晏蘭房。寢息一純和，呼噏成露霜。沐浴丹淵中，炤耀日月光。豈安通靈
臺，游濱去高翔。」〔註184〕第四十二首：「非子爲我御，逍遙遊荒裔。顧謝西
王母，吾將從此逝。」〔註185〕第五十六首：「若花耀四海，扶桑翳瀛洲。日月
經天塗，明暗不相讐。窮達自有常，得失又何求？……豈若遺耳目，升遐去
殷憂！」〔註186〕第六十二首：「朝陽不再盛，白日忽西幽。去此若俯仰，如何
以九秋？人生若塵露，天道竟悠悠。齊景升丘山，涕泗紛交流。孔聖臨長川，
惜逝忽若浮。去者余不及，來者吾不留。願登太華山，上與松子游。漁父知
世患，乘流泛輕舟。」〔註187〕又如第八十首：「昔有神仙者，羨門及松喬。噏
習九陽間，升遐嘰雲霄。人生樂長久，百年自言遼！白日隕隅谷，一夕不再
朝。豈若遺世物，登明遂飄颻。」〔註188〕詩歌中仙境奇麗、仙影飄飄，詩人
雖不能眞的昇遐成仙，卻彷彿置身一個神仙世界，顯見其對仙界的無限嚮往
以及對俗世的無比厭惡。此外，阮籍還作《達莊論》和《大人先生傳》等闡
發玄理的文章，但其筆法卻不脫志怪的痕迹。如《達莊論》中，開篇對「先
生」的描述如下：「先生徘徊翱翔，迎風而遊。往遵乎赤水之上，來登乎隱坌之
丘，臨乎曲轅之道，顧乎泱漭之州。怳然而止，忽然而休；不識曩之所以行，
今之所以留。悵然而無樂，愀然而歸白素焉。」〔註189〕此位「先生」，通達大
道，逍遙於天地之間，雖非仙人，卻頗有仙人之風，其神情姿態、遊走之地，
儼然一位遺世獨立的神仙，而《大人先生傳》中之「大人先生」，更是比《達莊
論》中的「先生」有過之而無不及。「大人先生蓋老人也，不知姓字。陳天地之

〔註182〕殷翔、郭全芝注《嵇康集注》，合肥，黃山書社，1986年版，第90頁。
〔註183〕殷翔、郭全芝注《嵇康集注》，合肥，黃山書社，1986年版，第103頁。
〔註184〕李志鈞等校點：《阮籍集》，上海，上海古籍出版社，1978年版，第103頁。
〔註185〕李志鈞等校點：《阮籍集》，上海，上海古籍出版社，1978年版，第108頁。
〔註186〕李志鈞等校點：《阮籍集》，上海，上海古籍出版社，1978年版，第117頁。
〔註187〕李志鈞等校點：《阮籍集》，上海，上海古籍出版社，1978年版，第121頁。
〔註188〕李志鈞等校點：《阮籍集》，上海，上海古籍出版社，1978年版，第132頁。
〔註189〕李志鈞等校點：《阮籍集》，上海，上海古籍出版社，1978年版，第30~31頁。

始，言神農、黃帝之事，昭然也；莫知其生年之數。嘗居蘇門之山，故世或謂之閒。養性延壽，與自然齊光。其視堯、舜之所事，若手中耳。以萬里爲一步，以千歲爲一朝。行不赴而居不處，求乎大道而無所寓。……先生以爲中區之在天下，曾不若蠅蚊之着帷，故終不以爲事，而極意乎異方奇域，遊覽觀樂非世所見，徘徊無所終極。遺其書於蘇門之山而去。天下莫知其所如往也。」〔註190〕「大人先生被髮飛鬢，衣方離之衣，繞紱陽之帶。含奇芝，嚼甘華，噏浮霧，飡霄霞，興朝雲，颺春風。奮乎大極之東，遊乎崑崙之西，遺轡隤策，流盼乎唐、虞之都。」〔註191〕這位「大人先生」的形象與舉止亦儼然神仙。

阮籍筆下的「神仙」不同於神仙道教的神仙，其「修煉秘笈」非煉丹服食，而是通達自然之道：「神者，自然之根也。」〔註192〕「不通於自然者不足以言道，闇於昭昭者不足與達明。」〔註193〕所以，和嵇康遊仙詩文中一再提及「齊物」相同，阮籍筆下的「神仙」也往往昭示著莊學的智慧。「先生以應變順和，天地爲家，運去勢隤，魁然獨存。自以爲能足與造化推移，故默探道德，不與世同之。」〔註194〕「是以至人不處而居，不修而治，日月爲正，陰陽爲期。豈希情乎世，繫累於一時？來東雲，駕西風，與陰守雌，據陽爲雄。志得欲從，物莫之窮，又何不能自達而畏夫世笑哉？」〔註195〕在嵇康和阮籍那裡，仙人形象與莊學精神融而爲一，仙人的形象和逍遙姿態本質即莊學精髓的形象化、視覺化。或者說，阮籍筆下的所謂「大人先生」，即以《莊子》中的「神人」、「眞人」、「至人」爲「原型」，又「拿來」神仙道教的仙人，與之雜糅成了一位「大人先生」。神仙道教的仙人形象的「加盟」，使得「神人」「眞人」「至人」愈顯遺世獨立、「神」采飛揚。阮籍筆下的「嘗居蘇門之山」的「大人先生」，在《世說新語》等其他書籍中亦能恍惚見其身影。《世說新語‧棲逸》載：「阮步兵嘯，聞數百步。蘇門山中，忽有眞人，樵伐者咸共傳說。阮籍往觀，見其人擁膝岩側。籍登嶺就之，箕踞相對。籍商略終古，上陳黃、農玄寂之道，下考三代盛德之美，以問之，仡然不應。復敘有爲之教，棲神導氣之術以觀之，彼猶如前，凝矚不轉。籍因對之長嘯。良久，乃

〔註190〕李志鈞等校點：《阮籍集》，上海，上海古籍出版社，1978年版，第63～64頁。
〔註191〕李志鈞等校點：《阮籍集》，上海，上海古籍出版社，1978年版，第71頁。
〔註192〕李志鈞等校點：《阮籍集》，上海，上海古籍出版社，1978年版，第71頁。
〔註193〕李志鈞等校點：《阮籍集》，上海，上海古籍出版社，1978年版，第67頁。
〔註194〕李志鈞等校點：《阮籍集》，上海，上海古籍出版社，1978年版，第63頁。
〔註195〕李志鈞等校點：《阮籍集》，上海，上海古籍出版社，1978年版，第65～66頁。

笑曰：『可更作。』籍復嘯。意盡，退，還半嶺許，聞上嘈然有聲，如數部鼓吹，林谷傳響。顧看，迺向人嘯也。」〔註196〕劉孝標注引《魏氏春秋》曰：「阮籍常率意獨駕，不由徑路，車跡所窮，輒慟哭而反。嘗遊蘇門山，有隱者莫知姓名，有竹實數斛，杵臼而已。籍聞而從之，談太古無爲之道，論五帝三王之義，蘇門先生脩然曾不眄之。籍乃嘐然長嘯，韻響寥亮。蘇門先生乃逌爾而笑。籍既降，先生喟然高嘯，有如鳳音。籍素知音，乃假蘇門先生之論以寄所懷。其歌曰：『日沒不周西，月出丹淵中。陽精晦不見，陰光代爲雄。亭亭在須臾，厭厭將復隆。富貴俛仰閒，貧賤何必終！』」〔註197〕余嘉錫又案曰：此故事「出戴逵《竹林七賢論》，……較《世說》稍略。」〔註198〕袁淑《眞隱傳》中亦載「蘇門先生」事，「略本之阮籍《大人先生傳》。」〔註199〕同一個似仙非仙、方仙方人的形象在不同版本、不同體式的文字中交互出現，這使得每一個版本、每一種描述都染上了一種「志怪」的色彩，不同版本、體式的文字又彼此互相映帶，復使整個文化籠罩在「志怪」的斑駁光影之下。而文人士子對這一故事的反覆徵引、述說，也充分表明了他們在青睞道家及玄學智慧的同時，對民間神仙鬼怪信仰也表現出高度認同和主動吸納。

　　阮籍與嵇康的遊仙思想源於民間的鬼神信仰和神仙道教，但是經過了玄思的轉化，成爲一種探索生命的新課題。和郭璞相同，「正始詩人如嵇、阮輩之寫『遊仙』，不但不是忘情世事，相反地倒是曲折地表現內心的苦悶。」〔註200〕阮籍「本有濟世志，屬魏晉之際，天下多故，名士少有全者，籍由是不與世事，遂酣飲爲常。」〔註201〕嵇康「家世儒學，少有儁才。」〔註202〕

〔註196〕余嘉錫撰，周祖謨、余淑宜整理：《世說新語箋疏》，北京，中華書局，1983年版，第648頁。

〔註197〕余嘉錫撰，周祖謨、余淑宜整理：《世說新語箋疏》，北京，中華書局，1983年版，第648頁。

〔註198〕余嘉錫撰，周祖謨、余淑宜整理：《世說新語箋疏》，北京，中華書局，1983年版，第649頁。

〔註199〕余嘉錫撰，周祖謨、余淑宜整理：《世說新語箋疏》，北京，中華書局，1983年版，第649頁。

〔註200〕曹道衡：《郭璞和〈遊仙詩〉》，《中古文學史論文集》，北京，中華書局，1986年版，第202頁。

〔註201〕（唐）房玄齡等撰：《晉書》（卷四十九），北京，中華書局，1974年版，第1360頁。

〔註202〕裴松之注引嵇康之兄嵇喜所作《嵇康傳》，見（晉）陳壽撰，（南朝・宋）裴松之注：《三國志》（卷二十一），北京，中華書局，1959年版，第605頁。

「學不師受，博覽無不該通，長好《老》《莊》。」〔註 203〕嵇康雖自曰「少孤露，母兄見驕，不涉經學」〔註 204〕，但蓋是拒絕山濤的推託之辭。其於《家誡》中教誨子女恭謹守禮曰：「不須作小小卑恭，當大謙裕；不須作小小廉恥，當全大讓。若臨朝讓官，臨義讓生，若孔文舉求代兄死，此忠臣烈士之節。」〔註 205〕這番話完全是儒家忠義君子的風範，難以想像是出自「非湯、武而薄周、孔」〔註 206〕的嵇康之口。而嵇康的兒子嵇紹終不負父望，留名於《晉書·忠義傳》。《嵇紹傳》載：「尋而朝廷復有北征之役，徵紹，復其爵位。紹以天子蒙塵，承詔馳詣行在所。值王師敗績於蕩陰，百官及侍衛莫不散潰，唯紹儼然端冕，以身捍衛，兵交御輦，飛箭雨集，紹遂被害於帝側，血濺御服，天子深哀歎之。及事定，左右欲浣衣，帝曰：『此嵇侍中血，勿去。』」〔註 207〕因其忠烈，嵇紹被「賜諡曰忠穆，復加太牢之祠」〔註 208〕。此舉此譽，當足以慰藉嵇康在天之靈。「義著千載」〔註 209〕的忠義之士嵇紹與「越名教，任自然」的名士嵇康合二為一，才是一個完整的嵇康。因此，嵇康和阮籍一樣，先有入世之心，後鑒於政治混亂、世事險惡，才「榮進之心日頹，任實之情轉篤」〔註 210〕，轉而好尚老莊。阮籍與嵇康由儒轉道、向玄，此一被動又主動的思想轉向，勢必伴隨著相應的情感變化。其中的壓抑、悲憤、無奈、傷感等種種負面情感累次疊加，如骨鯁在喉不吐不快。但是，殺機四伏的現實並不允許情感的隨意抒發，王戎「與康居山陽二十年，未嘗見其喜慍之色」，〔註 211〕阮籍

〔註 203〕（唐）房玄齡等撰：《晉書》（卷四十九），北京，中華書局，1974 年版，第 1369 頁。

〔註 204〕嵇康：《與山巨源絕交書》，見殷翔、郭全芝注《嵇康集注》，合肥，黃山書社，1986 年版，第 119 頁。

〔註 205〕殷翔、郭全芝注《嵇康集注》，合肥，黃山書社，1986 年版，第 342 頁。

〔註 206〕嵇康：《與山巨源絕交書》，見殷翔、郭全芝注《嵇康集注》，合肥，黃山書社，1986 年版，第 122 頁。

〔註 207〕（唐）房玄齡等撰：《晉書》（卷八十九），北京，中華書局，1974 年版，第 2300 頁。

〔註 208〕（唐）房玄齡等撰：《晉書》（卷八十九），北京，中華書局，1974 年版，第 2301 頁。

〔註 209〕（唐）房玄齡等撰：《晉書》（卷八十九），北京，中華書局，1974 年版，第 2301 頁。

〔註 210〕嵇康：《與山巨源絕交書》，見殷翔、郭全芝注《嵇康集注》，合肥，黃山書社，1986 年版，第 120 頁。

〔註 211〕（唐）房玄齡等撰：《晉書》（卷四十九），北京，中華書局，1974 年版，第 1370 頁。

則「發言玄遠，口不臧否人物」。〔註212〕現實的情感宣泄出口被封堵，對現實的批判便轉而爲對理想存在的想像，而在老莊哲學中，最合乎他們想像的，當屬莊子筆下的姑射山之「神人」。此神人「肌膚若冰雪，淖約若處子。不食五穀，吸風飲露。乘雲氣，御飛龍，而遊乎四海之外。」〔註213〕莊子筆下的「神人」從外貌到舉止都像極了民間俗信以及道教中的神仙，但畢竟限於哲學的思維和表達，「神人」的形象尚不夠舒展、不夠豐滿，於是，與「神人」既神似又形似的神仙道教的仙人形象成了嵇、阮詩文創作中藉以描繪理想存在的不二之選。由此，濃鬱的玄學意味和幾乎無處不在的仙人形象構成了嵇、阮詩文的最大特點。玄學意味的浸透使得其筆下的仙人形象並不完全同於神仙道教的仙人，而神仙道教的仙人形象又使得老莊哲學及玄學的精神得以更加生動、充分地、感性化地呈現出來。玄學意味和仙人形象二者相得益彰，珠聯璧合，成爲嵇、阮乃至當時文人士子得心應手的表達方式和抒寫筆法，遂形成「遊仙體」創作的熱潮。值得注意的是，無論民間道教還是貴族道教的神仙信仰，更多的是希求驅災除病，長生不死，都重在「求仙」，具有顯著的功利性和宗教信仰特徵。而以阮籍、嵇康爲代表的文人士子的遊仙思想則重在「遊仙」，更注重從莊子的哲學思想以及楚辭的仙遊描寫裏汲取精神超越的智慧，達到一種「逍遙遊」境界，獲得一種安寧、自適的心態，蘊含著更多的人文情懷。「求仙」多追求「神仙」的物質生活，「遊仙」則追求「神化」的心靈境界。遊仙思想的超越既是針對有限的肉體生命的，更是針對污濁的社會現實的，所以，文人士子們「遊仙體」的詩文作品充滿了對心靈之自由的嚮往，散發著清幽、自然的意趣。

（二）詩文創作的重複性現象與志怪

1、志怪書中志怪故事的重複載錄與記述

在魏晉南北朝時期，詩文創作出現明顯的重複性現象。最明顯的重複性表現在志怪書的撰寫中，相同的志怪故事往往在不同的志怪書中被反覆講述。比如：「丁令威」事在《搜神後記》、《洞仙傳》中均有載錄；「崔少府」、「朱衣人」事在《孔氏志怪》、《搜神後記》中都有記述；《幽明錄》和《搜神

〔註212〕　（唐）房玄齡等撰：《晉書》（卷四十九），北京，中華書局，1974 年版，第
　　　　　1361 頁。
〔註213〕　（清）郭慶藩撰，王孝魚點校：《莊子集釋》，北京，中華書局，1961 年版，
　　　　　第 28 頁。

後記》都記述了「仙館玉漿」、「比丘尼」、「流星墮甕」、「徐玄方女」、「陳良」、「王導子悅」、「木像彎弓」、「白頭公」、「陳阿登」、「魯子敬墓」、「鬼設網」、「狗變形」、「諸葛長民」、「死人頭」、「狐帶香囊」、「放龜」等故事；《述異記》（《古小說鈎沈》輯本）和《搜神後記》都記述了「桃花源」和「白布袴鬼」故事；「白水素女」事在任昉《述異記》和《搜神後記》中都有載錄；《搜神記》和《搜神後記》都記述了「謝允」、「郭璞活馬」和「吳望子」的故事；「比丘尼」故事在《幽明錄》、《冥祥記》和《搜神後記》中都有記述；《宣驗記》和《搜神後記》都記述了「三蔷茨」、「蜜蜂螫賊」故事；「胡道人咒術」、「箏笛浦官船」在《搜神後記》和荀氏《靈鬼志》中都有載錄；《列異傳》和《搜神後記》都記述了「華歆當公」故事；「上虞人」、「火變蝴蝶」事在《異苑》和《搜神後記》中都有記述；《齊諧記》和《搜神後記》都記述了「烏龍」故事；《搜神記》卷一的「神農」、「赤松子」「偓佺」等大部分仙傳或道術故事在《列仙傳》、《神仙傳》中也都有記述；「壽光侯」故事在《搜神記》、《列異傳》、《神仙傳》、《列仙傳》中都有記述；「東海君」事在《列異傳》、《搜神記》中都有載錄；「灌壇令」事在《搜神記》、《博物志》中都有記述；「胡母班」事在《列異傳》、《搜神記》中都有載錄；「宮亭湖」事在《幽明錄》和《搜神記》中都有記述；「麋竺」事在《拾遺記》、《搜神記》中都有記述；「戴侯祠」事在《列異傳》、《列仙傳》和《搜神記》中都有載錄；「龜毛兔角」事在《述異記》、《搜神記》中都有記述……〔註214〕此類例證不勝枚舉。再以《搜神記》中故事的不同版本之出處爲例。汪紹楹先生校注《搜神記》，凡是經考證有多個版本的故事，在每條故事後，都注有該故事除《搜神記》之外另外版本的出處，並注明該故事不同版本的先後次序：「凡本事見於干書前者，作『見某書』。與干書同時，或在後者，作『亦見某書』。」〔註215〕在《搜神記》共四百六十四條故事中〔註216〕，除去「他書未見」者六十二條，如「石子岡」、「郭璞」、「張璞條」「蔣山祠」、「丁姑祠」、「趙公明參佐」條等，〔註217〕再除去誤

〔註214〕上述故事的標題以《搜神後記》和《搜神記》中的標題爲準。

〔註215〕（晉）干寶撰，汪紹楹校注：《搜神記》，北京，中華書局，1979 年版，第 1 頁。

〔註216〕按照中華書局 1979 年版汪紹楹先生校注的《搜神記》，除去佚文部分，共 464 條故事。

〔註217〕「他書未見者」六十二條分別是：卷二「天竺胡人」條「本事他書未見」，但「女巫破舌、吞刀、吐火，亦見《晉書·夏統傳》。夏統值賈充時，是此術晉初已流行。寶所記當是記其當時事如此。」卷二「石子岡」、卷三「郭璞（三）」、卷四「張璞」「宮亭湖（一）」條、卷五「蔣山祠（五）」、「丁姑祠」、「趙公明

收入《搜神記》者十三條，如「費孝先」、「孔寶」條、「木蠹」條、「蝟」條等。〔註218〕其餘三百八十九條事皆有不同版本記述，各版本出處有司馬貞補《三皇本紀》、《楚辭・天問》王逸注、《眞誥》、《洞仙傳》、《道學傳》、《續搜神記》、《郡國志》、《女仙傳》、《孝子圖》、《括地志》、《漢武故事》、《三秦記》、《神女傳》、《智瓊傳》、《述征記》、《列異傳》、《列仙傳》、《神仙傳》、《後漢書》、《水經注》、《晉書》、《西京賦》、《西京雜記》、《搜神後記》、《韓詩外傳》、袁山松《後漢書》、《廣五行記》、《坤元錄》、《世說新語》等一百七十八種。〔註219〕《搜神記》中的故事，少數爲干寶原創或爲干寶獨家收錄，絕

參佐」條、「周式」條、卷六「妖怪」條、「山徙」條、「蛇繞柱」條、「牛生雞」條、卷十「劉雅」條、「呂石夢」條、「謝郭同夢」條、「徐泰夢」條、卷十一「頭語」條、「何敞」條、「兒化水」條、卷十二「五氣變化」條、「僕囊」條、「霹靂被格」條、「刀勞鬼」條、「大青小青」條、「張小小」條、「犬蠱」條、卷十三「澧泉」條、「樊山火」條、「長卿」條、卷十四「齊無野」條、「怪老翁」條、卷十五「賈文合」條、「馬勢婦」條、卷十六「黑衣客」條、「諸仲務女」條、「王昭」條、「錢小小」條、卷十七「虞定國」條、「朱誕給使」條、「頓丘鬼魅」條、「竹中丈人」條、「釜中白頭公」條、卷十八「樹神黃祖」條、「陸敬叔」條、「狸婢」條、「劉伯祖狸神」條、「阿紫」條、「宋大賢」條、「胡博士」條、「高山君」條、「田琰」條、「白衣史」條、「安陽亭書生」條、「湯應」條、卷十九「龜婦」條、「丹陽道士」條、「五酉」條、「鼠婦」條、卷二十「蘇易」條、「虞蕩」條、「華亭大蛇」條。見（晉）干寶撰，汪紹楹校注：《搜神記》，北京，中華書局，1979年版，第27～243頁。

〔註218〕誤收入《搜神記》的十三條故事爲：卷三「費孝先」、卷十三「孔寶」條、「木蠹」條、「蝟」條、卷十五「王道平」條、卷十六「駙馬都尉」條、「汝陽鬼魅」條、「鍾繇」條、卷十九「千日酒」條、卷二十「病龍雨」條、「義犬冢」條、「華隆家犬」條、「邛都大蛇」條。見（晉）干寶撰，汪紹楹校注：《搜神記》，北京，中華書局，1979年版，第39、160、165、179、202、206、235、237、241、243頁。

〔註219〕《搜神記》中各故事的其他版本有：司馬貞補《三皇本紀》、《楚辭・天問》王逸注、《眞誥》、《洞仙傳》、《道學傳》、《續搜神記》、《郡國志》、《女仙傳》、《孝子圖》、《括地志》、《漢武故事》、《三秦記》、《神女傳》、《智瓊傳》、《述征記》、《列異傳》、《列仙傳》、《神仙傳》、《後漢書》、《後漢書・方術傳》、《水經注》、《晉書》、《西京賦》、《西京雜記》、《搜神後記》、《吳時外國傳》、《異苑》、《南齊書》、《梁書》、《扶南傳》、《南史・夷貊傳》、《史記・封禪書》、《漢書・外戚傳》、桓譚《新論》、《抱朴子》、《雜鬼神志怪》（《古小說鉤沈》輯本）、《鍾離意別傳》、《漢晉春秋》、《益都耆舊傳》、《華陽國志》、《風俗通》、《官輅別傳》、《三國志》、句道興《搜神記》、王隱《晉書》、臧榮緒《晉書》、《獨異志》、郭璞《洞林》、《錄異傳》（《古小說鉤沈》輯本）、《華佗別傳》、《周禮・春官宗伯》鄭注、《博物志》、《淮南子・齊俗訓》許注、《神異經》、《幽明錄》、《論衡》、樂資《春秋後傳》、《珥玉集》、《曹著傳》、祖沖之《志怪》（《古小說鉤沈》輯

大多數為數家共同收錄、重複記述，而記述這些故事的書，經史子集，正史、別傳，各種內容、各種體式、各個時代，無論正統與否，「大道」抑或「小說」，兼容並包，無所不有，恰好印證了干寶所言「考先志於載籍，收遺逸於當時」〔註220〕。這種在其他書籍中搜集——更準確地講是「抄錄」——故事的方式已經決定了《搜神記》故事的重複性，儘管有些故事被抄錄後又被改動、加工，但故事的核心情節基本不變。同時，其他志怪書的成書過程與《搜神記》大致相近，大都是互相傳聞、收錄故事而成，撰者原創的故事極少。而相同志怪故事版本出處的多樣性、複雜性也證實了彌漫所有階層、整個時代甚至整個時空的志怪氛圍。講、聽、傳播志怪故事成了各個階層的共同現象，而文人士子除了口耳相傳，更用文字將故事記錄下來並撰寫成書，用書面表達的方式把志怪故事愈加明確、清晰、集中地呈現、固化下來，也將此一時代的志怪氛圍定格在紛繁的歷史畫卷中。

本）、《九州要記》、干寶《晉紀》、《廣州先賢傳》、《窮神秘苑》、《拾遺記》、《齊諧記》（《古小說鉤沈》輯本）、《續齊諧記》、《風土記》、《三洞群仙錄》、《丹陽記》、《輿地志》、《志怪傳》、祖沖之《述異記》、《汲冢紀年》、《感應經》、《左傳》、《洪範五行傳》、京房《易傳》、《東觀漢記》、《古今注》、《續漢書》、《曹瞞傳》、《世語》、《宋書》、《江表傳》、《魏氏春秋》、《晉惠帝起居注》、《晉朝雜事》、《揚州記》、《成都王穎傳》、《傅子》、《劉隗傳》、《郭璞傳》、《晉中興書》、《孝經援神契》、《墨子》、《呂氏春秋》、《尸子》、《六韜》、《孝經右契》、《琴操》、《春秋演孔圖》、《太康地記》、《古文瑣語》、《孝子傳》、《三輔黃圖》、《三輔決錄》、《何氏家傳》、孫盛《晉陽秋》、《甄異錄》（《古小說鉤沈》輯本）、《渚宮舊事》、《吳錄》、《鬼神志》、《窮神秘覽》、《冤魂志》、《韓詩外傳》、《新序》、《闕子》、《韓子》、《戰國策》、《晏子春秋》、《列士傳》、《吳越春秋》、《莊子》、《東方朔別傳》、《殷芸小說》、任昉《述異記》、謝承《後漢書》、《陳留耆舊傳》、《曾子》、孫盛《雜語》、《十六國春秋》、祖臺之《志怪》、《孝德傳》、《會稽典錄》、《說苑》、《列女傳》、《韓朋賦》（《敦煌變文集》二）、《鄱陽記》、《國語》、《異物志》、《洞冥記》、《廬陵異物志》、鄧德明《南康記》、《玄中記》（《古小說鉤沈》輯本）、《左思別傳》、《文士傳》、《南中八郡志》、《靈鬼志》（《古小說鉤沈》輯本）、郭璞《爾雅注》、盛弘之《荊州記》、甄烈《湘中記》、張勃《吳錄》、《周地圖經》、曹毗《志怪》（《古小說鉤沈》輯本）、《三輔故事》、《南越志》、《淮南萬畢術》、《毛詩草木蟲魚疏》、《蔡邕別傳》、《於氏類林》、《外國圖》、《魏略》、《徐州地理志》、《中華古今注》、《仙傳拾遺》、《集仙錄》、《山海經》、《襄陽耆舊傳》、王韶之《神境記》、《鬼神傳》、《冥祥記》（《古小說鉤沈》輯本）、《禮緯稽命徵》、譙周《法訓》、《孔氏志怪》（《古小說鉤沈》輯本）、袁山松《後漢書》、《廣五行記》、《坤元錄》、《世說新語》等一百七十八種。見（晉）干寶撰，汪紹楹校注：《搜神記》，北京，中華書局，1979 年版。

〔註220〕（晉）干寶：《搜神記序》，《搜神記》，汪紹楹校注，北京，中華書局，1979 年版，第 2 頁。

　　民間志怪故事之所以能夠流傳，就是依靠百姓不斷的重複講述，故事流傳的地域越廣泛，被重複的次數就越多，故事的口頭版本也就越多。在志怪書中，口頭言說的不斷重複，轉移到了書面的文字的重複，這種保持了原本的重複特性的、從口頭到文字的位移，無疑是民間小傳統向文人之大傳統的一種轉換，而轉換的成功和對民間故事固有的重複特性的「複製」與保持，體現了志怪書寫中大傳統對小傳統的主動且較爲全面的認同，這種文化認同是決定志怪書中志怪故事多重版本的主要因素。

　　民間的志怪故事的不斷重複，源於人們的心理需要。《世說新語・言語》載孔融之子的故事：「孔融被收，中外惶怖。時融兒大者九歲，小者八歲，二兒故琢釘戲，了無遽容。融謂使者曰：『冀罪止於身，二兒可得全不？』兒徐進曰：『大人豈見覆巢之下，復有完卵乎？』尋亦收至。」〔註221〕「覆巢之下，豈有完卵」，孔融一家的境遇即爲魏晉南北朝時期的縮影。政局動蕩，社會失序，一國之家猶如「覆巢」，而百姓人民亦如巢下之危卵，性命堪憂。鬼神信仰給他們以一時的心理安慰，給他們一個幻想中的安全的巢穴，讓他們得以盡情發泄內心的憂懼、不滿，也肆意地想像美好的生活。但是，民間的鬼神信仰並沒有抽象的、成熟的觀念體系來支撐和體現，而只是表現爲許許多多駁雜而零散的鬼神精怪故事，並僅僅依靠這些故事來承載、傳播和延續。鄉民百姓說故事、聽故事就是對抽象觀念的接受和傳播，故事的流傳就是儀式的重複和觀念的蔓延，大家講述同樣的故事、傾聽同樣的故事、傳播同樣的故事，這本身就是彼此在觀念、信仰上的交流溝通以及認同。所以，在鄉民社會，故事就是觀念和信仰本身，故事的重複就是觀念和信仰的流佈與強化，並且由此使鄉民社會演變成爲一個觀念的、精神的、小傳統的文化共同體，故事就是這個共同體的主要的維繫媒介。文人在接受、搜集、撰錄志怪故事時，把民間故事所蘊含的觀念及其表達方式一併從口頭形態轉換爲書面文字形態，換言之，文人在接受諸多志怪故事的同時，也接受了故事背後的觀念及其表達，同時接受了一種異樣的「生活形式」，並試圖將之與自己的「生活形式」融合在一起。馬克思曾經指出：「理論在一個國家的實現程度，總是決定於理論滿足這個國家的需要的程度。」〔註222〕志怪故事作爲一種感性化的

〔註221〕（南朝・宋）劉義慶撰，徐震堮著：《世說新語校箋》（言語篇），北京，中華書局，1984 年版，第 32 頁。
〔註222〕馬克思：《〈黑格爾法哲學批判〉導言》，見《馬克思恩格斯全集》（第三卷），北京，人民出版社，2002 年 10 月第 2 版，第 209 頁。

觀念理論，之所以不僅僅在民間不斷盛行、繁衍，而且被權貴和知識階層廣泛接受，就在於故事背後的鬼神信仰和觀念恰好適應了當時社會環境下所有在苦難中煎熬的心靈，緩解了人們在生死線上掙扎的痛苦和焦慮情緒，給人們提供了一個自由、放鬆的假想生存空間，在這個空間裏，人們狂歡一般釋放生命本能、任意歌哭悲喜。同時，文人與百姓同病相憐，必然會同聲相應、同氣相求，這種跨越文化觀念形態的故事的傳播，無形中構建起一個想像的全民生命共同體與虛擬的全體生存空間，在這個共同體及其共同的生存空間中，文化結構平等而和諧，無論文人士子還是鄉民百姓，都獲得更多與他者的溝通和彼此認同，拉近彼此的心靈距離，從而得以緩解個體生命的孤獨感與不安全感。

2、詩賦創作中的重複性及其與志怪的關聯——以同題共作賦為例

與民間志怪故事以及志怪書中故事的重複性特徵相呼應的，是詩賦創作中盛行一時的重複性現象。比如，賦的同題共作現象在魏晉南北朝時期極為興盛，與志怪書中故事的重複書寫相映成趣。試舉如下幾例：同以梧桐樹為題材的賦作有：傅咸《梧桐賦》、夏侯湛《愍桐賦》、江夏王義恭《桐樹賦》、竟陵王子良《梧桐賦》、王融《應竟陵王教桐樹賦》、沈約《桐賦》等。〔註223〕同以槐樹為題材的賦作有：王粲《槐樹賦》、曹丕《槐賦》、曹植《槐樹賦》、傅巽《槐樹賦》、王濟《槐樹賦》、庾儵《大槐賦》、嵇含《槐香賦》、摯虞《槐賦》等。〔註224〕同以柳樹為題材的賦作有：孔臧《楊柳賦》、枚乘《柳賦》、應瑒《楊柳賦》、王粲《柳賦》、陳琳《柳賦》、繁欽《柳賦》、曹丕《柳賦》、傅玄《柳賦》、成公綏《柳賦》等。〔註225〕同以橘為題材的賦作有：曹植《橘賦》、傅玄《橘賦》、孫楚《橘賦》、潘岳《橘賦》、謝惠連《橘賦》、吳均《橘賦》等。〔註226〕同以安石榴為題材的賦作有：應貞《安石榴賦》、庾儵《安石

〔註223〕以上賦作見（清）嚴可均輯：《全上古三代秦漢三國六朝文》，北京，中華書局，1958 年版，《全晉文》卷五十一、卷六十八、《全宋文》卷十一、《全齊文》卷七、卷十二、《全梁文》卷二十五。

〔註224〕以上賦作見（清）嚴可均輯：《全上古三代秦漢三國六朝文》，北京，中華書局，1958 年版，《全後漢文》卷九十、《全三國文》卷四、卷十四、卷三十五、《全晉文》卷二十八、卷三十六、卷六十五、卷七十六。

〔註225〕以上賦作見（清）嚴可均輯：《全上古三代秦漢三國六朝文》，北京，中華書局，1958 年版，《全漢文》卷十三、卷二十、《全後漢文》卷四十二、卷九十、卷九十二、卷九十三、《全三國文》卷四、《全晉文》卷四十五、卷五十九。

〔註226〕以上賦作見（清）嚴可均輯：《全上古三代秦漢三國六朝文》，北京，中華書局，1958 年版，《全三國文》卷十四、《全晉文》卷四十五、卷六十、卷九十二、《全宋文》卷三十四、《全梁文》卷六十。

榴賦》、傅玄《安石榴賦》、夏侯湛《石榴賦》、《安石榴賦》、張載《安石榴賦》、
張協《安石榴賦》、潘岳《河陽庭前安石榴賦》、潘尼《安石榴賦》、范堅《安
石榴賦》、羊氏（王倫妻）《安石榴賦》等。〔註 227〕同以芙蓉爲題材的賦作有：
曹植《芙蓉賦》、閔鴻《芙蓉賦》、夏侯湛《芙蓉賦》、潘岳《芙蓉賦》、潘尼
《芙蓉賦》、傅亮《芙蓉賦》、鮑照《芙蓉賦》、蕭統《芙蓉賦》等。〔註 228〕
同以風爲題材的賦作有：傅玄《風賦》《相風賦》、傅咸《相風賦》、張華《相
風賦》、孫楚《相風賦》、潘岳《相風賦》、江逌《風賦》、王融《擬風賦》、謝
朓《擬風賦奉司徒教作》、沈約《擬風賦》等。〔註 229〕同以鸚鵡爲題材的賦作
有：應瑒《鸚鵡賦》、禰衡《鸚鵡賦》、王粲《鸚鵡賦》、陳琳《鸚鵡賦》、阮
瑀《鸚鵡賦》、曹植《鸚鵡賦》、傅玄《鸚武賦》、傅咸《鸚武賦》、成公綏《鸚
武賦》、曹毗《鸚武賦》、桓玄《鸚鵡賦》、謝莊《赤鸚鵡賦應詔》、顏延之《白
鸚鵡賦》、蕭統《鸚鵡賦》等。〔註 230〕同以鶴爲題材的賦作有：王粲《白鶴賦》、
曹植《白鶴賦》、孫楚《鶴賦》、桓玄《鶴賦》、劉義慶《鶴賦》、鮑照《舞鶴
賦》等。〔註 231〕同以蟬爲題材的賦作有：曹植《蟬賦》、晉明帝《蟬賦》、傅
玄《蟬賦》、傅咸《黏蟬賦》《鳴蜩賦》、孫楚《蟬賦》、溫嶠《蟬賦》、陸雲《寒
蟬賦》、顏延之《寒蟬賦》、蕭統《蟬賦》、褚玠《風裏蟬賦》等。〔註 232〕同以

〔註 227〕以上賦作見（清）嚴可均輯：《全上古三代秦漢三國六朝文》，北京，中華書
　　　　局，1958 年版，《全晉文》卷三十五、卷三十六、卷四十五、卷六十八、卷
　　　　八十五、、卷九十二、卷九十四、卷一百二十四、卷一百四十四。

〔註 228〕以上賦作見（清）嚴可均輯：《全上古三代秦漢三國六朝文》，北京，中華書
　　　　局，1958 年版，《全三國文》卷十四、卷七十四、《全晉文》卷六十八、卷九
　　　　十一、卷九十四、《全宋文》卷二十六、卷四十六、《全梁文》卷十九。

〔註 229〕以上賦作見（清）嚴可均輯：《全上古三代秦漢三國六朝文》，北京，中華書
　　　　局，1958 年版，《全晉文》卷四十五、卷五十一、卷五十八、卷六十、卷九
　　　　十一、卷一百零七、《全齊文》卷十二、卷二十三、《全梁文》卷二十五。

〔註 230〕以上賦作見（清）嚴可均輯：《全上古三代秦漢三國六朝文》，北京，中華書局，
　　　　1958 年版，《全後漢文》卷四十二、卷八十七、卷九十、卷九十二、卷九十三、
　　　　《全三國文》魏卷十四、《全晉文》卷四十六、卷五十一、卷五十九、卷一百
　　　　零七、卷一百十九、《全宋文》卷三十四、卷三十六、《全梁文》卷十九。

〔註 231〕以上賦作見（清）嚴可均輯：《全上古三代秦漢三國六朝文》，北京，中華書
　　　　局，1958 年版，《全後漢文》卷九十、《全三國文》魏卷十四、《全晉文》卷
　　　　六十、卷一百十九、《全宋文》卷十一、卷四十六。

〔註 232〕以上賦作見（清）嚴可均輯：《全上古三代秦漢三國六朝文》，北京，中華書
　　　　局，1958 年版，《全三國文》魏卷十四、《全晉文》卷九、卷四十六、卷五十
　　　　一、卷六十、卷八十、卷一百、《全宋文》卷三十六、《全梁文》卷十九、《全
　　　　陳文》卷十六。

扇爲題材的賦作有：徐幹《團扇賦》、曹植《九華扇賦》《扇賦》、閔鴻《羽扇賦》、傅玄《團扇賦》、傅咸《羽扇賦》《扇賦》《狗脊扇賦》、袁崧《圓扇賦》、嵇含《羽扇賦序》、張載《羽扇賦》、潘尼《扇賦》、江逌《羽扇賦》、蕭統《扇賦》等。〔註233〕同以酒爲題材的賦作有：王粲《酒賦》、曹植《酒賦》、嵇康《酒賦》、傅玄《辟雍鄉飲酒賦》《敘酒賦》、袁崧《酒賦》、嵇含《酒賦》、張載《酃酒賦》、江總《勞酒賦》等。〔註234〕同以圍棋爲題材的賦作有：馬融《圍碁賦》、王粲《圍碁賦》、蔡洪《圍棋賦》、曹攄《圍棊賦》、劉恢《圍碁賦序》、後梁宣帝《圍棋賦》等。〔註235〕此外，還有曹操、曹丕均作有《滄海賦》、三曹均作有《登臺賦》，亦有大量以車渠椀、瓜果、琴、箏、琵琶、笛、蓮花、菊花、出征、出行、思親、思友以及神女、寡婦、胡女等爲題材的同題共作賦，此種例證數不勝數，恕不一一舉例。程章燦《魏晉南北朝賦史》根據劉知漸《建安文學編年史》中所附《建安作家詩文總目》，對建安時期文人同題共作賦做過統計，「建安作家中有賦作傳世的計 18 家，作品 184 篇。根據本表，建安作家中涉及同題共作賦者計 18 人，作品 126 篇，占作者總數的 100%，賦作總數的 68%。」〔註236〕僅僅建安時期的同題共作賦就如此蔚爲大觀，整個魏晉南北朝時期的同題共作現象便可想而知。

　　同題共作賦有兩個最爲明顯的特點，而且，此兩個特點在志怪書中也顯而易見。其一，同題共作賦涉及到的題材極其廣泛，有人、神、植物、動物、鳥獸、昆蟲以及風電、陰晴、時序等自然現象，還有日常生活用品以及出征、出行、登臺、觀海等個人或群體的活動，動態的、靜態的、無形的、有形的、客觀的、主觀的、自然的、社會的、眼前的、天邊的……各種性質的題材，靡不畢攬。題材的廣泛首先充分體現了其時好文的風尙。文人士子們似乎隨

〔註233〕以上賦作見（清）嚴可均輯：《全上古三代秦漢三國六朝文》，北京，中華書局，1958 年版，《全後漢文》卷九十三、《全三國文》卷十四、卷七十四、《全晉文》卷四十五、卷五十一、卷五十六、卷六十五、卷八十九、卷九十四、卷一百零七、《全梁文》卷十九。

〔註234〕以上賦作見（清）嚴可均輯：《全上古三代秦漢三國六朝文》，北京，中華書局，1958 年版，《全後漢文》卷九十、《全三國文》卷十四、卷四十七、《全晉文》卷四十五、卷五十六、卷六十五、卷八十九、《全隋文》卷十。

〔註235〕以上賦作見（清）嚴可均輯：《全上古三代秦漢三國六朝文》，北京，中華書局，1958 年版，《全後漢文》卷十八、卷九十、《全晉文》卷八十一、卷一百零七、卷一百三十一、《全梁文》卷六十八。

〔註236〕程章燦：《魏晉南北朝賦史》，南京，江蘇古籍出版社，2001 年版，第 45～46 頁。

時都以飽滿的情緒準備好去吟詩作賦，天地間的一切也都隨時準備好成爲他們創作的題材、描摹的對象，既然不能在風雲莫測、險象環生的政治舞臺上有所作爲，那就一起「籠天地於形內，挫萬物於筆端」，〔註237〕在筆走龍蛇間使天地萬物爲我所用，在筆端重新建立一個「空間化」的空間。其次，題材的廣泛也體現了其時文人士子思想之自由、視野之開闊、思維之活躍、心靈之敏感，更可見其對生活、生命的熱情。在死神隨時都會來臨的亂世，他們試圖以描摹世間萬物來強化自己生命的存在感，他們與天地萬物同在，萬物即他們存在的證明。而賦作題材的重複，與其說是一種文學現象，毋寧說是他們對自身存在的反覆的彼此驗證，在彼此反覆的驗證中，一次次面對死神的宣判又一次次獲得新生。其二，此時的同題共作賦形成一個明顯不同於漢大賦的特點，即多短小精悍。其主要原因蓋是此種賦體多產生於文人集團的帶有些許遊戲性、競賽性的集體文學活動，即興創作或命題創作居多，篇幅不會太長；或產生於彼此的酬唱應答，因而亦不必衍爲長篇。更重要的是，文賦的短小體制極易使我們聯想到政權的短命、個體生命的早夭，這貌似風馬牛不相及的兩類事物在形式上如此近似，其中必定有著微妙的關聯。當國祚短促、人命危淺成爲常態，文學創作的篇製勢必受到影響。首先，朝代更替頻繁，政局動蕩，導致整個社會環境極其惡劣，戰亂頻仍，疫病流行，自然災害不斷，一切都使人難以自安，文人士子們即便有蓋世的才華，卻沒有足夠安穩的心境構思長篇巨製。所以，同題共作賦體制短小這一文學現象本身即是其時社會環境和文人心態的最直接寫照。其次，除去創作心態的影響，同題共作賦的短小體制又與志怪「小說」「殘叢小語」的特點不謀而合，印證了文人們在正統文賦的寫作過程中對「小說」筆法的不自覺的認同和運用，而這種形式認同的背後，是觀念的認同，同樣體現了人們思想的自由與開放。

由上述同題共作賦的興盛狀況及其兩大特點來看，同題共作賦與作爲「小說」的志怪書以及民間的志怪故事，猶如聲音的共振，一起完成著時代的生命交響。法國結構主義人類學家克洛德·列維-斯特勞斯是一個頗有音樂修養的人類學家，他在其名著《神話學》中用交響樂來比擬神話結構。〔註238〕李亦園先生在《人類的視野》中對列維—斯特勞斯的這一研究做了簡潔而精到

〔註237〕　（西晉）陸機：《文賦》，見（南朝·梁）蕭統撰，（唐）李善等注：《文選》（卷十七），北京，中華書局影印清嘉慶十四年胡克家刻本，1977年版，第240頁。
〔註238〕　（法）李維斯陀著，周昌忠譯：《神話學》（四卷本），臺北，時報文化出版企業有限公司，1992、1994、1998、2000年版。

的概述：李維斯陀認為，交響樂的樂譜中，每一頁樂譜由單一樂器演奏的音符是由左向右讀的，這種「橫的」向度所奏出來的音響就是「旋律」，而由各種不同樂器同時奏出的、由上向下讀的「縱」向度音符，就是「和聲」。神話的傳誦，正如交響樂的演奏一樣，同時具有旋律的與和聲的兩個向度的交互作用。〔註239〕李亦園先生進一步分析：「神話的情節猶如交響樂中的『旋律』，它們把故事的內容或是作者所要表達的感情從頭到尾『敘述』出來，但是這種平鋪直敘的講述或演奏，能夠引起共鳴甚而打動聽眾心弦深處的可能性較為有限。因此，交響樂要利用不同的樂器不斷地重複奏出主題或者主題變奏，這就是和聲。主題的重複與變奏最能擊中聽眾的心弦，激起內在深處感情的共鳴與解脫。李維斯陀認為神話與交響樂的神秘相似點就在此處。」〔註240〕列維—斯特勞斯所謂的「神話交響樂」重複奏出的主題，當指他提出的神話中二元對立的基本結構以及這個結構中蘊含的對立統一關係。這個二元對立的結構為世界各地的神話所共有，這使不同地域、不同語言的神話表現出驚人的相似性。而且，神話是人類文化的雛形，保存了人類最基本、最穩固的思維模式，這個思維模式即世界各地神話中共有的二元對立的思維結構，這個思維結構恰是人類不斷建構和再生產自己的文化的根本機制和動力所在，而弄清楚人類文化的基本結構和運作機制，也正是列維—斯特勞斯神話研究的真正目的。列維—斯特勞斯《神話學》的分析對象是神話及其結構，但是，志怪故事與神話的淵源眾所周知，內在的原始思維的特徵以及對生命的終極關懷決定了兩者永遠的同質同構關係。魏晉南北朝時期的志怪故事無論從內容還是思維方式、傳播途徑都仍然保留著神話的痕跡。所以，我們完全可以借鑒列維-斯特勞斯對神話結構的分析，來理解魏晉南北朝時期民間的志怪故事、文人志怪書的撰寫以及同題共作賦的創作等文化行為及其之間的關係。人類社會生活中，最基本的對立，莫過於生與死的對立，這一基本對立關係，是與人類相始終的，它不只是神話的結構，更是人類文化的基本結構。這個基本結構作為「文化交響樂」的主題在不同時期、不同地域、被不同的文化現象不斷地重複奏出。魏晉南北朝時期，鄉民百姓口耳相傳志怪故事、文人撰寫志怪書、創作同題共作賦，甚至包括玄學的哲思、清談以及佛學的本土

〔註239〕李亦園：《人類的視野》，上海，上海文藝出版社，1996年版，第328頁。「李
　　　　維斯陀」即列維—斯特勞斯。
〔註240〕李亦園：《人類的視野》，上海，上海文藝出版社，1996年版，第328頁。

化，都不過是用不同的旋律演奏著同一個生與死主題。不同的文化形式、文本形式宛如不同的樂器，共同完成一曲源於心靈深處又直達心靈深處的生命交響，在鄉民百姓和文人士子乃至政權階層之間產生強大的共鳴。在這共鳴中，苦難深重的心靈得以最大限度的解脫，而民間小傳統文化和知識階層、貴族階層的文化大傳統也就在這共鳴中取得雙向的接洽、融合。在這一場全民參演的「文化交響樂」中，志怪故事以及同題共作賦尤為明顯的重複性特徵，使生命主題的重複演奏一度達到高潮，情感的抒發也一度達至頂點。在志怪故事以及詩文創作的重複性背後，其時文人個體生命存在的孤獨不安以及安全感的他向尋求暴露無遺，生與死也在這反覆的「重言」中不斷地對立又和解、和解又對立著。

（三）《世說新語》與志怪

從《世說新語》中，亦可窺見在文人士子的思想意識深處，大、小文化傳統是彼此交識、同步運行的。前文已就《世說新語》論及劉義慶的思想的多重性，現仍以此書為例。眾所周知，《世說新語》多記文人士子的清談言行，既為一本「名士底教科書」〔註241〕，又是魏晉風度的絕版再現。然而，在這些記載中，又間雜頗多的志怪書寫，以致有人將其視為「志怪」書。清代葉德輝輯《世說新語》佚文一卷，思賢講舍本《世說新語》葉德輝後記云：「《世說新語》佚文，引見唐宋人類書者往往與《世語》相出入。按《世語》晉郭頒撰，見《隋志》雜史類。……又有與《幽明錄》相出入者，《幽明錄》亦臨川撰，其中與《世說新語》互見之處如『折臂三公』及『雷震柏木』二事，均在今《術解篇》中。又各書引《世說新語》如……（所舉甚多）之類，或錯見《幽明錄》。而各書標題有稱《劉義慶世說》者，有注載『出《世說新語》』者，有直云『《世說》曰』者。疑臨川著書時，頗涉神怪；久而析出，別為一書。諸書稱引，猶稱《世說》，蓋從其朔也。又《御覽》引『爰綜夢得交州』條注云：『《幽明錄》同』；今《幽明錄》反失載此事。是宋時所存二書，事本互見，其又非引者之誤可知矣。」〔註242〕茲舉《太平御覽》所載錄《世說新語》幾例佚文如下，以見《世說新語》

〔註241〕魯迅：《中國小說的歷史的變遷・六朝時之志怪與志人》，《魯迅全集》（第九卷），北京，人民文學出版社，2005 年版，第 319 頁。

〔註242〕轉引自王瑤著：《中古文學史論》，北京，北京大學出版社，1986 年版，第 124 ～125 頁。

原貌之一斑：〔註243〕

《世說》曰：武昌陽新縣北山上有望夫石，狀若人立者，傳云：昔有貞婦，其夫從役，遠赴國難，攜弱子餞送此山，立望而化爲石。（《御覽》卷五二、《事類賦注》卷七）〔註244〕

《世說》……又曰：太原王國寶治宅，因浚池。忽見一物如酒杓形，長四尺許，飛去。（《御覽》卷六十七）〔註245〕

《世說》曰：樂令有數客，闊不復來。樂問所以，答曰：「前在坐，蒙賜酒，方欲飲，見杯中有虵，意甚惡之。既飲而疾。」于時河南聽事上壁有角，角邊漆畫作虵。樂而疑是角影入杯中，復令置杯酒於前處，謂曰：「君更看酒中，復有所見不。」答曰：「所見如初。」樂乃告其所以，客豁然意解，沉疴頓消。（《御覽》卷三三八）〔註246〕

《世說》……又曰：宋處宗甚有思理才。常買得一長鳴雞，愛養之甚至，恒籠盛着窗間，雞遂作人語。與處宗談語，極有言思，終日不輟。處宗因此，言遂大進。（《御覽》卷三九零、七六四、《類聚》卷五五）〔註247〕

《世說》……又曰：謝太傅一生語未嘗誤，每共說，退後叙說向言，皆得次第。後忽一悮，自知當必死。其年而薨。（《御覽》卷三九零）〔註248〕

《世說》……又曰：會稽賀思令善彈琴。常夜在月中坐，臨風鳴弦。忽有一人，形貌甚偉，著械，有慘色，在中庭稱善。便與共語，

〔註243〕 范子燁《〈世說新語〉研究》一書中共記錄《世說》佚文85條，「事涉神怪的條目」爲第9～38條。見范子燁：《〈世說新語〉研究》，哈爾濱，黑龍江教育出版社，1998年版，第149～175頁。此處僅舉幾例，以見一斑。

〔註244〕 （宋）李昉等撰：《太平御覽》，北京，中華書局，1960年版（影印本），第255頁。

〔註245〕 （宋）李昉等撰：《太平御覽》，北京，中華書局，1960年版（影印本），第319頁。

〔註246〕 （宋）李昉等撰：《太平御覽》，北京，中華書局，1960年版（影印本），第1550頁。

〔註247〕 （宋）李昉等撰：《太平御覽》，北京，中華書局，1960年版（影印本），第1805、3393頁。

〔註248〕 （宋）李昉等撰：《太平御覽》，北京，中華書局，1960年版（影印本），第1805頁。

自云是嵇中散。謂賀云：「卿手下極快，但於古法未備。」因授以《廣陵散》，遂傳之，於今不絕。（《御覽》卷五七九、《事類賦注》卷一一）〔註249〕

《世說》曰：衛瓘永熙中，家人炊飯墮地，盡化爲螺，出足而行，瓘終見誅。（《御覽》卷八八五）〔註250〕

上列諸條中，「望夫石」「長鳴雞」「廣陵散」亦見於《幽明錄》《異苑》等志怪書中。名士之言行舉止，穿越於人類與鬼怪之間，既清玄高遠，飄然若仙，又混迹於鬼域，言行舉止讓人倍感陰森、詭異。如果《御覽》不注明「《世說》曰」，讀者大概不會將之歸入志人故事集《世說新語》，而極容易將之歸入志怪書。

即使在今本《世說》〔註251〕中，也可見較爲明顯的志怪內容。如《術解篇》凡十一條，幾乎都帶有明顯的神怪色彩。列之如下：

荀勖善解音聲，時論謂之「闇解」，遂調律呂，正雅樂。每至正會，殿庭作樂，自調宮商，無不諧韻。阮咸妙賞，時謂「神解」。每公會作樂，而心謂之不調。既無一言直勖，意忌之，遂出阮爲始平太守。後有一田父耕於野，得周時玉尺，便是天下正尺，荀試以校己所治鐘鼓金石絲竹，皆覺短一黍，於是伏阮神識。

荀勖嘗在晉武帝坐上食筍進飯，謂在坐人曰：「此是勞薪炊也。」坐者未之信，密遣問之，實用故車腳。

人有相羊祜父墓，後應出受命君。祜惡其言，遂掘斷墓後以壞其勢。相者立視之，曰：「猶應出折臂三公。」俄而祜墜馬折臂，位果至公。

王武子善解馬性。嘗乘一馬，著連錢障泥，前有水，終日不肯渡。王云：「此必是惜障泥。」使人解去，便徑渡。

陳述爲大將軍掾，甚見愛重。及亡，郭璞往哭之，甚哀，乃呼曰：「嗣祖，焉知非福！」俄而大將軍作亂，如其所言。

〔註249〕（宋）李昉等撰：《太平御覽》，北京，中華書局，1960 年版（影印本），第 2615 頁。

〔註250〕（宋）李昉等撰：《太平御覽》，北京，中華書局，1960 年版（影印本），第 3931 頁。

〔註251〕本文所用版本爲（南朝・宋）劉義慶撰，徐震堮著：《世說新語校箋》，北京，中華書局，1984 年版；余嘉錫撰，周祖謨、余淑宜整理：《世說新語箋疏》，北京，中華書局，1983 年版。

晉明帝解占塚宅，聞郭璞為人葬，帝微服往看，因問主人：「何以葬龍角？此法當滅族。」主人曰：「郭云：此葬龍耳，不出三年，當致天子。」帝問：「為是出天子邪？」答曰：「非出天子，能致天子問耳。」

郭景純過江，居於暨陽，墓去水不盈百步。時人以為近水，景純曰：「將當為陸。」今沙漲，去墓數十里皆為桑田。其詩曰：「北阜烈烈，巨海混混，壘壘三墳，唯母與昆。」

王丞相令郭璞試作一卦。卦成，郭意色甚惡，云：「公有震厄。」王問：「有可消伏理不？」郭曰：「命駕西出數里，得一栢樹，截斷如公長，置牀上常寢處，災可消矣。」王從其語，數日中，果震栢粉碎。子弟皆稱慶。大將軍云：「君乃復委罪於樹木。」

桓公有主簿，善別酒，有酒輒令先嘗，好者謂「青州從事」，惡者謂「平原督郵」。青州有齊郡，平原有鬲縣；「從事」言到臍，「督郵」言在鬲上住。

郗愔信道甚精勤，常患腹內惡，諸醫不可療，聞于法開有名，往迎之。既來便脉，云：「君侯所患，正時精進太過所致耳。」合一劑湯與之。一服即大下，去數段許紙，如拳大，剖看，乃先所服符也。

殷中軍妙解經脉，中年都廢。有常所給使，忽叩頭流血。浩問其故，云：「有死事，終不可說。」詰問良久，乃云：「小人母年垂百歲，抱疾來久，若蒙官一脉，便有活理。訖就屠戮無恨。」浩感其至性，遂令舁來，為診脉處方。始服一劑湯便愈。於是悉焚經方。
〔註252〕

　　上述十一條故事無一不帶有神怪色彩，故事中的主角也無一不是上層人士。其中，阮咸、王武子、郭璞、殷中軍既為故事中的主角，又皆為當時玄學界著名人物。《世說新語·賞譽》曰：「山公舉阮咸為吏部郎，目曰：『清眞寡欲，萬物不能移也。』」〔註253〕「任誕」篇載阮咸為「竹林七賢」之一：「陳

〔註252〕以上諸條見（南朝·宋）劉義慶撰，徐震堮著：《世說新語校箋》，北京，中華書局，1984年版，第379～383頁。

〔註253〕余嘉錫撰，周祖謨、余淑宜整理：《世說新語箋疏》，北京，中華書局，1983年版，第424頁。

留阮籍，譙國嵇康，河內山濤，三人年皆相比，康年少亞之。預此契者：沛國劉伶，陳留阮咸，河內向秀，琅邪王戎。七人常集於竹林之下，肆意酣暢，故世謂『竹林七賢』。」〔註254〕王武子亦好尚老莊，頗得玄學之旨。余嘉錫《世說新語箋疏》「文學」篇第 85 條後注引鍾嶸《詩品》卷下評許詢等人之玄言詩曰：「永嘉以來，清虛在俗。王武子輩詩貴道家之言。爰及江表，玄風尚備。……世稱孫、許，彌善恬淡之詞。」又案：「詩品謂王武子輩，詩貴道家之言，……武子所貴，即是老、莊。以其屬於諸子九流中之道家，故《詩品》之言，云爾。」〔註255〕郭璞行事、做詩皆甚有玄遠之風度，《世說新語·文學》載：「郭景純詩云：『林無靜樹，川無停流。』阮孚云：『泓崢蕭瑟，實不可言。每讀此文，輒覺神超形越。』」景純即郭璞字。梁劉孝標注曰：「《璞別傳》曰：璞奇博多通，文藻粲麗，才學賞豫，足參上流。其詩賦誄頌，竝傳於世，而訥於言。造次詠語，常人無異。又不持儀檢，形質頹索，縱情嫚惰，時有醉飽之失。友人干令升戒之曰：『此伐性之斧也。』璞曰：『吾所受有分，恆恐用之不盡，豈酒色之能害！』王敦取為參軍。敦縱兵都輦，乃咨以大事，璞極言成敗，不為回屈。敦忌而害之。詩，璞《幽思篇》者。」〔註256〕唐代房玄齡《晉書》所載略同，茲不贅述。殷中軍即殷浩。《晉書》本傳曰：「浩識度清遠，弱冠有美名，尤善玄言，與叔父融俱好《老》《易》。融與浩口談則辭屈，著篇則融勝，浩由是為風流談論者所宗。」〔註257〕《世說新語》其他篇中也有很多關於殷浩的記載。如《文學》篇；「殷中軍為庾公長史，下都，王丞相為之集，桓公、王長史、王藍田、謝鎮西竝在。丞相自起解帳帶麈尾，語殷曰：『身今日當與君共談析理。』既共清言，遂達三更。丞相與殷共相往反，其餘諸賢，略無所關。既彼我相盡，丞相乃歎曰：『向來語，乃竟未知理源所歸，至於辭喻不相負。正始之音，正當爾耳。』明旦，桓宣武語人曰：『昨

〔註254〕余嘉錫撰，周祖謨、余淑宜整理：《世說新語箋疏》，北京，中華書局，1983年版，第 727 頁。

〔註255〕余嘉錫撰，周祖謨、余淑宜整理：《世說新語箋疏》，北京，中華書局，1983年版，第 263～264 頁。

〔註256〕余嘉錫撰，周祖謨、余淑宜整理：《世說新語箋疏》，北京，中華書局，1983年版，第 257 頁。「林無靜樹，川無停流」詩句，《先秦漢魏晉南北朝詩》輯為郭璞《幽思篇》，見逯欽立輯校：《先秦漢魏晉南北朝詩》，北京，中華書局，1988 年版，第 867 頁。

〔註257〕（唐）房玄齡等：《晉書》（卷七十七），北京，中華書局，1974 年版，第2043 頁。

夜聽殷、王清言甚佳，仁祖亦不寂寞，我亦時復造心；顧看兩王掾，輒翣如生母狗馨。』」〔註258〕又載：「謝鎮西少時，聞殷浩能清言，故往造之。殷未過有所通，爲謝標榜諸義，作數百語。既有佳致，兼辭條豐蔚，甚足以動心駭聽。謝注神傾意，不覺流汗交面。殷徐語左右：『取手巾與謝郎拭面。』」〔註259〕可見，「神超形越」不只發生在志怪故事的荒誕情節中，還呈現於名士文人的詩歌意境中。「動心駭聽」的也不只是怪異故事，還有名士之清言玄談。蓋愈是濡染玄風之名士，其言行愈是驚世駭俗、不同凡響，其人其事就愈易演爲怪異故事。既演繹爲志怪故事，則易由上層社會流溢至下層鄉民之視聽，名士文化遂進一步融入鄉民文化。上層文化乘民間鬼神信仰以及志怪故事流傳之風，受其薰染，並將自身融入其中，文化大傳統與小傳統由此匯流，波瀾起伏，光影動蕩，使整個文化景觀倍顯精緻、神秘、光怪陸離。

　　《術解》之外，《世說新語》中亦有其他記述帶有志怪色彩，且與當時志怪書之記述雷同。如《文學》篇載鄭玄事曰：「鄭玄在馬融門下，三年不得相見，高足弟子傳授而已。嘗算《渾天》不合，諸弟子莫能解。或言玄能者，融召令算，一轉便決，眾咸駭服。及玄業成辭歸，既而融有『禮樂皆東』之歎。恐玄擅名而心忌焉。玄亦疑有追，乃坐橋下，在水上據屐。融果轉式逐之，告左右曰：『玄在土下水上而據木，此必死矣。』遂罷追。玄竟以得免。」〔註260〕這則故事最後的情節神怪色彩鮮明。劉敬叔《異苑》卷九亦載此事：「後漢鄭玄字康成，師馬融，三載無聞，融鄙而遣還。玄過樹陰假寢，夢一老父，以刀開腹心，傾墨汁着內，曰：『子可以學矣。』於是寤而即返，遂精洞典籍。融歎曰：『詩書禮樂皆已東矣。』潛欲殺玄。玄知而竊去。融推式以算玄，玄當在土木上，躬騎馬襲之。玄入一橋下，俯伏柱上，融跼蹐橋側云：『土木之間，此則當矣。有水非也。』從此而歸，玄用免焉。一說玄在馬融門下，三年不相見，高足弟子傳授而已……」〔註261〕《異苑》所言「一說」部分，與《世說新語》所載幾乎完全相同，茲不贅述。此外，此則故事

〔註258〕余嘉錫撰，周祖謨、余淑宜整理：《世說新語箋疏》，北京，中華書局，1983年版，第212頁。

〔註259〕余嘉錫撰，周祖謨、余淑宜整理：《世說新語箋疏》，北京，中華書局，1983年版，第217～218頁。

〔註260〕余嘉錫撰，周祖謨、余淑宜整理：《世說新語箋疏》，北京，中華書局，1983年版，第189～190頁。

〔註261〕（南朝·宋）劉敬叔撰，范甯校點：《異苑》，北京，中華書局，1996年版，第87頁。

還見於《裴子語林》〔註262〕，足見其流傳之廣，亦足見漢代大儒在魏晉南北朝文人士子心中影響之深。三個版本相較，《世說新語》本與《語林》本爲同一版本，《異苑》本則於前兩版本之「玄在土下水上而據木，此必死矣」的神秘、怪異之外，又添夢中以刀開心腹傾倒墨汁之離奇情節，更見志怪故事之本色。同一故事，三個版本的演繹互相推波助瀾，既志人，又志怪，再次顯示了文化之大傳統與小傳統的深度融合。

《世說新語・排調》還載有「頭責秦子羽」事：「頭責秦子羽云：『子曾不如太原溫顒、穎川荀寓、范陽張華、士卿劉許、義陽鄒湛、河南鄭詡。此數子者，或謇喫無宮商，或尫陋希言語，或淹伊多姿態，或讙譁少智諝，或口如含膠飴，或頭如巾薺杵。而猶以文采可觀，意思詳序，攀龍附鳳，並登天府。』」〔註263〕劉孝標注引《張敏集》所載《頭責子羽文》全文，茲引錄片段：「頭責子羽曰：『吾託子爲頭，萬有餘日矣。大塊稟我以精，造我以形。我爲子植髮膚、置鼻耳、安眉須、插牙齒、眸子摛光，雙顴隆起。每至出入之間，遨遊市里，行者辟易，坐者竦跽。或稱君侯，或言將軍，捧手傾側，佇立崎嶇。如此者，故我形之足偉也。子冠冕不戴，金銀不佩，釵以當笄，帢以代幗，旨味弗嘗，食粟茹菜，限摧園閭，糞壤汙黑，歲莫年過，曾不自悔。子厭我於形容，我賤子乎意態。若此者乎，必子行己之累也。子遇我如讐，我視子如仇，居常不樂，兩者俱憂，何其鄙哉！子欲爲人寶也，則當如皐陶、后稷、巫咸、伊陟，保乂王家，永見封殖。子欲爲名高也，則當如許由、子威、卞隨、務光，洗耳逃祿，千歲流芳。子欲爲游說也，則當如……子欲爲進趣也，則當如……子欲爲恬淡也，則當如……子欲爲隱遁也，則當如……今子上不希道德，中不效儒墨，塊然窮賤，守此愚惑。察子之情，觀子之志，退不爲於處士，進無望於三事，而徒酕曰勞形，習爲常人之所喜，不亦過乎！』於是子羽愀然深念而對曰：『凡所教敕，謹聞命矣。……』」〔註264〕子羽之頭責備子羽，情眞意切，語重心長。文章主旨蓋申道家恬淡無爲之志，亦用《莊子》志怪的書寫筆法爲之。《搜神記》卷十一亦有「頭語」的故事：「渤海太守史良姊一女子，

〔註262〕魯迅（校錄）：《古小說鈎沈》，濟南，齊魯書社，1997年版，第4頁。
〔註263〕余嘉錫撰，周祖謨、余淑宜整理：《世說新語箋疏》，北京，中華書局，1983年版，第782～783頁。
〔註264〕余嘉錫撰，周祖謨、余淑宜整理：《世說新語箋疏》，北京，中華書局，1983年版，第783頁。

許嫁而不果。良怒，殺之，斷其頭而歸，投於竈下，曰：『當令火葬。』頭語曰：『使君，我相從，何圖當爾。』後夢見曰：『還君物。』覺而得昔所與香纓金釵之屬。」〔註265〕兩個故事內容不盡相同，但是「頭語」的情節設計無疑具有相同的志怪風格。相較於「頭責秦子羽」事，「頭語」事添加了殺人、割頭的情節，雖無直接的暴力血腥場面的描寫，但其隱於人的想像裏呼之欲出。整個故事，寥寥數語，將怪異、驚悚的氛圍渲染得更爲濃鬱。「頭責秦子羽」事融志怪筆法與精英說教於一體，在大、小文化傳統的狂歡中表達著其時文人士子的心靈困惑與精神訴求。

　　《世說新語‧自新》載「周處」事曰：「周處年少時，兇彊俠氣，爲鄉里所患。又義興水中有蛟，山中有邅跡虎，竝皆暴犯百姓，義興人謂爲三橫，而處尤劇。或說處殺虎斬蛟，實冀三橫唯餘其一。處即刺殺虎，又入水擊蛟，蛟或浮或沒，行數十里，處與之俱。經三日三夜，鄉里皆謂已死，更相慶，竟殺蛟而出。聞里人相慶，始知爲人情所患，有自改意。乃自吳尋二陸，平原不在，正見清河，具以情告，竝云：『欲自修改，而年已蹉跎，終無所成。』清河曰：『古人貴朝聞夕死，況君前途尚可。且人患志之不立，亦何憂令名不彰邪？』處遂改勵，終爲忠臣孝子。」劉孝標注引《孔氏志怪》曰：「義興有邪足虎，溪渚長橋有蒼蛟，竝大噉人，郭西周，時謂『郡中三害』。」劉注又云：「周即處也。」〔註266〕又余氏箋疏曰：「《初學記》七引祖臺之《志怪》曰：『義興郡溪渚長橋下有蒼蛟，吞噉人。周處執劍橋側伺，久之，遇出，於是懸自橋上投下蛟背，而刺蛟數創，流血滿溪。自郡渚至太湖句浦乃死。』」〔註267〕很顯然，志怪書中更側重周處殺死猛虎和蛟龍的情節，《世說新語》則偏重其悔過自新的情節。《世說新語》吸收志怪情節，借助其神怪色彩，提升、強化周處悔過自新的榜樣示範作用，達到道德說教的目的。此亦是融合志怪筆法與禮教內涵於一體的例證。

　　綜上所述，《世說新語》的志怪色彩顯而易見，是集志人與志怪於一體的典型範本。范子燁《〈世說新語〉研究》一書考察了《世說新語》及其佚文中

〔註265〕（晉）干寶撰，汪紹楹校注：《搜神記》，北京，中華書局，1979 年版，第130 頁。

〔註266〕余嘉錫撰，周祖謨、余淑宜整理：《世說新語箋疏》，北京，中華書局，1983年版，第627 頁。

〔註267〕余嘉錫撰，周祖謨、余淑宜整理：《世說新語箋疏》，北京，中華書局，1983年版，第628 頁。

「事涉神怪的條目」，認爲「《世說》原本志怪的比重肯定很大」〔註268〕。而《世說新語》呈現出這種志怪色彩並不是個例，在魯迅輯校的《古小說鈎沈》中，所列《裴子語林》、《郭子》、《俗說》、《小說》等非志怪類書中，也都有許多志怪故事的記述。如《裴子語林》中載嵇康之事曰：「嵇中散夜燈火下彈琴，忽有一人，面甚小，斯須轉大，遂長丈餘，黑單衣皀帶。嵇視之既熟，吹火滅，曰：『吾恥與魑魅爭光。』」〔註269〕又載：「嵇中散夜彈琴，忽有一鬼著械來，歎其手快，曰：『君一弦不調。』中散與琴調之，聲更清婉。問其名，不對，疑是蔡邕伯喈，伯喈將亡，亦被桎梏。」〔註270〕又如《郭子》載：「初熒惑入太微，尋廢海西；簡文既登阼，復入太微，帝惡之。」〔註271〕《俗說》中載：「京下劉光祿養好鵝，劉後軍從京還鎮尋陽，以一隻鵝爲後軍別，純蒼色，頸長四尺許，頭似龍。此一隻鵝，可堪五萬。自後不復見有此類。」〔註272〕這些記述或言及鬼魅，或言及占星，或言及博物，數量雖不多，但點綴在這些故事集裏，響應著整個社會愈演愈烈的巫風鬼道信仰，使得這些本非志怪的故事書也被籠罩上一層濃鬱的志怪氛圍。

在整個社會的「志怪」潮流影響下，《世說新語》混入大量的志怪故事便不難理解了。就其本來占很大比重的志怪內容而言，我們今天貼在《世說新語》上的「名士教科書」的「精英標籤」或許並不太適當。《世說新語》志人同時志怪，使倜儻風流的名士混迹於各路鬼神仙怪，將玄學之清遠脫俗、任誕不羈「玄同」於逾越常理的神秘怪誕，以民間鬼神故事的敘事架構和筆法記錄、書寫名流、名士之笑談、佳話，以鬼神信仰的神道威嚴強化敘事效果，並借助鬼神俗信的廣布蔓延加速故事的流傳。對於以劉義慶爲首的《世說新語》編者而言，在其時紛亂的世象中，豐富多彩的民俗信仰以及以放浪形骸的言行和玄言清談爲主的名士風流更能迎合他們的興趣愛好和知識水平，再加以其時爭談「小說」的時代氛圍，編創出志人兼雜志怪的《世說新語》便是順理成章之事了。這些包括皇室貴族在內的精英階層在《世說新語》裏表達著自己對這個時代的感言，在文化的大、小傳統之間尋找生存的樂趣和意

〔註268〕范子燁：《〈世說新語〉研究》，哈爾濱，黑龍江教育出版社，1998 年版，第156 頁。

〔註269〕魯迅校錄：《古小說鈎沈》，濟南，齊魯書社，1997 年版，第 7 頁。

〔註270〕魯迅校錄：《古小說鈎沈》，濟南，齊魯書社，1997 年版，第 7 頁。

〔註271〕魯迅校錄：《古小說鈎沈》，濟南，齊魯書社，1997 年版，第 34 頁。

〔註272〕魯迅校錄：《古小說鈎沈》，濟南，齊魯書社，1997 年版，第 51 頁。

義。由此，正如前文所述，志怪不僅僅是我們今天所謂的「志怪小說」中源自民間的鬼神仙怪的內容，更是其時文人士子所鍾情的一種「小說」的書寫筆法，這種貌似背離「大道」的筆法恰好契合了他們急於放縱自己、尋求自由的內心需求，遂成為其保持精英階層身份時無意識的流露方式，以至漫溢出志怪書的編寫，延伸到他們其他形式的文本創作。《世說新語》雜志人與志怪於一體的編撰特點，體現了當時文化之小傳統對大傳統的強勢浸淫，也表明文化大傳統對民間小傳統的主動認同和接納，這種認同與接納既使得其時的精英文化帶有了更加濃厚的玄怪色彩，也愈加見出精英階層「越名教」之態度的堅決與徹底，更給民間的小傳統一個絕佳的「上傳」機會，並且，使得本來粗糙俚俗的小傳統得以浸染名士的氣韻風度，繼而「雅化」成為文人談資及書寫筆法。

（四）志怪書撰寫：雅與俗的直接「互滲」

1、志怪書寫與精英身份

　　志怪書的撰寫更集中地體現了文化大、小傳統的融合、互動。上述「遊仙體」詩文畢竟還屬於正統、主流的詩文體式，而在正統詩文中「猶抱琵琶半遮面」地夾帶流露神仙思想蓋不足以表達超越衝動和對自由的強烈渴望，文人士子們索性直接搜集源於鄉民百姓的志怪故事，將之編撰成書，以這種完全背離「正道」、「名教」的、邊緣的書寫方式，更加痛快淋漓地宣泄內心的狂歡欲望，表達對社會現實的極度不滿。書寫方式本身的自由化，才是內心自由之渴望的極致表達。所以，志怪書的撰寫，可謂上層文人士子精神與心靈的徹底放縱，也是他們對民間俚俗小傳統高度認同和主動接納的集中表現。魏晉南北朝時期志怪書的大量出現，與道佛思想的影響密不可分。但任何文化現象的產生，其最根本的原因往往蘊藏於本土文化土壤中，魏晉南北朝志怪書大量湧現的根由當是其時鬼道愈熾的民風民俗。民風民俗是百姓據以安排生活和安頓靈魂的根本所在，而鬼神怪異也從來都是附著在民風民俗之中，是民間風俗中不可或缺的甚至是標誌性的重要角色。前文已提及，魯迅在《中國小說史略》中論及六朝之鬼神志怪書產生和興盛的原因，首先提及其時的民風民俗，之後才提到外來佛教：「中國本信巫，秦漢以來，神仙之說盛行，漢末又大暢巫風，而鬼道愈熾；會小乘佛教亦入中土，漸見流傳。凡此，皆張皇鬼神，稱道靈異。故自晉訖隋，特多鬼神志怪之書。」〔註273〕故此，民間談志怪才是文人寫志怪的根本原因。

〔註273〕魯迅：《中國小說史略》，上海，上海古籍出版社，1998年版，第24頁。

　　從志怪書撰寫者的數量及其精英階層之身份、各自的家世背景及社會關係等方面考察，〔註274〕可以見出民間志怪故事在相當的程度上已經融入大傳統的文化氛圍之中，成爲輸入主流文化的一股「新鮮血液」。與漢代「小說」撰者多爲方士或方士味極濃的文人不同，魏晉南北朝志怪書的撰者中宗教人士明顯減少，以較爲純粹的文人身份而創作志怪的佔了絕大多數，而且，撰者中還有文人兼名士者。儘管有些撰者也有不同程度的道教或佛教信仰，但其基本的文人身份較爲鮮明、固定。文人撰寫志怪書，與詩文辭賦的創作其實有著共同的「言志」動機，只不過這種書寫方式讓他們倍感新鮮刺激，他們懷著極大的興趣極投入地把玩、使用著這種書寫方式，而這種新的、自由的書寫方式，也幫助他們更充分地表達並想像性地實現了內心的超越願望。可以說，鬼神怪異故事已經不僅僅限於民間的口耳相傳，而是已經正式進入了文人士子的書面敘述，成爲精英知識分子在正統詩文之外進行主體訴求的另一種有效方式，而這種志怪的方式本身比故事內容更爲深刻地展示了他們的內心世界。

　　作爲小傳統的民間志怪故事，不僅上傳到知識階層，而且登堂入室，打入權力階層，大有席卷整個上層文化陣營之勢。干寶「撰集古今神祇靈異人物變化，名爲《搜神記》，凡三十卷。」〔註275〕據蘇易簡《文房四譜》卷四載錄：「干寶表曰：『臣前聊欲撰記古今怪異非常之事，會聚散逸，使自一貫，博訪知古者，片紙殘行，事事各異，又乏紙筆，或書故紙。』詔答曰：「今賜紙二百枚。」又載：「張華造《博物志》成，晉武帝賜側理紙萬番。」〔註276〕皇上賜紙，助成志怪，則當時志異風尚之盛行可想而知。皇帝不僅「賜紙」，更親自操刀，撰寫志怪故事。南朝梁元帝蕭繹撰《金樓子》，其中專門有「志怪篇」，記載怪異之事物。開篇首先詳論怪異事物存在的合理性、正當性，其文曰：「夫耳目之外，無有怪者，余以爲不然。水至寒而有溫泉之熱，火至熱而有蕭邱之寒。重者應沉而有浮石之山，輕者當浮而有沉羽之水。淳于能剖臚以理腦，元化能剖腹以浣胃，養由拂蜻蛉之左翅，燕丹使眾雞之夜鳴，皆

〔註274〕本書第四章「志怪與佛教」部分，已詳論志怪書撰者身份及其各自家世背景、社會交往等各方面，志怪書撰寫者群體的精英階層身份當毋庸置疑。

〔註275〕（唐）房玄齡等：《晉書》（卷八十二），北京，中華書局，1974年版，第2150頁。

〔註276〕（北宋）蘇易簡撰：《文房四譜》（卷四），見《文淵閣四庫全書》（子部九，第843冊），影印文淵閣寫本，臺北，臺灣商務印書館，1986年版，第41頁。

其例矣。謂夏必長而蒜麥枯焉，謂冬必死而松柏茂焉，謂始必終而天地無窮焉，謂生必死而龜蛇長存焉。若謂受氣者皆有一定，則雉有化蜃，雀之爲蛤，蠣蟲伋翼，川黿奮蜚，鼠化爲鴽，草死爲螢，人化爲虎，蛇化爲龍，其不然乎？及其乾雀知來，猩猩識往，太皞師蜘蛛而結罟，金天據九扈以爲政，軒轅候風鳴而調律，唐堯觀蓂莢以候時，此又未必劣於人也。逍遙國蔥變而爲韭，壯武縣桑化而爲栢，汝南之竹變而爲蛇，茵都之藤化而爲魱，盧訛爲治中化爲雙白鵠，王喬爲鄴令變作兩鳧鳧，諒以多矣。故作志怪篇。」〔註277〕此段文字洋洋灑灑，辭氣朗暢，可謂「怪」之「代言」。《志怪篇》中，蕭繹甚至記錄了他自己親身經歷、親眼目睹的怪異之事：「余丙申歲婚，初婚之日，風景韶和，末乃覺異，妻至門而疾風大起，折木發屋，無何而飛雪亂下，帷幔皆白，翻灑屋內，莫不縞素，乃至垂覆闌瓦，有時飛墜，此亦怪事也。至七日之時，天景恬和，無何雲翳，俄而洪濤波流，井溷俱溢，昏曉不分，從叔廣州昌住在西州南門，新婦將還西州，車至廣州門，而廣州殞逝，又怪事也。喪還之日，復大雨霆，車軸折壞，不復得前，爾日天雷震西州聽事，兩柱俱時粉碎，於時莫不戰慄，此又尤爲怪也。」〔註278〕又曰：「荊州高齋，盛夏之月無白鳥，余亟寢處於其中，及移余齋，則聚蚊之聲如雷，數丈之間，如此之異。」〔註279〕可見，蕭繹不但相信怪異事物之眞實性，且極力爲之陳詞辯解，既表明了自己對宇宙萬物的認識和理解，同時也響應了最下層之鬼神怪異的習俗信仰。蕭繹以一國之君的身份，饒有興致地記述民間街談巷語、道聽途說的怪異故事，並言之鑿鑿地講述自己的親身經歷，爲當時志怪書的撰寫熱潮推波助瀾，極大地促進了民間小傳統與大傳統文化的進一步融合匯流。

2、志怪書撰寫中的民間語詞與精英敘事

文人的志怪書撰寫最大程度地保留了鄉民文化小傳統的原貌，同時又「本能」地呈現出精英文化的痕跡。文人撰寫志怪書，一方面在思想觀念上肯定怪異故事的眞實性，另一方面尚未有小說體裁創作的自覺意識，所以，志怪

〔註277〕（南朝·梁）蕭繹撰，（清）謝章鋌校：《金樓子》，臺北，世界書局，1975年版，第241～243頁。

〔註278〕（南朝·梁）蕭繹撰，（清）謝章鋌校：《金樓子》，臺北，世界書局，1975年版，第249頁。

〔註279〕（南朝·梁）蕭繹撰，（清）謝章鋌校：《金樓子》，臺北，世界書局，1975年版，第250頁。

書本身自然會呈現出民間志怪故事的「本來面目」：篇幅短小、情節簡單、語言樸實等等。語言是故事的直接載體，更直接、鮮明地體現著鄉民文化的基本特徵。如《顏氏家訓·音辭篇》所云：「夫九州之人，言語不同，生民以來，固常然矣。……南方水土和柔，其音清舉而切詣，失在浮淺，其辭多鄙俗。北方山川深厚，其音沈濁而鈋鈍，得其質直，其辭多古語。」〔註280〕又曰：「古今言語，時俗不同；著述之人，楚、夏各異。」〔註281〕百姓傳述志怪故事，必然使用各自的方音俗語、口語，這使得故事本身也染上濃厚的地方文化色彩。在志怪書撰寫過程中，撰者在記錄故事情節時，也往往直接搬用故事中的方言土語、謠諺，不但保持了志怪故事的民間特性，並由此進一步推動了文人書寫的俗化趨勢。此處不妨借鑒周俊勳《魏晉南北朝志怪小說詞彙研究》的研究成果。此書以干寶《搜神記》、王嘉《拾遺記》、張華《博物志》、陶潛《搜神後記》、劉敬叔《異苑》、劉義慶《幽明錄》、王琰《冥祥記》以及傅亮、張演、陸杲《觀世音應驗記三種》等各書的權威版本為研究依據，對志怪書中的詞彙構成、新詞、藉詞、構詞語素、雙音詞·單音詞等語料進行了詳盡的搜集整理、對比分析，認為：「從整個時代的語料情況看，魏晉南北朝也正是漢語口語與書面語產生明顯分歧的時期，口語最終與書面語形成對立。」〔註282〕而就此時期志怪書而言，「從總體上看，魏晉南北朝志怪小說口語色彩較濃，尤其是其中記錄了當時大量的俗語詞彙，有些是祇見於其中的某一書，對漢語詞彙史的研究具有重要價值。與同期的《世說新語》相比，記載了更多的名物詞以及與下層生活息息相關的一些日常生活詞彙，如《幽明錄》『庾敬』條『建德民虞敬上廁，輒有一人授手內草與之，不睹其形』中的『草』，指『以某種草做成的廁所中的拭便用品』。……這類詞語在諸如《世說新語》等典籍中是不容易出現的。」〔註283〕尤其是「《幽明錄》、《冥祥記》、《觀世音應驗記》明顯帶有宣揚佛教的目的，詞彙不僅口

〔註280〕 （北齊）顏之推撰，王利器集解：《顏氏家訓集解》，上海，上海古籍出版社，1980年版，第473頁。

〔註281〕 （北齊）顏之推撰，王利器集解：《顏氏家訓集解》，上海，上海古籍出版社，1980年版，第487頁。

〔註282〕 周俊勳：《魏晉南北朝志怪小說詞彙研究》，成都，四川出版集團巴蜀書社，2006年版，第2頁。

〔註283〕 周俊勳：《魏晉南北朝志怪小說詞彙研究》，成都，四川出版集團巴蜀書社，2006年版，第3頁。引文中直接引稱周書中「志怪小說」的稱謂，不做辨證，下文同。

語化強，而且多佛教詞彙。」〔註284〕再如，「《觀世音應驗記》中的『逾』、『稱』、『至到』、『人騎』、『擬』、『倚』（方一新2001）、『漲』、『方便』、『於』、『是』、『狼狽』、『透』（董志翹2002）等，《異苑》中的『研』、『浦』、『直』、『耳』、『鼻』、『港』等，《搜神記》中的『怕』、『地』、『催』、『促』等，《冥祥記》中的『梭』、『婆』等，《幽明錄》中的『墅』、『店』、『釘』等，都是當時的口語詞的記載。」〔註285〕在「結語」部分，周俊勳再次總結了志怪書詞彙口語性的體現：「詞彙具有很強的口語性體現在：志怪小說記錄了當時出現的許多新詞新義，以及眾多的俗語詞、名物詞語，如『熊』稱『子路』、『桑』稱『子明』、『龜』稱『元緒』、『虎』稱『大蟲／大靈』、『象』稱『大客』等等，都相當生動形象，而且口語性極強。……一些新義的產生，無論是單音詞或雙音詞，新的義位大多表達的是一些比較鄙俗的、口語性濃的概念，如單音詞的『唱』、『耳』、『鼻』等情況，都反映了這個事實。雙音詞的『燕好、燕婉、嬿接、嬿婉』、『綢繆』、『交接、交歡、交通』等表示『交媾』意義，也是如此。」〔註286〕再如柳士鎮《魏晉南北朝歷史語法》一書也對此時期的口語進行了研究。書中提到其時部分文獻中夾雜了口語色彩較強的詞語，表現之一是先秦兩漢時期的固有詞語到魏晉南北朝時產生了新的口語詞義，比如《搜神記》卷十一「童子逡巡出戶，化成青鳥飛去」中的「逡巡」一詞，在前期表示「徘徊」義，此時又可用如「匆遽」義。《搜神記》卷十三中「腳迹在首陽山下，至今猶存」中的「腳」字，在前期表示「小腿」義，此時又可用如「足」義。《甄異傳》（《古小說鈎沈》輯本）中「文規有數歲孫，念之」中的「念」字，在前期表示「思念」義，此時又可用如『愛憐』義。〔註287〕柳書所列這種早期固有文言詞彙產生新的口語詞義，顯然是書面語詞的俗化表現，尤其能反映此時期語言的俗化、口語化的趨勢。上述研究結論，給我們清晰地呈現出魏晉南北朝志怪書的用語特點，即鮮明的口語化、俗語化傾向。鄉民百姓口頭講述志怪故事，用自己的方言俗語、口語實

〔註284〕周俊勳：《魏晉南北朝志怪小說詞彙研究》，成都，四川出版集團巴蜀書社，2006年版，第24頁。

〔註285〕周俊勳：《魏晉南北朝志怪小說詞彙研究》，成都，四川出版集團巴蜀書社，2006年版，第5頁。

〔註286〕周俊勳：《魏晉南北朝志怪小說詞彙研究》，成都，四川出版集團巴蜀書社，2006年版，第447頁。

〔註287〕柳士鎮：《魏晉南北朝歷史語法》，南京，南京大學出版社，1992年版，第9～10頁。

屬自然，但是，文人編撰志怪書，將這些百姓所用的各地口語、方言原封不動地搬用到書面文字中，大概不啻於學習、使用一種新的語言，在倍感新鮮的同時，也增強了對百姓生活的瞭解，拉近了與鄉民文化的距離。而某些原有書面語彙的口語新義的衍生，更是折射出鄉民文化與精英文化彼此融合的情形。

　　民間的俗語、口語散發著濃厚的生活氣息，有一種精英文化所不具備的親切、隨意和輕鬆感，所以，志怪書撰寫中俗語、謠諺的襲用給文人帶來的不僅是文字書寫的新奇感，更給他們的心靈帶來一種輕鬆、自然的享受，以至於在其他文體的創作中也產生了俗化傾向。比如魏晉南北朝時期的俗賦創作，數量比漢代明顯增多。劉勰《文心雕龍·諧隱》曰：「潘岳醜婦之屬，束皙賣餅之類，尤而效之，蓋以百數。」〔註288〕如曹植《鷂雀賦》、《蝙蝠賦》、傅玄《鷹兔賦》、《鬥雞賦》、《走狗賦》、《猨猴賦》、成公綏《蜘蛛賦》、《螳螂賦》、束皙《餅賦》、卞彬《蝦蟇賦》、《蚤虱賦》、元順《蠅賦》等等，〔註287〕都是其時題材和語言均頗為俗化的賦作。這些俗賦多具明顯的娛樂性，用詞通俗，語調戲謔，風格詼諧。如傅玄《猨猴賦》：「余酒酣耳熱，憤顏未伸，遂戲猴而縱猿，何口畋之驚人。戴以赤幘，襪以朱巾。先裝其面，又丹其唇。揚眉蹙額，若愁若嗔。或長眠而抱勒，或嚘咋而齘齗。或顛仰而踟蹰，或悲嘯而吟呻。既似老公，又類胡兒。或低眩而擇颷，或抵掌而胡舞。」〔註290〕又如成公綏《螳螂賦》：「仰乃茂陰，俯緣條枝。冠角峩峩，足翅岐岐。尋喬木而上綴，從蔓草而下垂。戢翼鷹峙，延頸鵠望。推翳徐翹，舉斧高抗。鳥伏虵騰，鷹擊隼放。俯飛蟬而奮猛，臨蟖蛄而逞壯，距車輪而軒翥，固齊侯之所尚。乃有翩翩黃雀，舉翮高揮，連翔枝幹，或鳴或飛。覩茲螳螂，將以療饑，厲嘴脅翼，其往如歸。」〔註291〕這些描述，讀之令人或莞爾或

〔註288〕（南朝·梁）劉勰：《文心雕龍·諧隱》，見范文瀾《文心雕龍注》，北京，人民文學出版社，1958年版，第271頁。潘岳《醜婦賦》未見史料載錄，蓋佚失。

〔註289〕以上賦作見（清）嚴可均輯：《全上古三代秦漢三國六朝文》，北京，中華書局，1958年版，《全三國文》卷十四、《全晉文》卷四十六、卷五十九、卷八十七、《全齊文》卷二十一、《全後魏文》卷十八。

〔註290〕（清）嚴可均輯：《全上古三代秦漢三國六朝文》，北京，中華書局，1958年版，第1721頁。

〔註291〕（清）嚴可均輯：《全上古三代秦漢三國六朝文》，北京，中華書局，1958年版，第1797頁。

捧腹，而文人士子更是於文字的遊戲中得以排遣心頭的抑鬱，從而得到片刻的放鬆。

志怪書撰寫以及俗賦創作中方言俗語以及口語的運用並不是文人一時的心血來潮，而是當時文化發展的必然，是當時同類文化景觀中之「一斑」。徐復先生曾經指出：魏晉南北朝時期「同先秦兩漢相比，這一時期在語音、詞彙乃至語法方面都出現了一些較爲顯著的變化」〔註292〕，而這種變化的重要表現之一，就是重「俗」，即對俗語、俗字的重視。魏晉南北朝時期，有關俗語、俗字的語言文字類著作爲數眾多，方言俗語的研究幾乎成爲一時之顯學。王啓濤《魏晉南北朝語言學史論考》一書借鑒劉志成《中國文字學書目考錄》的考證研究，不厭其煩地羅列了「六朝有關俗語、俗字的語言文字類著作」，如《埤倉》、《古今字詁》、《雜字》、《錯誤字》、《雜字解詁》等共六十四種。〔註293〕在這六十四種著述之外，還有郭璞的《方言注》、沈約《邇言》十卷等。這些著述的作者，包括晉代的郭璞、束晳、顧愷之、葛洪、殷仲堪、南朝宋顏延之、謝靈運、南齊竟陵王蕭子良、南朝梁沈約、阮孝緒、南朝陳顧野王、北魏世祖拓跋燾、後齊顏之推等。這一連串編撰者的名字中，既有善談名理的名士、才華橫溢的文人、畫家，還有道教思想家、方士、處士，有名聲顯赫的世家大族子弟，有不同職務、級別的官員，甚至還有顯貴至極的帝王以及皇室貴族。這些精英文化的代表人物不約而同地對方言俗語表現出如此巨大的興趣，足以掀起一場書面文言與方言土語的語言狂歡，而這場語言的狂歡也一定是貫穿幾乎所有領域的。首先，文人士子的日常生活表達中會時見方音土語。如《世說新語‧排調》載：「劉眞長始見王丞相，時盛暑之月，丞相以腹熨彈棊局，曰：「何乃淘？」劉既出，人問：『見王公云何？』劉曰：「未見他異，唯聞作吳語耳！」劉孝標注曰：「吳人以冷爲淘。」〔註294〕則「淘」爲吳地方言。劉氏又注引《語林》曰：「眞長云：『丞相何奇？止能作吳語及細唾也。』」〔註295〕《豪爽篇》篇載：「王大將軍年少時，舊有

〔註292〕見徐復爲柳士鎭《魏晉南北朝歷史語法》（南京，南京大學出版社，1992 年版）所作的「序」，第 2 頁。

〔註293〕王啓濤：《魏晉南北朝語言學史論考》，成都，巴蜀書社，2001 年版，第 315～317 頁。

〔註294〕余嘉錫撰，周祖謨等整理：《世說新語箋疏》，北京，中華書局，1983 年版，第 792 頁。

〔註295〕余嘉錫撰，周祖謨等整理：《世說新語箋疏》，北京，中華書局，1983 年版，第 792 頁。

田舍名，語音亦楚。」〔註296〕《輕詆篇》載：「支道林入東，見王子猷兄弟。還，人問：『見諸王何如？』答曰：『見一羣白頸烏，但聞喚啞啞聲。』」余嘉錫案曰：「道林之言，譏王氏兄弟作吳音耳。」〔註297〕雖然受人譏諷，但世家大族人物言談中仍不時使用各地方言俗語，個中原因，除了鄉音未改或試圖政治上調和南北等因素之外，當時普遍重視俗語的風氣亦不可忽視。再如道教領域，南朝齊梁時著名道士陶弘景學識淵博，雖隱居茅山，卻深受梁武帝器重，有「山中宰相」之稱，其編撰的道書《眞誥》，是道教上清派的重要典籍，但是，這部典籍中存在大量當時的俗語、俗字。〔註298〕史書的撰寫中亦不避俗語、俗字。王啓濤《魏晉南北朝語言學史論考》經過考察發現，魏晉南北朝的史學家們「在自己的史學著作中不避口語、俗語，這一點與後世的史家不一樣。這多少也反映了這一時期的史家對口語、俗語的高度重視。」〔註299〕在此時期眾多的史書中，「《南齊書》是這一時期史書中保存口語最豐富的文獻之一。」〔註300〕比如《南齊書》中，在表示「樹木」意義時，或用「木」，或用「樹」，木／樹之比是40：84，即用「樹」多於「木」　倍有餘。而在口語中，表達「樹木」義時，「樹」幾乎占壓倒優勢。〔註301〕此即史書熱衷使用俗語的顯例。再如前舉《搜神記》卷十一「童子逡巡出戶」中「逡巡」一詞，作「匆忙」解，此義爲固有書面語衍生出新的口語詞義。這個口語詞義的新用法不但在志怪書中出現，也出現在史書中。周一良先生在《魏晉南北朝史箚記》中專門談到「逡巡」一詞，並以《三國志・吳志・吳範傳》中的句子爲例：「《吳志》一八吳範傳，『鈴下曰諾，乃排閤入。言未卒，（孫）權大怒，欲便投以戟。逡巡走出』，此逡巡非作動詞解之徘徊留連，乃立即、須臾、迅速之意，如此始與走字相呼應。……敦煌變文中，如此用例尤多，……《太平廣記》所收傳奇小說中亦多如此用。……傳奇小說之外，唐人著述如李延壽《南史》二一王僧達傳，『師白不答，逡巡便退』。張彥遠《歷代名畫記》

〔註296〕余嘉錫撰，周祖謨等整理：《世說新語箋疏》，北京，中華書局，1983年版，第595頁。

〔註297〕余嘉錫撰，周祖謨等整理：《世說新語箋疏》，北京，中華書局，1983年版，第848頁。

〔註298〕參見馮利華、徐望駕《陶弘景〈眞誥〉的語料價值》一文，《中國典籍與文化》，2003年第3期。

〔註299〕王啓濤：《魏晉南北朝語言學史論考》，成都，巴蜀書社，2001年版，第522頁。

〔註300〕王啓濤：《魏晉南北朝語言學史論考》，成都，巴蜀書社，2001年版，第524頁。

〔註301〕王啓濤：《魏晉南北朝語言學史論考》，成都，巴蜀書社，2001年版，第530頁。

二，『書則逡巡可成，畫非歲月可就。所以書多於畫，自古而然』。皆須臾、立即之意。陳壽晉人，《吳志》逡巡之用例或現今所見最早者也。」〔註302〕甚至在最爲高端的官方書寫——詔書中亦用到口語詞。周一良先生《魏晉南北朝史箚記》有「劉彧與方鎭及大臣詔書中當時口語」一節，談到《宋書》卷七二《始安王休仁傳》敘明帝劉彧既殺始安王休仁，「慮人情驚動，與諸方鎭及大臣詔」，多方辯解。此詔書中諸多口語詞。周一良先生逐一作了分析。茲引其中幾例。「『猶慮清閒之時，非意脫有聞者』。清閒即閒談之意（閒談一詞見《高僧傳》三求那跋陀羅傳）。明帝之意謂恐休仁與休祐閒談時，『吾（明帝自指）所吐密言，一時倒寫（瀉）』。……清閒蓋由閒暇引申而有談話、閒談之意。」〔註303〕「『休仁又說休祐云，汝但作佞，此法自足安。我常秉許爲家，從來頗得此力。但試用，看有驗不。』作佞猶今言拍馬，作某云云爲當時習語。」〔註304〕「『休祐平生狼抗無賴。』……狼抗當時習語。……狼抗當即傲慢自大，剛愎自用之意也。」〔註305〕

其時知識階層不但在言談、書寫中大量使用俗語、俗字，而且，會將雅正的古語、書面語與當世的俗語、口語加以比較，而有些俗語似乎更能得到他們的肯定和認同。比如顏之推在《顏氏家訓·風操》中認爲：「古人皆呼伯父叔父，而今世多單呼伯叔。從父兄弟姊妹已孤，而對其前，呼其母爲伯叔母，此不可避者也。兄弟之子已孤，與他人言，對孤者前，呼爲兄子弟子，頗爲不忍；北土人多呼爲姪。案《爾雅》、《喪服經》、《左傳》，姪雖名通男女，並是對姑之稱。晉世已來，始呼叔姪；今呼爲姪，於理爲勝也。」〔註306〕由此可見，使用方言俗語、口語已經成爲其時語言發展不可阻擋的大趨勢，志怪書撰者編錄、整理民間志怪故事，也勢必成爲方言俗語及口語使用的主力軍。

與襲用方言俗語緊密相關的，是志怪書中還多引用民間謠諺。以《搜神記》爲例。如卷一：「葛由」條引「故里諺」：「故里諺曰：『得綏山一桃，雖不能仙，亦足以豪。』」〔註307〕「漢陰生」條最後引述謠諺：「長安中謠言曰：

〔註302〕周一良：《魏晉南北朝史箚記》，北京，中華書局，1985 年版，第 43～44 頁。
〔註303〕周一良：《魏晉南北朝史箚記》，北京，中華書局，1985 年版，第 196 頁。
〔註304〕周一良：《魏晉南北朝史箚記》，北京，中華書局，1985 年版，第 197 頁。
〔註305〕周一良：《魏晉南北朝史箚記》，北京，中華書局，1985 年版，第 197 頁。
〔註306〕（北齊）顏之推撰，王利器集解：《顏氏家訓集解》，上海，上海古籍出版社，1980 年版，第 89～90 頁。
〔註307〕（晉）干寶撰，汪紹楹校注：《搜神記》，北京，中華書局，1979 年版，第 4 頁。

『見乞兒，與美酒，以免破屋之咎。』」〔註308〕卷六：「京師謠言」條曰：「靈帝之末，京師謠言曰：『侯非侯，王非王。千乘萬騎上北邙。』」〔註309〕「荊州童謠」條曰：「建安初，荊州童謠曰：『八九年間始欲衰，至十三年無子遺。』」〔註310〕卷十三：「長水縣」條曰：「始皇時，童謠曰：『城門有血，城當陷沒為湖。』」〔註311〕又如《拾遺記》。卷五「前漢上」：「俗云：『司寒之神，祀於城陰。』」〔註312〕「故謠言曰：『三七末世，雞不鳴，犬不吠，宮中荊棘亂相繫，當有九虎爭為帝。」〔註313〕卷七「魏」：「諺曰：『憑空虛躍，曹家白鵠。』」〔註314〕卷九「晉時事」：「閭里歌曰：『寧得醇酒消腸，不與日月齊光。』」〔註315〕再如《異苑》卷四：「晉時長安謠曰：『秦川城中血沒踝，惟有涼州倚柱看。』」〔註316〕民間謠諺，是鄉民百姓用自己的語言表達自己的見解，語言質樸、簡練，內涵深邃雋永，整體表達形象生動，是徹頭徹尾的民間智慧。志怪書中民間謠諺的頻繁徵引，透露的仍然是文人對民間文化小傳統的深度認同。

維特根斯坦曾言：「想像一種語言就意味著想像一種生活形式。」〔註317〕那麼，使用一種語言也即踐行一種生活形式。政權的風雨飄搖，社會的混亂失序，使得主流文化失去依託，精英階層的整體生活形式必然發生轉型，由雅正嚴謹漸漸轉向自然隨意，由清高自守漸漸轉向開放通脫。志怪書撰寫中的這種對方言俗語以及日常口語、民間謠諺的關注和運用，其實與玄學、魏晉風度的產生一樣，都是魏晉南北朝時期語言發展及「生活形式」變化的表

〔註308〕（晉）干寶撰，汪紹楹校注：《搜神記》，北京，中華書局，1979年版，第8頁。

〔註309〕（晉）干寶撰，汪紹楹校注：《搜神記》，北京，中華書局，1979年版，第88頁。

〔註310〕（晉）干寶撰，汪紹楹校注：《搜神記》，北京，中華書局，1979年版，第89頁。

〔註311〕（晉）干寶撰，汪紹楹校注：《搜神記》，北京，中華書局，1979年版，第161頁。

〔註312〕（晉）王嘉撰，孟慶祥等譯注：《拾遺記譯注》，哈爾濱，黑龍江人民出版社，1989年版，第138頁。

〔註313〕（晉）王嘉撰，孟慶祥等譯注：《拾遺記譯注》，哈爾濱，黑龍江人民出版社，1989年版，第148頁。

〔註314〕（晉）王嘉撰，孟慶祥等譯注：《拾遺記譯注》，哈爾濱，黑龍江人民出版社，1989年版，第210頁。

〔註315〕（晉）王嘉撰，孟慶祥等譯注：《拾遺記譯注》，哈爾濱，黑龍江人民出版社，1989年版，第248頁。

〔註316〕（南朝‧宋）劉敬叔撰，范甯校點：《異苑》，北京，中華書局，1996年版，第28頁。

〔註317〕（奧）維特根斯坦著，李步樓譯：《哲學研究》，北京，商務印書館，1996年版，第12頁。

現之一種。民間志怪故事及其表達方式，尤其是故事中嵌入的民間的謠諺、口語，是鄉民百姓用最自然的聲調和詞語，表達出來的最自然的思想和感情，體現了一種不同於文人士子的民間特有的言說情調、價值立場和精神訴求，恰好迎合了文人士子求新、求變的意願。同時，民間俚俗的表達方式中散發著輕鬆隨意的氣氛，讓生存困境中的文人士子得以片刻的放鬆。由此，魏晉南北朝時期「小說」、「志怪」筆法大行其道就不難理解了。

但是，志怪書撰寫並不是一味地被動接受民間文化傳統，而是把文人的致思方式與民間的表達互相結合。比如《搜神記》在徵引民間謠諺的同時，也插入了大量的詩歌。如卷一「杜蘭香」中，神女杜蘭香鍾情於青年男子張傳，以詩傳情：「阿母處靈嶽，時遊雲霄際。眾女侍羽儀，不出墉宮外。飄輪送我來，豈復恥塵穢。從我與福俱，嫌我與禍會。」復來，又做詩曰：「逍遙雲漢間，呼吸發九嶷。流汝不稽路，弱水何不之。」〔註318〕「弦超」條中，玉女知瓊同樣賦詩言情，詩文長達二百餘言，文中只錄大較：「飄浮勃逢，敖曹雲石滋。芝一英不須潤，至德與時期。神仙豈虛感，應運來相之。納我榮五族，逆我致禍菑。」〔註319〕卷二「李少翁」條，漢武帝作樂府詩寄託對李夫人的思念之情：「是耶？非耶？立而望之，偏。婀娜何冉冉其來遲！」〔註320〕又如卷十六」崔少府墓「條，崔氏女贈詩盧充曰：「煌煌靈芝質，光麗何猗猗華豔當時顯，嘉異表神奇。含英未及秀，中夏罹霜萎。榮耀長幽滅，世路永無施。不悟陰陽運，哲人忽來儀。會淺離別速，皆由靈與祇。何以贈余親，金鋺可頤兒。恩愛從此別，斷腸傷肝脾。」〔註321〕詩中寫及自己花季年齡卻不幸夭逝，言辭凄婉動人，既豐富了故事的情感內涵，又順便交代了崔氏女的身世，有補敘之用。《拾遺記》卷九「晉時事」中「翔鳳」條，翔鳳被石崇冷落，作五言詩以表心迹曰：「春華誰不美，卒傷秋落時。突煙還自低，鄙退豈所期！桂芳徒自蠹，失愛在娥眉。坐見芳時歇，憔悴空自嗤！」〔註322〕這些詩歌文人筆法較為明顯，有的當為撰者自創，意在提

〔註318〕（晉）干寶撰，汪紹楹校注：《搜神記》，北京，中華書局，1979年版，第15～16頁。

〔註319〕（晉）干寶撰，汪紹楹校注：《搜神記》，北京，中華書局，1979年版，第17頁。

〔註320〕（晉）干寶撰，汪紹楹校注：《搜神記》，北京，中華書局，1979年版，第25頁。

〔註321〕（晉）干寶撰，汪紹楹校注：《搜神記》，北京，中華書局，1979年版，第204頁。

〔註322〕（晉）王嘉撰，孟慶祥等譯注：《拾遺記譯注》，哈爾濱，黑龍江人民出版社，1989年版，第261頁。

升敘事效果，也是文人創作中近乎本能的表現欲和提筆賦詩的習慣使然。有的詩歌或為故事中人物所作，為故事所本有，而撰者以之為同好而特意引之，除了增添故事的文雅氣味，或許也表示其在滿紙的坊間閒談中巧遇同道中人的欣喜與親近之情。

　　除了在故事中自創詩歌和沿用故事本有的詩句，撰者還引用名詩名句。《續齊諧記》「金鳳轄」篇末引嵇康詩：「故嵇康《遊仙詩》云『翩翩鳳轄，逢此網羅』是也。」〔註323〕「紫荊樹」條篇末引陸機詩：「陸機詩云：『三荊歡同株。』」〔註324〕干寶還在《搜神記》中引用了《詩經》的句子，如卷六「燕巢生鷹」條：「魏黃初元年，未央宮中，有鷹生燕巢中，口爪俱赤。至青龍中，明帝為淩霄閣，始構，有鵲巢其上。帝以問高堂隆，對曰：『《詩》云：「惟鵲有巢，惟鳩居之。」今興起宮室，而鵲來巢，此宮室未成，身不得居之象也。』」〔註325〕卷十二「蜮」條：「漢光武中平中，有物處於江水，其名曰『蜮』，一曰『短狐』，能含沙射人。所中者，則身體筋急，頭痛發熱，劇者至死。江人以術方抑之，則得沙石於肉中。詩所謂『為鬼為蜮，則不可測』也。今俗謂之『溪毒』。先儒以為男女同川而浴，淫女為主，亂氣所生也。」〔註326〕這段文字，既引儒家經籍《詩經》，又以「先儒」口吻釋義，精英文化氣味極濃。又如卷十三「蜾蠃」條：「土蜂名曰蜾蠃，今世謂蜩蠮，細腰之類。其為物，雄而無雌，不交不產。常取桑蟲或阜螽子育之，則皆化成己子。亦或謂之『螟蛉』。《詩》曰：『螟蛉有子，果蠃負之。』是也。」〔註327〕志怪書中這種徵引民間謠諺同時又引用詩歌、典籍的書寫方式，明顯透露出志怪書寫者開放的思維和外向的心態，而這種思維和心態又與其時繁雜、活躍的文化氛圍直接相關，而最終體現的則是其時文人的求生圖存的強烈願望，是他們的生命理念的另一種表達以及生存方式的另一種嘗試。

　　此外，志怪書中，撰者在記述故事時，往往以同一事物為核心，將鄉民百姓與精英階層對此事物的反應或態度同時並舉。比如《拾遺記》卷六「郅

〔註323〕李劍國：《唐前志怪小說輯釋》，上海，上海古籍出版社，1986 年版，第 592 頁。

〔註324〕李劍國：《唐前志怪小說輯釋》，上海，上海古籍出版社，1986 年版，第 594頁。

〔註325〕（晉）干寶撰，汪紹楹校注：《搜神記》，北京，中華書局，1979 年版，第 90 頁。

〔註326〕（晉）干寶撰，汪紹楹校注：《搜神記》，北京，中華書局，1979 年版，第 155～156 頁。

〔註327〕（晉）干寶撰，汪紹楹校注：《搜神記》，北京，中華書局，1979 年版，第 164～165 頁。

奇」故事：「郅奇字君珍，居喪盡禮。……以淚灑石則成痕，著朽木枯草，必皆重茂。以淚浸地即城，俗謂之『城郷』。至昭帝嘉其孝異，表銘其邑曰「孝感鄉」。四時祭祀，立廟焉。」〔註328〕卷六「後漢」載明帝事：「明帝陰貴人夢食瓜甚美，帝使求諸方國。時敦煌獻異瓜種，恒山獻巨桃核。……帝使植於靈林園。園皆植寒果，積冰之節百果方盛，俗謂之「相陵」。與靈林之聲相訛也。」〔註329〕《搜神記》卷十二「蜮」篇末所云：「詩所謂『爲鬼爲蜮，則不可測』也。今俗謂之溪毒。」〔註330〕「城郷」與「孝感鄉」、「相陵」與「靈林」、「蜮」與「溪毒」兩種稱謂、說法一同呈現於文本，使文人的「精英腔調」與民間的土話方音直接「互滲」，此類文本可視爲兩種文化傳統並行與融合之典型象徵。

（五）陶淵明《桃花源記並詩》分析

在詩文創作中，最能體現大小傳統的彼此認同的，是陶淵明的《桃花源記並詩》〔註331〕。本篇文字「記」、「詩」一體，既有純正的文人筆調，又有典型的志怪內容。這篇詩文中的「記」，與《搜神後記》卷一中的「桃花源」故事無論情節還是文字都高度雷同。〔註332〕《搜神後記》作者一直有較大的爭議。本文在對比、分析相關資料的基礎上，採取蔡彥峰《〈搜神後記〉作者考》中的考證結果：「一卷本《搜神後記》，或者說十卷本的第一卷，雖然很可能經過後人一定的修改和潤色，但從整體上來說它的確是陶淵明的原作；而十卷本的後九卷則絕大部分爲後人僞託。」〔註333〕蔡文資料翔實、論證清晰，其考證結果值得借鑒。據此考證結果，則《搜神後記》卷一中「桃花源」確定爲陶淵明所作無疑，其與《桃花源記並詩》中的「記」只是同一故事的小有出入的不同版本

〔註328〕（晉）王嘉撰，孟慶祥等譯注：《拾遺記譯注》，哈爾濱，黑龍江人民出版社，1989 年版，第 163～164 頁。

〔註329〕（晉）王嘉撰，孟慶祥等譯注：《拾遺記譯注》，哈爾濱，黑龍江人民出版社，1989 年版，第 171 頁。

〔註330〕（晉）干寶撰，汪紹楹校注：《搜神記》，北京，中華書局，1979 年版，第 156 頁。

〔註331〕《桃花源記並詩》依據版本爲袁行霈《陶淵明集箋注》(北京，中華書局，2003 年版)。逯欽立先生校注的《陶淵明集》(北京，中華書局，1979 年版) 中的《桃花源記並詩》與袁本除去幾處標點不同，其他幾乎完全相同。

〔註332〕《搜神後記》中的「桃花源」故事依據版本爲（晉）陶潛著，汪紹楹校注：《搜神後記》，北京，中華書局，1981 年版，第 4 頁。

〔註333〕蔡彥峰：《〈搜神後記〉作者考》，《九江師專學報》(哲學社會科學版)，2002 年第 3 期。

而已。現將《桃花源記並詩》全文抄寫於下：

晉太元中，武陵人捕魚爲業，緣溪行，忘路之遠近。忽逢桃花林，夾岸數百步，中無雜樹，芳草鮮美，落英繽紛。漁人甚異之，復前行，欲窮其林。林盡水源，便得一山。山有小口，髣髴若有光，便捨船從口入。初極狹，纔通人，復行數十步，豁然開朗。土地平曠，屋舍儼然，有良田、美池、桑竹之屬，阡陌交通，雞犬相聞。其中往來種作，男女衣著，悉如外人。黃髮垂髫，並怡然自樂。見漁人乃大驚，問所從來，具答之。便要還家，爲設酒殺雞作食。村中聞有此人，咸來問訊。自云先世避秦時亂，率妻子邑人來此絕境，不復出焉，遂與外人間隔。問今是何世，乃不知有漢，無論魏晉。此人一一爲具言所聞，皆歎惋。餘人各復延至其家，皆出酒食。停數日，辭去。此中人語云：「不足爲外人道也。」既出，得其船，便扶向路，處處誌之。及郡下，詣太守說如此。太守即遣人隨其往，尋向所誌，遂迷不復得路。南陽劉子驥，高尚士也。聞之，欣然規往，未果，尋病終。後遂無問津者。

嬴氏亂天紀，賢者避其世。黃綺之商山，伊人亦云逝。
往跡寖復湮，來徑遂蕪廢。相命肆農耕，日入從所憩。
桑竹垂餘蔭，菽稷隨時藝。春蠶收長絲，秋熟靡王稅。
荒路曖交通，雞犬互鳴吠。俎豆猶古法，衣裳無新製。
童孺縱行歌，班白歡遊詣。草榮識節和，木衰知風厲。
雖無紀曆誌，四時自成歲。怡然有餘樂，于何勞智慧。
奇蹤隱五百，一朝敞神界。淳薄既異源，旋復還幽蔽。
借問遊方士，焉測塵囂外？願言躡清風，高舉尋吾契。〔註334〕

《搜神後記》中的「桃花源」故事，除了結尾將劉子驥換爲太守劉歆外，其他內容基本相同，而這種人物的轉換絲毫不影響文章主旨。《搜神後記》中，此類故事除了「桃花源」之外，還有卷一的「韶舞」及「長沙醴陵穴」記述與《桃花源記並詩》中之「記」相仿。「韶舞」曰：

滎陽人姓何，忘其名，有名聞士也。荊州辟爲別駕，不就，隱遯養志。常至田舍，人收穫在場上。忽有一人，長丈餘，蕭疏單衣，

〔註334〕　（晉）陶淵明：《桃花源記並詩》，見袁行霈：《陶淵明集箋注》，北京，中華書局，2003 年版，第 479～480 頁。

角巾，來詣之，翩翩舉其兩手，並舞而來，語何云：「君曾見《韶舞》
不？此是《韶舞》。」且舞且去。何尋逐，徑向一山。山有穴，纔容
一人。其人命入穴，何亦隨之入。初甚急，前輒開曠，便失人，見
有良田數十頃。何遂墾作，以爲世業。子孫至今賴之。〔註335〕

「長沙醴陵穴」載：

　　　　長沙醴陵縣有小水，有二人乘船取樵，見岸下土穴中水逐流出，
有新斫木片逐流下，深山中有人跡，異之。乃相謂曰：「可試如水中
看何由爾？」一人便以笠自障，入穴。穴纔容人。行數十步，便開
明朗然，不異世間。〔註336〕

另外，劉敬叔《異苑》卷一亦有類似記述：「元嘉初，武溪蠻人射鹿，逐
入石穴，纔容人。蠻人入穴，見其傍有梯，因上梯，豁然開朗，桑果蔚然，
行人翱翔，亦不以怪。此蠻於路斫樹爲記，其後茫然，無復彷彿。」〔註337〕
任昉《述異記》卷下亦載：「武陵源在吳中，山無他木，盡生桃李，俗呼爲桃
李源。源上有石洞，洞中有乳水。世傳秦末喪亂，吳中人於此避難，食桃李
實者，皆得仙。」〔註338〕此外，有關地理書中也有相似記述。如《太平寰宇
記》卷七十三「彭州·九隴縣·白鹿山」條引《周地圖記》曰：「宋元嘉九年，
有樵人於山左見羣鹿，引弓將射之，有一麝所趨險絕，進入石穴，行數十步，
則豁然平博，邑屋連接，阡陌周通，問是何所？有人答曰小成都。後更往尋
之，不知所在。」〔註339〕《太平御覽》卷五十四「地部十九·穴」引南朝黃
閔《武陵記》曰：「鹿山有穴。昔宋元嘉初，武陵溪蠻入（疑爲「人」）射鹿，
逐入一石穴，穴才可容。蠻人入穴，見有梯在其傍，因上梯，豁然開朗，
桑果靄然，行人翱翔，不似戎境。此蠻乃枇樹記之，其後尋之，莫知所處。」
〔註340〕可見，《桃花源記並詩》中所記，在魏晉南北朝時期流傳頗廣，「桃花

〔註335〕　（晉）陶潛著，汪紹楹校注：《搜神後記》，北京，中華書局，1981年版，第3頁。
〔註336〕　（晉）陶潛著，汪紹楹校注：《搜神後記》，北京，中華書局，1981年版，第
　　　　　6～7頁。標題又爲「穴中人世」。
〔註337〕　（南朝·宋）劉敬叔撰，范甯校點：《異苑》，北京，中華書局，1996年版，
　　　　　第4頁。
〔註338〕　（南朝·梁）任昉：《述異記》，馬俊良編纂《漢魏小說採珍》（下冊），上海，
　　　　　上海中央書店，民國二十六年版，第109頁。
〔註339〕　（宋）樂史撰，王文楚等點校：《太平寰宇記》，北京，中華書局，2007年版，
　　　　　第1485頁。
〔註340〕　（宋）李昉等撰：《太平御覽》，北京，中華書局，1960年版（影印本），第
　　　　　264頁。

源」已經成爲其時文人士子心中「理想國」的意象標誌。而地理類書中所載地址、地名則強化了故事中地點、人物的眞實性，這種眞實性又強化了故事的地域性，地域性文化景觀又突出了故事的民間意味，與桃源中的村社描寫彼此呼應。

上述幾則「桃源」敘事，除了任昉《述異記》以外，其他都以「穴」爲桃花源的地貌形態，《桃花源記並詩》中雖無「穴」字，但「山有小口，……初極狹，纔通人，復行數十步，豁然開朗」的地形特徵與「穴」無異，且與其他「桃源」敘述中的「穴」的地貌特徵描繪完全相同，故《桃花源記並詩》中的「桃花源」當亦爲「穴」。「穴」以及「穴」類或與「穴」近似的「洞」類地形地貌同樣是仙怪故事中的常見意象。比如《搜神後記》卷一中的「仙館玉漿」、「剡縣赤城」〔註341〕以及上述「韶舞」、「長沙醴陵」事，又如《幽明錄》卷一中「癡龍珠」、「仙館夫」，〔註342〕再如葛洪《神仙傳》中，孔元「於水邊鑿岸作一穴，方丈餘，止其間，斷穀一月兩月而出。後入西華嶽得道也。」孫登「於郡北山爲土穴居之。」趙瞿亦於山穴中得見仙人並得賜仙藥，從而長生成仙。〔註343〕茅君「遂徑之江南，治於句曲山。山有洞室，神仙所居，君治之焉。」〔註344〕仙怪故事中的「穴」類意象與道教仙人多棄世而山居穴處的生活方式直接相關。仙怪故事中的「穴」，多爲遠離世俗人間的仙境的標誌性意象，道教之宗教意味鮮明。然而，陶淵明在《桃花源記並詩》中，卻將仙境從遠離人間之地轉移到有迹可循的民間村落，將宗教信仰的象徵還原到現實中充滿泥土氣息的生活空間，將不食人間煙火的神仙變爲荷鋤而歸的農人，把道教神仙與文人士子的文化傳統一併回歸到雞犬之聲相聞的田園，這種回歸里體現的便是對民間小傳統文化的更爲徹底的認同。這種認同之所以更爲徹底，是因爲民間的田園生活形式已經深深地融入陶淵明的精神世界與現實生活，「田園」已經成爲陶淵明心靈世界中的最基本意象，成爲陶淵明心中的勝似仙境的樂土。

〔註341〕以上兩則故事見（晉）陶潛著，汪紹楹校注：《搜神後記》，北京，中華書局，
　　　　1981年版，第2～3頁。
〔註342〕（南朝・宋）劉義慶撰，鄭晚晴集注：《幽明錄》，北京，文化藝術出版社，
　　　　1988年版，第23～24頁。
〔註343〕上述三則故事分別見滕修展等編著：《列仙傳神仙傳注譯》，天津，百花文藝
　　　　出版社，1996年版，第311、317、329～330頁。
〔註344〕滕修展等編著：《列仙傳神仙傳注譯》，天津，百花文藝出版社，1996年版，
　　　　第272～273頁。

　　陶淵明詩文的最大特點是語言的質樸自然，由質樸自然之語言蘊含沖淡深粹之境界，此爲歷代大家之共識。如蘇軾嘗言：「淵明作詩不多，然其詩質而實綺，癯而實腴，自曹、劉、鮑、謝、李、杜諸人，皆莫及也。」〔註345〕又曰陶淵明詩「外枯而中膏，似澹而實美」〔註346〕。葉夢得《玉澗雜書》中曰：「詩本觸物寓興，吟詠情性，但能輸寫胸中所欲言，無有不佳。而世但役於組織雕鏤，故語言雖工，而淡然無味。陶淵明直是傾倒所有，借書於手，初不自知爲語言文字也，此其所以不及也。」〔註347〕陳善《捫蝨新話》中曰：「文章以氣韻爲主，氣韻不足，雖有辭藻，要非佳作也。乍讀淵明詩，頗似枯淡，久久有味。」〔註348〕陶淵明詩文語言的質樸源自詩文中意象世界的質樸，詩文意象世界的質樸又源自心靈的質樸，心靈的質樸則源自生活的質樸。如蘇軾所言：「『平疇交遠風，良苗亦懷新』，非古之耦耕植杖者，不能道此語；非余之世農，亦不能識此語之妙。」〔註349〕梁啓超先生嘗言：「後來詩家描寫田舍生活的也不少。但多半像鄉下人說城市事，總說不到真際。生活總要實踐的纔算。養尊處優的士大夫，說什麼田家風味，配嗎？淵明只把他的實歷實感寫出來，便成爲最親切有味之文。」〔註350〕陶淵明躬耕歸隱，自己「種豆南山下」，因爲不善稼穡，田裏「草盛豆苗稀」，故而以勤補拙，「晨興理荒穢，戴月荷鋤歸」。田間小路曲狹窄迫，路旁野草長勢茂盛，草葉上露珠瑩瑩，詩人「日入而息」，走在夕陽下的田間小路上，不覺被草葉上的露水沾濕了衣裳。這首《歸園田居五首》（其三）裏的生動場景，宛然《桃花源記》中「阡陌交通」的「桃花源」之再現，而詩人自己則頗似「往來種作」的桃源中人。看著被露水沾濕的衣裳，詩人感慨：「衣沾不

〔註345〕北京大學北京師範大學中文系、北京大學中文系文學史教研室編：《陶淵明資料彙編》（上冊），北京，中華書局，1962年版，第35頁。
〔註346〕北京大學北京師範大學中文系、北京大學中文系文學史教研室編：《陶淵明資料彙編》（上冊），北京，中華書局，1962年版，第30頁。
〔註347〕北京大學北京師範大學中文系、北京大學中文系文學史教研室編：《陶淵明資料彙編》（上冊），北京，中華書局，1962年版，第53頁。
〔註348〕北京大學北京師範大學中文系、北京大學中文系文學史教研室編：《陶淵明資料彙編》（上冊），北京，中華書局，1962年版，第60頁。
〔註349〕北京大學北京師範大學中文系、北京大學中文系文學史教研室編：《陶淵明資料彙編》（上冊），北京，中華書局，1962年版，第28頁。
〔註350〕梁啓超：《陶淵明之文藝及其品格》，見北京大學北京師範大學中文系、北京大學中文系文學史教研室編：《陶淵明資料彙編》（上冊），北京，中華書局，1962年版，第278頁。

足惜，但使願無違。」〔註351〕所謂「願無違」，當是詩人希望「開荒南野際，守拙歸園田」〔註352〕的人生選擇能夠最終達成自己內心「復得返自然」〔註353〕的願望，也恰如他在《飲酒詩》中的「託身已得所，千載不相違」〔註354〕的告白。「返自然」，是身心雙重的返樸歸眞。物質生活層面向遠離浮華又充滿人情味的樸素田園回歸，精神層面則向順隨自然、無往不適的生命境界追尋。在陶淵明《桃花源記並詩》之外的詩文中，諸如「舊谷」、「園蔬」、「桃李」、「瓜田」、「桑麻」、「荒草」、「豆苗」、「東籬」、「方宅」、「草屋」、「茅簷」、「敝廬」、「停雲」、「時雨」、「好風」、「故老」、「稚子」、「比鄰」、「田父」、「雞鳴」、「狗吠」、「榆柳」、「新葵」、「秋菊」、「歸鳥」、「林竹」、「清琴」、「青松」、「幽蘭」、「清風」等清新又親切的詞語，既是田園生活的生動再現，又洋溢著遠離「俗韻」、「世情」的歸隱情調，二者融合爲一，成爲陶淵明筆下的獨特意象，與《桃花源記並詩》一起構建著詩人的現實生活和理想世界。陶淵明的詩歌絕大多數都不離田園景致和田園生活，幾乎所有的詩句都可以做爲「桃源」的注腳。換言之，《桃花源記並詩》中的「詩」不僅此篇中一首，而是陶淵明所有的充滿田園韻致的詩句文辭。

但是，詩人實際的田園生活與理想的「桃花源」畢竟有著不容忽視的差距，現實生活的田園裏還有著戰亂、貧困、疾病、飢餓以及歲月的流逝、意外的災難，這些都是詩人所不能逃避的，是魏晉南北朝時所有人都無法逃避的。而所有這些不如人意之處，詩人心中亦十分明瞭，也並不諱言。如其詩文中所言：「田家豈不苦？弗獲辭此難。四體誠乃疲，庶無異患干」〔註355〕，「風來入房戶，夜中枕席冷」〔註356〕，「氣力漸衰損，轉覺日不如」〔註357〕，

〔註351〕（晉）陶淵明：《歸園田居五首》其三，見逯欽立校注《陶淵明集》，北京，中華書局，1979 年版，第 42 頁。

〔註352〕（晉）陶淵明：《歸園田居五首》其一，見逯欽立校注《陶淵明集》，北京，中華書局，1979 年版，第 40 頁。

〔註353〕（晉）陶淵明：《歸園田居五首》其一，見逯欽立校注《陶淵明集》，北京，中華書局，1979 年版，第 40 頁。

〔註354〕（晉）陶淵明：《飲酒詩二十首》其四，見逯欽立校注《陶淵明集》，北京，中華書局，1979 年版，第 89 頁。

〔註355〕（晉）陶淵明：《庚戌歲九月中於西田獲早稻》，見袁行霈：《陶淵明集箋注》，北京，中華書局，2003 年版，第 227 頁。

〔註356〕（晉）陶淵明：《雜詩》其二，見袁行霈：《陶淵明集箋注》，北京，中華書局，2003 年版，第 342 頁。

〔註357〕（晉）陶淵明：《雜詩》其五，見袁行霈：《陶淵明集箋注》，北京，中華書局，第 347 頁。

「日月不肯遲，四時相催迫」〔註358〕，「躬親未曾替，寒餒常糟糠」〔註359〕，「飢來驅我去，不知竟何之。行行至斯里，叩門拙言辭」〔註360〕，「風雨縱橫至，收斂不盈廛。夏日長抱飢，寒夜無被眠」〔註361〕，「弱年逢家乏，老至更長飢。菽麥實所羨，孰敢慕甘肥」〔註362〕，還有《歸去來兮辭》所序之言「余家貧，耕植不足以自給。幼稚盈室，缾無儲粟」〔註363〕等等。陶淵明詩中所描繪的田園生活的種種欣悅、歡樂，在「桃花源」中觸目皆是，而上述種種艱辛、困苦，在「桃花源」中卻遍尋不見。所以，「桃花源」其實是一個既近又遠、既真實又縹緲的所在，是平易樸實的田園，又是遙不可及的仙境。正是「桃花源」與現實田園的這種若即若離、是耶非耶的距離，使得「桃花源」具有了一種迷離恍惚、不可捉摸的神怪色彩。在《桃花源記並詩》中，「忘路之遠近」使故事剛剛開始便蒙上了一層神秘色彩，繼而「甚異之」一句，繼續神秘氣氛的渲染，接下來「山有小口」，神秘色彩愈益加重，烘托出「桃花源」的「世外」意味。隨著漁人的前行，「桃花源」與塵世也漸漸拉開距離。但是，地勢「豁然開朗」之後，詩人卻折馬回槍，筆觸又回到了「似曾相識」的「田園」：「土地平曠，屋舍儼然，有良田、美池、桑竹之屬，阡陌交通，雞犬相聞。其中往來種作，男女衣著，悉如外人。黃髮垂髫，並怡然自樂。」這裡的描寫，與陶淵明其他詩文中的田園生活毫無二致。比如其《歸園田居五首》其一：「方宅十餘畝，草屋八九間，榆柳蔭後簷，桃李羅堂前。曖曖遠人村，依依墟里煙，狗吠深巷中，雞鳴桑樹巔。」〔註364〕如《和郭主簿二首》其一中的詩句：「園蔬有餘滋，舊穀猶儲今。營己良有極，過足非所欽。春秫作美酒，酒熟吾自斟。弱子戲我側，學語未成

〔註358〕（晉）陶淵明：《雜詩》其七，見袁行霈：《陶淵明集箋注》，北京，中華書局，2003年版，第352頁。

〔註359〕（晉）陶淵明：《雜詩》其八，見袁行霈：《陶淵明集箋注》，北京，中華書局，2003年版，第353頁。

〔註360〕（晉）陶淵明：《乞食》，見袁行霈：《陶淵明集箋注》，北京，中華書局，2003年版，第103頁。

〔註361〕（晉）陶淵明：《怨詩楚調示龐主簿鄧治中一首》見袁行霈：《陶淵明集箋注》，北京，中華書局，2003年版，第108頁。

〔註362〕（晉）陶淵明：《有會而作》，見逯欽立校注《陶淵明集》，北京，中華書局，1979年版，第107頁。

〔註363〕（晉）陶淵明：《歸去來兮辭並序》，見袁行霈：《陶淵明集箋注》，北京，中華書局，2003年版，第460頁。

〔註364〕（晉）陶淵明：《歸園田居五首》其一，見逯欽立校注：《陶淵明集》，北京，中華書局，1979年版，第40頁。

音。此事眞復樂，聊用忘華簪。」〔註365〕又比如《癸卯歲始春懷古田舍二首》其一：「鳥哢歡新節，泠風送餘善。寒草被荒蹊，地爲罕人遠。是以植杖翁，悠然不復返。」〔註366〕同詩其二日：「平疇交遠風，良苗亦懷新。雖未量歲功，即事多所欣。耕種有時息，行者無問津。日入相與歸，壺漿勞新鄰。長吟掩柴門，聊爲隴畝民。」〔註367〕《讀山海經十三首》其一日：「孟夏草木長，遶屋樹扶疏。眾鳥欣有託，吾亦愛吾廬。既耕亦已種，時還讀我書。窮巷隔深轍，頗迴故人車。歡然酌春酒，摘我園中蔬。微雨從東來，好風與之俱。」〔註368〕耕植、讀書之餘，詩人與鄰居更是常常把酒言歡：「過門更相呼，有酒斟酌之」〔註369〕，「漉我新熟酒，隻雞招近局」〔註370〕，「得歡當作樂，斗酒聚比鄰」〔註371〕，「日入相與歸，壺漿勞近鄰」〔註372〕……這一幕幕質樸、溫馨的畫面，這眞誠、和睦的人際關係，簡直讓如今的現代人豔羨不已，而詩人淳厚、任眞的性情也在字裏行間不經意地活現出來。從陶淵明的詩句中可以看出，不只是詩中的田園風光與純樸的混合著泥土氣息的人間情味與「桃花源」中的描繪如出一轍，而且，「聊用忘華簪」、「地爲罕人遠」以及「行者無問津」等描述無疑也與「桃花源」的遠離俗世的「仙境」特質隱然相合。所以，在陶淵明的作品中，「桃花源」遠遠不止存在於《桃花源記並詩》一篇詩文中，這個近似仙境的世界奠定了詩人所有詩作共同的基調，而詩人也就在這樣的「田園」與「桃源」之間努力追尋著生命的眞諦。「記」文最後，作者以「高尚士」尋「桃源」未果而病終以及「後遂

〔註365〕（晉）陶淵明：《和郭主簿二首》其一，見逯欽立校注：《陶淵明集》，北京，中華書局，1979年版，第60頁。

〔註366〕（晉）陶淵明：《癸卯歲始春懷古田舍二首》其一，見逯欽立校注：《陶淵明集》，北京，中華書局，1979年版，第76頁。

〔註367〕（晉）陶淵明：《癸卯歲始春懷古田舍二首》其二，見逯欽立校注：《陶淵明集》，北京，中華書局，1979年版，第77頁。

〔註368〕（晉）陶淵明：《讀山海經十三首》其一，見逯欽立校注：《陶淵明集》，北京，中華書局，1979年版，第133頁。

〔註369〕（晉）陶淵明：《移居二首》其二，見逯欽立校注：《陶淵明集》，北京，中華書局，1979年版，第57頁。

〔註370〕（晉）陶淵明：《歸園田居五首》其五，見逯欽立校注：《陶淵明集》，北京，中華書局，1979年版，第43頁。

〔註371〕（晉）陶淵明：《雜詩十二首》其一，見逯欽立校注：《陶淵明集》，北京，中華書局，1979年版，第115頁。

〔註372〕（晉）陶淵明：《癸卯歲始春懷古田舍二首》其二，見逯欽立校注：《陶淵明集》，北京，中華書局，1979年版，第77頁。

無問津者」與開篇對應，使得「桃源」最終由「神秘」趨於「虛幻」，猶如一個美麗的泡影終於幻滅，揭示了所謂「桃花源」的「非眞實之存在」的本質，也透露了作者心頭的失望、無奈以及對生命的無限感慨。這種對於生命世事的虛幻感，在「記」後之「詩」中又加以重申：「奇蹤隱五百，一朝敞神界。淳薄既異源，旋復還幽蔽。」在陶淵明其他的詩作中，這種虛幻感也時時流露，比如《歸園田居五首》其四曰：「久去山澤遊，浪莽林野娛。試攜子姪輩，披榛步荒墟。徘徊丘壠間，依依昔人居。井竈有遺處，桑竹殘朽株。借問採薪者，此人皆焉如？薪者向我言，死沒無復餘。一世異朝市，此語眞不虛。人生似幻化，終當歸空無。」〔註373〕在清醒如斯、穎悟如斯的陶淵明而言，「桃花源」終歸是個「仙境」，只是一個念想，雖然永遠美好，卻也永遠不如「辛苦無此比」〔註374〕的現實田園來得切近而眞實。

既然深知「帝鄉不可期」〔註375〕，何不「聊乘化以歸盡，樂夫天命復奚疑」〔註376〕？於是，詩人辛苦之餘「懷良辰以孤往，或植杖而耘耔。登東皋以舒嘯，臨清流而賦詩」〔註377〕，或「襲我春服，薄言東郊。……邈邈遐景，載欣載矚」〔註378〕，或「嘗著文章自娛，頗示己志。忘懷得失，以此自終。」〔註379〕「質性自然」〔註380〕的詩人終於把種種辛苦化爲了種種清雅、種種欣樂，「環堵蕭然，不蔽風日。短褐穿結，簞瓢屢空」卻能「晏如也」，〔註381〕

〔註373〕（晉）陶淵明：《歸園田居五首》其四，見逯欽立校注：《陶淵明集》，北京，中華書局，1979 年版，第 42 頁。

〔註374〕（晉）陶淵明：《擬古九首》其五，見逯欽立校注：《陶淵明集》，北京，中華書局，1979 年版，第 112 頁。

〔註375〕（晉）陶淵明：《歸去來兮辭》，見逯欽立校注：《陶淵明集》，北京，中華書局，1979 年版，第 161 頁。

〔註376〕（晉）陶淵明：《歸去來兮辭》，見逯欽立校注：《陶淵明集》，北京，中華書局，1979 年版，第 162 頁。

〔註377〕（晉）陶淵明：《歸去來兮辭》，見逯欽立校注：《陶淵明集》，北京，中華書局，1979 年版，第 161～162 頁。

〔註378〕（晉）陶淵明：《時運》，見逯欽立校注：《陶淵明集》，北京，中華書局，1979 年版，第 13 頁。

〔註379〕（晉）陶淵明：《五柳先生傳》，見逯欽立校注：《陶淵明集》，北京，中華書局，1979 年版，第 175 頁。

〔註380〕（晉）陶淵明：《歸去來兮辭序》，見逯欽立校注：《陶淵明集》，北京，中華書局，1979 年版，第 159 頁。

〔註381〕（晉）陶淵明：《五柳先生傳》，見逯欽立校注：《陶淵明集》，北京，中華書局，1979 年版，第 175 頁。

一生饑凍交迫卻能「稱心易足」、「陶然自樂」〔註382〕，而「俯仰終宇宙，不樂復何如？」一句反問更是將詩人內心由辛酸、苦悶醞釀出的平和、豁達推向極致。由此，「桃花源」似乎並沒有幻滅，它由縹緲的仙境、似有若無的「洞穴」轉移到了陶淵明的內心，再傾注到他的筆端，流為千載的傳奇。在陶淵明那裡，仙境化為了一種心境，而能使心境宛如仙境的，尤其能於貧病饑寒中使心境宛如仙境的，千百年來，只有陶淵明一人而已。

　　田園，這一農人們面朝黃土背朝天的、狹小又闊大、艱辛又和悅的民間視域，這一中國民間小傳統的「文化生地」，在陶淵明為代表的上層文人那裡，則成為了一種嚮往，成為了一個精神的「伊甸園」。梁啟超先生嘗言：「淵明是『農村美』的化身。所以他寫農村的生活，真是入妙。……淵明只把他的實歷實感寫出來，便成為最親切有味之文。」〔註383〕芮斐德在《農民社會與文化》中更是為鄉民百姓「抱不平」：「至於小小老百姓們搞出來的傳統，那都是被人們視為：『也就是那麼回事罷了！』從來也沒有人肯把它當回事的，慢說下什麼功夫去把它整得雅一點，或整得美一點！因為那是不值得的！」〔註384〕但是陶淵明的確用自己的心靈和筆觸把「小小老百姓們搞出來的傳統」整得「雅而美」。除了將本來樸實、粗糙的農田村落變得恬淡雅致、充滿詩意之外，更重要的是，在陶淵明那裡，「田園」真正地昇華到了一種無論鄉民還是文人都難以企及的「真自然」的境界。陶淵明於玄學並沒有重要的理論創建，然而，他卻是最懂莊學的精髓。朱自清先生在《陶詩的深度》中給我們做過統計：「從古箋定本引書切合的各條看，陶詩用事，《莊子》最多，共四十九次。……所以陶詩裏主要思想實在還是道家。」〔註385〕陶淵明不但於筆端引用《莊子》為典，更用自己的實際的言行做到了莊學的「齊物」與「逍遙」。無論在生活還是詩文裏，陶淵明都將精英身份與農民身份齊而為

〔註382〕（晉）陶淵明：《時運》，見逯欽立校注：《陶淵明集》，北京，中華書局，1979年版，第13～14頁。

〔註383〕梁啟超：《陶淵明之文藝及其品格》，見北京大學北京師範大學中文系、北京大學中文系文學史教研室編：《陶淵明資料彙編》（上冊），北京，中華書局，1962年版，第278頁。

〔註384〕（美）羅伯特‧芮德菲爾德著，王瑩譯：《農民社會與文化：人類學對文明的一種詮釋》，北京，中國社會科學出版社，2013年版，第95頁。

〔註385〕朱自清：《陶詩的深度》，見北京大學北京師範大學中文系、北京大學中文系文學史教研室編：《陶淵明資料彙編》（上冊），北京，中華書局，1962年版，第288～289頁。

一，將作詩與稼穡齊而為一，將文人的清雅風流與田園的泥土氣息齊而為一。陶淵明將玄學家們「方……方……」的句式演繹成了實實在在的人生，因此，「方詩人方農民」的陶淵明用「晨出肆微勤，日入負禾還」〔註386〕的躬耕隴畝的真實人生解答了魏晉玄學的「名教與自然」的辯題，使玄學之「自然」觀得到了最圓滿的發展和最深刻的闡釋。陳寅恪先生在《陶淵明之思想與清談之關係》中指出：「淵明之思想為承襲魏、晉清談演變之結果及依據其家世信仰道教之自然說而創改之新自然說。惟其為主自然說者，故非名教說，並以自然與名教不相同。但其非名教之意僅限於不與當時政治勢力合作，而不似阮籍、劉伶輩之佯狂任誕。蓋主新自然說者不須如主舊自然說之積極牴觸名教也。又新自然說不似舊自然說之養此有形之生命，或別學神仙，惟求融合精神於運化之中，即與大自然為一體。因其如此，既無舊自然說形骸物質之滯累，自不致與周孔入世之名教有所觸礙。」〔註387〕陶淵明的「自然」不是為反對名教的刻意的「自然」，而是在平實又真實的田園生活實踐出來的自然，是「欲仕則仕，不以求之為嫌；欲隱則隱，不以去之為高。饑則扣門而乞食，飽則雞黍以迎客」〔註388〕的「任真」的自然。陶淵明沒有刻意求隱而故作「田家風味」，也沒有刻意為儒、為道，也不像玄學家那樣揮麈作勢，口談玄理。與真正的農人相比，同在田園的陶淵明生活得更精緻、更高雅，與暢談玄理的玄學家相比，同為「雅」文化之「代言人」的陶淵明生活得更為本真率性，更為詩意盎然。陶淵明平淡生活中散發出的詩意，使得《桃花源記並詩》的「記」部分在語言上較其他志怪書更為優美流暢，「言外之意」也更為含蓄深長。正如葉嘉瑩先生所說：「淵明的殆無長語的省淨的詩篇，與他躬耕歸隱的質樸生活，在其省淨質樸的簡單之外，原都蘊蓄著一種極為繁複豐美的大可研求的深意。」〔註389〕

陶淵明身處魏晉南北朝時期，他心中、詩中的田園必然帶著其時的特點，這個顯著的特點即：田園中不僅有著勞作的村人，還有著鬼神仙怪的影子。

〔註386〕（晉）陶淵明：《庚戌歲九月中於西田穫早稻》，見逯欽立校注：《陶淵明集》，北京，中華書局，1979年版，第84頁。

〔註387〕陳寅恪：《陶淵明之思想與清談之關係》，《陳寅恪史學論文選集》，上海，上海古籍出版社，1992年版，第141～142頁。

〔註388〕見胡仔《苕溪漁隱叢話》（前集）卷3引蘇軾所言，北京，人民文學出版社，1962年版，第15頁。

〔註389〕葉嘉瑩：《迦陵論詩叢稿》，石家莊，河北教育出版社，1997年版，第146頁。

這個影子和田園一起融進詩人的心靈，無時無刻不影響著詩人的思維，而這種帶有神怪影子的思維體現在筆端，便自然有了《桃花源記並詩》中的「志怪」筆法。同時，亦值得注意的是，在《桃花源記並詩》的文本結構上，陶淵明在其他志怪書引用詩句的基礎上更進一步，特意自做長詩綴於故事之後。在文本中，「記」與「詩」同時呈現，彼此發揮，宛如文人與「隴畝民」的一場親切而誠懇的對話，亦或正統詩文創作與志怪「小說」筆法的一場「友好」的切磋。在這場對話和切磋中，不但文人的敘事方式與民間的敘事方式更緊密結合，文人士子的文化傳統與民間的鄉村生活、信仰觀念更由此融洽為一個整體，在這個整體中，詩人最終找到了精神歸宿：「願言躡清風，高舉尋吾契。」詩人所「契」在於「朝與仁義生，夕死復何求」〔註390〕、「貧富常交戰，道勝無戚顏」〔註391〕的精神超越，在於「何以慰吾懷？賴古多此賢」〔註392〕、「安貧守賤者，自古有黔婁」〔註393〕的「以友天下之善士為未足，又尚論古之人」〔註394〕的知音之樂，在於「縱浪大化中，不喜亦不懼。應盡便須盡，無復獨多慮」〔註395〕的心靈解脫。陶淵明思想中的「桃源」情結使他的詩歌創作整體上具有了一種神秘的烏托邦色彩，而這個神秘的「烏托邦」的苦心建構卻是來自社會最底層的啟發，借助民間的田園，陶淵明完成了一次向著「桃源」的艱辛的精神跋涉。總之，在這篇作品中，既有志怪書的書寫筆法，又有農耕文明的小傳統痕迹，同時還附以代表精英文化的詩歌，最後，又充分表達了其時文人士子的內心嚮往，可以說，陶淵明的《桃花源記並詩》雖然不是純粹的志怪故事，卻完全可視為志怪書寫的一篇「集大成」之作。

　　牟宗三先生在《才性與玄理》序中說到：「魏晉所弘揚的玄理就是先秦道家的玄理。玄理函著玄智。玄智者道心之所發也。關於此方面，王弼之注《老》、

〔註390〕　（晉）陶淵明：《詠貧士七首》其四，見袁行霈：《陶淵明集箋注》，北京，中華書局，第 371 頁。
〔註391〕　（晉）陶淵明：《詠貧士七首》其五，見袁行霈：《陶淵明集箋注》，北京，中華書局，第 373 頁。
〔註392〕　（晉）陶淵明：《詠貧士七首》其二，見袁行霈：《陶淵明集箋注》，北京，中華書局，第 366 頁。
〔註393〕　（晉）陶淵明：《詠貧士七首》其四，見袁行霈：《陶淵明集箋注》，北京，中華書局，第 371 頁。
〔註394〕　《孟子·萬章下》，見（宋）朱熹《四書章句集注》，北京，中華書局，1983年版，第 324 頁。
〔註395〕　（晉）陶淵明：《神釋》，見袁行霈：《陶淵明集箋注》，北京，中華書局，2003年版，第 67 頁。

向秀郭象之注《莊》發明獨多。此方面的問題，集中起來，主要是依『爲道日損』之路，提煉『無』底智慧。主觀的工夫上的『無』底妙用決定客觀的存有論的（形上學的）『無』之意義。就此客觀的存有論的『無』之意義而言，道家的形上學是『境界形態』的形上學，吾亦名之曰『無執的存有論』。此種玄理玄智爲道家所專注，而且以此爲勝場。實則此種工夫上的無乃是任何大教、聖者的生命，所不可免者。依此而言，此亦可說是共法。」〔註396〕牟先生所得之「共法」的結論，一是從「無」的智慧講，另一個方面便是從更爲根本的生命存在的角度講。從生命存在的角度而言，魏晉玄學便是爲生命的發現立了頭功。錢穆先生曾精闢地指出：「魏晉南朝三百年學術思想，亦可以一言蔽之，曰『個人自我之覺醒』是已。」〔註397〕個人之覺醒，才是生命的眞正覺醒，是人類發展史上破除外在的束縛使生命眞正成爲生命的大革命，也是歷史發展中文化生命的大轉機、大手筆。以「無」的智慧揭櫫生命的玄機，並爲本然的活潑生命開闢一片澄明的天地，是玄學之所以能夠被稱之爲「共法」的關鍵所在。而這關於生命的「共法」的獲得，同樣是經歷了生命的種種苦難的煎熬和心靈之涅槃的。玄學的高度的思辨裏面，浸透的是至爲濃厚的對於生命的深情。而這種濃縮著諸多艱辛和痛苦的至深之情在民間志怪故事以及文人志怪書的字裏行間亦展現得淋漓盡致。所以，這「共法」，不只是形上學的「共法」，也不只是大傳統的「共法」，而是「田園」內外所有文化傳統的「共法」。

〔註396〕牟宗三：《才性與玄理》，臺北，學生書局，1985版，第3版自序。
〔註397〕錢穆：《國學概論》，北京，九州出版社，2011年版，第144～145頁。

餘 論

關於魏晉南北朝志怪書中故事的真實性以及志怪書的類似記新聞的體裁特徵，大多數人歸因於當時鬼神思想的泛濫和小說體裁意識的缺乏、小說技巧的不發達。本書在論述玄學與志怪關繫時，以玄學理論和原始思維為依託，論證了魏晉南北朝時期人們頭腦中鬼神之實有的內在邏輯。但是，不能否認的是，怪異事物的出現和發生，有相當一部分的確是真實的，是實實在在發生的。而這種所謂的怪異之事的真實性，除了前文提及的蕭繹《金樓子·志怪篇》的肯定和論證，郭璞在注《山海經》時也為之做了辯解：「世之覽《山海經》者，皆以其閎誕迂誇，多奇怪俶儻之言，莫不疑焉。嘗試論之曰，莊生有云：『人之所知，莫若其所不知。』吾於《山海經》見之矣。夫以宇宙之寥廓，羣生之紛紜，陰陽之煦蒸，萬殊之區分，精氣渾淆，自相潰薄，遊魂靈怪，觸象而構，流形於山川，麗狀於木石者，惡可勝言乎？然則總其所以乖，鼓之於一響；成其所以變，混之於一象。世之所謂異，未知其所以異；世之所謂不異，未知其所以不異。何者？物不自異，待我而後異，異果在我，非物異也。故胡人見布而疑黂，越人見罽而駭毳。夫玩所習見而奇所希聞，此人情之常蔽也。」〔註 1〕儘管蕭繹和郭璞的論證仍然帶有陰陽氣化的神秘性，卻也不乏其解釋的合理性。所以，魏晉南北朝時期志怪故事的流傳，不能全部歸咎於其時科學的不發達及人們的鬼神信仰。但是，我們卻一直以古代人之科學水平低下為由，往往想當然地將其所有怪異之事歸為「虛構」，將其對怪異事情的理解、解釋一律歸為「迷信」之言，而不予客觀的分析理解。

〔註 1〕（晉）郭璞：《注山海經敍》，見袁珂校注：《山海經校注》，上海，上海古籍出版社，1980 年版，第 478 頁。

所以，就忽視了其時怪異之事眞實發生的可能性，對志怪書也就出現了相應的不恰當的理解和闡釋。筆者在撰寫書稿過程中，有意識地關注了一些記述當今怪異事物的文章，現分類擇錄如下。

首先，志怪書中有許多男女變性的故事，如《搜神記》卷六「女子化男」條：「魏襄王十三年，有女子化爲丈夫。與妻，生子。京房《易傳》曰：『女子化爲丈夫，茲謂陰昌，賤人爲王；丈夫化爲女子，茲謂陰勝陽，厥咎亡。』一曰：『男化爲女，宮刑濫；女化爲男，婦政行也。』」〔註2〕同卷「男子化女」條：「哀帝建平中，豫章有男子化爲女子，嫁爲人婦，生一子。長安陳鳳曰：『陽變爲陰，將亡繼嗣，自相生之象。』一曰：『嫁爲人婦，生一子者，將復一世乃絕。』故後哀帝崩，平帝沒，而王莽篡焉。」〔註3〕當今社會中，也頻頻出現人變性的事例。不同的是，魏晉南北朝時期醫學不發達，時人附會以陰陽災異，而現在，人們多能夠從醫學、生理學的角度去理解，以科學的態度對待之。如下面一則題爲「**女子生子後變身爲男性離婚後又娶妻做父親**」**的變性人報導：**「劉星，原籍重慶市江北區兩路鎮某村，18歲時嫁到璧山縣八塘鎮某村。婚後，劉星生下一子。生子後，劉星漸漸長出男性生殖器官而變身爲男子，不能和丈夫進行正常的夫妻生活。1990年，劉星與丈夫正式離婚，兒子判給男方。離婚後，劉星離開當地，獨自在外打工，後在璧山縣八塘鎮五龍鄉一家皮鞋作坊裏認識了現在的『妻子』周莉，後兩人產生感情，女方不顧家人的反對執意與劉星在一起。劉星被其深情打動，讓前夫與周莉辦理結婚證，讓自己做新郎，從此與周莉一起生活，2001年，周莉爲劉星生下一男孩，取名爲周龍。」這則事例比干寶所記更爲複雜，足以說明今日所出事情之怪異並不遜於魏晉南北朝時期。

其次，生物變異。在魏晉南北朝時期的志怪書中，這種現象被視爲物怪。如《搜神記》卷六「燕生雀」：「成帝綏和二年三月，天水平襄，有燕生雀，哺食至大，俱飛去。京房《易傳》曰：『賊臣在國，厥咎燕生雀，諸侯銷。』又曰：『生非其類，子不嗣世。』」〔註4〕卷七「兩足虎」：「晉武帝太康六年，南陽獲兩足虎。虎者，陰精而居乎陽，金獸也。南陽，火名也。金精入火而失其形，王室亂之妖也。其七年十一月景辰，四角獸見於河間。天戒若曰：『角，

〔註2〕（晉）干寶撰，汪紹楹校注：《搜神記》，北京，中華書局，1979年版，第71～72頁。

〔註3〕（晉）干寶撰，汪紹楹校注：《搜神記》，北京，中華書局，1979年版，第81頁。

〔註4〕（晉）干寶撰，汪紹楹校注：《搜神記》，北京，中華書局，1979年版，第80頁。

兵象也；四者，四方之象。當有兵革起於四方。』後河間王遂連四方之兵，作爲亂階。」〔註5〕此外，還有「馬生人」、「狗生角」、「兒生兩頭」、「兩頭共身」等等記述。諸如此類的「物怪」之事，有一些今天仍然可以見到，如「兒生兩頭」、「兩頭共身」就極類似今天的連體嬰兒。又如今日之「三眼兩嘴的小豬」的報導：「本報訊 記者謝寶武攝影報導：2 日上午 11 時 30 分，令家住南昌市灣里區招賢鎮霞麥萬家自然村的萬小平驚詫不已，因爲他家母豬生下的一頭小豬竟有兩張嘴巴三隻眼睛。3 日下午，記者趕到萬小平家時，只見他正在給小豬餵糖水。記者看到，小豬長著兩張嘴巴及三隻眼睛，嘴巴跟其它小豬的嘴巴沒有兩樣，只是小豬一直眯著眼睛。記者粗略地估計小豬體重達 1 公斤。據萬小平介紹，當時，他家的一頭母豬生下 11 頭小豬，其中有一頭小豬叫的聲音比其它小豬的聲音都大。後來，他發現一頭長著兩張嘴巴三隻眼睛的小豬被壓在其它小豬下面，可能是餓了才發出那大的叫聲。由於小豬頭重腳輕，所以小豬一直站不起來。現在，他只給小豬餵些糖水及奶水。據瞭解，萬小平家裏養了 10 頭母豬，且他養了 10 多年的豬還是頭一回遇到如此罕見的事情。」再如 2014 年相關報導中的怪異事例：「鳳凰網信息」中「廣東：新生兒長 4 手 4 腳 疑因生母孕期打針吃藥（圖）」、「北京：男子從河中釣出八條腿青蛙（圖）」、「濟寧魚臺母羊降生雙頭羊 喝奶時兩張嘴一起動（圖）」等等。這些事例在廣東電視臺、《法制晚報》、齊魯網等媒體也都有報導。另還有諸如「七條腿的牛蛙」等等，茲不贅述。〔註6〕若把這些新聞記錄、整理成書，便會產生魏晉南北朝志怪書的現代版本。

再次，志怪書中有很多鬼魂故事，這類故事最充分地表現了當時人們的鬼神觀念。如《幽明錄》卷四「亡母顧兒」篇載：「近世有人得一小給使，頻求還家，未遂。後日久，此吏在南窗下眠，此人見門中有一婦人，年五六十，肥大，行步艱難。吏眠失覆，婦人至床邊取被以覆之，回覆出門去。吏轉側衣落，婦人復如初。此人心怪，明問吏以何事求歸。吏云：『母病。』次問狀貌及年，皆如所見，唯云形瘦不同。又問：『母何患？』答云『病腫耳。』而即遣吏假使出，便得家信，云母喪。追計所見之肥，乃是其腫狀也。」〔註7〕此類故事在魏晉南北朝時期志怪書中數不勝數。而這些故事也一直被視

〔註5〕（晉）干寶撰，汪紹楹校注：《搜神記》，北京，中華書局，1979 年版，第 95 頁。
〔註6〕這些事例在各種方式的媒體鏈接上都可輕易查詢到，恕不注明出處。
〔註7〕（南朝・宋）劉義慶撰，鄭晚晴集注：《幽明錄》，北京，文化藝術出版社，1988 年版，第 103 頁。

爲「迷信」。但是，今天的醫學作過數次人的瀕死體驗的實驗，甚至一些醫學人士都認爲：「靈魂轉世」的感覺並非完全是錯誤的。一則相關新聞報導如下：「統計數字顯示大約有 700 萬人表示他們曾有過瀕臨死亡而且體驗到『靈魂轉世』的感覺，一位女士就說她在發生車禍之後曾感到靈魂脫離了肉體，彷彿自己擁有了來生一樣。在新近公佈的一項研究當中，科學家對 344 名荷蘭心臟病患者進行了跟蹤研究，這些患者均經歷過臨床死亡階段但有幸度過了危險期『獲得新生』。臨床死亡指病人已處於昏迷狀態，大腦無法得到足夠的血液供應。研究人員在病人經歷臨床死亡之後一個星期與他們進行了談話，結果顯示，大約 18% 的病人仍然能夠清晰地回憶起當時大腦的活動情況，8% 到 12% 的病人表示看到了隧道盡頭的燈光或者見到了已經過世的親友。」諸多當今的事例表明，魏晉南北朝志怪書中的某些怪異事情是的確真實地發生的，的確爲當時人「耳目所見」之事。

更應該引起注意的是，上述當今的怪異事例筆者皆錄自某些網站或相關報刊、電視臺等媒體的新聞欄目。同樣是怪異之事，古人以實錄之筆記之，我們卻強行將之納入小說體裁，繼而以小說的藝術標準衡量之，將之視爲缺乏小說意識的粗糙的創作，卻視而不見今日的怪異之事仍然以新聞的「實錄」形式和口吻出現於大眾之視聽。因此，推己及人，我們似乎沒有理由也沒有資格用小說的藝術標準對魏晉南北朝時期的志怪書求全責備。而且，憑心而論，同樣是記述怪異之事，今日之相關「新聞報導」，語言粗糙，毫無文采。除了獵奇邀寵的撰寫動機溢於言表之外，既缺乏對生命的尊重，更無對生命存在的深邃之思。與魏晉南北朝志怪書相比，可謂有江湖澗沚之別。

儘管同樣是「新聞報導」式的記述，筆者在分析志怪書寫的過程中，每每發現魏晉南北朝時期的志怪書，並非如一般的研究所認爲的粗糙不堪，而是有一種強勁的生命意識在其中湧動，這種生命意識使得簡單質樸的文字產生一種極爲強大的動人心弦的力量，而這種力量恰恰類似於我們今天所謂的藝術感染力。假如將魏晉南北朝時期的志怪書列入小說體裁的行列，那麼，從這個意義上講，此一時期的志怪書絕對不是以往我們所謂的簡單的「雛形」或者「萌芽」，相反，我們今天的自詡成熟的小說創作，恰恰缺乏這樣一種源自內在的深刻的藝術魅力。如果只是從外在的創作技巧上衡量小說的所謂成熟與否，我們也許會失去小說寶庫中最爲珍貴的財富。馬克思在《〈政治經濟學批判〉導言》中說過：「關於藝術，大家知道，它的一定的繁盛時期決不是

同社會的一般發展成比例的，因而也決不是同彷彿是社會組織的骨骼的物質基礎的一般發展成比例的。例如，拿希臘人或莎士比亞同現代人相比。就某些藝術形式，例如史詩來說，甚至誰都承認：當藝術生產一旦作爲藝術生產出現，它們就再不能以那種在世界史上劃時代的、古典的形式創造出來；因此，在藝術本身的領域內，某些有重大意義的藝術形式只有在藝術發展的不發達階段上才是可能的。」〔註8〕馬克思的這段話同樣適用於魏晉南北朝時期的志怪書，此一時期的志怪書，有它所由產生的獨特的歷史機緣，而這一獨特的歷史機緣賦予它獨特的藝術魅力。這種歷史機緣的重要性，也印證了對魏晉南北朝時期志怪書進行文化研究的必要性。

　　李春青先生在《文化詩學視野中的古代文論研究》一文中指出：「在某種意義上說，人文社會科學的研究不是要一勞永逸地揭示什麼終極眞理或結論，而是要提供給自己的時代意義。作爲闡釋對象的文本中隱含著這種意義的潛質，新的研究視點使其生成爲現實的意義。人類的文化精神就是在這樣連續不斷的闡釋過程中得以無限的豐富化的。」〔註9〕本書對魏晉南北朝時期志怪書的探討，即以此爲出發點，嘗試運用「文化詩學」的方法，在原來研究成果的基礎上，對魏晉南北朝時期的志怪書做一種新的理解和闡釋，也希望能即此對此一領域的研究做一點有益的工作。

〔註8〕馬克思：《〈政治經濟學批判〉導言》，《馬克思恩格斯選集》第 2 卷，北京，
　　　　人民出版社，1972 年版，第 112～114 頁。
〔註9〕李春青：《文化詩學視野中的古代文論研究》，《文學評論》，2001 年第 6 期。

結　語

　　魏晉南北朝時期的志怪書，一直被視為小說之雛形。既為雛形，自然有
其粗糙、不成熟之處，再加之傳統儒家「不語怪、力、亂、神」的思想觀念，
歷代許多史學、文學及目錄學的大家均對之持否定態度。如劉知幾《史通》
卷五《內篇·採撰第十五》曰：「晉世雜書，諒非一族，若《語林》、《世說》、
《幽明錄》、《搜神記》之徒，其所載或恢諧小辯，或神鬼怪物。其事非聖，
揚雄所不觀；其言亂神，宜尼所不語。唐朝新撰晉史，多採以為書。夫以干、
鄧之所糞除，王、虞之所糠秕，持為逸史，用補前傳，此何異魏朝之撰《皇
覽》，梁世之修《徧略》，務多為美，聚博為功，雖取悅小人，終見嗤於君子
矣。」〔註1〕所以，在小說領域，魏晉南北朝志怪書一直是被忽視的角落，甚
至因其所謂「粗糙」的技巧被作為小說藝術之「反面教材」而被「千夫所指」。
這種現象的出現，首先是由於我們今日現代的小說觀念的習慣意識和評判標
準使然，其次則是古不如今的潛意識觀念在作祟。這些因素使得我們在面對
魏晉南北朝時期的志怪故事及志怪書時，總是很自然地帶著一種現代人的優
越感和居高臨下的心態，這種優越感和心態成為我們理解魏晉南北朝時期的
志怪書的「前理解」或者「成見」，阻礙著我們對此時期志怪書進行應有的客
觀公正的認識和闡釋。

　　本書嘗試運用「文化詩學」的方法，將魏晉南北朝時期的志怪書盡可能
最大限度地還原到當時的文化語境，結合其時人們真實的生存狀態及文化心
理，盡量弄清楚在魏晉南北朝時期的社會現實及其文化環境下，時人的生活

〔註 1〕　（唐）劉知幾撰，（清）浦起龍通釋，王煦華整理：《史通通釋》，上海，上海
　　　　古籍出版社，2009 年版，第 108 頁。

水平、風俗習慣、內心情感、價值觀念以及表達方式等等，由此對魏晉南北朝時期的志怪書做一「文化詩學」的考察。「文化詩學」的方法不同於簡單的文化背景的分析，而是建立文化有機體的「大文本」的視域，即注重將特定時代的社會政治、經濟以及包括哲學、歷史、文學、藝術、學術、宗教、民風民俗等在內的思想文化視為一個有機整體，挖掘此一整體的生成模式以及發展機制，由此探討作為此一整體組成部分的文學的生成、特徵以及其與其他部分的動態關係，在此動態關係中探討文學的發展演變過程以及此過程中文學的不同表現形態。運用「文化詩學」的方法研究魏晉南北朝志怪書，可以幫助我們對其時的志怪書做「同情之瞭解」，更深刻而準確地掌握此時期志怪書的生成機制、思維模式、表達模式，弄清楚此時期志怪書何以產生的根本原因及其發展過程中的影響因子，從而明白其蘊含的最終訴求。運用「文化詩學」的方法，既關注此時期志怪書文化內涵的挖掘，又關注其文學方面的特徵，既體現歷史文化情懷，又不忘審美角度的分析。總之，希望此課題對「文化詩學」方法的嘗試，能避免因為不同時代文化、觀念的差距而導致的「郢書燕說」，弄清楚魏晉南北朝志怪書的「本來面目」，然後，再結合今天的實際，加以揚棄。

在魏晉南北朝時期，「小說」並不是指我們今天作為文學體裁之一種的小說，而是在《莊子‧外物》中「飾小說以干縣令，其於大達亦遠矣」的用法基礎上形成的一種「小說」觀念，指處於邊緣的、非官方意識形態的、非主流的某種見解、理論或者學說，或被稱為「小道」、「小言」、「小家珍說」、「殘叢小語」等。魏晉南北朝時期「小說」之所以空前大行，主要是因為當時儒家思想依附的政治權力中心的失勢，直接導致其在歷史文化中的權威性極大地降低，文人士子內心執守的儒家的文化傳統體系近乎崩潰。文化中心的消失給處於邊緣的近乎沉默的「小說」提供了「言說」的機會，從而使得此時期本來屬於民間的、具有邊緣「小說」性質的「志怪故事」得以進入文人士子的視野，並成為文人士子熱衷談論、記錄的對象，繼而成為文人士子表達自己思想情感的流行載體，在子書、史傳、地理類書中也大量出現志怪內容，形成其時書寫中普遍的「小說化」傾向，使「小說」由邊緣言論演變為一種具有邊緣性質卻大行其道的書寫筆法，呈現出一種狂歡意味。

「志怪」一詞亦最早出現於《莊子》。《莊子》中之「志怪」首先呈現為對怪異的事物或現象的記述。比如姑射山之神人、五百歲為春的冥靈、八千歲為

春的大椿、其息以踵的「眞人」、骷髏顯夢於莊子並與莊子辯論、水污之中的
鬼──「履」、竈中的鬼──「髻」等等。其次，在《莊子》中，志怪由記述
諸多怪異事物昇華爲一種思維模式和言說方式貫穿於整部《莊子》。正如《莊
子・天下篇》所言：「以謬悠之說，荒唐之言，無端崖之辭，時恣縱而不儻，
不以觭見之也。以天下爲沈濁，不可與莊語，以卮言爲曼衍，以重言爲眞，以
寓言爲廣。」〔註2〕以志怪的方式表達反主流的思想，成爲《莊子》一書的最
大特色。此外，「志怪」的筆法雖然被《莊子》演繹成具有莊學或道家特色的
表達方式，但並非僅僅爲《莊子》獨有。志怪有其悠久的文化淵源，即原始文
化中以互滲律爲原則的原始思維。除了《莊子》之「志怪」和民間鬼神信仰中
有明顯的原始思維的印迹，在儒家文化中也極容易看到原始思維的影子，因
此，儒家文化及其典籍也難免出現志怪的內容，難免呈現出原始思維的思維特
點。所以，無論言其怪異內容還是作爲思維模式、書寫筆法，志怪是中國文化
有機整體之「大文本」的總體特點。因此，之後的魏晉南北朝知識分子，無論
其思想傾向儒學還是傾向玄學，對志怪的接受都毫無阻礙。可以說，儒、道共
同的原始思維的淵源，是魏晉南北朝志怪書盛行的重要原因。文化的發展有因
亦有革，魏晉南北朝時期的文人士子在開創玄學之哲學的新境界時，不但在心
底保留著儒家修齊治平的情懷，又汲取了《莊子》的「逍遙遊」的無待的理想
生存方式，更繼承了其中的「志怪精神」，最重要的是，他們將這種精神貫穿
到自己在實踐層面的生活、言行中，用極具個性的任誕舉止書寫著那個時代反
常規、反傳統的文化景觀。此一貫穿於學術、思想、書寫表達以及生活的「志
怪」精神，與當時民間極爲繁盛的鬼神信仰和志怪故事的流傳「靈犀相通」，
一拍即合，遂激發文人士子撰寫志怪書的熱情。「志怪」作爲「小說」筆法之
一種，在魏晉南北朝時期，成爲那個時代知識分子表達精神訴求的重要方式。
同時，魏晉南北朝時期儒家主流文化和官方意識形態影響力的削弱與「志怪」、
「小說」的書寫筆法和言說方式的流行，使得其時的文化舞臺凸顯出一種鮮明
的「狂歡」意味，也正是在這種充滿平等、自由精神的「文化狂歡」中，此時
期知識分子有了「自我」的覺醒，從而促成「人的自覺」和「文的自覺」。

　　和「志怪」熱潮同時成爲其時文化景觀亮點的是玄學。既然同爲一個時
期的文化亮點，有相同的歷史文化背景，又同時處於興盛階段，玄學和志怪

─────────────

〔註2〕　（清）郭慶藩撰，王孝魚點校：《莊子集釋》，北京，中華書局，1961 年版，
　　　　第 1098〜1099 頁。

必有深層的關聯。玄學雖然產生於魏晉時期，帶有鮮明的時代特色，但是，並不是無源之水，而是在之前儒、道思想的基礎上融通二者的結晶。牟宗三先生將玄學視爲中華文化生命之「歧出」，即中國的文化發展始終以儒家爲正宗，玄學雖然援道入儒，充分發揚道家玄理，但亦沒有脱離儒家正宗之內在邏輯和思想內涵，玄學的本質不過是是中國文化生命之「暫時離其自己」，「離其自己正所以充實其自己」。〔註 3〕同時，既以儒家思想爲中國文化生命之正宗，玄學因爲援引道家的學説雜入其中，並因之形成自己的學術特色，所以其理論探索大致亦屬於非中心的狀態，與民間志怪故事的「小説」特性有著文化地位上的相似性。另外，玄學理論的「貴無」論、「獨化説」以及「言意之辨」的方法，與志怪故事中隱含的觀念也有相通之處，比如按照鬼神實有的觀念，志怪故事中的各種鬼神仙怪，與「貴無」中之「無」，同爲「非眞實之存在」，可是又「眞實」地存在於頭腦之中，一種表現爲鬼神之形象，一種表現爲抽象之本體。「獨化論」的「物之自造」、「我自然矣」等觀點則無形中爲鬼神實有及神鬼仙怪存在之合理性提供了理論上的支持。在此內在的看似偶然卻是必然的聯繫的基礎上，文人士子在接受玄學的理論觀點的同時，以玄學的思想背景撰寫志怪書，實際上是在無意識之中爲玄學理論尋找事實論據，以志怪故事作爲了玄學理論的實證對象，由此，志怪書的撰寫在當時的文人而言，遠遠不止是所謂的文學或者小説的創作，同時還是理論探索或者哲學研究的一個部分。本書還把志怪書的文本書寫作爲一種「神道敘事」，把玄學則作爲一種「哲學敘事」，從巫文化的淵源上探討了玄學與志怪的有機的內在關聯。但是，最終決定了玄學與志怪之間這種「親密無間」的關係的，除了中華文化整體的巫文化的根源，魏晉南北朝時期的「亂世」的社會環境和人們的生存困境同樣是至關重要的，也是更直接的因素。這種生存困境才是玄學和志怪故事以及志怪書產生的最終根源，這個根源決定了無論玄學還是志怪書寫，均歸於時人對生命的終極關懷，對生命存在的深切反思，對個體生命的執著堅守。

志怪書中有一部分屬於佛教類志怪書，或只是於書中摻雜少量地獄、因果報應、輪迴轉世等內容的佛教故事，或絕大部分故事內容都涉及佛教從而具有鮮明的宣佛目的。這些志怪書受佛教的影響甚深。佛教於漢明帝永平之

〔註 3〕牟宗三：《才性與玄理》，桂林，廣西師範大學出版社，2006 年版，「原版自序之二」，第 1 頁。

前傳入中國，真正在中土產生影響以至興盛則始於東漢末年。至魏晉南北朝，因為當時的亂世環境、鬼神信仰以及南朝玄佛合流等因素，佛教終於在中土文化中紮根並開始形成本土化的南統佛教。佛教的輪迴轉世、因果報應以及地獄類故事恰好契合中土的鬼神信仰，其時文人士子熱衷志怪，又與佛徒交往甚密，在清談中講述、傳播佛教志怪故事就成為一時之風習，甚至有撰者為了宣傳佛教自己編創一些新的佛教故事。文人士子和佛徒將聽到的和自己編創的志怪故事記錄、整理，遂有佛教志怪書應運而生。值得注意的是，南朝知識分子的尚智好學之風，使得佛教志怪撰者多具有相當高的儒學、玄學的知識修養，而他們接受佛教和研究佛學時，也始終以自己固有的本土思想為接受背景。所以，他們對佛教的信仰或對佛學的研究，始終帶著本土思想文化的底色，也因此，在記錄、整理、撰寫佛教志怪書時，會有意無意中表現出本土文化為體、佛教文化為末的意識，比如謝敷《觀世音應驗記》與顏之推《冤魂志》的撰寫。此外，這種佛教志怪書撰寫中特有的本末意識，與玄學「崇本息末」的思維方式也不無關係。

既然魏晉南北朝的文化呈現出一種狂歡意味，那麼，從文化之大、小傳統交匯的角度，考察其時志怪書的興盛，當會有另一番收穫。志怪故事與鬼神信仰作為小傳統的民間文化，進入代表文化大傳統的精英階層的視野，甚至成為其熱衷的談說內容和表達方式，這本身就是狂歡的典型場景。民間志怪故事在進入精英文化圈後，不再是簡單的、盲目而功利的信仰，而是被文人士子吸收、昇華為一種極具衝擊力的言行方式和表達模式，昇華為一種語言遊戲，在這種遊戲中，文人盡情地表達著自己的精神訴求，書寫著內心的生存困擾。志怪書中同時徵引方言、謠諺以及作為主流體裁的詩歌；志怪書中志怪故事的重複講述、記錄和魏晉南北朝時期同題共作賦的大量出現；賦作的俗化傾向；「遊仙體」詩文創作熱潮以及陶淵明《桃花源記並詩》的傳統詩歌創作與志怪筆法的結合等等，都是文人士子吸收民間的思維及表達方式，融入自己的文化傳統，將「志怪」作為「小說」筆法和語言遊戲的體現，也是鄉民文化小傳統和精英文化大傳統的深度互動、交融的體現。精英階層吸收民間智慧，最終目的仍然是「以它山之石攻玉」，試圖學習民間文化中隱含的社會規則，改變混亂失序的社會狀態和瀕死的生存困境，重建新的、建康的社會秩序，既實現自己的政治理想，也為自己的靈魂尋找到終極歸宿，在這一點上，又與玄學之「歧出」相通。

　　總之，魏晉南北朝志怪書的一度鼎盛，是中國文學史更是中國文化史上的一抹亮色，是一個時代文學、文化的標誌，更是一代知識分子內心情感、思想境界、學識修養、價值觀念等的真實呈現，表達了他們心靈深處的困惑、迷惘，也體現了他們的智慧和趣味。志怪書中各種各樣的志怪故事，是歷史留給我們的意味深長的「文化大餐」，今天的我們，應該從中吸收哪些營養，摒棄哪些元素，都是值得深思的。

參考文獻

一、專著

（一）志怪書

1. （魏）曹丕：《列異傳》（鄭學弢校注），北京，文化藝術出版社，1988年版。

2. （晉）張華：《博物志》（祝鴻傑譯注），貴陽，貴州人民出版社，1992年版。

3. （晉）張華撰，范甯校證：《博物志校證》，北京，中華書局，1980年版。

4. （晉）王浮：《神異記》（《古小說鈎沈》輯本），濟南，齊魯書社，1997年版。

5. （晉）郭璞：《玄中記》（《古小說鈎沈》輯本），濟南，齊魯書社，1997年版。

6. （晉）王嘉：《拾遺記》（孟慶祥等譯注），哈爾濱，黑龍江人民出版社，1989年版。

7. （晉）干寶：《搜神記》（汪紹楹校注），北京，中華書局，1979年版。

8. （晉）曹毗：《志怪》（《古小說鈎沈》輯本），濟南，齊魯書社，1997年版。

9. （晉）祖臺之：《志怪》（鄭學弢校注），北京，文化藝術出版社，1988年版。

10. （晉）戴祚：《甄異傳》（鄭學弢校注），北京，文化藝術出版社，1988年版。

11. （晉）荀氏：《靈鬼志》（鄭學弢校注），北京，文化藝術出版社，1988年版。

12. （晉）陶淵明：《搜神後記》（汪紹楹校注），北京，中華書局，1981 年版。

13. （晉）孔約：《孔氏志怪》（《古小説鈎沈》輯本），濟南，齊魯書社，1997年版。

14. （晉）葛洪：《神仙傳》（《列仙傳神仙傳注譯》本），天津，百花文藝出版社，1996 年版。

15. （晉）謝敷：《光世音應驗記》（《〈觀世音應驗記三種〉譯注》本），南京，江蘇古籍出版社，2002 年版。

16. （晉）陸雲：《異林》（《古小説鈎沈》輯本），濟南，齊魯書社，1997 年版。

17. （晉）無名氏：《錄異傳》（《古小説鈎沈》輯本），濟南，齊魯書社，1997年版。

18. （晉）王浮：《神異記》（《古小説鈎沈》輯本），濟南，齊魯書社，1997年版。

19. （南朝・宋）劉敬叔：《異苑》（范甯校點），北京，中華書局，1996 年版。

20. （南朝・宋）東陽無疑：《齊諧記》（《古小説鈎沈》輯本），濟南，齊魯書社，1997 年版。

21. （南朝・宋）郭季産：《集異記》（《古小説鈎沈》輯本），濟南，齊魯書社，1997 年版。

22. （南朝・宋）傅亮：《光世音應驗記》（《〈觀世音應驗記三種〉譯注》本），南京，江蘇古籍出版社，2002 年版。

23. （南朝・宋）張演：《續光世音應驗記》（《〈觀世音應驗記三種〉譯注》本），南京，江蘇古籍出版社，2002 年版。

24. （南朝・宋）劉義慶：《宣驗記》（《古小説鈎沈》輯本），濟南，齊魯書社，1997 年版。

25. （南朝・宋）劉義慶：《幽明錄》（鄭晚晴輯注），北京，文化藝術出版社，1988 年版。

26. （南朝・宋）謝氏：《鬼神列傳》（《古小説鈎沈》輯本），濟南，齊魯書社，1997 年版。

27. （南朝・宋）殖氏：《志怪記》（《古小説鈎沈》輯本），濟南，齊魯書社，1997 年版。

28. （南朝・宋）袁王壽：《古異傳》（《古小説鈎沈》輯本），濟南，齊魯書社，1997 年版。

29. （南朝・齊）祖沖之：《述異記》（鄭學弢校注），北京，文化藝術出版社，1988 年版。

30. （南朝・齊）陸杲：《係觀世音應驗記》（《〈觀世音應驗記三種〉譯注》本），南京，江蘇古籍出版社，2002 年版。

31. （南朝・梁）任昉：《述異記》（馬俊良編纂《漢魏小說採珍》本），上海，上海中央書店，民國二十六年版。

32. （南朝・梁）任昉撰：《述異記》，《叢書集成初編》第 2704 冊，北京，中華書局，1991 年版。

33. （南朝・梁）殷芸：《殷芸小說》（周楞伽輯注），上海，上海古籍出版社，1984 年版。

34. （南朝・梁）吳均：《續齊諧記》，臺北，臺灣商務印書館，1983 年版。

35. （南朝・梁）劉之遴：《神錄》（《古小說鉤沈》輯本），濟南，齊魯書社，1997 年版。

36. （南朝・梁）蕭繹：《金樓子・志怪篇》（〈清〉謝章鋌校），臺北，世界書局，1975 年版。

37. （南朝・梁）陶宏景：《周氏冥通記》，北京，商務印書館，1936 年版。

38. （南朝・梁）王琰：《冥祥記》（《古小說鉤沈》輯本），濟南，齊魯書社，1997 年版。

39. （北齊）顏之推：《還冤志》（《冤魂志》），臺北，臺灣商務印書館，1983 年版。

40. （北齊）顏之推撰，羅國威校注：《冤魂志校注》，成都，巴蜀書社，2001 年版。

41. （北齊）顏之推：《集靈記》，（《古小說鉤沈》輯本），濟南，齊魯書社，1997 年版。

42. （南朝）無名氏：《續異記》（《古小說鉤沈》輯本），濟南，齊魯書社，1997 年版。

43. 袁珂：《山海經校注》，成都，巴蜀書社，1993 年版。

44. 袁珂：《山海經校注》，上海，上海古籍出版社，1980 年版。

45. （魏）曹丕等著，鄭學弢校注：《〈列異傳〉等五種》，北京，文化藝術出版社，1988 年版。

46. 滕修展等編著：《列仙傳神仙傳注譯》，天津，百花文藝出版社，1996 年版。

47. 董志翹：《〈觀世音應驗記三種〉譯注》，南京，江蘇古籍出版社，2002 年版。

48. 魯迅：《古小說鉤沈》，濟南，齊魯書社，1997 年版。

49. 李劍國：《唐前志怪小説輯釋》，上海，上海古籍出版社，1986 年版。

（二）史書類

1. 《國語》，上海，上海古籍出版社，1978 年版。

2. 鄒國義等撰：《國語譯注》，上海，上海古籍出版社，1994 年版。

3. 徐元誥撰，王樹民、沈長雲點校：《國語集解》，北京，中華書局，2002 年版。

4. （漢）司馬遷：《史記》，北京，中華書局，1982 年版。

5. （漢）班固撰：《漢書》，北京，中華書局，1962 年版。

6. （南朝・宋）范曄撰，（唐）李賢等注：《後漢書》，北京，中華書局，1965 年版。

7. （晉）陳壽撰，（南朝・宋）裴松之注：《三國志》，北京，中華書局，1982 年版。

8. （唐）房玄齡等撰：《晉書》，北京，中華書局，1974 年版。

9. （南朝・梁）沈約撰：《宋書》，北京，中華書局，1974 年版。

10. （南朝・梁）蕭子顯：《南齊書》，北京，中華書局，1972 年版。

11. （唐）姚思廉：《梁書》，北京，中華書局，1973 年版。

12. （唐）姚思廉：《陳書》，北京，中華書局，1972 年版。

13. （唐）李延壽：《南史》，北京，中華書局，1975 年版。

14. （唐）李百藥：《北齊書》，北京，中華書局，1972 年版。

15. （唐）令狐德棻等撰：《周書》，北京，中華書局，1971 年版。

16. （北齊）魏收：《魏書》，北京，中華書局，1974 年版。

17. （唐）李延壽：《北史》，北京，中華書局，1974 年版。

18. （唐）魏徵等撰：《隋書》，北京，中華書局，1973 年版。

19. （後晉）劉昫等撰：《舊唐書》，北京，中華書局，1975 年版。

20. （宋）歐陽詢、宋祁等：《新唐書》，北京，中華書局，1975 年版。

21. （宋）司馬光編著，（元）胡三省音注：《資治通鑒》，北京，中華書局，1956 年版。

22. （唐）劉知幾撰，趙呂甫校注：《史通新校注》，重慶，重慶出版社，1990 年版。

23. （唐）劉知幾著，（清）浦起龍通釋，王煦華整理：《史通通釋》，上海，上海古籍出版社，2009 年版。

24. （唐）劉知幾撰，（清）浦起龍釋：《史通通釋》，上海，上海古籍出版社，1978 年版。

25. （唐）李肇：《唐國史補》，上海，上海古籍出版社，1979 年版。

26. （唐）高彥休：《唐闕史》，陳尚君、楊國安整理，車吉心總主編：《中華野史・唐朝卷》，北京，中國戲劇出版社，2002 年版。

27. 二十五史刊行委員會編：《二十五史補編》，上海，開明書店，1936 年版。

28. 梁啟超：《先秦政治思想史》，北京，東方出版社，1996 年版。

29. 蕭公權：《中國政治思想史》，瀋陽，遼寧教育出版社，1998 年版。

30. 錢穆：《國史大綱》，北京，商務印書館，1996 年版。

31. 范文瀾：《中國通史簡編》，北京，人民出版社，1965 年版。

32. 呂思勉：《呂著中國通史》，上海，華東師範大學出版社，1992 年版。

33. 白壽彝總主編：《中國通史》，上海，上海人民出版社，2004 年版。

（三）佛教類

1. （南朝・梁）僧祐：《弘明集》，北京，中華書局，2013 年版。

2. （南朝・梁）釋慧皎撰，湯用彤校注，湯一玄整理：《高僧傳》，北京，中華書局，1992 年版。

3. 《續高僧傳》（電子書），大正新修大正藏經 Vol. 50, No. 2060，蕭鎮國大德提供，北美某大德提供，中華電子佛典協會（http://www.cbeta.org）發行，發行日期：2007/3/7。

4. （南朝・梁）釋僧祐撰，蘇晉仁、蕭鍊子點校：《出三藏記集》，北京，中華書局，1995 年版。

5. （唐）釋道世著，周淑迦、蘇晉仁校注：《法苑珠林》，北京，中華書局，2003 年版。

6. 《大智度論》（卷五），金陵刻經處，1991 年版。

7. 梁啟超：《中國佛學史稿》，北京，中國人民大學出版社，2012 年版。

8. 湯用彤：《漢魏兩晉南北朝佛教史》，北京，北京大學出版社，2011 年版。

9. 任繼愈主編：《中國佛教史》（第一卷），北京，中國社會科學出版社，1985 年版。

10. 杜繼文主編：《佛教史》，南京，江蘇人民出版社，2006 年版。

（四）其他相關著作

1. （魏）王弼注，（唐）孔穎達疏：《周易正義》，北京，北京大學出版社，1999 年版。

2. （漢）鄭玄注，（唐）孔穎達疏：《禮記正義》，北京，北京大學出版社，1999 年版。

3. 高明注譯：《大戴禮記今注今譯》，臺北，臺灣商務印書館，民國六十六年版。

4. 陳成國撰：《禮記校注》，長沙，嶽麓書社，2004 年版。

5. （清）孫詒讓：《周禮正義》（王文錦、陳玉霞點校），北京，中華書局，1987 年版。

6. 楊天宇：《周禮譯注》，上海，上海古籍出版社，2004 年版。

7. （漢）鄭玄注，（唐）賈公彥疏：《周禮注疏》，北京，北京大學出版社，1999 年版。

8. （漢）鄭玄注，（唐）賈公彥疏：《儀禮注疏》，北京，北京大學出版社，1999 年版。

9. （漢）孔安國傳，（唐）孔穎達正義：《尚書正義》：上海，上海古籍出版社，2007 年版。

10. 陳成國：《尚書校注》，長沙，嶽麓書社，2004 年版。

11. （周）左丘明傳，（晉）杜預注，（唐）孔穎達正義：《春秋左傳正義》，北京，北京大學出版社，1999 年版。

12. （晉）范甯集解，（唐）楊士勳疏：《春秋穀梁傳注疏》，上海，上海古籍出版社，1990 年版。

13. （漢）公羊壽傳，（漢）何休解詁，（唐）徐彥疏：《春秋公羊傳注疏》，北京，北京大學出版社，1999 年版。

14. （清）劉寶楠：《論語正義》，石家莊，河北人民出版社，1986 年版。

15. 程樹德撰，程俊英、蔣見元點校：《論語集釋》，北京，中華書局，1990 年版。

16. 楊伯峻：《論語譯注》，北京，中華書局，1980 年版。

17. （宋）朱熹：《四書章句集注》，北京，中華書局，1983 年版。

18. 高亨：《老子注譯》，鄭州，河南人民出版社，1980 年版。

19. 陳鼓應著：《老子注譯及評介》，北京，中華書局，1984 年版。

20. （清）郭慶藩撰，王孝魚點校：《莊子集釋》，北京，中華書局，1961 年版。

21. （清）王先謙撰：《莊子集解》，北京，中華書局，1987 年版。

22. 劉武撰：《莊子集解內篇補正》，北京，中華書局，1987 年版。

23. （清）王先謙撰，沈嘯寰、王星賢點校：《荀子集解》，北京，中華書局，1988 年版。

24. 黎翔鳳撰，梁運華整理：《管子校注》，北京，中華書局，2004 年版。

25. 李守奎、李軼譯注：《尸子譯注》，哈爾濱，黑龍江人民出版社，2003 年版。

26. （漢）毛亨傳，鄭玄箋，（唐）孔穎達疏：《毛詩正義》，北京，北京大學出版社，1999 年版。

27. 周振甫譯注：《詩經選譯》，北京，中華書局，2005 年版。

28. （清）方玉潤撰，李先耕點校：《詩經原始》，北京，中華書局，1986 年版。

29. （宋）洪興祖撰，白化文等點校：《楚辭補注》，北京，中華書局，1983 年版。

30. 湯炳正等注：《楚辭今注》，上海，上海古籍出版社，1995 年版。

31. （漢）徐幹著，徐湘霖校注：《中論校注》，成都，巴蜀書社，2000 年版。

32. 陳奇猷校釋：《呂氏春秋校釋》，上海，學林出版社，1984 年版。

33. （清）王先慎撰，鍾哲點校：《韓非子集解》，北京，中華書局，1961 年版。

34. 何寧撰：《淮南子集釋》，北京，中華書局，1998 年版。

35. 汪榮寶撰，陳仲夫點校：《法言義疏》，北京，中華書局，1987 年版。

36. （漢）揚雄撰，（宋）司馬光集注，劉韶軍點校：《太玄集注》，北京，中華書局，1998 年版。

37. （漢）揚雄撰，（晉）李軌注：《法言》，臺北，世界書局，1972 年版。

38. （漢）班固著，（唐）顏師古注：《漢書·藝文志》，上海，商務印書館，1955 年版。

39. （漢）王充：《論衡》，上海，上海人民出版社，1974 年版。

40. 黃暉撰：《論衡校釋》，北京，中華書局，1990 年版。

41. （漢）應劭撰，王利器校注：《風俗通義校注》，北京，中華書局，1981 年版。

42. （漢）蔡邕：《獨斷》，上海，上海古籍出版社，1990 年版。

43. （三國·魏）王弼著，樓宇烈校釋：《王弼集校釋》，北京：中華書局，1980 年版。

44. 王明撰：《抱朴子内篇校釋》，北京，中華書局，1985 年版。

45. 楊明照撰：《抱朴子外篇校箋》，北京，中華書局，1991 年版。

46. （宋）朱熹撰，朱傑人等主編：《朱子全書》，上海古籍出版社、安徽教育出版社，2002 年版。

47. （南朝·梁）蕭繹撰，（清）謝章鋌校：《金樓子》，臺北，世界書局，1975 年版。

48. （北齊）顏之推撰，王利器集解：《顏氏家訓集解》，上海，上海古籍出版社，1980 年版。

49. 蔣力生等校注：《雲笈七籤》，北京，華夏出版社，1996 年版。

50. 任繼愈主編：《道藏提要》，北京，中國社會科學出版社，1991 年版。

51. 《道藏》·北京：文物出版社、上海：上海書店、天津：天津古籍出版社，1988 年版。

52. 《藏外道書》（第 10 冊），成都，巴蜀書社，1992 年版。

53. 王明編：《太平經合校》，北京，中華書局，1960 年版。

54. 王家葵：《登真隱訣輯校》，北京，中華書局，2011 年版。

55. （漢）許慎撰，（清）段玉裁注：《説文解字》，上海，上海古籍出版社，1981 年版。

56. （南唐）徐鍇撰：《説文解字繫傳》，北京，中華書局，1987 年版。

57. 馬茂元：《古詩十九首初探》，西安，陝西人民出版社，1981 年版。

58. （南朝·梁）蕭統編，（唐）李善注：《文選》，北京，中華書局，1977 年版。

59. （魏）曹操：《曹操集》，北京，中華書局，1959 年版。

60. （魏）阮籍著，李志鈞等校點：《阮籍集》，上海，上海古籍出版社，1978 年版。

61. 陳伯君校注：《阮籍集校注》，北京，中華書局，1987 年版。

62. 殷翔、郭全芝注：《嵇康集注》，合肥，黃山書社，1986 年版。

63. 韓格平注譯：《竹林七賢詩文全集譯注》，長春，吉林文史出版社，1997 年版。

64. （南朝·宋）劉義慶撰，余嘉錫箋疏：《世説新語箋疏》，北京，中華書局，1983 年版。

65. 徐震堮：《世説新語校箋》，北京，中華書局，1984 年版。

66. 袁行霈撰：《陶淵明集箋注》，北京，中華書局，2003 年版。

67. 逯欽立校注：《陶淵明集》，北京，中華書局，1979 年版。

68. （唐）白居易著，顧學頡校點：《白居易集》，北京，中華書局，1979 年版。

69. （唐）韓愈撰，馬其昶校注，馬茂元整理：《韓昌黎文集校注》，上海，上海古籍出版社，1986 年版。

70. （唐）柳宗元：《柳宗元集》，北京，中華書局，1979 年版。

71. （清）王文誥輯注，孔凡禮點校：《蘇軾詩集》，北京，中華書局，1982 年版。

72. （明）張溥著，殷孟倫注：《漢魏六朝百三家集題辭注》，北京，人民文

學出版社，1960 年版。

73. （清）嚴可均輯：《全上古三代秦漢三國六朝文》，北京，中華書局，1958 年版。

74. 逯欽立輯校：《先秦漢魏晉南北朝詩》，北京，中華書局，1988 年版。

75. 周紹良等主編：《全唐文新編》長春，吉林文史出版社，2000 年版。

76. （唐）皎然著，李壯鷹校注：《詩式校注》，北京，人民文學出版社，2003 年版。

77. 范文瀾注：《文心雕龍注》，北京，人民文學出版社，1958 年版。

78. （南朝·梁）劉勰著，詹鍈義證：《文心雕龍義證》，上海，上海古籍出版社，1989 年版。

79. 張懷瑾：《鍾嶸詩品評注》，天津，天津古籍出版社，1997 年版。

80. （北魏）酈道元：《水經注》，長春，時代文藝出版社，2001 年版。

81. （南朝·梁）宗懔撰，宋金龍校注：《荊楚歲時記》，太原，山西人民出版社，1987 年版。

82. （宋）王欽若等編：《冊府元龜》，北京，中華書局，1989 年版（影印本）。

83. （宋）李昉等撰：《太平御覽》，北京，中華書局影印，1960 年版。

84. （宋）樂史撰，王文楚等點校：《太平寰宇記》，北京，中華書局，2007 年版。

85. （唐）許嵩撰，張忱石點校：《建康實錄》，北京，中華書局，1986 年版。

86. （唐）張彥遠輯，洪丕謨點校：《法書要錄》，上海，上海書畫出版社，1986 年版。

87. （唐）段成式：《酉言雜俎》，臺北，源流出版社，1981 年版。

88. （唐）張彥遠著，俞劍華注釋：《歷代名畫記》，上海，上海人民美術出版社，1964 年版。

89. （宋）程俱撰，張富祥校證：《麟臺故事校證》，北京，中華書局，2000 年版。

90. 《四庫全書總目》，北京，中華書局，1965 年版。

91. 吳迪主編：《欽定四庫全書儒學薈要》，北京，世界圖書出版公司，2006 年版。

92. 《四庫全書薈要》（摛藻堂影印版），臺北，世界書局。

93. （唐）杜佑撰，王文錦等點校：《通典》，北京，中華書局，1988 年版。

94. （唐）歐陽詢撰，汪紹楹校：《藝文類聚》，上海，上海古籍出版社，1982 年版。

95. （日）源順輯：《倭名類聚抄》，日本早稻田大學圖書館藏，那波道圓校

訂二十卷刻本。

96. 《三希堂法帖》，北京，北京日報出版社，1984 年版。

97. （明）謝肇淛：《五雜組》，上海，上海書店出版社，2001 年版。

98. （唐）徐堅等著：《初學記》，北京，中華書局，1962 年版。

99. （唐）虞世南撰，（清）孔廣陶校注：《北堂書鈔》，北京，中國書店，1989 年版。

100. （宋）陳振孫：《直齋書錄解題》，濟南，山東畫報社，2004 年版。

101. （明）胡應麟：《少室山房筆叢》，上海，上海書店出版社，2001 年版。

102. （明）楊慎：《升菴集》，文淵閣四庫全書第 1270 冊，臺北，臺灣商務印書館，1986 年版。

103. （明）李贄：《李贄文集》，北京，社會科學文獻出版社，2000 年版。

104. （明）馮夢龍編著，顧學頡校注：《醒世恒言》，北京，人民文學出版社，1956 年版。

105. （明）金聖歎著，張國光校點：《才子杜詩解》，鄭州，中州古籍出版社，1986 年版。

106. 陳德芳校點：《金聖歎評唐詩全編》，成都，四川文藝出版社，1999 年版。

107. （清）蒲松齡著，任篤行輯校：《聊齋誌異》（全校會注集評本），濟南，齊魯書社，2000 年版。

108. （清）呂熊著，楊鍾賢校點：《女仙外史》，天津，百花文藝出版社，1985 年版。

109. （清）陳祚明：《采菽堂古詩選》，日本早稻田大學圖書館藏本。

110. （清）劉熙載撰：《藝概》，上海，上海古籍出版社，1978 年版。

111. 方東樹著，汪紹楹校點：《昭昧詹言》，北京，人民文學出版社，1961 年版。

112. 胡仔纂集，廖德明校點：《苕溪漁隱叢話》，北京，人民文學出版社，1962 年版。

113. （清）梁章鉅：《歸田瑣記》，北京，中華書局，1981 年版。

114. 丁福保編，王夫之等撰：《清詩話》，上海，上海古籍出版社，1978 年版。

115. （清）王國維：《觀堂集林》，石家莊，河北教育出版社，2001 年版。

116. （清）姚振宗：《隋書經籍志考證》，《二十五史補編》，北京，中華書局，1955 年版。

117. （清）皮錫瑞：《經學通論》，北京，中華書局，1954 年版。

118. 顧實講疏：《漢書藝文志講疏》，上海，上海古籍出版社，1987 年版。

119. 梁啟超:《飲冰室文集》,臺北,臺灣中華書局,1983 年版。

120. 梁啟超:《飲冰室合集》,北京,中華書局,1989 年版。

121. 梁啟超:《中國歷史研究法》,上海,上海古籍出版社,1998 年版。

122. 黃侃平點,黃焯編次:《文選平點》,上海,上海古籍出版社,1985 年版。

123. 余嘉錫:《余嘉錫文史論集》,長沙,嶽麓書社,1997 年版。

124. 胡適:《說儒》,北京,光明日報出版社,1998 年版。

125. 徐復觀:《中國藝術精神》,上海,華東師範大學出版社,2001 年版。

126. 牟宗三:《中國哲學十九講》,上海,上海古籍出版社,1997 年版。

127. 牟宗三:《中國哲學十九講》(全集本),臺北,聯經出版事業有限公司,2003 年版。

128. 牟宗三著,黃克劍、杜少敏編:《牟宗三集》,北京,群言出版社,1993 年版。

129. 牟宗三:《「四因說」演講錄》,上海,上海古籍出版社,1998 年版。

130. 牟宗三:《「四因說」演講錄》(全集本),臺北,聯經出版事業有限公司,2003 年版。

131. 牟宗三:《才性與玄理》,桂林,廣西師範大學出版社,2006 年版。

132. 蒙培元:《心靈超越與境界》,北京,人民出版社,1998 年版。

133. 顧頡剛:《中國上古史研究講義》,北京,中華書局,1988 年版。

134. 陳寅恪:《陳寅恪史學論文選集》,上海,上海古籍出版社,1992 年版。

135. 錢穆:《國學概論》,北京,商務印書館,1997 年版。

136. 錢穆:《國學概論》,北京,九州出版社,2011 年版。

137. 錢穆:《中國學術思想史論叢》,臺北,東大圖書有限公司,1981 年版。

138. 錢穆:《中國思想通俗講話》,北京,生活・讀書・新知三聯書店,2002 年版。

139. 錢穆:《中國文學論叢》,北京,生活・讀書・新知三聯書店,2002 年版。

140. 錢穆:《中國歷史研究法》,北京,生活・讀書・新知三聯書店,2001 年版。

141. 湯用彤:《魏晉玄學論稿》,上海,上海古籍出版社,2001 年版。

142. 湯用彤:《湯用彤學術論文集》北京,中華書局,1983 年版。

143. 樓宇烈:《中國佛教與人文精神》,北京,宗教文化出版社,2003 年版。

144. 聞一多:《神話與詩》,上海,上海人民出版社,2006 年版

145. 茅盾:《中國神話研究初探》,上海,上海古籍出版社,2005 年版。

146. 劉大杰:《魏晉思想論》,上海,上海古籍出版社,1998 年版。

147. 劉夢溪主編：《中國現代學術經典》（劉師培卷），石家莊，河北教育出版社，1996 年版。

148. 劉師培：《中國中古文學史講義》，上海，上海古籍出版社，2000 年版。

149. 魯迅：《中國小說的歷史的變遷》，香港：三聯書店，1958 年版。

150. 魯迅：《中國小說史略》，上海，上海古籍出版社，1998 年版。

151. 魯迅：《漢文學史綱要》，上海，上海古籍出版社，2005 年版。

152. 《魯迅全集》，北京，人民文學出版社，1973 年版。

153. 宗白華：《美學散步》，上海，上海人民出版社，1981 年版。

154. 李澤厚：《美的歷程》，天津，天津社會科學院出版社，2001 年版。

155. 李漢秋：《儒林外史研究資料》，上海，上海古籍出版社，1984 年版。

156. 趙紀彬：《論語新探》，北京，人民出版社，1976 年版。

157. 北京大學北京師範大學中文系、北京大學中文系文學史教研室編：《陶淵明資料彙編》，北京，中華書局，1962 年版。

158. 王瑤：《中古文學史論》，北京，北京大學出版社，1986 年版。

159. 葉嘉瑩：《迦陵論詩叢稿》，石家莊，河北教育出版社，1997 年版。

160. 葉嘉瑩：《漢魏六朝詩講錄》，石家莊，河北教育出版社，1997 年版。

161. 周一良：《魏晉南北朝史箚記》，北京，中華書局，1985 年版。

162. 劉俊文主編：《日本學者研究中國史論著選譯》，北京，中華書局，1992 年版。

163. 張光直：《美術·神話與祭祀》，瀋陽，遼寧教育出版社，1988 年版。

164. 張光直：《考古學專題六講》，北京，文物出版社，1986 年版。

165. 張光直：《中國青銅時代》，北京，生活·讀書·新知三聯書店，1983 年版。

166. 張光直：《中國青銅時代二集》，臺北，聯經出版社，1991 年出版。

167. 王曉毅著：《王弼評傳》，南京，南京大學出版社，1996 年版。

168. 李亦園：《人類的視野》，上海，上海文藝出版社，1996 年版。

169. 黃慶萱：《魏晉南北朝易學書考佚》，臺北，臺灣幼獅文匯事業公司，1976 年版。

170. 黃慶萱：《魏晉南北朝易學書考佚》，上海，華中師範大學出版社，2012 年版。

171. 李春青：《魏晉清玄》，北京，北京師範大學出版社，1993 年版。

172. 李春青：《詩與意識形態》，北京，北京大學出版社，2005 年版。

173. 張承宗：《六朝民俗》，南京，南京出版社，2002 年版。

174. 譚其驤主編：《清人文集地理類彙編》，杭州：浙江人民出版社，1986 年版。

175. 楊義：《中國古典小說史論》，北京，人民出版社，1998 年版。

176. 王枝忠：《漢魏六朝小說史》，杭州，浙江古籍出版社，1997 年版。

177. 寧稼雨：《魏晉風度——中古文人生活行為的文化意蘊》，北京，東方出版社，1992 年版。

178. 寧稼雨：《魏晉士人人格精神——〈世說新語〉的士人精神史研究》，天津，南開大學出版社，2003 年版。

179. 唐翼明：《魏晉文學與玄學》，武漢，長江文藝出版社，2004 年版。

180. 范子燁：《〈世說新語〉研究》，哈爾濱，黑龍江教育出版社，1998 年版。

181. 程章燦：《世族與六朝文學》，哈爾濱，黑龍江教育出版社，1998 年版。

182. 程章燦：《魏晉南北朝賦史》，南京，江蘇古籍出版社，2001 年版。

183. 孫遜、孫菊園編：《中國古典小說美學資料彙粹》，上海，上海古籍出版社，1991 年版。

184. 鄭訓佐、李劍峰：《中國文學精神》（魏晉南北朝卷），濟南，山東教育出版社，2003 年版。

185. 王啓濤：《魏晉南北朝語言學史論考》，成都，巴蜀書社，2001 年版。

186. 周俊勳：《魏晉南北朝志怪小說詞彙研究》，成都，四川出版集團巴蜀書社，2006 年版。

187. 李偉昉：《英國哥特小說與六朝志怪小說比較研究》，北京，中國社會科學出版社，2004 年版。

188. 柳士鎮：《魏晉南北朝歷史語法》，南京，南京大學出版社，1992 年版。

189. 陳良運主編：《中國歷代詩學論著選》，南昌，百花州文藝出版社，1995 年版。

190. 錢志熙：《唐前生命觀和文學生命主題》，北京，東方出版社，1997 年版。

191. 李劍國：《唐前志怪小說史》，天津，南開大學出版社，1984 年版。

192. 王國良：《魏晉南北朝志怪小說研究》臺北，文史哲出版社，1984 年版。

193. 王連儒：《志怪小說與人文宗教》，濟南，山東大學出版社，2002 年版。

194. 羅宗強：《魏晉南北朝文學思想史》，北京，中華書局，1997 年版。

195. 張慶民：《魏晉南北朝志怪小說通論》，北京，首都師範大學出版社，2000 年版。

196. 謝明勳：《六朝志怪小說故事考論——「傳承」、「虛實」問題之考察與析論》，臺北，里仁書局，1999 年版。

197. 四川大學中文系《新國學》編委會：《新國學》（第一卷），成都，巴蜀書

社，1999 年版。

198. 劉苑如：《身體‧性別‧階級：六朝志怪的常異論述語小說美學》，臺北，中央研究院國文哲研究所，2002 年版。

199. 顏惠琪：《六朝志怪小說異類姻緣故事研究》，臺北，文津出版社，1994年版。

200. 孫子威主編：《文學原理》，武漢，華中師範大學出版社，1989 年版。

201. 包忠文：《現代文學觀念的發展史》，南京，江蘇教育出版社，1992 年版。

202. 朱東潤主編：《中國歷代文學作品選》，上海，上海古籍出版社，1979 年版。

203. 陳玉堂：《中國文學史書目提要》，合肥，黃山書社，1986 年版。

204. 吉平平、黃曉靜：《中國文學史著版本概覽》，瀋陽，遼寧大學出版社，1992 年版。

205. 游國恩等：《中國文學史》，北京，人民文學出版社，1964 年出版。

206. 北京師範大學中文系古典文學教研室：《簡明中國文學史》，北京，北京師範大學出版，1984 年出版。

207. 郭預衡主編：《中國古代文學史長編》，北京師範學院出版社，1992 年出版。

208. 錢基博：《中國文學史》，北京，中華書局，1993 年版。

209. 《中國文學史通覽》，上海，中國大百科全書出版社上海分社，1994 年版。

210. 白本松等：《簡明中國文學史稿》，開封，河南大學出版社，1995 年出版。

211. 史仲文、胡曉林：《新編中國文學史》，北京，北京人民出版社，1995 年出版。

212. 韓兆琦等：《中國文學史》，北京，北京師範大學出版社，1996 年出版。

213. 章培恒、駱玉明：《中國文學史》，上海，復旦大學出版社，1996 出版。

214. 袁行霈：《中國文學史》，北京，高等教育出版社，1999 年出版。

215. 朱希祖：《中國文學史要略》，臺北，學海出版社，1999 年出版。

216. 中國社會科學院文學研究所：《中國文學史》，北京，北京人民出版，1962 年版、2001 年重印。

217. 江增慶：《中國文學史》，臺北，五南圖書出版公司，2001 年出版。

218. 張明非：《中國文學史》，桂林，廣西師範大學出版社，2004 年出版。

219. 鄭振鐸：《插圖本中國文學史》，北京，人民文學出版社，1957 年版。

220. 中國社會科學院外國文學研究所《世界文論》編輯委員會編：《文藝學和新歷史主義》，北京，社會科學文獻出版社，1993 年版。

221. 童慶炳主編：《文學理論教程》，北京，高等教育出版社，2004 年版。

222. 童慶炳主編：《文學概論》，北京，科學出版社，1998 年版。

223. 王確主編：《文學理論教程》，北京，人民教育出版社，2003 年版。

224. 趙炎秋、毛宣國主編：《文學理論教程》，長沙，嶽麓書社，2000 年版。

225. 余三定主編：《文學概論》，南京，南京大學出版社，2004 版。

226. 王一川：《文學理論》，成都，四川人民出版社，2003 年版。

227. 朱國能著：《文學概論》，臺北，里仁書局，2003 年版。

228. 許鵬主編：《文學概論》，北京，中國人民大學出版社，2003 年版。

229. 楊春時等著：《文學概論》，北京，人民文學出版社，2002 年版。

230. 張雙英著：《文學概論》，臺北，文史出版社，2002 年版。

231. 顧祖釗著：《文學原理新釋》，北京，人民文學出版社，2002 年版。

232. 王元驤著：《文學原理》，桂林，廣西師範大學出版社，2002 年版。

233. 姚文放主編：《文學概論》，南京，南京大學出版社，2000 年版。

234. 劉甫田、徐景熙主編：《文學概論》，北京，高等教育出版社，2000 年版。

235. 教材編寫委員會編：《文學概論》，北京，開明出版社，1998 年版。

236. 曾慶元編著：《文藝學原理》，武漢，武漢大學出版社，1998 年版。

237. 畢桂發、胡山林主編：《文學概論》，北京，中國人事出版社，1998 年版。

238. 鄒豪生主編：《文學原理》，桂林，廣西師範大學出版社，1993 年版。

239. 楊振鐸：《文學原理新編》，昆明，雲南大學出版社，1991 年版。

240. 孫耀煜主編：《文學理論教程》，北京，人民文學出版社，1991 年版。

241. 陸學明、戴恩允主編：《文學原理新編》，長春，吉林教育出版社，1988 年版。

242. 徐中舒主編：《甲骨文字典》，成都，四川辭書出版社，1989 年版。

243. 達世平、沈光海編著：《古漢語常用字字源字典》，上海，上海書店出版社，1989 年版。

244. 商務印書館編輯部編輯：《辭源》，北京，商務印書館，1983 年版。

245. 舒新城等主編：《辭海》，上海，上海辭書出版社，1989 年版。

246. 徐中舒主編：《漢語大字典》，湖北、四川辭書出版社，1986 年版。

247. 羅竹風主編：《漢語大詞典》，三聯書店香港書店、上海辭書出版社聯合出版，1995 年香港第一版。

248. 《現代漢語詞典》，北京，商務印書館，1983 年版。

249. 《Oxford Advanced Learner's Dictionary of Current English with Chinese Translation》,Hong Kong Oxford University Press，1984。

250. 王曉升：《走出語言的迷宮——後期維特根斯坦哲學概述》，北京，社會科學文獻出版社，1999 年版。

251. 尚志英：《尋找家園——多維視野中的維特根斯坦語言哲學》，北京，人民出版社，1992 年版。

252. （德）萊辛著，朱光潛譯：《拉奧孔》，北京，人民文學出版社，1979 年版。

353. 屈萬山主編：《赫拉克利特著作殘篇評注》，西安，陝西師範大學出版社，1987 年版。

254. （加）羅賓森英譯、楚荷中譯：《赫拉克利特著作殘篇：希臘語、英、漢對照》，桂林，廣西師範大學出版社，2007 年版。

255. （德）黑格爾著，楊一之譯：《邏輯學》，北京，商務印書館，1966 年版。

256. 《馬克思恩格斯選集》，北京，人民出版社，1972 年版。

257. 《馬克思恩格斯全集》，北京，人民出版社，2002 年 10 月第 2 版。

258. 周國平譯：《悲劇的誕生：尼采美學文選》，北京，生活‧讀書‧新知三聯書店，1986 年版。

259. （瑞士）榮格：《集體無意識的原型》，《榮格文集》，北京，改革出版社，1997 年版。

260. （瑞士）榮格著，李德榮編譯：《榮格性格哲學》，北京，九州出版社，2003 年版。

261. （瑞士）榮格著，馮川、蘇克譯：《心理學與文學》，北京，生活‧讀書‧新知三聯書店，1987 年版。

262. （瑞士）榮格著，馮川譯：《榮格文集》，北京，改革出版社，1997 年版。

263. （德）卡西爾：《人論》，上海，上海譯文出版社，1985 年版。

264. （奧）維特根斯坦著，李步樓譯：《哲學研究》，北京，商務印書館，1996 年版。

265. （英）維特根斯坦著，湯潮、範光棣譯：《哲學研究》，北京，生活‧讀書‧新知三聯書店，1992 年版。

266. 涂紀亮主編，涂紀亮譯，維特根斯坦著：《維特根斯坦全集》，石家莊，河北教育出版社，2003 年版。

267. （奧）維特更斯坦著，郭英譯：《邏輯哲學論》，北京，商務印書館，1985 版。

268. （奧）維特根斯坦著，涂紀亮譯：《論確定性》，保定，河北教育出版社，2003 年版。

269. （奧）維特根斯坦著，涂紀亮譯：《心理學哲學評論》，保定，河北教育出版社，2003 年版。

270. （德）海德格爾著，陳嘉映、王慶節譯：《存在與時間》，北京，三聯書店，1987 年版。

271. （德）海德格爾：《海德格爾選集》（孫周興選編），上海，三聯書店，1996 年版。

272. （德）M‧海德格爾著，彭富春譯：《詩‧語言‧思》，北京，文化藝術出版社，1991 年版。

273. （德）海德格爾著，孫周興譯：《路標》，北京，商務印書館，2000 年版。

274. （法）列維‧布留爾（Lucien Lévy-Brühl），丁由譯：《原始思維》（Primitive Mentality），北京，商務印書館，1981 年版。

275. （英）詹‧喬‧弗雷澤，徐育新等譯校：《金枝》，北京，中國民間文藝出版社，1987 年。

276. （美）羅伯特‧芮德菲爾德著，王瑩譯：《農民社會與文化：人類學對文明的一種詮釋》，北京，中國社會科學出版社，2013 年版。

277. （法）李維斯陀著，周昌忠譯：《神話學》（四卷本），臺北，時報文化出版企業有限公司，1992、1994、1998、2000 年版。

278. （英）馬林諾夫斯基著，李安宅譯：《巫術科學宗教與神話》，北京，中國民間文藝出版社，1986 年版。

279. （法）羅蘭‧巴爾特（Roland Barthes）著，李幼蒸譯：《寫作的零度》，北京，中國人民大學出版社，2008 年版。

280. （西德）沃爾夫岡‧凱澤爾著，曾忠祿、鍾翔荔譯，丁傳林校：《美人和野獸——文學藝術中的怪誕》，西安，華嶽文藝出版社，1987 年版。

281. （英）菲利普‧湯姆森著，孫乃修譯：《論怪誕》，北京，崑崙出版社，1992 年版。

282. （蘇）A.A.別利亞耶夫等編：《美學辭典》，北京，東方出版社，1993 年版。

283. （以色列）阿巴‧埃班，閻瑞松譯：《猶太史》，北京，中國社會科學出版社，1986 年版。

二、期刊、報刊論文

1. 陶曾祐：《論小說之勢力及影響》，《月月小說》，1903 年第 8 號。

2. 黃人：《小說林發刊詞》，《小說林》，1907 年第 1 期。

3. 胡適：《清代學者的治學方法》，原刊《北京大學月刊》，1919 年 1 月、1920 年 9 月、1921 年 4 月。

4. 郭維新：《干寶著述考》，《國立北平圖書館館刊》10 卷 6 號，北京，書目文獻出版社，中華民國 17 年（1928 年）

5. 余英時：《王僧虔〈誡子書〉與南朝清談考辨》，《中國文化》，1993 年第 8 期。

6. 蒙培元：《如何理解儒學的宗教性》，《中國哲學史》，2002 年第 2 期。

7. 余英時：《新春談「心」》，《文匯報》，2005 年 2 月 9 日，第 5 版。

8. 張世英：《超越在場的東西——兼論想像》，《江海學刊》，1996 年第 4 期。

9. 張世英：《論超越》，《北京社會科學》，1993 年第 2 期。

10. 樓宇烈：《〈法華經〉與觀世音信仰》，《世界宗教研究》，1998 年第 2 期。

11. 陳俊強：《試論干寶與〈晉紀〉——兼論東晉史學》，《臺灣師範大學歷史學報》第 23 期，1995 年。

12. 李春青：《文化詩學視野中的古代文論研究》，《文學評論》，2001 年第 6 期。

13. 李春青：《「文人」身份的歷史生成及其對文論觀念之影響》，《文學評論》，2012 年第 3 期。

14. 李劍國：《早期小說觀與小說概念的科學界定》，《武漢大學學報》，2001 年第 5 期。

15. 李劍國：《論南北朝的「釋氏輔教之書」》，《天津師大學報》，1985 年第 3 期。

16. 寧稼雨：《〈世說新語〉與士族佛學》，《人民政協報》，2001 年 8 月 14 日，第 004 版。

17. 王曉毅：《漢魏佛教與何晏玄學關係之探索》，《中華佛學學報》第六期，1993.7。

18. 詹福瑞：《文士、經生的文士化於文學的自覺》，《河北學刊》，1998.4。

19. 曹道衡《論王琰和他的〈冥祥記〉》，《文學遺產》，1992 年第 1 期。

20. 程毅中：《敦煌本「孝子傳」與睒子故事》，《中國文化》，1991 年第 2 期。

21. 劉躍進：《歸於平淡後的思考——談中古文學研究的兩項基礎性工作》，《社會科學管理與評論》，1999 年第 4 期。

22. 董新林：《北宋金元墓葬壁飾所見「二十四孝」故事與高麗〈孝行錄〉》，《華夏考古》，2009 年第 2 期。

23. 陳文新：《近百年來唐前志怪小說綜合研究述評》，《學術論壇》，2001 年第 2 期。

24. 李小樹：《魏晉南北朝民間史學活動探論》，《學術論壇》，2000 年第 5 期。

25. 黃玉順：《中西之間：軸心時代文化轉型的比較——以〈周易〉爲透視文本》，《四川大學學報》（哲學社會科學版），2003 年第 3 期。

26. 魏世民：《南北朝時期三部小說成書年代考》，《青海師專學報》（社會科學），2002 年第 4 期。

27. 馮利華、徐望駕：《陶弘景〈眞誥〉的語料價值》一文，《中國典籍與文化》，2003 年第 3 期。

28. 李道和：《釋「巫」》，《民間文學論壇》，1997 年第 3 期。

29. 馬曉樂：《魏晉時期〈莊子〉的傳播與接受》，《山東教育學院學報》，2004 年第 1 期。

30. 陸理原：《從經學到文學──魏晉南北朝〈詩經〉研究角度的轉變》，《廣西社會科學》，2004 年第 1 期。

31. 周立升：《〈周易參同契〉的丹道易學》，《周易研究》，2002 年第 1 期。

32. 方一新：《〈異苑〉詞語校釋瑣記》，《古籍整理研究學刊》，2000 年第 133 期。

34. 蔡彥峰：《〈搜神後記〉作者考》，《九江師專學報》，2002 年第 3 期。

35. 周俊勳：《二十卷本〈搜神記〉的構成及整理》，《西南師範大學學報》，2003 年第 3 期。

36. 武麗霞、羅寧：《〈殷芸小說〉考論》，《華中科技大學學報》（社科版），2004 年第 1 期。

37. 羅寧：《中國古代的兩種小說概念》，《社會科學研究》，2003 年第 2 期。

38. 王琳：《試論魏晉南北朝子書撰作風貌的階段差異》，《山東師範大學學報》（人文社會科學版），2010 年第 55 卷第 5 期。

39. 王琳：《六朝地記：地理與文學的結合》，《文史哲》，2012 年第 1 期。

40. 高一農、張新科：《東漢中後期的自然災害對文人心態的影響》，《中國減災》，2012.11，總第 193 期。

三、學位論文

1. 石育良：《怪異世界的建構》，山東大學，1992 年。

2. 張金耀：《魏晉南北朝小說與地志略論》，復旦大學出版社，2001 年。

3. 趙振祥：《巫與中國古代小說》，上海師範大學，1999 年。

附　表

李劍國南北朝「釋氏輔教之書」統計：

時　期	書　名	作　者
晉末	《觀世音應驗記》	1 謝敷
劉宋	《觀世音應驗記》（亦名《應驗記》）	2 傅亮
	《宣驗記》	3 劉義慶
	《感應傳》	4 王延秀
	《徵應傳》	5 朱君臺
	《觀世音應驗記》	6 張演
蕭齊	《冥驗記》	7 蕭子良
蕭梁	《冥祥記》	8 王琰
	《續冥祥記》（亦名《補續冥祥記》）	9 王曼穎
	《繫應驗記》	10 陸杲
	《祥異記》	11 不詳
北魏	《搜神論》	12 曇永
隋朝	《旌異記》	13 侯白
	《冤魂志》	14 顏之推
	《舍利感應記》	15 王劭
	《鬼神錄》	16 彥琮
	《感應傳》	17 淨辯
	《觀世音感應傳》	18 不詳
	《益部集異記》	19 不詳
朝代不明	《因果記》	20 劉泳

後 記

　　本書的寫作，是在博士論文的基礎上拓展完成的。論文最初的選題「魏晉南北朝志怪小說研究」是在我的博士導師李春青先生指導下確定的。起初，我對這個論題並不熟悉，但是，任閱讀了一些相關資料後，漸漸產生興趣。之後不斷的閱讀更使我喜歡上了這個選題，也喜歡上了這個風情萬種又充滿智慧的時代。這個時代知識分子特有的浪漫、聰慧、灑脫、率真讓我傾慕不已，這個時代的鄉民百姓在志怪故事中展現出的想像力更讓我欽佩有加。如果真的有時光穿梭機，即便冒著被戰亂、疫病、自然災害以及各種各樣死神的變身永遠留在那個亂世的風險，我也想穿越到那個時代，和那些文人士子、佛徒高僧談心交友，和那些樸實又深藏睿智的鄉民百姓一起講講神鬼仙怪的故事，和他們一起感受那個時代的一切。和浮躁膚淺、急功近利的當今社會相比，我更由衷地嚮往那個充滿痛苦也充滿詩意的時代。

　　除了更深刻地瞭解、理解了這個時代，論文的寫作還使我個人的學術水平較以前有了進步。首先，增加了閱讀量，增長了知識儲備。除了閱讀了大量志怪故事書，還閱讀了大量相關的史書、佛教類書以及其他相關著作、論文。其次，理解力得到訓練，理論素質得到提高。更重要的是，在閱讀前人著作時，不但被著作本身的精深內涵所吸引，也深深體會到各位學者在字裏行間流露出的人文情懷，甚至能體會到學者們心懷天下的寬廣胸襟，感受到學者們傳承中國博大精深的歷史文化的擔當精神和良苦用心。整個書稿的寫作過程中，一直被學者們高明的學問和高尚的人格感動著、鼓舞著。所以，在書稿殺青之際，向這些永遠值得我學習的前輩們致以深深的敬意。

要特別感謝的是我的博士導師李春青先生。李老師除了悉心指導我讀博期間的論文寫作，還幾次幫我聯繫出版社。不過由於我個人的原因，導致之前沒有及時充實、完善書稿，未能抓住機會及早出版。本書稿的最初定稿、最終完稿和確定出版，都離不開李老師的指導、關心和幫助。李老師的學問，我在讀老師的論文和著作時，在聽老師講課時，已深深領教；李老師的人格，在我讀博期間以及畢業以後老師對我一如既往的關心中，我也深有感觸。至今記得當年在北京師範大學讀書，李老師組織學生舉辦讀書會，布置給我們博士生的讀書任務是《四書》。說起來很慚愧，因為自己覺得這些書在更早的時候就應該讀熟的，到了博士階段才開始認真讀，實在是不應該。我當時讀的版本是中華書局 1983 年「新編諸子集成」版的《四書章句集注》。總之，那時候讀得很累，因為內容深刻需要多動腦筋、多思考才能理解，也因為實在不習慣繁體豎排的印刷版式。所以，到讀書會開會交流時，我有些迷茫也有些愚蠢地問李老師：讀這些書真的有什麼用嗎？李老師的回答只有一句話：讀這些書會讓你變得越來越好。這句話極簡單，卻令我印象極深刻，至今言猶在耳。我在畢業之後自己讀書、教學的過程中，也有意識地體會著這句話，用這句話檢驗著自己的學養和人品。回想讀博的三年時光，短暫卻對我影響深遠。在人生的旅途中，能遇到如此師長，是我莫大的榮幸。

人生的進步，總是一個臺階一個臺階地往上攀登。我能踏上博士的臺階，最要感謝的是我的碩士導師朱恩彬先生。先生現在已至耄耋之年，但學者、長者的風範一如從前。讀研的時光，早已遠去。但是，朱老師講課時厚積薄發、娓娓道來的師者風采仍記憶猶新，朱老師對我學習、生活上的關心和幫助，現在想來仍時時讓我感動。現在，我在濟南工作、生活，和老師在一個城市，會常常去看望老師和師母，老師仍然熱心地關注我的生活和工作情況。師母極善良，也極通達事理，和師母聊天，既能感受到長者的智慧，也能感受到慈母般的溫暖。朱老師的學術成就和人格有目共睹，在諸多師生中有極好的口碑。能成為朱老師的學生，是我的幸運，也是我的驕傲。

同樣要感謝北師大文藝學中心的童慶炳、程正民、王一川、李壯鷹、馬新國、蔣原倫、季廣茂等諸位先生，他們卓越的學問和人品都是我不斷學習的榜樣。還要特別感謝山東師範大學文藝學教研室的李衍柱、楊守森、李戎、周波等幾位先生，是他們引導我走上學術之路，並一直在學習和生活中關心我、幫助我。我在山師讀本科的時候就選修過楊守森老師的課，現在還能回

想起當時聽課的情景。讀碩士時，也聆聽過楊老師、李老師和周老師的教誨，老師們的諄諄教導，讓我受益匪淺。特別值得一提的是，讀研期間，我還有幸參加了朱恩彬老師主持的校級課題《中國古代文藝心理學》和楊守森老師主持的國家社科課題《二十世紀中國作家心態史》兩部書的撰寫，這使我對學術研究有了進一步的認識，也得到了研究和寫作的實踐鍛鍊。在此，謹向這些老師們致以誠摯的感謝。

還要感謝出版社的楊嘉樂老師。因爲我遲遲不能完稿，本書稿的截稿時間一再推遲，楊老師極爲耐心地等待書稿的完成，而且熱心幫我將書稿由WORD格式轉換爲PDF格式。之後與出版社來往聯繫之諸多事項，也承蒙楊老師熱心幫忙。還要感謝出版社其他爲書稿出版忙碌的老師們，在此，謹祝出版社的老師們一切順利，祝他們生活幸福。

對我書稿的完成提供直接幫助的，還有那些不知名的人們。他們是製作電子書並將之傳輸到網絡供別人免費下載的「無名英雄」們。我現在的工作單位的圖書館裏的相關書籍，遠遠不能滿足我專業學習和研究的需要，本人又屬於比較「宅」的人，懶於往返奔波於其他高校的圖書館，所以，就在網絡上搜取所需要的書籍。除了在網購平臺購買所需書籍以外，還在網上下載了大量PDF、DJVU、TXT、DOC等各種格式的專業書籍。這些書籍的下載，不但及時、快捷地爲我提供了閱讀、參考資料，還爲我節省了大量的體力和時間。因爲本人免費、無償享受到這諸多的方便，甚爲過意不去，所以，在此，也對這些爲我提供了方便的、不知名的熱心人，表示我眞誠的謝意。

最後要感謝的，也是最難以向之表達謝意的，是我的父母。生我養我的恩情，眞的無法言喻。父親是中學數學老師，早年山東大學畢業，常常聽他講起當年山大的事情。父親聰明、善良、正直，教學、爲人都口碑極好，在學校有很高的威望。在家裏，父親有時略顯嚴肅，但對孩子們的關心、疼愛也無微不至。二零一三年三月三十日晚，父親因病去世，永遠離開了我們，離開了這個世界。在我的心裏，父親永遠都是一個好老師、好父親，是我的榜樣，也是我的驕傲。我也想成爲父親的驕傲，所以，我把這本書獻給我最親愛的父親，聊以表達我對父親無盡的懷念和追思。母親是小學語文老師，樸實、善良、勤懇，除了做好本職工作，還要爲一家老小操勞，但母親積極樂觀、任勞任怨。現在，母親年事已高，身體多病，但性格堅強，常鍛鍊，心態好，健康狀況尚可，此乃兒女們莫大的欣慰。

母親現在的生活，因我離家較遠，多由哥哥、姐姐、妹妹照料，他們也都善良、明事理，不但對父母極好，對我也多有照顧。有這樣的父母、兄長、姐妹，是我的福分。

　　紙短情長，書不成字。謹以上述文字，略表我學習、讀書的體會，更向所有關心和幫助過我的人，表達我深摯的謝意，也把最美好的祝福送給他們！

　　是為記。

張振雲

二零一五年五月

補　記

　　在校對書稿期間，驚聞童慶炳先生病逝噩耗，不勝唏噓。童先生在文藝理論研究方面成就卓著，立身、立言均爲學界之楷模。本書所用研究方法——文化詩學，即童先生吸收西方文化詩學理論並結合中國當下現實加以完善、建構起來的「中國的『文化詩學』」。我在北師大讀書，瞭解、學習到這種方法，並嘗試著運用到魏晉南北朝志怪書研究中。在本書撰寫過程中，也深刻體會到「文化詩學」的科學性和可操作性，認識到「文化詩學」的現實意義。「落其實者思其樹，飲其流者懷其源。」在此，謹以此書的出版聊表對童先生的由衷敬意和深切懷念。

張振雲

二零一五年六月十九日